메디컬
환생

메디컬 환생

초판 1쇄 찍은 날 2015년 8월 7일
초판 1쇄 펴낸 날 2015년 9월 7일

지 은 이 | 유인
펴 낸 이 | 서경석
편집책임 | 박은정

펴 낸 곳 | 도서출판 청어람
등록번호 | 제387-1999-000006호
등록일자 | 1999. 5. 31
어람번호 | 제8-0055호

주소 | 경기도 부천시 원미구 부일로 483번길 40 서경B/D 3F (우) 420-822
전화 | 032-656-4452 팩스 | 032-656-4453
http://www.chungeoram.com
E-mail | chungeorambook@daum.net

ISBN 979-11-04-90350-2 04810
ISBN 979-11-04-90348-9 (SET)

Medical Return

유인 장편 소설

메디컬 환생

2

도서출판 청어람

| CONTENTS |

의사(醫師), 그 이유

"어떻게 할래, 진현아?"

이상민이 물었다.

'어떻게 하지?'

이대로 있으면 환자가 죽을 수도 있다. 아니, 단 하나 있었다. 환자를 무사히 치료할 수 있는 방법이.

'하지만……'

진현은 짧은 순간 수십 번도 넘게 갈등했다. 그 방법은 부담이 너무 컸다. 그러나 답은 이미 정해져 있었다. 환자가 죽을지도 모르는데 어찌 외면하겠는가?

'젠장.'

진현은 이를 악물었다.

"…내가 한다."

"뭐?"

"내가 집도한다고."

"……!"

이상민은 고개를 갸웃했다.

"네가 이 수술을 집도한다고? 그건 아무리 김진현, 너라도 말이 안 되는 것 같은데……."

착각일까? 조롱이 섞인 듯한 목소리다. 하지만 진현은 진중한 음성으로 말했다.

"상민아, 너 내 친구 맞지?"

"……."

답은 없었으나 진현은 곧바로 말을 이었다.

"같이하자."

"……!"

"마이크로(Micro) 수술용 현미경을 가져와줘."

이상민의 얼굴이 굳어졌다. 자신을 믿지 못해 그런 거라 생각한 진현은 그의 눈을 직시했다.

"상민아, 할 수 있어. 그러니 같이하자."

"……!"

잠시의 정적 후, 이상민은 그린 듯한 미소를 지으며 답했다.

"그래, 너라면 뭐든 할 수 있겠지. 너라면 뭐든지 말이야."

뭔가 거슬리는 뉘앙스였지만 둔감한 진현은 착각이라 여겼다. 그리고 말투 따위를 따질 상황도 아니었다.

"수술용 현미경을 좀 갖다줘."

"그래."

옆에는 공장의 로봇을 연상시키는 거대한 수술용 현미경이 준비돼 있었다. 이상민은 소독포로 무균처리를 한 후, 수술 필드에 현미경을 가져왔다.

"지금 뭐하는 거예요?"

간호사가 놀라 제지했다.

"처치를 하려고 합니다."

"네?!"

간호사는 얘네들이 지금 미쳤나? 하는 표정을 지었다. 무리도 아니다. 인턴이 혈관 봉합술을 하려고 하다니?

"안 돼요. 그만두세요."

"할 수 있습니다."

"물론 인턴 선생님이 강민철 교수님의 인정을 받을 만큼 뛰어난 건 알아요. 그래도 이건 다른 이야기예요. 혈관 봉합술, 특히 현미경을 이용한 혈관 수술은 관련 교수님들 외에는 아무도 할 수 없는 고급 테크닉이에요."

백번 지당한 말이다. 현미경 혈관 문합(Microscopic vascular anastomosis)은 관련 분야의 외과의가 아니면 아무도 넘보지 못하는 고도의 테크닉이 필요한 수술이다. 그런데 다른 사람도 아닌 고작 인턴이 혈관 문합을 하겠다고 나서다니? 똥개가 웃을 일이다.

진현도 마음이 좋지 않았다.

'나도 하고 싶지 않다고.'

지금까지 벌인 일로도 시끄러운데 현미경 혈관 문합술까지 성공시키면 무슨 후폭풍이 터질지 상상도 되지 않았다. 하지만 어쩔 수 없었다. 지금은 다른 방법이 없었다. 후폭풍이 무서워서 환자가 죽을지도 모르는데 가만히 있을 수는 없지 않겠는가? 물론 그럴 수 있는 위인도 있겠지만 진현은 그렇지 못했다.

'모르겠다. 일단 지금 닥친 일을 해결하고, 나중 일은 나중에 고민하자.'

그는 차분히 말했다.

"이미 부산에서부터 오랫동안 지체된 간이어서 1시간 30분이나 기다릴 수 있는 상황이 아닙니다. 그랬다간 간이 죽을 수도 있습니다."

"그렇지만……."

"그리고 저는 이번 달에 여러 번 현미경 혈관 봉합술을 어시스트하여 수술 방법 자체는 알고 있습니다. 그리고 만약 시도하다가 조금이라도 안 되면 곧바로 중단할 것이니 걱정하지 마십시오. 아무것도 안 하고 있는 것보단 낫지 않겠습니까?"

그 설득에 간호사는 입을 다물었다. 진현은 확고한 목소리로 말했다.

"모든 책임은 제가 지겠습니다."

"……!"

옆에서 듣던 이상민이 묘한 목소리로 말했다.

"정말로 모든 책임은 네가 감수하는 거지?"

"그래."

비록 잠시라도 수술을 집도할 사람이 책임을 지는 것은 당연하다. 진현은 고개를 끄덕였다.

"하, 하지만……."

간호사가 혼란스러운 얼굴로 머뭇거리자 진현은 곧바로 수술에 들어갔다.

"그러면 진행하겠습니다."

집도의의 자리에 선 진현은 순간 말 못할 감정을 느꼈다. 두근. 맥동하는 혈관이, 시뻘건 간이, 수술 필드에 흐르는 피가 그의 가슴을 흔들었다. 십 년… 무려 십 년 만이다. 하지만 진현은 고개를 저었다.

'됐어. 수술은 이번이 마지막이야.'

그리고 이상민에게 부탁했다.

"여기를 잡아줘."

이상민은 말없이 진현의 지시에 따랐다.

"실… Prolene 3/0 주십시오."

간호사는 머뭇거리며 실을 건네주었다. 진현은 극도로 집중된 정신으로 첫 번째 목표를 바라봤다.

'상대정맥… 간정맥과 연결시켜야 해.'

고도로 절제된 손놀림이 상대정맥과 간정맥을 오갔다. 그 손놀림에 곁에서 지켜보던 간호사가 눈을 휘둥그레 떴다. 그녀는 놀라 멍하니 신음을 흘렸다. 그러나 진현은 간호사의 반응을 신경 쓰지 못했다. 아니, 간호사의 반응뿐 아니라 모든 것을 잊었다. 그의 눈과 정신은 오로지 간의 혈관에 집중되었다.

"……."

숨 막힐 듯한 침묵 속에 진현의 손이 움직였다.

"디바이스(Device)를."

다행히 강민철 교수가 쓰러지기 전 일부 혈관들을 연결했었다. 그러나 연결해야 하는 혈관은 한두 개가 아니다. 더구나 작은 혈관의 경우 수술용 현미경을 써야 한다.

'다음엔 간 동맥··· 그다음엔 간 문맥······.'

어시스트 간호사는 진현의 집도 모습을 눈을 깜빡이며 지켜봤다. 그녀는 자신이 헛것을 보는가 싶었다.

'인턴 선생님 아닌가? 내가 잘못 알고 있었던 건가?'

이상민의 눈동자도 흔들렸다. 항상 가면처럼 속마음을 숨기는 그였지만 지금만큼은 놀람을 완벽히 가리지 못했다. 그만큼 경악스러운 장면이었다. 인턴이 혈관 수술을 하다니! 그렇게 얼마나 지났을까?

진현이 말했다.

"혈관을 다시 연결합니다."

혈관 문합이 끝났단 의미였다. 죽어 있던 간에 붉은 피가 흘러들었다. 산소를 머금은 적색 피가 간에 새로운 생명을 불어넣었다.

"······."

진현은 말없이 환희와도 같은 그 광경을 지켜봤다. 설명할 수 없는 감정이 가슴을 휘저었다. 긴장 속, 삶과 경계를 가르던 손끝이 희미하게 떨렸다. 이전 삶에서 숱하게 느꼈던 감정이었다. 한편 간호사와 이상민은 경악해 그런 그의 모습을 바라봤다. 이 믿기지 않는 일에 너무 놀라 입이 벌어지지도 않았다. 그 경악 속, 진현은 나직이 중얼거렸다.

"···일 쳤다."

뒷일을 생각하니 가슴에 차오르던 감정이 온데간데없이 사라졌다.

'이 일을 어떻게 하지? 간이식 수술을, 그것도 혈관을 연결하

는 인턴이라니. 말이 안 돼도 너무 안 되잖아.'

환자를 위해 무작정 나서긴 했는데 뒷수습이 막막했다. 아니, 이게 뒷수습이 가능하긴 한가? 지금까지야 타고난 재능 어쩌구 등으로 대충 넘어갈 수 있었지만 이건 달랐다. 아무도 납득하지 않을 것이다.

그때였다. 드르륵, 수술방의 문이 열리며 젊은 남자, 유영수 교수가 들어왔다.

"강민철 교수님이 쓰러졌다고?! 환자는 괜찮나?!"

진현은 아득한 마음이 들었다.

'젠장, 어떻게 하지?'

옆에 서 있던 간호사가 떠듬떠듬 입을 열었다. 아직도 불신에 가득한 목소리다.

"화, 환자는 괜찮아요. 여기 인턴 선……."

진현은 필사적인 목소리로 말을 가로챘다.

"환자는 괜찮습니다. 강민철 교수님이 중요한 처치는 다 끝내 놓고 쓰러지셔서."

"……!"

간호사는 놀라 진현을 돌아봤다. 진현은 간절한 눈빛으로 간호사의 눈을 바라봤다.

'제발! 조용히!'

그 눈빛이 통한 걸까? 아니면 직접 봤지만 본인도 믿기지 않아서일까? 다행히 간호사는 입을 다물었다. 유영수 교수는 고개를 갸웃했다.

"그래? 아까 분명 혈관을 연결해야 한다고 들었던 것 같은데… 부산에서 오래 보관 후 가져온 간이라 급하다고."

"부산에서 가져온 간인 것은 맞습니다. 하지만 다행히 강민철 교수님께서 혈관 연결을 다 하고 쓰러지셨습니다."

"그래?"

유영수 교수는 환자의 복부를 바라봤다. 깔끔하게 연결된 혈관들이 보였다. 유영수 교수는 그 깔끔한 테크닉에 감탄했다.

'역시 강민철 교수님 솜씨답군.'

"어쨌든 너희가 수고했다. 많이 진행했으니 뒤의 수술은 나와 진행하자."

천만다행으로 유영수 교수는 진현의 거짓말을 믿는 눈치였다.

'다행이다.'

진현은 안도의 숨을 내쉬었다. 물론 강민철 교수가 깨어나 이 일에 대해 이야기를 하면 단박에 밝혀질 거짓말이긴 하지만 말이다.

'수술 경과를 꼬치꼬치 캐물으시면 안 되는데. 심근경색으로 많이 힘드시니 자세히 안 묻고 유영수 교수님이 해결했다고 짐작하지 않을까?'

물론 강민철 교수의 성격상 그냥 넘어가기보단 자세히 물어볼 확률이 높았다. 하지만 이미 친 사고. 그냥 유야무야 잘 넘어가길 기원할 수밖에 없었다.

무사히 수술이 끝난 후, 유영수 교수는 허겁지겁 심장 중환자실로 향했다. 강민철 교수를 보기 위해서다.

'나도 가볼까?'

하지만 진현은 고개를 저었다. 아직 의식을 못 차렸을 가능성이 높지만 혹시나 의식을 찾고 수술 경과를 물어보면 끝장이었다.

'조용히 있자. 제발 아무 말 안 나왔으면.'

뭐랄까. 대형 사고를 친 후 안 들키길 바라는 마음뿐이다. 이미 목격자인 간호사에겐 입을 다물어 달라고 간곡히 부탁한 상태다. 진현이 워낙 간절한 눈빛으로 부탁해서인지 그녀는 고개를 끄덕였다. 정말로 입을 다물지는 의문이지만 더 이상 어쩔 수 있는 방법이 없었다. 다음엔 이상민이었다. 고된 수술 끝, 수술장 탈의실에서 샤워를 하고 나오는 녀석을 기다렸다.

"잠깐 이야기 좀 하자."

흠뻑 젖은 머리를 수건으로 털며 이상민이 진현을 바라봤다. 촉촉이 젖은 모습은 TV 광고에서나 볼 법한 외모다. 좀 전 진현의 집도에 분명 놀랐을 텐데 무표정한 얼굴은 속을 알 수가 없었다.

"무슨 이야기?"

진현은 주변을 둘러보았다. 탈의실엔 사람이 몇 명 더 있었다.

"나가서 이야기하자."

"나가서?"

"응, 잠시만 나가자."

"그래."

그들은 병원 밖 흡연구역으로 나왔다. 다행히 이곳엔 아무도 없었다.

치익. 담뱃불을 붙이며 이상민이 물었다.

"왜……?"

진현은 굳은 얼굴로 말했다.

"상민아, 정말로 미안한데… 아까 전 일… 비밀로 해주면 안 되겠냐? 부탁한다."

"비밀?"

"그래, 제발 부탁한다."

이상민이 묘한 미소를 지었다.

"왜? 왜 그렇게 해야 하는데?"

"그건······."

진현은 머뭇거렸다. 이유를 뭐라고 설명해야 한단 말인가? 내가 이전에 외과의사로 살다가 회귀를 해서?

그때 이상민이 낮게 말했다.

"싫어."

미소 속 눈빛이 차갑게 번뜩였다.

"······!"

그 눈빛에 진현이 순간적으로 섬뜩함을 느낀 순간, 착각처럼 그 한기는 사라졌다. 이상민은 평소처럼 부드럽게 말했다.

"농담이야. 그래, 알겠다. 얼굴 굳히지 말고."

담배를 털며 말을 이었다.

"우린 친구니까. 더 안 물어보고 네 말대로 할게. 아까 전 일 다른 사람에게 비밀로 하면 되는 거지?"

"···그래."

"그래, 걱정하지 마. 할 말 끝났으면 들어가서 쉬고. 나는 담배 좀 더 피우다 들어갈게."

진현이 병원으로 들어가려 몸을 돌릴 때, 이상민이 조용한 목소리로 물었다.

"진현아."

"응?"

"우리 둘 친구 맞지?"

"그래, 우린 친구지."

진현은 고개를 끄덕였다.

"그래, 들어가서 잘 쉬어."

홀로 남은 이상민은 깊게 담배를 들이마셨다. 깊게 깔린 어둠이 그에게 내려앉았다.

"후우… 친구라… 김진현, 너는 정말… 항상 나를 자극하는구나."

입가에 걸린 미소가 점점 짙어졌다.

다행히 그 뒤 특별한 이야기가 나오지 않았다. 강민철 교수의 상태가 생각보다 위중했던 탓이다. 안 좋은 일이지만 진현에겐 어쨌든 다행이었다. 인턴인 자신이 혈관 봉합을 했다는 사실을 설명할 방법이 없었으니까.

'강민철 교수님은 곧 회복되겠지.'

불굴의 의지인지, 이전의 삶에서도 곧 건강을 되찾으셨다. 이번엔 초기 응급 처치도 잘 이루어졌으니 큰 문제 없이 회복될 거다.

'회복된 후 그때 수술 경과를 물어보진 않겠지? 그러면 안 되는데.'

진현은 그러지 않길 다시 한 번 기원했다. 그리고 일주일 정도의 시간이 흘러 드디어 외과 순환 근무가 끝났다. 고작 한 달이었지만 체감상으로 굉장히 긴 듯한 시간이었다.

"진현아, 고생 많지?"

"그냥, 뭐."

혜미의 물음에 고개를 저었지만 실제 고생을 많이 하긴 했다. 어쨌든 별 탈(?) 없이 끝나서 다행이다.

"아, 이제 응급실이라니 걱정돼."

혜미는 걱정스러운 표정을 지었다. 진현과 그녀의 다음 근무처는 악명이 자자한 응급실이었다.

"큰 문제 없어야 할 텐데. 조심하자, 우리."

"그래, 조심해야지."

기본적인 업무만 수행하는 다른 근무처와 다르게 대학병원 응급실은 인턴이 일차적으로 환자를 담당한다. 물론 대일병원은 타병원에 비해 위 의사들의 백업 시스템이 잘 갖춰져 있지만 그렇다고 부담감이 덜한 것은 아니다. 실제로 병원에서 가장 많은 사고가 일어나는 장소가 응급실이니까.

'이번엔 정말로 사고(?) 치지 말아야지.'

진현은 지금까지 자신이 쳤던 사고들을 떠올리며 다짐했다. 더 이상은 곤란했다. 정말로. 그들은 다음 근무처인 응급실에 인사를 했다.

"다음 달 인턴입니다. 인사드리러 왔습니다."

인사를 하는 와중에도 응급실은 난리법석이었다. 비명을 지르는 사람, 불만을 토로하는 사람, 피를 흘리는 사람. 아무리 봐도 익숙해지지 않는 아비규환 속에서 치프 레지던트 오형석은 건성으로 고개를 끄덕였다.

"그래, 새로 올 인턴이라고? 수고해라."

"네."

"근무 스케줄은 24시간 일하고, 24시간 휴식이다. 근무 24시간 내내 못 쉬어 힘들긴 해도 끝나면 푹 쉴 수 있으니 스케줄 자체는 나쁘지 않을 거다."

치프의 말대로였다.

이 정도면 굉장히 배려 깊은 스케줄이었다. 일주일에 한두 번 짧막한 저녁 퇴근만 주는 과도 많았기 때문이다. 혜미의 얼굴도 밝아졌다. 진현과 같이 근무하니 휴식 시간도 동일하다. 그녀는 휴식 시간에 진현과 데이트 아닌 데이트를 기대했다.

"근무 시작할 때 차질 없도록 미리 인계 잘 받고. 그러면 내일부터 근무니 그때 보자."

"네."

그들이 돌아서서 나가는데, 응급실 치프 오형석이 말했다.

"참, 네가 김진현이라고?"

"네, 그렇습니다."

진현은 의아한 얼굴로 답했다.

"그래? 흠."

오형석은 살짝 눈썹을 찌푸렸다.

"왜 그러십니까?"

"아니다. 내일 보자."

오형석은 고개를 저을 뿐 특별한 말은 하지 않았다. 진현은 의아한 마음이 들었으나 추궁할 수도 없는 노릇이다.

"알겠습니다. 내일 뵙겠습니다."

'뭐지?'

진현은 찝찝한 마음에 생각했다.

'특별히 응급실 쪽에 잘못한 것은 없는데?'

혹시나 나쁜 소문이 돈 건 아닐까 고민했지만 대일병원 내 진현의 평판은 나쁘지 않았다. 아니, 나쁘긴커녕 과도할 정도로 좋았다. 그때 혜미가 물었다.

"진현아, 곧바로 수술장 들어가 봐야 해?"

그들은 근무 중 살짝 틈을 내 인사를 간 상태였다. 시계를 보니 다음 수술까지 약간의 여유가 있었다.

"조금은 괜찮을 것 같다."

"그러면 잠깐 커피 사서 들어가자. 목말라."

"그래."

대일병원 내에는 그룹에서 운영하는 카페와 스타벅스가 입점해 있었다. 그들은 가까이 위치한 스타벅스로 향했다.

"진현아, 너는 뭐 마실래?"

"아무거나. 아이스로."

스타벅스든 동네 다방이든 아라비아카든, 뭐든 간에 그에겐 그냥 쓴 물이었다. 시럽 타면 달달한 물이고. 고작 씁쓸한 검은 물을 이렇게나 비싼 돈 내고 먹는 게 이해가 안 됐지만 혜미는 제법 좋아했다.

"진현아, 혹시 쉴 때 특별한 계획 있어?"

"왜?"

"아니, 그냥… 가끔씩 놀러 다니자고. 이렇게 시간이 날 때가 별로 없으니……."

그녀는 뭔가 쑥스러운지 말끝을 흐렸다.

"안 되는데?"

"아, 그래?"

기대에 찬 얼굴이 실망으로 바뀌었다. 그 변화가 귀여워 진현은 슬쩍 웃었다.

"농담이다. 그래, 시간이 나면 어디 놀러 가자."

그 말에 혜미의 얼굴이 밝아졌다.

"아, 왜 장난을 하고 그래. 꼭 놀러 가는 거야?"

"그래."

그런데 하필 그때, 핸드폰이 띠릭 소리를 내며 메시지가 도착했다.

[김진현 선생님, 한 달 동안 고생 많으셨어요. 이번 달엔 혹시 시간이 괜찮으세요?]

메시지의 주인은 놀랍게도 이연희였다.

'한 번 보기로 했었지.'

이전 삶의 아내와 따로 만난다 생각하니 마음이 불편했지만 이미 여러 번 약속을 미룬 상태라 더 거절하는 것도 예의가 아니었다. 진현은 메신저를 보냈다.

[네, 괜찮을 듯합니다.]

[아, 다행이네요. 그러면 제가 조만간 다시 연락을 드릴게요. 그때 봬요! 쫑쫑.]

밝게 미소 짓는 귀여운 이모티콘이 섞인 답장이 돌아왔다. 진현은 난감한 마음이 들었다. 만나서 무슨 이야기를 하지?

'그냥 빨리 밥만 먹고 들어오자.'

혜미가 고개를 갸웃했다.

"진현아, 갑자기 왜 그래? 누구야?"

"아니다."

마침 커피가 나와 쭈욱 들이켰다. 단숨에 커피를 비우는 그의 모습에 혜미가 눈을 크게 떴다.

"처, 천천히 마셔."

"가자."

진현은 혜미와 헤어진 후, 수술장으로 돌아가려 발걸음을 옮겼다. 그러다 병원 로비에서 의외의 인물을 만났다.

"미스터 김! 오랜만이에요."

익숙한 목소리, 무뚝뚝하지만 어색한 한국어 발음. 헤인스의 한국지부 사장 에이미 엔더슨이었다. 그녀는 사장으로 승진하더니 훨씬 젊어진 듯했다. 이십 대 후반? 기껏해야 삼십 대 정도로 보였다.

"아, 오랜만입니다."

"네, 반가워요. 이제 닥터(Doctor) 김이네요."

진현은 생각지도 못한 만남에 물었다.

"대일병원에는 무슨 일입니까?"

"업무 때문에 왔어요. 대일병원과 함께 진행하는 프로젝트가 몇 개 있거든요."

뒤를 보니 에이미와 같이 있던 여러 교수가 놀란 눈으로 진현을 바라봤다. 하필 최대원 교수와 간이식의 유영수 교수도 자리에 있었다. 교수들 모두 저 인턴이 누구기에 헤인스의 한국지부 사장과 아는 사이지? 하는 눈치다. 그 시선에 곤란함을 느끼는 찰나, 에이미가 교수들에게 입을 열었다.

"아, 저희 프로젝트에 큰 도움을 준 닥터 김이에요."

"헤인스에 큰 도움이요?"

인턴이 전 세계에서도 꼽히는 다국적 제약회사 헤인스에 도움을 줬다고?

"네, 닥터 김은 TC80 프로젝트를 입안하고 기획한 책임자거든요."

그 설명에 말없는 경악이 교수들 사이를 스쳐 지나갔다.

"TC80이라면 최근 가장 화두가 되고 있는 그 신약을 말하는 건가?"

"마인바이오의 주가를 3배나 띄운 그 신약?"

"그걸 인턴이 기안했다고?"

모두들 TC80을 알고 있었다. 탁월한 소화 기능 개선 효과와 강력한 변비 치료로 최근 가장 주목받는 신약이었기 때문이다. 다들 서로를 바라보며 웅성웅성 이야기했다.

"그러고 보니 한국대 의대 학생이 프로젝트를 살렸다는 이야기를 이전에 들은 적이 있긴 한데… 그게 저 인턴 선생이었던가?"

한 교수의 말에 최대원 교수가 놀란 헛기침을 했다.

"진현 군, RI84뿐 아니라 TC80도 자네 작품이었나?"

감탄이 가득 담기다 못해 넘치는 목소리다. 진현은 생각지도 못한 교수들의 주목에 식은땀을 삐질 흘렸다. 그냥 돈 벌려고 한 일인데. 물론 교수님들께 좋게 보여서 나쁠 것은 없지만 다들 내과와 외과 쪽 교수들이었다.

"그게… 제가 한 것은 별로 없습니다. 약간의 아이디어 제공만 했고 별로……."

하지만 그때 한국어 발음이 어눌한 눈치 없는 백인 여자가 초를 쳤다.

"가장 중요한 것은 모두 하셨죠. 핵심적 아이디어 제공과 스터디 디자인을 전부 기획하셨으니."

"……!"

진현은 곤란한 마음이 들었다.

'이 여자가 왜 쓸데없는 이야기를?!'

과연 반응이 심상치 않았다.

"아니, 스터디 디자인을 기획했다고? 인턴… 아니, 그러니까 그때는 본과 학생이지. 제대로 알고 있는 거요, 미스 엔더슨?"

"맞아요. 확실해요."

"하, 정말이오?"

점점 심상치 않게 돌아가는 분위기에 진현은 침을 삼켰다. 특히 원래부터 진현의 비범함을 알고 있는 최대원 교수와 유영수 교수는 부담스러울 정도로 눈을 번뜩였다.

'안 되겠다.'

이 자리에 더 있으면 안 될 것 같아 진현은 급히 인사했다.

"저… 수술장에 들어가야 해서 이만 가보겠습니다."

수술장으로 사라지는 그의 뒷모습을 교수들이 바라봤다.

*   *   *

이상민의 아버지이자 대일병원의 이사장 이종근은 머리가 지끈거렸다.

"이놈은 대체 뭐야? 무슨 이런 놈이 다 있지?"

처음엔 아무리 뛰어나도 고작 인턴 주제에라 생각했다. 하지만 점점 진행되어 가는 꼴을 보니 고작 인턴이 아닌 것 같았다.

천재. 정말 이놈은 진정한 천재였다. 물론 이상민도 뛰어났지만 김진현에 비하면 비교가 되지 않았다.

'모차르트와 살리에르……'

살리에르도 뛰어난 천재였지만 결국 더 뛰어난 모차르트의 벽을 넘지 못했다. 돌아가는 상황을 보니 이상민도 그 꼴이 나지 말라는 법이 없다.

'안 돼. 그렇게 되어선. 이상민은 무조건 최고가 되어야 해.'

창녀의 핏줄을 타고난 이상민이 가문의 반대를 이겨내고 병원의 후계가 되는 방법은 단 하나, 최고가 되는 것뿐이다.

'이러다간 김진현, 그놈만 계속해서 주목받겠어. 차라리 더 늦기 전에 손을 써야겠군.'

이사장이나 되어서 인턴 나부랭이에게 손을 쓰는 것도 웃긴 일이었지만 왠지 느낌이 좋지 않았다. 쓸데없이 과한 생각일 수도 있지만 괜히 손 놓고 있다가 후에 크게 후회할 것 같은 기분이 들었다.

이종근은 민 비서를 불렀다. 얼굴에 온화한 미소를 띤 그는 부드러운 존댓말로 부탁했다.

"민 비서, 김진현 인턴 선생님에 대해 다시 한 번 조사를 해주시겠어요?"

"조사요?"

"네, 이전보다 좀 더 자세히. 가급적 어릴 적부터 지금까지 최대한 자세히."

총명한 그녀는 금방 말뜻을 알아들었다. 확실히 김진현은 단순한 인턴이라기에는 무리가 많았다.

"최대한 자세히 조사하겠습니다."

"네, 그리고 이상하거나 수상한 점은 없는지도 확인해 주세요."

"알겠습니다."

민 비서는 안경을 고쳐 쓰며 답했다. 검은 안경이 햇살을 받아 지적으로 빛났다.

"그리고 김진현 선생의 다음 근무지가 어딘가요?"

"응급실입니다."

"그렇군요. 응급실이면 중환자가 참 많겠어요. 그렇지요?"

묘한 뉘앙스. 민 비서는 이사장의 말뜻을 알아들었다.

"네, 그렇습니다. 김진현 선생에게 중환자를 주로 배치시켜 실수를 유도할까요? 실수를 하면 그 빌미로 파면을……."

민 비서는 섬뜩한 이야기를 꺼냈다. 그냥 단번에 자르면 편하겠지만 인턴, 레지던트는 직급의 특수성상 해고가 거의 불가능하다. 인턴, 레지던트는 인권침해에 가까운 과중한 일을 하면서도 학생처럼 피교육자의 신분을 겸하기 때문에 채용도 일 년에 단한 번 협회에서 정해준 인원밖에 뽑지 못하고, 중간에 사표를 낼시 충원도 거의 불가하다. 또한 의사 중 가장 밑바닥 직급이어서 부당한 대우를 수없이 당하지만, 역설적으로 그렇기 때문에 전공의협의회 등 수많은 보호 장치가 존재한다.

차라리 전문의를 자르는 것이 쉽지, 아무리 이사장이라도 아무런 핑계 없이 인턴, 레지던트를 해고하는 것은 어려운 일이다. 대일병원의 역사를 통틀어도 인턴이나 레지던트가 해고된 적은 한 번도 없었다. 따라서 눈엣가시를 내보내려면 그에 맞는 핑계가 있어야 했다.

하지만 이종근은 고개를 저었다.

"실수를 유도한다라… 나쁘지는 않지만 그만두세요."

"어째서입니까?"

"인턴에게 일부러 중환자를 몰아주는 것은 모양새가 좋지 않아요."

그렇게 말했지만 이유는 따로 있었다. 왠지 중환자를 많이 배치해도 별로 실수를 안 할 것 같았고, 오히려 중환자를 치료하는 인턴이란 거창한 소문만 퍼질 것 같았다.

대신 그는 다른 안을 생각했다.

"차라리 현대 의학적으로 치료가 불가능한… 그러니까 말기 암 환자같이 연명 치료를 하는 사람을 배치토록 하세요. 그런 환자는 어떤 치료를 해도, 의사의 실력과 상관없이 안 좋아질 수밖에 없으니."

민 비서는 고개를 끄덕였다.

"네, 알겠습니다."

"김진현 선생이 진료 후 안 좋아진 사람을 골라 문제를 뒤집어씌우도록 하죠."

벗어날 수 없는 술수였다. 의학적으로 안 좋아질 수밖에 없는 사람의 책임을 덮어씌우면 그 누가 피할 수 있겠는가? 세상에 어떤 명의라도 불가능했다. 한편 이종근은 불쾌한 마음이 들었다. 도대체 왜 이사장인 내가 하찮은 인턴 때문에 이렇게까지 마음을 써야 하지?

'빨리 치워 버려야겠어.'

불쾌한 마음을 다스리기 위해 그는 민 비서를 바라봤다. 하얀 블라우스 안의 육감적인 몸매가 그를 자극했다.

"민 비서."

"네?"

"지금 바쁜가요?"

민 비서는 뭔가를 열망하는 그의 눈빛을 눈치챘다. 그녀는 천천히 안경을 벗고, 고혹적인 눈매로 그에게 다가갔다.

"안 바빠요."

＊　　　＊　　　＊

외과를 마친 밤, 진현은 오랜만에 꿈을 꿨다.

'자넨 외과를 해야 해.'

깊은 어둠 속, 강민철 교수의 목소리가 울렸다.

'수술이 좋지 않나? 자넨 천생 외과의사야. 자신을 속이지 말게.'

강민철 교수의 말이 옳았다. 그는 수술이 좋았다. 손끝에 느껴지는 삶과 죽음이, 그 환희가 좋았다. 못난 자신이 다른 사람의 생명을 구할 수 있다는 보람이 가슴을 떨리게 했다. 하지만 분명 좋지만, 그가 바라는 삶은 아니었다. 이번엔 다른 삶을 살고 싶었다. 타인이 아닌, 나 자신을 위한 삶을. 그게 뭐 나쁜가? 이 세상 모두가 자신을 위해 살아간다. 안락하고 풍요롭고 행복하게 살고자 하는 게 뭐가 나쁜가?

'외과의사를 한다고 꼭 힘들게 사는 건 아니네. 자리를 잡고

잘사는 사람도 많아.'

강민철의 말에 진현은 고개를 끄덕였다.

"알고 있습니다. 성공적으로 자리만 잘 잡으면 부족하지 않게 살 수 있겠죠. 하지만 그런 것을 떠나… 다시 그 괴로운 길을 걷고 싶지가 않습니다. 수술이 좋고, 사람을 치료하는 건 분명 좋으나… 이번 삶엔 그저 평온하고 행복하게 살고 싶습니다."

진현의 대답에 강민철은 입을 다물었다. 노이즈가 일 듯, 세상이 흔들렸다. 그리고 가면이 바뀌듯 강민철의 얼굴이 다른 사람으로 바뀌었다.

"……!"

진현은 눈을 크게 떴다. 앳된 얼굴에 굳은 눈매. 이번에 나타난 이는 바로 김진현 본인이었다.

'거짓말.'

"…뭐?"

'너는 그저 두려운 거야.'

또 다른 자신은 차가운 목소리로 말했다.

'다시 실패할까 봐. 이전 삶의 실패가 정신적 트라우마가 되어 널 붙잡는 거야. 그렇지 않아?'

진현은 입을 굳게 다물었다. 그런가? 그렇게 생각해 본 적 없었다.

'어쩌면 맞을 수도.'

정신적 상처는 겉으로 티가 나지 않는다. 하지만 상처를 입은 본인도 눈치 못 채는 사이 삶을 얽맨다.

진현은 말했다. 담담한 목소리였다.

"그래서? 그게 뭐가 문제인데?"

'……!'

"어쨌든 내가 바라는 것은 안락하고, 물질적으로 행복한 삶이야. 이기적이고 세속적이라고 해도 좋아. 난 나를 위한 삶을 살겠어."

그 말과 함께 어둠이 걷혔다. 진현은 침대를 땀으로 흠뻑 적신 채로 잠에서 깨어났다.

'꿈… 개꿈이군.'

신경 쓸 가치도 없는 개꿈이다. 시계를 보니 벌써 응급실로 출근할 시간이다. 그는 대충 씻고 나와, 중간에 병원에서 혜미를 만나 응급실로 향했다.

응급실에 도착하니 전날 인사한 치프 레지던트 오형석이 진현들을 맞았다.

"응급실은 다들 처음이지?"

친절한 목소리였다.

"인계는 들었겠지만 응급실 의사의 가장 중요한 역할은 최초의 응급 처치를 하고, 필요에 따라 각 전문 과에 연결해 주는 거다."

"네."

"너희 인턴은 채혈, 소변 줄, 복수천자 등의 기본적인 업무를 하면서 환자도 같이 볼 거다. 물론 상태가 안 좋거나 어려운 환자는 우리가 보겠지만, 간단한 환자들도 너희 인턴에게는 쉽지 않을 거야. 가장 중요한 것은 첫째도, 둘째도 환자의 안전이니 모든 결정을 할 때는 윗사람과 상의해서 결정하도록. 반드시다."

"네!"

설명을 들으며 진현은 생각했다.

'합리적이군.'

환자와 초보 의사 둘 모두를 위한 조치다. 실력이 안 되는 인턴이 환자를 보다 문제가 생기면 그건 모두에게 불행한 일이니까. 복잡하고 안 좋은 환자는 숙련자가, 간단한 환자는 인턴이. 물론 아무리 간단한 환자라도 인턴에겐 쉬운 존재가 아니었다. 대부분의 인턴이 처음 진료를 하는 것이기 때문이다.

"저… 어떻게 오셨어요?"

"어떻게 오긴? 아파서 왔지!"

"그러니까 어디가 아파서……."

"아, 몰라. 인턴 말고 위에 선생님 데려와 줘!"

과연 동료 인턴들은 쩔쩔매며 환자를 봤다. 혜미도 진땀을 흘리긴 마찬가지였다. 반면 진현은 한결 여유가 있었다. 이전 삶에서 그가 봤던 응급 환자들은 하나같이 수술이 필요한 중환자들이었다. 그들에 비하면 인턴들에게 맡겨지는 환자들은 대부분 수술이 필요 없었다.

'지난달보다 훨씬 편하구나.'

넘어져 살이 까진 아기를 소독하며 진현은 생각했다. 찢어진 상처, 피부 알레르기, 가벼운 어지럼증… 이런 환자들만 보니 살 것 같았다.

'역시 난 편한 피부과를 해야 해.'

그때 아기가 아픈지 울음을 터뜨렸다.

"앙앙!"

"괜찮아, 괜찮아. 조금만 참으렴."

진현은 살살 달래가며 소독을 마무리했다. 보호자가 인사를 했다.

"감사합니다. 잘하시네요."

"아닙니다. 특별히 꿰매거나 그럴 상처는 아니니 집에서 잘 소독하면 될 듯합니다."

"네, 감사합니다."

"너도 잘 가고."

진현의 인사에 아기가 헤실 웃음을 지었다. 그런데 그때, 혜미가 난처한 얼굴로 진현에게 다가왔다.

"진현아, 시간 괜찮아?"

"응. 왜?"

"어지럼증 환자인데 잘 모르겠어서."

"그걸 왜 나한테 물어? 위 선생님 계시잖아."

초보 인턴들을 위해 모든 고민되는 사항이나 의사 결정은 위 선생님을 통해 하도록 정해져 있다.

"선생님들, 다들 안 좋은 환자한테 몰려 있어서."

그 말에 슬쩍 중환자 존(Zone)을 보니 하얀 가운을 입은 의사들이 바글바글했다. 교통사고 환자인 듯했는데, 피를 철철 흘리는 게 한가히 질문을 할 분위기가 아니긴 했다.

'이 정도는 도와줘도 티 안 나겠지?'

그가 그동안 친 사고(?)들에 비하면 단순 어지럼증 환자 정도야 애교긴 했다.

"아, 어지러워! 다들 손 놓고 뭐하는 거야?! 빨리 치료해 줘!"

한 젊은 남자가 고래고래 소리를 지르며 구토를 하고 있었다.

확실히 응급실은 사람을 흥분시키는 뭔가가 있었다. 병동이나 진료실에선 얌전한 환자들이 다들 소리를 지르는 것을 보면 말이다.

'양성 어지럼증(BPPV)이군.'

진현은 남자의 흔들리는 눈을 본 순간 병명을 짐작했다.

"환자분, 힘드시겠지만 잠시만 저를 바라봐 주십시오."

진현은 추가적인 검진을 실시했다. 차분한 그의 진찰에 환자는 금방 흥분을 가라앉히고 진현의 지시를 따랐다. 간단히 신경학적 검진을 끝낸 다른 질환을 배제한 진현은 혜미에게 말했다.

"양성 어지럼증 같으니 이비인후과에 연락하면 될 것 같은데? 이비인후과 진료 보기 전에 항 구토제 먼저 주고."

혜미가 연락을 하는 사이, 진현은 환자에게 설명했다.

"귀의 평형을 담당하는 반고리관의 문제로 생긴 어지럼증입니다. 반고리관을 안정시키는 간단한 물리치료로 호전되는 경우가 많으니 너무 걱정은 마십시오."

"아, 네. 감사합니다, 선생님."

그런데 혜미가 곤란한 얼굴로 말했다.

"이비인후과 선생님이 지금 다른 환자 안 좋아서 시간이 걸린다는데 어떻게 하지?"

어쩔 수 없는 일이었다. 내과나 외과처럼 커다란 과가 아닌 한, 각 과의 응급실 담당 의사는 응급실만 전담하는 게 아닌 병동과 다른 파트를 같이 맡기 때문이다. 의사 한 명이 언제 올지 모르는 응급실 환자만 대기하고 있기에는 대학병원의 인력이 너무 모자랐다.

환자가 진현에게 말했다.

"그 물리치료… 선생님이 해주면 안 돼요?"

그 말에 진현은 고민했다.

'내가? 할 수야 있지만. 해도 될까?'

그러나 고민은 짧았다. 치료할 수 없다면 모를까, 능력이 되는데 괴로워하는 환자를 내버려 둘 수가 없었다. 또 물리치료, 에플리법은 어려운 치료가 아니어서 능숙한 인턴이면 가능하기도 한 술기다. 따라서 주목받을 부담이 덜했다.

"알겠습니다. 놀라지 말고 머리에 힘 빼십시오."

진현은 교과서에 나온 것처럼 환자의 머리를 움직였다. 45도 오른쪽으로 돌린 상태에서 뒤로 확 젖히고, 왼쪽으로 90도 움직이고……. 그 움직임에 따라 반고리관의 이석이 제자리를 찾아 들어갔고, 거짓말처럼 어지럼증이 사라졌다.

"아, 좋아졌어요!"

"다행입니다."

"감사합니다. 정말 감사합니다."

죽을 것 같은 어지럼증에서 해방된 환자는 연신 감사를 표했다.

"아닙니다. 양성 어지럼증은 후에 재발하는 경우가 종종 있으니 이상이 있으면 다시 병원으로 오십시오."

환자는 만족한 얼굴로 귀가했다.

"진현아, 역시 대단해."

"아니다. 너도 익숙해지면 쉽게 할 수 있는 술기다."

진현의 말은 진심이었다. 시간은 누구보다 좋은 스승이어서 지금은 어리벙벙한 인턴이지만 다들 조금만 지나면 금방 익숙해진다. 하지만 다른 초보 인턴들은 그렇게 생각하지 않았다. 어떤 환자를 봐도 능숙하게 처리하는 진현이 대단하게 느껴졌다.

더구나 진현은 국내 최고 명문 한국대의 수석이자, 병원 내의 소문도 장난이 아니지 않은가? 또 그런 주제에 잘난 티는 전혀 내지 않는다.

동료 인턴들이 하나둘 진현에게 모여들었다.

"진현아, 이 환자는 어떻게 할까?"

"피부 발진 환자인데……."

위의 선생님들이 있었지만 지옥 같은 응급실에서 항상 바빴고, 아무래도 윗사람보단 같은 동기인 진현이 질문하기 편하다.

"나도 잘 모르니 위 선생님들에게 물어봐라."

"에이, 너 알잖아. 그리고 선생님들 지금 다 바쁘셔서."

처음엔 튕겼지만 자꾸 물어보니 계속 모른 척할 수가 없었다. 그렇게 몇 번 반복하다 보니 진현은 자신도 모르게 '치프 인턴' 이 되어 있었다.

"이 환자는 이렇게 처치하고… 이 환자는 신경과에 노티하고, 이 환자는 내과에……."

진현 덕분에 응급실의 경한 환자들이 깔끔히 정리됐다. 그런데 한창 바쁜 시간을 지나 늦은 저녁때였다.

치프 레지던트인 오형석이 그를 불러냈다.

"김진현, 이리로 좀 와봐라."

표정이 좋지 않다.

'무슨 일이지?'

오형석은 진현을 응급실 으슥한 곳에 위치한 의국(醫局)으로 끌고 갔다.

"거기 앉아라."

진현은 먼지 쌓인 의자를 끌고 와 앉았다.

"무슨 일입니까?"

"너… 누가 너보고 치프 노릇 하래?"

진현은 그 말에 자신의 잘못을 깨달았다.

"죄송합니다. 어쩌다 보니… 주제넘게 나선 점 사과드립니다. 다음부턴 조심하겠습니다."

진현은 고개를 숙였다. 특별히 문제가 생긴 것도 아니고, 일부러 의도했던 것도 아니다. 동기들이 계속 물어보다 보니 어쩌다 그렇게 진행된 것이고, 오히려 진현 덕분에 응급실의 환자가 훨씬 쾌적하게 정리됐다. 하지만 결과를 떠나 그의 행동은 조직의 체계화된 시스템을 무시한 것이었다.

"앞으론 그런 일 없도록 하겠습니다."

그런데 치프의 반응이 의외였다. 그는 웃음을 터뜨린 후 말했다.

"아니, 뭐라고 하려는 것은 아니고. 오늘 너 덕분에 솔직히 많이 편하긴 했다. 네가 우리가 해야 할 일을 대신해 줬으니까. 내과랑 외과에서 소문을 듣긴 했지만 역시 대단하구나."

"……."

오형석은 부드럽게 말을 이었다.

"그렇지 않아도 죽을 맛인데 네가 지금처럼 수고해 주면 우리야 좋지. 앞으로도 이렇게 해줄 수 있겠니?"

진현은 떨떠름한 얼굴을 했다. 계속 이렇게 하긴 싫은데…….

"만약 잘만 해주면 네 인턴 인사 평가는 만점을 줄게."

"…알겠습니다."

윗사람이 시키는데 안 한다고 할 수도 없고, 진현은 고개를 끄덕였다.

"어차피 인턴들이 보는 환자야 다들 간단해서 문제될 일이야 없겠지만, 만약 고민되거나 곤란한 문제가 있으면 꼭 나랑 상의하고."

"네."

"그러면 나가봐."

진현은 인사 후 의국을 나갔다. 그런데 홀로 남은 오형석의 얼굴에서 웃음기가 사라졌다.

"김진현… 착실하고 유능한 것 같은데… 위에선 왜 그러는 거지?"

그는 인상을 찌푸리며 얼마 전 들은 비밀스러운 명령을 떠올렸다.

"저 녀석에게 안 좋은 환자를 배치하라고? 그것도 임종 직전의 말기 암 환자처럼 상태가 안 좋고 회복이 불가능한?"

그런 환자를 인턴에게 배치하면 사고가 안 날 수가 없었다. 아니, 오히려 사고가 나길 바라는 이상한 지령이었다.

마음에 안 들지만 어쩔 수 없었다. 치프인 그도 병원의 일개 부속품 중 하나. 위의 압력에 따를 수밖에 없다.

시간이 지나면서 초보 인턴들도 조금씩 응급실에 적응을 했다.

"진현아, 내일은 뭐 해?"

혜미가 처음보다 한결 나아진 얼굴로 물었다.

"글쎄? 잠이나 자야지."

24시간 내내 환자를 보다 인턴 숙소로 들어가면 녹초가 되어 그대로 뻗는다. 그러다 오후 늦게 일어나 저녁을 먹고 멍하니 있다 다음 날을 위해 취침, 이게 진현의 일과였다.

"가로수길 가지 않을래? 맛있는 브런치 집 있다던데."

"가로수길?"

최근 압구정을 밀어내고 떠오른 강남의 가장 핫(Hot)한 번화가였다. 뭐, 이 녀석이랑 잠깐 기분 전환하는 것도 나쁘지 않겠지. 대답을 하려는 찰나, 띠링 핸드폰에 메시지가 도착했다.

[응급실에서 고생 많으시죠? 내일은 시간 괜찮으세요? 답변 기다릴게요, 쫑쫑]

이연희였다. 역시나 귀여운 이모티콘과 함께였다. 그 메시지에 진현은 고민했다.

'어쩌지? 이쪽이 선약이긴 한데.'

이연희와는 이미 한 달 전부터 이야기된 약속이라서 시간을 내려면 이쪽이 먼저긴 했다.

"왜? 누구야?"

혜미가 고개를 갸웃했다.

"아니……."

어쩐다? 그가 고민하던 때, 치프 오형석이 진현을 불렀다.

"김진현, 이리로 와봐."

"아, 네."

진현이 다가오자 오형석이 물었다.

"환자 보는 데 특별한 문제는 없고?"

"예, 괜찮습니다."

"그래, 네가 잘해줘서 한결 편하다. 인사 평가는 만점 줄 테니 걱정 말고."

비록 간단한 환자들이긴 하지만 진현이 깔끔히 처리해 주니 위 레지던트들은 한결 편했다. 특별한 문제도 안 생기고. 그를 응급실로 스카우트해야 한다는 레지던트들도 있어 진현은 진땀을 흘렸다.

'응급실은 내과나 외과보다 더 싫어.'

이 지옥 같은 데서 평생을 보내야 하다니. 그것만은 못 한다.

그때 오형석이 살짝 주저하다 말했다.

"미안한데……."

"…말씀하십시오."

"전광판에 뜬 저 환자 네가 좀 봐줄 수 있을까? 인턴이 볼 환자가 아니긴 하지만 다들 일손이 없어서."

오형석은 뭔가 미안한 표정이었다.

"알겠습니다."

그리고 전광판으로 고개를 돌린 진현은 살짝 인상을 찌푸렸다.

[무명.]

전광판에 표시된 이름이었다.

이름이 무명(無名)일 리는 없으니 신원 미상이란 의미였다.

신원 미상.

보호자와 환자 둘 중 한쪽만 이름을 알아도 신원 미상이 되지 않으니, 환자가 의식도 없는 중환이고 보호자도 존재하지 않는단 뜻이었다. 이런 환자는 상태도 안 좋고, 의사 결정을 할 보호자도 없어 처치가 굉장히 어렵다.

"지금 다들 패혈증 쇼크 환자에 매달려 있어서… 미안하다. 보기 어려울까?"

오형석은 이상할 정도로 미안한 얼굴이었다.

'뭐, 지난 삶 때 다른 병원에서 인턴 할 때는 저것보다 더한 환자들도 응급실에서 봤으니.'

국내 1위 대일병원이니 인턴을 배려해 주는 거다. 인력이 부족한 다른 병원에서는 인턴이라고 간단한 환자만 보지 않는다. 생명이 오락가락하는 중환자를 인턴이 담당하는 경우도 수없이 많다. 그만큼 사고도 많이 나고. 아이러니한 일이지만 어쩔 수 없는 현실이었다.

"다들 바쁘시면 어쩔 수 없지요. 제가 보겠습니다."

"그래, 고맙다."

대화를 마친 후 진현은 환자를 보러 걸어갔다. 그 모습을 보며, 오형석은 무거운 목소리로 말했다.

"미안하다."

치프인 그는 119에서 연락을 미리 받아 '무명'이란 환자의 상태를 알고 있었다. 절대 인턴이 볼 환자가 아니었다. 그리고 그것을 떠나, 위에서 가해지는 압력.

"빌어먹을. 저 착실한 애한테 자꾸 왜 그러는 거야? 더러워서 병원을 떠나든지 해야지."

오형석은 욕설을 내뱉었다.

*　　　　*　　　　*

"이런."

진현은 진찰대에 누운 환자를 보고 인상을 찌푸렸다. 생각보다 훨씬 상태가 안 좋았다.

"알코올 간경화인가? 뭐지?"

50대 후반쯤으로 보이는 남자 환자는 의식이 전혀 없었다. 꼬집고, 강하게 자극을 줘도 간신히 눈을 뜨는 게 고작이었다.

"으으……."

샛노랗게 변한 피부와 눈동자, 술 냄새와 오줌 썩는 냄새가 진동을 했다. 영양실조인지, 복수인지 깡마른 몸에 배만 올챙이처럼 튀어나와 있었다.

"어떻게 발견되신 것입니까?"

진현은 옆에 서 있는 119대원에게 물었다.

"글쎄요. 저희도 신고 받고 간 거여서. 노숙자인데 길거리에 쓰러져 있었어요."

상태 안 좋은 노숙자. 안 좋은 느낌이 진현의 머리를 스치고 지나갔다.

'곤란한데.'

119대원이 바쁜 얼굴로 종이를 내밀었다.

"저희 가봐야 해서. 여기 사인해 주세요."

"알겠습니다."

사인을 받은 119대원은 바람처럼 사라졌다. 이제 이 환자에게 일어나는 모든 책임은 주치의인 진현의 몫이었다.

'잘못하면 이거 전부 뒤집어쓰는데.'

지난 삶 때 주변에서 목격한 몇몇 안 좋은 경우가 떠올랐으나 진현은 고개를 저었다.

'일단 환자를 살리는 게 먼저지. 그런 일들은 우선 환자를 살리고 생각하자.'

혼수상태라 대화가 안 되니 몸을 만지며 빠르게 검진을 했다.

'간이 안 좋아 생긴 혼수가 확실해.'

황달로 인한 샛노란 피부, 얇은 피부 밑으로 만져지는 커다란 간, 어마어마한 복수, 숨 쉴 때마다 퍼지는 썩은 오줌 냄새. 이 모든 것이 간성혼수를 시사했다.

"여기 처방한 피검사 좀 해주세요. 수액도 달아주시고요."

진현은 필요한 처방들을 낸 후 오형석에게 갔다.

"응?"

오형석은 양심의 가책을 느끼며 진현을 바라봤다.

"응급실의 초음파를 써도 되겠습니까?"

"아, 그거야 마음대로. 그런데 초음파는 왜?"

"간의 상태를 보기 위해서입니다."

인턴이 초음파를 본다고 하자 오형석은 눈을 동그랗게 떴다.

"너 초음파 볼 줄 알아?"

초음파는 관련 전공 의사가 아니면 보지 못한다. 하지만 마음이 급한 진현은 이것저것 생각 않고, 초음파를 환자에게 가져갔다. 그가 초음파 끝을 환자에게 갖다 대니 간의 화면이 깔끔하게 나타났다. 그 명확한 솜씨에 뒤에 서 있던 오형석 및 다른 응급의학과 레지던트, 인턴들은 감탄을 토했다.

"너 어떻게?"

"학생 때 조금 배워서……."

그게 말이 되나? 하는 그들의 표정에 뭔가 또 실수한 것 같지만 진현은 신경 쓰지 못했다. 초음파에 보인 간의 상태가 심각했던 것이다.

"이런… 이건."

쪼그라들고 오돌토돌한 간. 전형적인 간경화의 모습이었다. 하지만 문제는 그것이 아니었다. 거의 간 전체에 걸쳐 정체불명의 혹이 간을 침범하고 있었다. 10㎝은 넘어 보이는 어마어마한 크기다.

"HCC(간암)……."

진현은 신음을 흘렸다.

간암. 그것도 치료가 불가능할 정도의 거대 간암이었다. 주요 혈관을 다 침범하고 있고, 이 정도 크기면 원격 전이가 동반된 말기 간암이라 봐야 했다.

그리고 그때, 간호사가 말했다.

"김진현 선생님, 이거 보세요. 응급으로 돌린 피검사 결과 나왔어요."

컴퓨터를 확인한 진현은 다시 인상을 찌푸렸다.

"간의 기능을 반영하는 황달 수치 48, 응고 수치 4.3?"

황달 수치 48에 응고 수치 4.3이면 간의 기능이 거의 남아 있지 않다고 봐야 했다. 이 경우 환자는 며칠… 아니, 어쩌면 오늘 안에 사망할 수도 있다.

'이런……'

굉장히 느낌이 안 좋았다.

무조건 입원을 해야 하는 상황이기에 진현은 일단 내과에 연락했다. 하지만 연락을 받은 내과 레지던트는 난색을 표했다.

"그게 입원은 곤란한데……."

"어째서입니까?

"어차피 곧 사망할 환자이고… 신원이 확실하지 않으니."

진현은 말뜻을 이해했다. 신원이 확실하지 않은 노숙자를 입원시킬 순 없다. 돈을 낼 사람이 없기 때문이다. 병원이 자선사업 기관도 아니고 100% 돈을 내지 못할 사람을 입원시킬 순 없다.

"알겠습니다."

"너도 괜히 고생하지 말고 대충 다른 곳으로 보내."

내과 레지던트는 말했다.

야박하게 들리지만 진현을 생각한 말이었다. 이대로 응급실에서 진현이 보고 있다 잘못되면 모든 책임은 주치의인 진현의 몫이기 때문이다.

"너 이런 환자 괜히 잘못되면 곤란하다. 죽을 때까진 코빼기도 안 비치던 보호자가 나타나 책임지라고 하면 진짜 골 아파."

"네, 감사합니다."

진현은 고개를 끄덕였지만 어느 병원이 이런 환자를 받아주겠는가? 만약 보낸다면 그냥 죽으라고 내쫓는 거다.

'어쩔 수 없군.'

혜미가 옆에서 걱정스레 물었다.

"진현아, 어떻게 해?"

"봐야지."

"응?"

진현은 말했다.

"입원이 안 되면 내가 응급실에서 데리고 치료해야지."

"하, 하지만……."

"돈이 없다고, 보호자가 없다고 치료받을 권리가 없는 것은 아니니까."

담담한 목소리에 혜미는 입을 다물었다.

그 뒤 진현은 최선을 다해 신원 미상의 '무명남'을 치료했다. 간기능 보호제를 쓰고, 혼수를 깨게 하기 위해 관장을 하고…….

그러던 중, 원무과에서 전화가 왔다.

―김진현 인턴 선생님? 원무과입니다.

"네."

―현재 진료 중이신 무명(無名) 환자분 때문에 전화드렸습니다.

"무슨 일이십니까?

―지금 여러 약이 들어가고 있는데… 환자분이 보호자도 없고, 신원도 확인할 수 없어서 약을 쓰는 족족 병원 손해입니다.

"그러면 약을 쓰지 말라는 뜻입니까?"

―그런 뜻은 아니지만 100% 병원 손해란 것을 말씀드리려 전화한 것입니다. 어쩌면 김진현 선생님께 문책이 갈 수도 있습니다.

결국 약을 쓰지 말라는 뜻이다. 기가 찬 전화였다. 병원 사정이 이해가 안 되는 것은 아니지만 진현은 한숨을 내쉬었다.

"일단 그런 이야기는 환자분이 좋아진 다음 듣도록 하겠습니다. 그러면 진료가 바빠 끊겠습니다.

―어, 선생님? 선생님?

뚜우— 뚜우—

진현은 핸드폰을 닫았다. 정말 곤란한 일이다.

'그렇다고 치료를 안 할 수도 없잖아.'

그는 무명의 환자에게 다가갔다. 볼록하게 튀어 오른 배.

'제길.'

이전 삶에서 그의 아버지가 말기 위암으로 투병할 때도 저런 모습이셨다. 암세포가 복막에 드글드글 퍼져 배에 끝없이 물이 찼다. 당시 그의 집은 기울 대로 기울어 마지막엔 제대로 된 치료도 못 해드리고 괴롭게 돌아가시는 것을 지켜볼 수밖에 없었다. 그때의 일을 기억하고 있는 진현은 도저히 이 환자를 내쫓을 수가 없었다.

그런데 그때, 진현의 정성 때문일까? 계속 의식을 못 차리던 환자가 눈을 떴다.

"으… 여긴……?"

"정신이 드십니까?"

진현은 놀라 물었다.

"으…….."

명료하진 않았으나 확실히 호전된 의식 상태였다.

"사, 살려주세요……."

환자는 그 말을 끝으로 다시 의식을 잃었다. 진현은 환자의 손을 잡았다.

"알겠습니다."

밤을 꼬박 새는 24시간의 근무 후에도 진현은 쉬러 들어가지 못했다. 환자의 상태가 안 좋았기 때문이다. 당연히 혜미와 이연희와의 약속은 무기한 연기됐다.

"좀 쉬어야지, 진현아."

혜미가 걱정스러운 얼굴로 말했다.

진현은 눈을 비볐다.

"괜찮아. 아까 의국에서 잤어."

"얼마나?"

"글쎄… 한 시간?"

혜미는 속상한 표정을 지었다.

"걱정하지 마. 너도 나중에 내과 전공하면 자주 이럴 거다."

"그땐 그때고. 너 못 자면 속상하단 말이야."

진현은 피식 웃었다.

"고맙다. 너라도 가서 쉬어."

그런 진현의 노력 덕분일까? 환자는 믿을 수 없게도 점차 호전을 보였다. 그리고 얼마 뒤, 환자는 드디어 정상적인 대화를 할 수 있을 정도로 의식을 차렸다. 기적적인 일이었다.

"서, 선생님… 감사합니다. 선생님 덕분에 살았어요."

진현은 미소 지었다.

"아닙니다. 좋아져서 다행입니다."

"정말… 정말 감사합니다."

원래 간성혼수가 심할 때의 일은 기억이 안 나게 마련이지만, 환자는 놀랍게도 기억을 하고 있는 듯했다. 그는 연신 진현에게 감사를 표했다.

"그런데 어떻게 쓰러지셨던 것입니까?"

그 물음에 환자는 깊은 한숨을 토했다.

"제 이름은 김성민이라고 합니다."

말문을 연 환자는 간단히 자신의 이야기를 했다.

별다를 것 없는 이야기다. 직장을 다니다 명예퇴직, 이후 몇 번의 창업 실패 끝에 빚에 못 이겨 노숙자 신세, 가족들과는 모두 헤어지고, 간경화에 간암 말기. 나름 열심히 살았지만 실패한, 너무 평범해 슬픈 이야기다. 왜 이 세상은 단순히 열심히 사는 것만으론 충분하지 못할까?

"저… 선생님, 저는 오래 살지 못하겠지요?"

"……."

진현은 입을 다물었다.

기적적으로 호전을 보였지만 일시적인 호전일 뿐이다. 곧 다시 나빠질 게 뻔했다. 그건 의학적으로 어쩔 수 없는 일이었다.

남자는 힘없이 웃었다.

"괜찮아요. 솔직히 말해주세요."

"…오래는 어려울 것 같습니다."

"그렇군요."

이미 직감하고 있던 탓일까? 남자는 동요하지 않았다.

"선생님, 부탁이 있어요."

"무엇입니까?"

"사실 아들내미가 하나 있는데… 죽기 전에 한 번만 보고 싶은데… 가능할까요?"

"연락이 되는 상태입니까?"

"지난번에 한 번……."

"온다고 했습니까?"

남자는 대답하지 않았다.

진현은 상황을 짐작했다. 세상 그 무엇보다 진한 게 피라고 하지만 기본적인 돈이 없으면 혈육의 정이 유지되지 않는 경우도 많았다. 슬프지만 그게 현실이었다.

그러나 진현은 답했다.

"네, 만나실 수 있을 겁니다. 그렇게 해드리겠습니다."

하루, 이틀……. 남자는 계속 호전을 보였다. 응급실의 다른 사람들은 이러다 괴물인턴 김진현이 기적이 일으키는 게 아닌가 하고 쳐다봤다. 그러나 진현은 고개를 저었다.

'일시적인 호전일 뿐이야.'

회광반조(回光返照)란 말이 있다. 해가 지기 직전에 일시적으로 햇살이 강하게 비추는 것을 뜻하는 말로, 실제 의료 현장에서도 그런 일이 나타난다. 지금 남자의 상태는 그 회광반조에 가까웠다.

아니나 다를까, 어느 늦은 새벽에 다른 환자를 보고 있을 때였다.

"김진현 선생님!"

응급실 간호사가 급한 얼굴로 진현을 불렀다.

"김성민 환자가 피를 토했어요!"

"……!"

진현은 김성민 환자의 자리로 뛰어갔다. 그리고 그는 깜짝 놀랐다. 침대는 물론 주변이 완전 피바다로 변해 있었다.

"꺼억, 꺼억……."

연신 피를 토하는 남자는 눈알이 하얗게 뒤집어져 있었다.

"혈압은 어떻습니까?"

"50/30이에요."

정상이 120 정도니 끔찍하게 떨어진 거다.

진현은 재빨리 오더(Order)했다.

"빨리 수액 투입해 주십시오. 혈액도 올려주시고요. 간암, 간경화에 동반된 정맥류 출혈 가능성이 높으니 SB(Sengstaken—Blakemore) 튜브와 혈관 수축제도 주세요."

중환자를 많이 경험한 레지던트의 입에서나 나올 빈틈없는 오더에 간호사들이 놀란 표정을 지었다. 진현도 자신의 오더가 인턴이 내릴 수준의 것이 아님을 알지만 따질 때가 아니다.

혈압이 더 떨어지면 죽는다.

간호사가 처치하는 사이, 진현은 두꺼운 SB 튜브를 환자의 코를 통해 식도까지 밀어 넣어 지혈을 시도했다.

"수혈 빨리 해주세요."

"네, 선생님!"

그렇게 새벽 내 매달린 덕분에 해가 뜰 때 즈음 환자는 간신히 안정을 찾았다. 아니, 안정은 아니다. 혈압은 잡혔지만 의식은 코마였다. 그래도 다행히 피는 멈춘 듯했다.

'내시경을 해야 하는데. 지금 상태에서는 어렵군.'

진현은 고개를 저었다.

그런데 그때 반갑지 않은 전화가 왔다. 요즘 하루에 몇 차례씩 통화하는 원무과였다.

─김진현 선생님, 저 원무과장입니다. 지금 원무과로 오실 수 있으십니까?

진현은 인상을 찌푸렸다. 원무과장이 직접 전화한 적은 처음이다. 피 묻은 장갑을 벗고, 원무과로 향했다.

대머리 원무과장은 진현을 보자 인상을 찌푸렸다.

"앉으세요. 노숙자 환자 때문에 불렀습니다."

"무슨 일입니까?"

"몰라서 물으시는 겁니까? 지금까지 병원 손해가 얼마인지 아세요? 더구나 이번 새벽에는 SB 튜브와 혈관 수축제에 수혈까지 하다니. 그게 전부 얼마인지 아십니까?"

원무과장은 으름장을 넣으며 협박했다.

"이제 더 이상은 용납 못 합니다."

"……."

진현은 잠시 침묵했다가 입을 열었다.

"알겠습니다. 더 이상 병원에 손해 끼치지 않겠습니다."

원무과장의 얼굴이 밝아졌다.

"잘 생각했습니다. 빨리 퇴원 수속을……."

그때 진현이 탁자에 거칠게 무언가를 올렸다. 신용카드였다.

원무과장은 눈을 크게 떴다.

"이게 무슨?"

"얼마입니까?"

"네?"

"지금까지 얼마 나왔냐고요. 이걸로 계산하십시오."

"……!"

원무과장은 말을 더듬거렸다.

"이, 이건… 안 됩니다. 이런 경우는 지금까지… 금액도 적지 않습니다."

하지만 진현은 딱 잘라 말했다.

"제 돈입니다. 제 마음대로 쓰겠습니다."

그가 회귀 후 열심히 일하고, 투자한 돈은 나날이 불어나 이제 20억에 가깝다. 상부(上府)의 비(婢)란 여인 덕에 회귀하여 거저나 다름없이 번 돈이니 조금쯤 이렇게 써도 상관없었다.

"모자라면 말씀하십시오."

원무과장은 벙어리처럼 입을 다물었다.

원무과에서 나오는데, 이번엔 치프 오형석이 그를 불렀다.

"김진현, 잠깐 좀 이야기하자."

"……?"

진현은 피로한 마음이 들었다. 며칠째 잠을 못 잔 것인지 모르겠다. 오형석은 그를 허름한 의국으로 끌고 갔다.

"무슨 일이십니까?"

오형석은 무거운 얼굴로 진현을 바라봤다.

"그만해라."

"네?"

"저 환자 치료 그만하라고."

"……!"

단순한 시비가 아니었다.

오형석은 걱정을 담아 말했다.

"어차피 나빠질 수밖에 없는 환자야. 이렇게 병원에서 끌다가 사망하면 너한테 좋을 것 하나도 없어. 자의퇴원서 서약 받고 퇴원시켜."

"하지만……."

"환자가 말한 그 아들 때문에 그러는 거냐?"

치프인 오형석도 대충의 사정을 알고 있었다.

"너도 알 만큼 알 테니 물어보는 건데, 너는 정말로 그 아들이 올 거라 생각하는 거냐?"

"……."

"올 거면 벌써 왔겠지. 아들은 안 와."

그 말이 맞았다. 아들은 안 올 것이다. 아마도.

"이번 일을 응급의학과 교수님들은 물론이고, 위에서도 안 좋게 보는 사람이 많아. 책잡히기 전에 빨리 퇴원시켜. 자의퇴원서 받고 퇴원시키면 그 뒤 일은 내가 책임져 주겠다."

진현은 입을 다물었다.

불편한 침묵이 둘 사이를 흘렀다.

"빨리 결정해."

진현은 차분히 말했다.

"…길거리에서 죽게 할 수는 없지 않습니까?"

"뭐?"

진현은 오형석의 눈을 바라봤다.

"외람된 질문이지만… 선생님께서는 어째서 의사가 되셨습니까?"

"……!"

오형석의 눈이 흔들렸다. 의사가 된 이유라…….

그는 사람을 살리는 일을 하고 싶어서 의사가 되었다. 의대에 들어온 후, 삶에 치여 까마득하게 잊고 있었지만 말이다.

진현은 말을 이었다.

"저는 어쩌다 수능 대박이 나 점수에 맞춰서 의대에 왔습니다. 처음 의사가 되려고 한 이유도 단 하나, 돈을 벌기 위해서였죠."

진현은 이전 삶을 떠올렸다. 그래, 그는 돈을 벌기 위해 의사가 됐었다. 그리고 그건 이번 삶에서도 다르지 않았다.

"지금도 전 돈을 벌기 위해 의사질을 합니다. 의사질을 해서 그냥 적당히 버는 정도가 아닌 떼돈을 벌고 싶습니다."

"……."

진현은 씁쓸한 표정으로 말했다.

"그래도… 그래도… 아무리 돈을 벌기 위해 의사질을 한다 해도… 의사는 의사(醫師) 아닙니까? 전 최소 제가 보는 환자에게만큼은 부끄럽지 않은, 최선을 다하는 의사가 되고 싶습니다."

"……!"

오형석의 눈이 요동을 쳤다.

진현은 고개를 숙였다.

"걱정해 주셔서 감사합니다. 주제넘게 말한 것도 사과합니다. 먼저 나가보겠습니다."

진현은 의국을 나갔다.

남은 오형석의 가슴에 진현이 남긴 말이 비수처럼 꽂혔다.

다음 날 오후, 노숙자 김성민 환자는 결국 의식을 회복 못 하고 간기능 악화로 사망했다. 주치의인 진현 외에 아무도 지켜보는 이 없는 쓸쓸한 죽음이었다.

"5월 10일 15시 30분, 김성민 환자분 사망하셨습니다."

진현의 사망 선언은 아무에게도 닿지 못하고 흩어졌다.

"지, 진현아… 괜찮아?"

옆에서 모든 것을 지켜본 혜미가 눈물을 글썽했다.

진현은 살짝 웃었다.

"괜찮다."

"정말?"

"정말로."

진현은 눈물을 흘릴 것 같은 혜미의 머리를 흐트러뜨렸다.

"너도 나중에 익숙해질 거다."

중환자실에서 일하다 보면 하룻밤 사이에 4명의 환자가 죽기도 한다. 따라서 이런 죽음은 익숙했다. 중요한 것은 슬픔에 잠기는 것이 아니다. 한 명, 한 명의 죽음을 가슴에 묻고 눈앞의 환자에게 최선을 다하는 것. 그것이 가장 중요했다.

노숙자, 김성민 환자의 사망은 곧바로 이사장실로 보고됐다.

이사장 이종근은 부드럽게 웃었다.

"잘됐군요. 여러 행정적 문제가 겹친 노숙자의 사망이니 더욱 좋아요."

민 비서는 대답했다.

"네."

"이 노숙자는 다른 의사의 개입 없이 처음부터 끝까지 김진현 선생님만 본 것이죠?"

"네, 그렇게 손을 썼습니다."

이종근은 흡족한 표정을 지었다. 그는 가죽 의자의 몸을 기댔다.

"아주 좋아요. 응급실에서 인턴이 진료 중 사망한 '사고' 케이스니 자세히 조사해 봐야겠네요. 조사팀을 꾸려보세요."

그는 '사고'에 악센트를 넣었다.

민 비서는 살포시 웃었다.

"네, 지금 바로 착수하겠습니다."

이런 유의 환자는 처음부터 끝까지 샅샅이 뒤지면 먼지가 안 나올 수가 없다. 어떤 조치를 해도 나빠지는 말기 환자기 때문이다. 이전의 저명한 외과의사였던 대일병원 외과의 과장, 병원장 자리까지 역임했던 이종근은 그 사실을 잘 알고 있었다.

'드디어 귀찮은 파리를 쫓을 수 있겠군.'

뿌듯한 말투로 말했다.

"수고해 주세요."

민 비서는 신속히 조사팀을 꾸렸다. 해당 분야의 전문 교수들이 조사위원을 맡았다.

"그런데 이런 일은 흔한 일 아닌가?"

"그러게 말입니다. 물론 인턴이 혼자 진료하다가 응급실에서 환자가 사망한 것은 문제이긴 하지만."

"인턴이 혼자 진료하도록 놔둔 응급의학과의 책임 아니야? 치프가 누구야?"

조사위원을 맡은 교수들은 고개를 갸웃했다. 하나같이 옳은 지적이었으나 민 비서는 차갑게 말했다.

"그 점에 관해서는 따로 참작을 할 것입니다. 교수님들께서는 김진현 인턴 선생님이 진료 중 어떤 잘못을 했는지를 검토해 주십시오."

의문점이 많았으나 민 비서의 싸늘한 말에 다들 입을 다물었다. 고작 비서이지만 그녀는 이사장 직속 기관인 창조기획실의 실장이다. 그리고 그녀가 직접 나선다는 것은 이 일에 이사장의 모종의 의도가 숨어 있다는 뜻이었다.

'도대체 인턴이 무슨 일로 이사장님께 찍혔는지는 모르지만… 우리야 시키는 대로 따라야지.'

아무리 교수라도 이사장이자 대일그룹의 삼남(三男)인 이종근의 눈 밖에 나면 병원 생활은 끝이었다.

"꼼꼼히 검토해 주세요."

"알겠소, 민 실장."

교수들은 그녀를 창조기획실의 직책인 민 실장으로 높여 불렀다. 어두운 회의실에서 그들은 김진현의 처치를 샅샅이 복기했다.

"흐음……."

"처음에 피검사와 초음파로 진단했군."

"간성혼수에 관장……."

민 비서가 물었다.

"어떤가요?"

그녀는 유능한 인재지만 의학 지식은 없다. 차트를 봐도 뭐가 잘못된 것인지 알아보지 못한다.

한 교수가 말했다.

"대단하군요."

"네?"

"완벽한 처치예요."

"……!"

다른 교수가 의문을 표했다.

"그런데 왜 처음에 CT가 아닌 초음파를 봤지?"

"콩팥 수치가 높아서 그런 것 아니겠소? 그리고 항암치료를 할 것도 아니고, 말기 암 노숙자한테 CT를 그때 찍어도 돈만 들지 딱히 얻을 정보도 없고……."

"하긴 그냥 다른 환자였으면 CT가 답이지만 저 경우 초음파도 훌륭한 선택이군."

이번엔 젊은 교수가 물었다.

"응고 수치가 높아 지혈이 안 될 텐데 관장은 위험한 치료 아니었을까요?"

"그건 그렇지. 하지만 인턴 선생님이 차트에 직접 기록했군. 다른 방법이 없고 출혈에 주의해 최대한 조심히 시행했다고. 실제로도 의식이 깬 다음엔 곧바로 먹는 약으로 바꿨고. 허허, 이거 인턴 맞아? 무슨 인턴이 이렇게 노련해?"

그 뒤 여러 고비의 처치에 대한 이야기가 나왔다.

"내시경을 안 한 게 아쉽군요."

"그렇긴 하지만 피가 났을 때는 혈압이 너무 낮아 할 수 있는 상황이 아니었어. 그 뒤에는 SB 튜브로 지혈이 된 상태고. 돈도 없는 노숙자인데 나라도 안 했을 것 같은데?"

"그러게 말입니다. 이 인턴 도대체 누구지? 김진현?"

누군가 말했다.

"아, 들은 적 있습니다. 한국대 수석 졸업자라고 하더군요."

"아, 나도 최대원 교수한테 들은 적 있는 것 같다. 그러면 우리 후배잖아?"

대일병원 교수의 90%는 국내 최고 명문 한국대 의대 출신이다. 비공식 청문회장이 감탄의 장으로 바뀌었다.

"요즘 애들은 다들 이렇게 잘하나? 나도 한국대 수석 졸업이지만 저 정도는 아니었던 것 같은데."

"에이, 형님보다 훨씬 낫죠. 그런데 형님 수석 졸업이셨습니까?"

"에헴, 이 사람아. 나 이래 봬도 수석 졸업이야."

"그런데 저 인턴 우리 내과 한다고 했던 것 같은데?"

그 말에 구석에서 조용히 앉아 있던 간이식의 주니어 교수, 유영수 교수가 말했다.

"아닙니다. 외과 할 것입니다."

"뭐? 아니야, 내과야."

그 소란스러운 분위기에 민 비서가 불편한 헛기침을 했다.

"크흠! 다들 지금 뭐하시는 거죠?"

"……."

"쓸데없는 잡담은 삼가고 문제를 찾아주세요."

잠시 후 날카로운 인상의 중년 남자가 말했다. 외과 간암 파트, 윤석호로 강직한 성격으로 유명한 교수로 병원 고위 행정층과 마찰을 빚은 적이 많다.

"없소."

"네?"

"문제없다고."

민 비서의 긴 속눈썹이 파르르 떨렸다.

"그게 무슨······?"

"이보시오, 민 실장!"

"······!"

윤석호가 낮게 말했다.

"우린 이 분야에서 대한민국 최고의 권위자들이오. 이사장님 뜻이 무엇인지는 모르지만, 우리가 없다고 판단하면 없는 거요. 알겠소?"

"······!"

"검토 끝난 것 같으니 다들 일어납시다."

그 말에 교수들이 하나둘 민 비서의 눈치를 보더니 자리에서 일어났다.

"크흠, 이만 가보겠소. 미안합니다. 그래도 아무런 문제가 없는데, 있다고 할 수는 없는 노릇 아니겠소?"

다들 각 분야에서 명망 높은 대가들. 이사장의 눈치를 안 볼 순 없지만 그렇다고 개처럼 생각 없이 핥진 않는다. 선배 의사로서 까마득한 후배 인턴에게 칭찬은 못할망정 없는 죄를 만들어 씌울 수는 없는 노릇 아닌가?

결국 회의실에 덩그러니 남은 민 비서는 입술을 깨물었다.

'안 돼. 무슨 수를 써서라도 잘못을 만들어야 해.'

최근 이사장 이종근의 심기가 무척 불편했다. 몸까지 섞은 사이지만 그녀는 이종근이 무서웠다.

민 비서는 응급의학과 치프 오형석에게 전화를 걸었다.

─무슨 일입니까?

"창조기획실 실장 민소영입니다. 잠시 만날 수 있을까요?"

──…알겠습니다.

내키지 않은 대답이 전화기로 들렸다. 그녀는 붉게 립스틱을 칠한 입술을 깨물었다.

'모든 게 완벽할 수는 없을 거야. 의학적으로 잘못한 게 없다면… 다른 쪽으로 덮어씌우면 돼.'

그리고 그건 김진현의 책임자였던 치프 오형석이 적당히 말을 맞춰준다면 어려운 일이 아니었다. 하지만 상황은 그녀의 뜻대로 돌아가지 않았다.

"그래서 김진현에 대해 하고 싶은 말이 정확히 뭡니까?"

오형석이 삐딱한 태도로 답했다.

민 비서는 당황했다.

'뭐지? 지난번만 해도 이런 태도가 아니었는데…….'

"그러니까 김진현 선생님이 노숙자 환자를 볼 때 잘못한 점은 없었는지…….."

"정확히 무슨 잘못을 말하는 겁니까?"

호의적이지 못한 말투에 민 비서는 떠듬떠듬 말했다.

"그러니까… 태도가 안 좋았다든지…….."

"태도가?"

"아니면 중환자를 보는데 신경을 덜 썼다든지… 노숙인이라서 무시를 했다든지…….."

오형석은 짧게 답했다.

"없습니다."

"네?"

"다시 한 번 말하지요. 김진현 선생의 진료의 문제점을 알고 싶은가 본데, 없습니다. 오히려 윗사람인 제가 부끄러울 정도의, 오로지 환자를 위한 진료였습니다."

"……!"

"더 할 말 없으면 그만 가보겠습니다."

오형석은 냉정히 등을 돌렸다.

민 비서는 눈꼬리를 올리며 외쳤다.

"이이! 저는 이사장님의 지시에 따라 온 거예요. 이런 식으로 대답하고도 괜찮을 거라고 생각하는 거예요?!"

그 외침에 오형석은 빤히 그녀를 바라봤다.

"어차피 전 이번 년도만 지나면 레지던트 끝나고 군대 가는데 뭔 상관이 있겠습니까?"

"……!"

"뭐, 군대 제대 후 대일병원에 발을 비벼볼까도 생각했는데 됐습니다. 더러워서 그냥 다른 병원 취직하죠. 안녕히 잘 지내시길."

홀로 남은 민 비서는 분노에 주먹을 떨었다. 하지만 그녀가 할 수 있는 것은 아무것도 없었다.

비서실로 돌아온 그녀는 기다란 손가락 사이로 얼굴을 파묻었다.

'안 돼. 절대로. 이런 식으로 끝나면.'

그녀의 검은 눈동자가 가라앉았다.

'죄를 덮어씌워야 해. 노숙자, 간암으로 사망 환자. 무엇으로 트집을 잡을 수 있을까?'

칠흑같이 검은 머리가 흘러내려 눈동자를 가렸다. 그 어두운 시야 사이로 그녀는 고민했다.

'그래, 의학적으로 문제는 없었지만 보호자도 없고, 가망이 없는 말기 암 환자한테 지나친 처치를 한 것 아닐까? 그것에 중점을 맞춰 문제를 만들어야겠다.'

그렇게 없는 죄를 머리에서 구상하고 있을 때였다. 그녀는 의아한 물음을 뱉었다.

"이게 뭐지?"

그녀의 모니터는 한 포털사이트의 메인 페이지를 띄우고 있었는데, 거기에 이상한 문구가 떠 있었다.

〈대일병원의 따뜻한 의사, 노숙자의 마지막 가는 길을 달래다.〉

포털 사이트에 게재된 뉴스였다.

이게 뭐지? 대일병원의 따뜻한 의사? 그녀는 불안한 마음으로 기사를 클릭했다. 화면이 바뀌며 다음과 같은 기사가 떠올랐다.

〈간암 말기의 노숙자 환자를 마음으로 치료한 의사가 있어서 세간에 훈훈한 감동을 주고 있다.〉

"……."

그녀는 입을 다물었다.

기사의 내용을 살피니 노숙자 환자가 화장을 치르기 직전 품에 간직하고 있던 유서 겸 편지가 발견되었고, 그 편지에는 돈도 없고 보호자도 없는 자신을 마음을 다해 치료해 준 젊은 의사에 대한 감사가 구구절절 적혀 있었다 한다.

기사의 마무리는 다음과 같았다.

〈대일병원의 김진현 의사는 고인을 마음을 다해 치료했을 뿐 아니라, 경제적 사정이 어려운 고인을 위해 모든 치료비를 자비로 부담하였다. 하지만 김진현 의사는 자신은 특별히 한 게 없다며, 일체의 인터뷰를 거절해 더욱 감동을 주었다. 오른손이 한 일을 왼손이 모르게 하라는 구절을 떠올리게 하는 태도로, 각박한 요즘 세상을 따뜻하게 달구는 일화이다.〉

그녀는 헛웃음을 뱉었다. 이젠 수습불가였다. 더 최악인 것은 그것이 끝이 아니란 점이다. 이사장의 높은 뜻은 짐작도 못 하는 할 일 없는 홍보팀이 또 사고를 쳤다. 병원 대문, 그것도 팝업 창까지 띄워 진현의 일을 홍보해 버린 것이다.

덕분에 대일병원에 근무하는 의사들은 물론이고, 방문하는 모든 환자까지 진현의 일을 알게 되었다. 그리고 여기 인터넷 기사를 보며 비명을 지르는 사람이 있었다.

'안 돼!'

김진현이었다.

조금 전, 인턴 숙소에서 시체처럼 자던 그를 황문진이 깨웠다.

"진현아, 이것 봐봐! 대박이야!"

"뭔데? 나 요즘 환자 때문에 며칠째 계속 못 자서 그냥 잔다⋯⋯."

"아니야, 꼭 봐야 해!"

황문진의 호들갑에 결국 바위처럼 무거운 눈을 들고 인터넷을 본 진현은 자신의 눈을 의심했다. 이게 뭐야? 그러고 보니 아까 잠결에 인터뷰 어쩌구 하는 전화를 들었던 것 같기도… 귀찮아서 끊었었는데……. 거기까지 생각이 미친 진현은 속으로 비명을 질렀다.

'안 돼! 젠장, 왜 맨날 이런 일이?'

또 이런 사고를 치다니. 아니, 이건 내 잘못이 아니잖아?

"아, 몰라. 나 그냥 잔다."

머리가 하얗게 변한 진현은 침대로 돌아갔다. 생각하고 싶지 않았다. 왜 뭘 해도 항상 대형 사고로 이어지지?

'나도 모르겠다. 그냥 자자. 피곤해. 이것도 어쩌면 꿈일지도.'

침대에 누운 진현은 횡설수설 생각했다. 꿈일 거다. 아니, 꿈이어야 한다. 그는 그렇게 기원했다. 하지만 그 바람은 이뤄지지 않았다. 그렇게 진현은 두 달 사이에 대일병원 홈페이지 대문에 두 번이나 출현하는 인턴이 되었다. 대일병원의 모든 사람에게 김진현이란 이름이 알려지는 순간이었다.

이후 응급실 생활은 평온했다. 가끔 '따뜻한 의사 김진현'에게 진료를 받으러 오는 환자들을 제외하면 말이다. 모두 인터넷 기사 때문이다.

'나한테 허락도 받지 않고 그런 기사를 쓰다니.'

한숨이 나왔다. 그래도 부모님이 기사를 보고 너무 좋아하셔서 마음을 달랬다. 아들의 멋진 기사에 부모님들은 동네잔치라도 연 듯했다.

'그래, 이런 기사도 나중에 피부과 개업할 때 액자로 만들어

벽에 붙여두면 광고가 되겠지.'

진현은 애써 좋게 생각했다. 한국대 의대 수석, 대일병원 피부과 출신의 따뜻한 의사 김진현의 피부과! 선전 효과는 확실히 좋겠다.

'그러려면 피부과에 합격해야지. 더 끌지 말고 이번 주쯤 인사를 드려야겠어.'

그러던 어느 날이었다. 전날 24시간 근무를 끝내고 아침부터 잠을 잔 진현은 오후 4시쯤 일어났다.

'더 자고 싶다.'

멍하니 생각했다. 하지만 일어나야 했다. 오늘은 약속이 있었다. 다름 아닌 이전 삶의 아내인 이연희와.

'무슨 얼굴로 봐야 할지 모르겠군. 빨리 밥만 먹고 들어와야지. 그런데 뭐 먹지? 가로수길……'

이전 삶에서 그녀가 좋아하던 음식점이 떠올랐다. 이번 삶에서도 좋아하려나? 뭐, 싫어하진 않겠지.

씻고 대충 나갈 준비를 하고 있는데, 숙소 근처 휴게실에서 혜미를 만났다.

"아, 진현아! 준비하고 있어?"

혜미는 활짝 웃으며 종종걸음으로 그에게 뛰어왔다. 진현은 그녀를 보고 눈을 살짝 크게 떴다. 예뻤다. 원래도 예쁜 얼굴이지만, 오늘은 시선을 뗄 수가 없었다. 어느덧 어깨까지 자란 부드러운 머리칼이 하늘거렸고 붉은 입술이 고혹적으로 빛났다. 몸의 실루엣을 드러내는 원피스는 윗부분이 파여 하얀 살결을 드러냈다. 너무나 아름다운 모습에 주변을 지나가던 남자들이 정신없이 그녀를 바라봤다.

두근. 진현은 알 수 없는 두근거림을 느끼며 시선을 돌렸다.

"너… 어디 가냐?"

"응?"

"소개팅?"

그 말에 환한 그녀의 웃음이 사라졌다. 진현은 갑자기 변한 혜미의 얼굴에 당황했다. 내가 뭐 잘못 말했나?

"왜 그러냐?"

혜미는 서운함이 가득한 목소리로 말했다.

"잊어버리고 있었어?"

"응?"

"우리 오늘 놀러 가기로 했잖아."

"……!"

진현은 머리를 망치로 맞은 듯했다.

"오늘이… 며칠이지?"

"5월 27일."

"…무슨 요일이지?"

"목요일."

진현은 자신의 멍청함을 한탄했다.

'이런, 약속을 겹쳐 잡았구나.'

이연희와는 5월 27일이라 약속하고, 혜미와는 넷째 주 목요일이라 약속한 것이다. 노숙자 김성민 환자를 진료하며 정신이 없었던 탓이었다.

'어떻게 하지? 이 녀석 이전부터 나랑 놀러 가는 것을 기대했었는데.'

왜 남자친구도 아닌 자신과 놀러 가는 것을 기대하는지는 모르겠지만 말이다. 혜미는 고개를 흔들어 서운함을 떨치고 애써 웃으며 말했다.

"뭐, 바쁘니까 잊어버릴 수도 있지. 준비해. 나가자."

"……."

"왜?"

진현은 주저하다 입을 열었다.

"혜미야."

"응?"

"미안해. 오늘은 안 될 것 같다. 선약이 있어서."

"……!"

그녀의 얼굴이 굳어졌다. 진현은 미안한 마음이 들었으나 어쩔 수 없었다. 이연희와의 약속이 훨씬 전부터 잡힌 선약이니까.

"아… 그, 그래?"

"응, 미안하다. 다음에 보자."

"…그래."

혜미의 커다란 눈에 투명한 물기가 차올랐다. 눈물이었다.

진현은 놀라 말했다.

"혜, 혜미야?"

그녀도 자신의 눈물에 당황해 급히 손가락으로 눈가를 문질렀다.

"아, 아니야. 내가 왜 이러지? 미안. 피곤해서 그런가 봐. 오늘 잘 쉬고 다음에 보자."

"자, 잠깐!"

하지만 그녀는 급히 몸을 돌려 사라졌다.

진현은 손을 뻗은 채 굳었다.

"저 녀석 왜 저러지?"

그는 한숨을 내쉬었다.

"다음에 맛있는 거라도 사줘야겠다."

그런데 혜미의 뒷모습을 떠올리자 진현은 가슴에 이상한 감정을 느꼈다. 욱신. 그것은 아릿함이었다. 왜 이런 감정이 느껴지는지 진현은 알지 못했다.

기분이 찝찝한 진현은 약속 장소에 빨리 도착했다.

'너무 빨리 왔나?'

약속 시간까지 아직 1시간이나 남았다.

'가로수길은 진짜 오랜만이구나.'

회귀 후 한 번도 오지 않았으니 10년이 넘었다.

'여전히 사람은 많네.'

압구정의 상권을 밀어내고 강남 최고의 번화가로 떠오른 가로수길은 어마어마한 사람들로 벅적댔다. 원래 호젓하고 아기자기한 분위기로 뜬 번화가인데, 그런 모습은 찾아볼 수 없었다.

'이런 데 건물 하나 있으면 좋겠구나.'

건물임대업자, 그의 궁극적 목표였다. 이런 번화가에 건물을 사서 세를 받으면 얼마나 좋을까?

'내 돈으론 무리겠지?'

진현은 피식 웃었다.

예과 때부터 악착같이 모아 투자한 그의 재산은 어느덧 20억에 가깝게 불었다. 원래 15억을 예상했었는데, TC80의 성공으로 마인바이오의 주가가 예상보다 더 뛴 탓이다. TC80을 진행하며 산 아파트도 점점 오르고 있다.

대일그룹의 주식도 예상보다 더 올랐다. 아직 3, 4년은 더 오를 거라 감안하면 돈이 어디까지 불지 모르겠다.

'20억… 진짜 많이 모았구나. 대일그룹의 주식이 3, 4년 뒤, 피크(Peak)까지 오르면 25억… 어쩌면 30억까지도 가능할지도.'

그의 나이가 고작 이십 대 중후반인 것을 생각하면 정말 큰돈이었다. 아니, 나이를 떠나 웬만큼 평범한 사람들은 평생을 노력해도 만지기 어려운 액수였다.

'부자들에겐 큰돈이 아니란 것이 함정이지.'

일반 사람들은 평생을 가도 못 모으지만 이 액수를 껌값으로 취급하는 사람도 많았다. 부익부 빈익빈의 간극이었다. 있는 사람은 더 가지고, 없는 사람은 몸을 누일 집 한 채 마련할 수 없다.

'이런 번화가는 세가 얼마나 할까?'

호기심에 진현은 부동산에 들어갔다. 그리고 세를 확인 후 눈이 튀어나오게 놀랐다.

"아니, 저 조그만 곳이 월 1,000만 원이 넘는단 말입니까?"

"저 정도면 싼 편이야. 건물 가격이 150억이 넘는데. 더 비싼데도 많아."

진현은 혀를 찼다. 테이블 몇 개 들어가지도 않을 코딱지만 한 샌드위치 가게인데, 월세가 1,000만 원이 넘는다고? 이건 뭐, 열심히 일해 집주인에게 갖다 바치는 꼴 아닌가?

'대한민국 하늘 아래, 건물주와 세입자라는 새로운 계급이 있다더니.'

웃지 못할 우스갯소리다. 능력과 노력만으론 아무리 해도 가진 자를 따라갈 수 없다. 그게 대한민국의 현실이다.

'이러니 다들 건물임대업자가 꿈이지. 뭐, 됐어.'

현실이 이런데 어쩌겠는가? 바꿀 능력도 없었고, 부정할 생각도 없었다.

'나도 되고 만다, 건물주.'

진현은 다시금 꿈을 불태웠다. 그러기 위해선 꼭 피부과에 합격해야 했다.

'내일 피부과에 인사 가기로 약속이 되어 있으니.'

그런데 그때였다. 등 뒤에서 부드러운 목소리가 들렸다.

"오래 기다리셨어요?"

진현은 시선을 돌렸다. 그리고 그곳에는 단아하게 웃고 있는 이연희가 있었다.

"보고 싶었어요. 잘 지내셨어요?"

환한 인사였다.

엇갈림

한편 그때, 대일병원 내과 회의실.

여러 내과의사가 모여 컨퍼런스를 진행하고 있었다. 그런데 평소 부드러운 내과 분위기와 달리 컨퍼런스의 공기는 어둡기 그지없었다.

"다음 환자의 사망 원인은 패혈증 쇼크 당시 정확한 포커스를 차지 못한 것으로……."

그도 그럴 것이 컨퍼런스의 주제가 최근 사망하거나 문제가 되었던 환자들의 리뷰(Review:검토)였기 때문이다.

"그때는 항생제만 쓸 게 아니라 CT를 찍었어야지. 그러면 농양을 놓치지 않았을 텐데."

"죄, 죄송합니다."

"나한테 죄송해 해서 뭐하나? 환자에게 미안하게."

한 교수의 지적에 레지던트가 진땀을 흘렸다. 이 사망 환자 리뷰, 모탈리티(Mortality) 컨퍼런스는 의과대학의 역사만큼이나 오래된 전통이다. 이 은밀하고 무거운 컨퍼런스를 통해 의사들은 자신들의 잘못을 되돌아본다.

모형이 아닌 환자에게 행해지는 치료이기에 실수나 잘못된 판단이 없어야겠지만, 의사도 사람인 이상 완벽할 수 없다. 중요한 건 과오를 반복하지 않는 것이다.

"다음 환자는……."

몇몇 환자의 증례가 추가로 검토되었다. 최선을 다했으나 결과가 안 좋았던 경우도 있었고, 피할 수 있는 실수도 있었다.

참석한 교수들은 모든 잘못을 꼼꼼하고 엄격하게 지적했다. 컨퍼런스 명단 중에는 이전 진현이 내과에서 진단했던 근육융해, 김시민 환자의 증례도 있었다.

"근육융해를 진단하기 어려웠을 텐데, 대단하군. 놓칠 뻔한 환자를 살렸어."

설명을 들은 교수들은 감탄했다. 컨퍼런스의 성격상 주치의가 아닌 인턴 김진현이 한 일이란 사실은 언급되지 않았다.

"그, 그러면 마지막 환자입니다. 최근 화제가 되었던 응급실의 김O민 환자입니다."

컨퍼런스 때는 환자의 본명을 노출하지 않는 것을 원칙으로 한다.

김O민. 진현이 봤던 노숙자 환자이다. 컨퍼런스 룸에 앉아 있던 교수들은 모두 자세를 고쳐 귀를 기울였다. 이번 컨퍼런스 중 가장 요주의 환자였다.

"저 환자는 우리 내과 환자가 아니지 않았나? 그런데 왜 우리 내과 컨퍼런스에서 다루지?"

사정을 모르는 한 교수가 물었다. 위암의 대가, 최대원 교수가 답했다.

"그것 때문입니다."

"응?"

"저 환자는 알코올성 간경화, 간암 말기의 전형적인 내과 환자였습니다. 그런데 응급실에서 인턴 혼자 진료했죠. 그 사안을 논의하려고 하는 것입니다."

최대원 교수는 눈을 낮게 가라앉혔다. 발표를 맡은 레지던트는 식은땀을 흘렸다.

"환자분은 간성혼수로 처음 응급실에 방문했습니다. 그리고……."

이후 김진현이 했던 처치들을 자세히 설명했다. 바늘 하나 떨어지는 소음 없이 교수들은 설명을 경청했다.

"…이상입니다."

발표가 끝난 후 곧바로 질문이 들어왔다.

"연락을 받았을 텐데 왜 내과로 데려오지 않았지? 왜 인턴 혼자서 모든 책임을 질 상황을 만들었지?"

"그, 그… 노숙자 환자여서 입원이 불가했고, 어차피 곧 사망하거나 퇴원할 환자였어서……."

"그래서?"

"……."

"사망하거나 퇴원을 시켜도 그건 우리 내과에서 해야지. 그걸 왜 인턴한테 맡겨놓고 모든 책임을 떠맡겨?"

최대원 교수는 차갑게 질책했다. 레지던트는 꿀 먹은 벙어리가 되었다. 응급실의 치프 오형석은 이사장실의 압력을 받았지만 내과는 아니다. 당시 인턴에게 환자를 맡긴 건 분명 그의 잘못이었다.

"잘 들어. 문제가 생겼을 때, 책임은 윗사람이 지는 거야. 아무것도 모르는 아랫사람에게 던져놓는 게 아니라. 저런 문제 소지가 있는 환자는 인턴 혼자 진료하는 게 아닌 우리가 보는 게 맞았어."

백번 옳은 말이다. 레지던트는 고개를 숙였다. 그 모습에 가만히 상석에서 컨퍼런스를 듣던 노교수가 입을 열었다.

"너무 뭐라고 말게. 우리 내과 아이들도 힘들고 고되지 않나?"

노교수의 말에 최대원 교수는 고개를 숙였다.

"네, 과장님."

온화한 인상의 노교수는 미소를 지었다.

"그런데 저 인턴은 그냥 인턴이라고 보기는 어려울 것 같은데? 인턴이 어떻게 저렇게 깔끔하게 치료했지? 흠잡을 게 전혀 없어."

다른 교수들도 말했다.

"그러게 말입니다. 저희도 깜짝 놀랐습니다."

"저 정도면 전문의가 진료했다고 봐도 무방할 정도인데……."

"인터넷에 칭찬 기사도 나지 않았나?"

어느덧 대일병원의 유명인이 된 괴물인턴 진현에 대한 칭찬이 쏟아졌다. 학생 때 지도교수였던 최대원은 마치 팔불출처럼 아들이 칭찬받는 기분이 들었다. 그래서 교수들이 모르고 있던 사실

하나를 더 말했다.

"아까 검토했던 근육융해 환자도 사실 저희가 아니라 그 김진현 인턴 선생이 진단한 거였습니다."

"허? 그게 사실이오?"

"네, 누가 시키지도 않았는데 혼자서 보호자를 설득해 피검사를 돌려 진단했지요."

그 말에 교수들은 다시 감탄을 토했다.

"허, 저 어려운 질환을 인턴이 진단해?"

"난 놓쳤을 것 같은데."

상석에 앉아 있던 온화한 인상의 노교수가 최대원 교수에게 물었다.

"저 인턴 선생은 천상 내과감인데. 내과를 한다고 하던가?"

최대원 교수는 일순 고민했다. 진현이 내과를 할 거라고 떠들고 다니긴 했지만 사실 그가 자신에게 내과를 한다고 이야기한 적은 없다.

그래도 말했다.

"네, 김진현 선생은 내과를 할 겁니다."

"그렇군. 좋아."

컨퍼런스가 끝나 노교수는 천천히 자리에서 일어났다.

"김진현 인턴 선생님께 조만간 나에게 인사를 하러 오라고 하게. 이런 뛰어난 인재는 무식한 수술과나 돈만 버는 피부과 같은 과 말고 우리 내과를 해야지."

온화한 얼굴의 노교수가 말했다.

정영태. 대일병원 전체 내과의 전(前) 과장이자 현(現) 대한내과협회의 회장인 그는 모든 과 중에서 내과가 가장 뛰어나다고 믿는 대원로(大元老)였다.

그리고 그 순간, 대일병원 다른 곳에서도 진현에 대한 비슷한 이야기가 나오고 있었다. 외과였다. 간이식 분야의 최고 대가, 강민철 교수가 드디어 의식을 회복한 것이다.

대일병원 심장 중환자실, 간이식 분야 국내 최고의 대가, 강민철 교수가 힘겹게 눈을 떴다.

"교수님, 괜찮으십니까?"

마침 옆에서 자리를 지키고 있던 주니어 교수 유영수가 벌떡 자리에서 일어났다.

"아, 아… 괜찮네."

강민철은 고개를 저었다. 진현이 마지막에 봤을 때에 비해 그의 얼굴은 반쪽으로 줄어 있었다.

"내가 얼마나 중환자실에서 치료받은 거지?"

"벌써 한 달이 넘어갑니다. 심장 자체는 금방 좋아지셨는데 의식 회복이 더뎌서… 많이 걱정했었습니다, 교수님."

"심장? 아… 그때 수술 중에……."

강민철은 의식을 잃기 전, 마지막 순간을 떠올렸다. 가슴을 움켜쥐고 쓰러졌었는데…….

"심근경색이었나?"

"네, 중간에 심장마비까지 오셨습니다."

"하, 믿을 수 없군. 그런데 심근경색에 심장마비까지 왔는데 생각보다 몸이 괜찮은 것 같군."

강민철은 자신의 몸을 둘러보았다. 이전보다 훨씬 수척하긴 하지만 이렇게 움직일 수 있는 게 어디인가? 심근경색에 심장마비면 죽거나, 혹은 살아도 식물인간이 되는 경우가 많다. 더구나 심장 부전의 증상인 몸이 붓거나 숨이 차는 증상이 나타나지도 않았다.

유영수 교수가 설명했다.

"김진현 인턴 선생 덕입니다."

"김진현?"

강민철이 굉장히 아끼던 제자로 삼을 생각까지 하고 있는 인턴이다. 그런데 그 아이가 무슨?

"그 인턴 선생이 교수님의 쓰러질 당시의 상황만 보고 심근경색을 곧바로 추측했습니다. 당시 상황이 굉장히 급했는데 그 인턴 선생 덕분에 빠르게 치료에 들어갈 수 있었습니다. 치료에 들어가던 중, 심장마비가 일어났는데 5분이라도 지체됐으면……."

유영수 교수는 말끝을 흐렸다. 만약 김진현의 추측이 없어 10분, 아니, 5분이라도 처치가 늦어졌으면 강민철 교수는 죽었을 것이다. 살아도 식물인간이 됐거나.

강민철 교수는 신음을 흘렸다.

'김진현… 그 아이가 내 생명을 구했군. 이 보답을 어떻게 한다?'

간발의 차이로 목숨을 구했단 아찔한 안도감과 김진현에 대한 감사가 가슴에 차올랐다.

'꼭… 꼭 외과를 시켜야겠어.'

외골수인 그에게 최고는 무조건 외과였다. 김진현, 그 아이도 수술을 좋아하니 외과를 시키면 좋아할 것이다. 환자와 수술만 생각하는 강민철이기에 가능한 발상이었다.

"그런데… 내가 수술하던 환자는 어떻게 되었는가?"

누가 강민철 아니랄까 봐, 그는 환자의 안위를 물었다.

유영수는 명쾌히 답했다.

"아, 특별한 문제 없이 수술 잘 마쳤고 벌써 퇴원했습니다."

"그래, 고맙네. 혈관까지 다 이어야 했을 텐데 자네가 고생했군."

그런데 유영수는 그 말에 고개를 갸웃했다. 이게 무슨 말이지? 혈관은……

"혈관 문합(Vascular anastomosis)은 교수님께서 하시지 않으셨습니까?"

"응? 그게 무슨 말인가? 내가 어떻게 혈관 문합을 해? 쓰러졌는데."

"…혈관 문합을 마치고 쓰러지셨던 것 아닙니까?"

"아니야, 혈관 문합 하기 전에 쓰러졌어."

"하, 하지만… 제가 갔었을 때는 이미 혈관 연결이 끝난 상태였는데……"

"……."

둘은 입을 다물고 서로를 바라봤다. 이게 어떻게 된 일이지?

'왜 이렇게 귀가 가렵지?'

진현은 자신을 향해 일어나는 끔찍한 일들은 상상하지도 못한 채 가로수길을 걸었다.

"식사는 뭐로 할까요? 김진현 선생님은 뭐 좋아하세요?"

좁은 길에 사람이 많아서일까, 연희는 바짝 진현에게 붙어 걸었다. 하얀 팔이 스치며 옛 생각이 났다.

'예전에 이렇게 많이 걸었는데.'

그녀가 워낙 좋아하는 거리라 여러 번 왔던 기억이 난다. 그때는 나름 부부라 팔짱을 끼고 걸었었는데…… 진현은 생각을 떨치며 주변을 살폈다.

'이쯤인데.'

그는 사실 소고기를 좋아하지만, 그녀는 고기를 별로 안 좋아했다. 그녀가 좋아하는 가게가…….

'아, 저기 있군.'

"저기 어떻습니까?"

진현은 카페 형식의 샌드위치 가게를 가리켰다. 연희의 얼굴이 밝아졌다.

"아, 저 여기 엄청 좋아하는데. 어떻게 아셨어요?"

"그냥……."

모를 수가 있나. 그래도 명색이 부부였는데. 진현은 머리를 긁적인 후 말했다.

"들어갑시다."

새로 거처를 마련한 삼성동의 오피스텔에서 혜미는 멍한 표정을 짓고 있었다.

"바보."

나직한 중얼거림.

"바보. 김진현, 정말 바보."

아니, 아니다. 바보는 그가 아니라 그녀였다.

"왜 이렇게 눈물이 나지, 바보같이."

혜미는 연신 눈물을 닦았다. 그녀도 왜 자신이 이렇게 눈물을 흘리는 것인지 알 수 없었다.

"별것도 아닌 일인데. 그냥 다음에 놀면 되잖아."

정말 별것도 아닌 일인데… 왜 이렇게 서운한 걸까? 그와의 데이트를 몇 달 전부터 기대했었다. 바보같이 오늘만 기다리며 행복해했고, 그에게 조금이라도 잘 보이려 가장 예쁜 옷을 입었다. 그래서 서운한 걸까? 이런 내 마음은 모르고 아무렇지도 않게 약속을 취소해서 서운한 걸까? 사실 친구 간의 약속 따위 취소할 수도, 펑크 낼 수도 있는 건데. 정말 바보같이 서운하다.

"정신 차려, 이혜미. 진현이는 날 좋아하지 않아."

혜미는 쓸쓸하게 말했다. 그래, 그래서 그런 거다. 난 그를 사랑하고, 그는 날 사랑하지 않으니까. 그러니 난 이런 사소한 약속을 바보같이 기대하고, 그는 아무렇지 않게 취소할 수 있는 거겠지. 어쩔 수 없는 일이다. 뭐라고 할 수도 없고, 서운해서도 안 된다. 그를 사랑한 건 자신이니까.

"괜찮아, 혜미야."

혜미는 자신을 위로했다.

"정말 괜찮아. 나한텐 사랑보다 더 중요한 게 있잖아."

그녀는 멍하니 창밖을 바라봤다. 즐비하게 널어선 테헤란로의 건물들이 삭막하게 시야에 들어왔다.

그런데 그때, 전화벨이 울렸다.

따리리.

'혹시 진현이?'

그녀는 또 바보같이 기대했다가 실망했다. 정말 자신은 구제 불능의 바보다.

"여보세요? 수연아?"

전화벨의 주인은 인턴 친구인 김수연이었다. 서울 소재 여대를 졸업한 그녀는 어느새 혜미의 단짝이 되었다.

―혜미야, 지금 뭐 해?

"특별히… 그냥 있어."

―나 지금 가로수길인데 나올래?

"가로수길?"

―응! 할 일 없으면 술이나 먹자. 여기 다른 친구들도 있어.

혜미는 고민했다. 내키지는 않은데…….

"글쎄……."

―왜? 할 일 있어? 이 언니가 사줄게. 빨리 나와!

강한 독촉에 혜미는 결국 고개를 끄덕였다. 집에 있어도 우울하기만 할 것 같긴 하다.

"응, 알았어. 금방 갈게."

샌드위치 집에 들어간 진현과 연희는 샌드위치를 시켰다.

"여기 어떻게 아세요? 아는 사람만 아는 곳인데……."

"그냥……."

진현은 말끝을 흐리며 생각했다.

'아, 여전히 맛없구나. 이걸 도대체 무슨 맛으로 먹는 거지?'

폭신폭신한 치아바타 안에는 바비큐 소스에 적셔진 버섯이 잔뜩 들어 있었다. 이전 삶에서 그녀와 왔을 때도 항상 생각한 것이지만 이걸 도대체 무슨 맛으로 먹는 거지? 또 가격은 빵 쪼가리, 풀, 버섯 주제에 12,000원이 넘는다. 왜 이리 비싸?

'하긴 월세가 1,000만 원이 넘으니 비싸긴 해야겠군.'

진현은 실없이 생각했다. 그래도 그의 박한 평과 다르게 가게는 벅적벅적했다. 여성 손님들과 그녀들을 꼬시기 위한 남성 손님들로. 연희도 만족해하는 듯했다. 다만 진현이 깨작거리기만 하자 걱정스레 물었다.

"입맛에 안 맞나 봐요? 별로 맛없으세요?"

"아니, 그렇지는 않습니다."

"안 좋아하시는 것 같은데… 왜 여기 오자고 하셨어요?"

"그냥 좋아할 것 같아서……."

별 생각 없이 말하던 진현은 아차 했다.

다행히 그녀는 진현의 말에 담긴 의미를 알아듣지 못했다. 대신 다른 쪽으로 이해했다.

"아, 저 생각해 준 거구나. 고마워요. 그래도 저 아무거나 다잘 먹는데. 다음엔 우리 선생님 좋아하는 걸로 먹으러 가요."

"괜찮습니다. 지금도 먹을 만합니다."

진현은 빵을 들어 우적우적 뜯어먹었다. 그 모습이 웃긴지 아니면 귀여운지 연희는 입을 가리며 말없이 웃었다. 진현은 등을 의자에 기댔다. 딱딱한 원목의 감촉이 느껴졌다.

'이전이랑 똑같구나.'

빵의 맛도, 음식점의 분위기도, 그리고 그를 보며 웃는 그녀의 모습도 모두 똑같았다.

"응급실은 힘들진 않으세요?"

"지금은 괜찮습니다."

"선생님은 집은 어디세요?"

그 뒤 별다를 것 없는 이야기들이 오갔다. 일상적인 대화들. 불편할 거라 생각했던 것과는 다르게 어색함은 없었다. 아니, 걱정이 무색하게 그녀와의 대화는 편했다. 특별한 주제가 없음에도 물처럼 흘렀고, 익숙한 동반자와의 소통처럼 편안했다.

흡사 이전의 삶으로 돌아왔다고 착각이 들 정도여서 진현은 살짝 당황했다. 그녀도 그런 생각이 들었는지 빨대로 레몬에이드를 마시며 고개를 갸웃했다. 붉은 입술이 탄산수에 젖어 반짝였다.

"저… 혹시 이전에 만난 적은 없죠?"

"네, 없습니다. 병원에서 처음 봅니다."

굳이 시간 관계를 따지면 미래이니 이전에 만난 적은 없다.

"그러게요. 그런데 왜 이렇게 익숙한 느낌이 들까요? 마치 이전에 오랫동안 함께했던 것처럼……."

"……!"

진현은 급히 고개를 저었다.

"착각입니다."

그녀는 잔잔하게 웃었다.

"그렇겠죠? 그런데 이상하다? 이전에 분명 만난 적이 있는데… 음… 어디서지……."

그리고 손가락을 입술에 갖다 대고 고민하다 손뼉을 쳤다.

"아! 떠올랐다. 우리 만난 적 있어요."

"네? 언제……?"

"남산이요!"

"……!"

진현은 놀랐다. 그러고 보니 있었다. 그녀와 만난 적이. 거의 4년 전, 남산타워에 갔을 때, 카페에서 알바를 하고 있는 그녀와 마주쳤었다. 하지만 워낙 오래전이고 정말 잠깐 스친 것에 불과한데 기억하다니?

"그때 선생님 맞죠?"

"아… 네."

연희는 반가운지 생글생글 웃었다. 그러다 웃음을 지우며 얼굴을 불쑥 진현에게 가져갔다. 조각을 한 듯 단아한 하얀 얼굴이 가까워지자 진현은 살짝 가슴을 두근거리며 고개를 돌렸다.

"왜 그러십니까?"

"그때 왜 그러셨어요?"

"네?"

"왜 그렇게 넋 놓고 저를 바라보셨어요?"

"……."

진현의 얼굴이 민망함에 붉어졌다. 그러고 보니 그때 그랬었지.

연희는 은근한 목소리로 물었다.

"그때 워낙 열렬히 저를 바라보기에 첫눈에 반하기라도 한 줄 알고 두근거렸는데……."

"그, 그건……."

그는 당황해 말을 더듬거렸다. 뭐라 할 말이 없다. 항상 딱딱한 진현답지 않은 모습에 연희는 풋 미소 지었다.

"장난이에요, 장난. 너무 당황하니 제가 미안하잖아요."

"……."

"하여튼 4년 만에 뜻하지 않게 재회해 반가워요. 그런데 남산에서 정말 반했던 거 아니죠? 저 그때 나름 두근거렸었거든요."

계속 장난이다.

진현은 통명스럽게 답했다.

"아니었습니다."

"아쉽네요."

그녀는 웃으며 말했다.

"그런데 어쩌죠? 곤란하네요."

"뭐가 말입니까?"

"지난번 병동에서 도와준 일로 고마워서 저녁을 대접하려 한 건데, 진현 씨가 워낙 맛없게 먹어서 이걸로는 제 마음이 안 차는 데요?"

"아… 괜찮습니다."

진현은 손을 저었으나 연희는 고개를 저었다. 그녀는 자리에서 일어난 후, 진현의 손을 잡으며 끌었다.

"따라오세요. 제가 2차 사드릴 테니. 이렇게 만난 것도 인연인데 가볍게 술이나 한잔해요."

"혜미야, 이쪽이야!"

가로수길 구석에 위치한 퓨전 주점에 들어오니 누군가 혜미를 불렀다. 인턴 친구 김수연이었다. 그 외에 진현의 친구인 황문진과 다른 남자 인턴 동기도 있었다. 인턴 동기들끼리 조촐히 회식 자리를 마련한 모양이다.

"이리 와서 앉아. 밥 먹었어? 여기 음식들 맛있는데 뭐 먹을래?"

"소주."

"응?"

"밥은 됐고 그냥 소주."

"어, 어……."

이슬밖에 안 먹을 것같이 청초한 얼굴로 소주를 달라는 말에 김수연은 당황했다. 그러거나 말거나 혜미는 주점을 둘러보았다. 기분이 우울했다.

'분위기는 좋네.'

목조로 인테리어한 술집이었는데 은은하고 세련됐다. 각 테이블마다 담장처럼 두른 나무가 은밀한 공간을 허락했다. 연인들이 좋아할 분위기고, 실제로 손님들 중 남녀 커플이 꽤 많았다.

'진현이랑 이런 곳에 오고 싶었는데.'

혜미는 고개를 저었다. 됐다. 사귀다 헤어진 것도 아니고 고작 약속 하나 거절당한 것 가지고 그만 청승 떨자.

"아, 안녕, 혜미야."

황문진이 어색한 말투로 말했다. 무슨 이유에서인지 얼굴이 살짝 붉어졌다.

"응, 안녕. 잘 지내니?"

"으, 응. 너는?"

"나는 그냥그냥. 우리 술 먹자."

"어, 어."

가득 소주를 따른 혜미는 한 번에 잔을 들이켰다. 가녀린 공주 같은 외모로 소주를 마시는 모습에 인턴 동기들은 당황했다.

그녀의 친구, 김수연이 물었다.

"혜미야, 너 무슨 일 있어?"

"어? 아니, 없어. 왜?"

"그냥 기분이 안 좋아 보여서."

"아니, 특별한 일은 없어. 우리 술이나 먹자."

특별한 일은 없다. 그냥 자신이 바보 같을 뿐이지.

그렇게 그들은 술을 마셨다. 인턴 생활을 하며 고생한 이야기를 나누다 보니 분위기는 금세 달아올랐다. 시간이 조금씩 지나자 주점엔 사람이 가득 찼고, 분위기도 시끌벅적해졌다.

황문진 옆에 앉아 있는 남자 동기가 친절한 말투로 말했다.

애 이름이 뭐였더라?

"혜미야, 이렇게 봐서 반갑다. 응급실 힘들지?"

"아니, 많이 익숙해졌어. 이제 환자 보는 것도 할 만하고."

"다음엔 뭐야? 내가 뭐 도와줄까? 힘든 것 있으면 언제든 연락해."

이름 모를 남자 동기가 가슴을 치며 이야기했다. 그도 그렇고, 황문진도 그렇고, 예쁘게 생긴 혜미에게 어떻게든 잘 보이고 싶어서 난리인 눈치였다. 이전부터 그랬다. 벌이 꽃에 꼬이듯 그녀에게는 항상 많은 남자가 접근했다. 그런데 그러면 뭐하나? 가장 중요한 사람은 그녀에게 관심도 없는데.

그녀가 한숨을 내쉴 때, 황문진이 의아한 목소리로 말했다.

"어, 김진현이네?"

놀라 황문진의 시선을 따라간 그녀는 얼음처럼 굳었다.

"……!"

김진현, 그였다. 그가 단아한 인상의 미인과 함께 주점에 들어왔다.

"여기 어때요? 분위기 괜찮지 않아요? 음식도 맛있어요."

"네, 괜찮습니다."

진현은 고개를 끄덕였다. 솔직히 그의 취향은 길거리 포장마차였지만 이곳도 나쁘지 않았다. 이전 삶에서 몇 번 왔던 곳이어서 아릿한 향수가 느껴졌기 때문이다. 물론 그때도 이연희와 함께였었다.

'나쁘진 않군.'

십 년이 넘는 시간이 지나 방문한 추억의 장소는 그의 마음을 노곤하게 만들었다.

"아, 저기 창가 자리 비어 있네? 우리 저기 가서 앉아요."

그녀는 조금 신난 표정이다. 그 모습을 보니 예전 생각이 나며 진현은 씁쓸한 마음이 들었다.

'내가 좀 더 신경 써줬으면 그때 이혼할 일은 없었을 텐데.'

이전에도 그녀는 그와의 외출을 즐겼었다. 아니, 그와 같이 있는 것 자체를 행복해했었다. 그런 그녀를 바쁘다는 핑계로 외면한 건 바로 그였다.

'외과를 하면서 바쁘긴 정말 바빴지. 집에 돌아갈 수가 없었으니까. 돌아가려고만 하면 응급수술이 터지고.'

아니, 아니다. 그건 전부 핑계다. 그냥 그가 그녀를 신경 못 써줬을 뿐이다. 진현은 그제야 깨달았다. 왜 자신이 연희를 만나기 싫었는지, 왜 피하고 싶었는지. 이 감정을 마주하고 싶지 않았던 것이다. 미안함과 씁쓸함을 직시하고 싶지 않았다.

"우리 뭐 먹을래요? 아까 제대로 못 드셨으니 맛있는 거 시켜요. 제가 살게요."

진현은 메뉴판을 보지도 않고 시켰다.

"치즈 베이컨 감자전에 필스너(Pilsner) 생맥주."

연희의 눈이 커졌다.

"어머? 저 이거 제일 좋아하는 조합인데. 어떻게 아셨어요?"

"저도 좋아합니다."

진현은 희미하게 웃었다.

오늘 하루 정도… 그래, 오늘 딱 하루. 이전 삶의 미안함을 풀어도 나쁘지 않으리라.

한편 그 모습을 저 멀리 다른 테이블에서 지켜보고 있던 혜미의 가슴이 떨렸다.

"진현이를 또 여기서 보네. 가서 인사라도 해야겠다. 진… 읍!"

진현과 가장 친한 친구인 황문진이 큰 소리로 그를 부르려는 순간, 혜미가 급히 입을 틀어막았다. 황문진의 눈이 놀람으로 커졌다.

"그, 그냥 아는 척하지 말자. 뭔가 중요한 만남 같은데."

그녀는 희미하게 떨리는 목소리로 말했다.

황문진은 급히 고개를 끄덕였다.

이름 모를 남자 동기가 의문을 표했다. 그도 병원 제일 유명 인턴인 김진현을 알고 있었다.

"그런데 김진현, 쟤가 여기는 웬일이지? 저 여자는 누구고? 소개팅하나?"

황문진이 말을 받았다.

"아, 나 저 여자 누군지 알아."

"누구?"

"외과 병동의 간호사야. 수술과에서 되게 유명한 간호사야."

"아, 그러고 보니 나도 얼핏 본 적 있는 것 같다. 작년에 병원에서 이벤트로 개최한 미스 대일 선발대회 우승자 아니었나? 우리 병원에서 제일 예쁜 간호사 중 하나잖아. 그치? 예쁘긴 진짜 예쁘네."

그 말이 혜미의 가슴을 찔렀다. 그녀가 보기에도 진현 앞에 앉아 있는 여자는 아름다웠다. 신이 직접 다듬은 조각이 저럴까? 혜미가 꽃처럼 청초하고 화사하게 피어오르는 아름다움이면, 저 여자는 그녀에게 없는 차분한 단아함이 있었다. 종류가 다른, 우열을 가리기 어려운 아름다움이었다.

황문진이 말했다.

"그런데 왜 진현이랑 같이 있는 거지?"

남자 동기가 답했다.

"뻔하지, 뭐. 남자 의사랑 간호사랑 밖에서 따로 만날 일이 뭐가 있냐? 얌전한 고양이가 부뚜막에 먼저 올라간다고. 김진현 그렇게 안 봤는데 능력 있네. 그것도 병원 제일의 미녀 간호사랑."

김수연이 혜미의 눈치를 보며 주의를 줬다.

"얘, 무슨 말이 그래. 그냥 친구로 만날 수도 있지. 남녀가 꼭 마음이 있어야 만나나."

진현에게 마음이 있는 혜미를 생각한 말이었다.

하지만 혜미는 바보가 아니었다. 한창 나이의 남자 의사와 여자 간호사가 사심 없이 밖에서 만날 일은 거의 없었다. 아니, 없는 것은 아니지만 저 둘의 분위기가 심상치 않았다. 꼬리를 치듯 눈웃음치는 여자는 둘째 치고 진현의 얼굴.

'진현······.'

혜미는 진현의 저런 표정은 처음 봤다. 항상 무뚝뚝하던 그가 저런 편안한 얼굴과 미소라니.

저릿. 다른 여자를 향한 진현의 미소를 본 순간, 그녀의 가슴이 찢어졌다.

"혜미야?"

김수연이 혜미를 걱정스레 불렀다. 혜미는 억지로 미소 지었다.

"아니야. 우리 그냥 술이나 먹자. 괜히 방해하지 말고."

다행히 거리가 멀고 손님이 많아 진현이 있는 자리에서 그들은 잘 보이지 않았다. 다른 테이블의 소란 때문에 소리도 안 들렸다.

정말··· 정말 다행이었다. 지금 진현이의 얼굴을 마주하면 눈물을 흘릴 것 같았으니까.

'됐어. 어차피 나같이 나쁜 여자한테.'

그녀는 그렇게 생각했으나 가슴이 아팠다. 어쩔 수 없었다. 그를 사랑하니까.

최근에 응급실 근무로 피로했던 탓일까? 아니면 진현이 다른 여자와 있는 것을 본 탓일까? 얼마 마시지도 않았는데 혜미는 평소보다 취기가 일찍 올라왔다.

"나··· 화장실 갔다 올게."

"아, 같이 갈까?"

김수연이 물었다.

"아니, 금방 갔다 올게. 우리 이제 슬슬 일어나자."

"그래, 딴 데 가자. 2차 갈까?"

아직 시간이 일렀다. 9시 30분? 숙소로 들어가기 아쉬운 시간이었다.

혜미는 살짝 웃었다.

"그래, 나가서 다른 데로 가자."

이곳만 아니면 상관없으니까. 혜미는 깔끔하게 단장된 화장실로 가서 멍하니 거울을 바라봤다.

'정신 차려, 이혜미. 뭘 그렇게 신경 쓰는 거야? 어차피 진현이와 나는 아무런 관계도 아니야. 그러니 그가 다른 여자와 사귀든 무얼 하든 상관없어.'

그렇게 마음을 다잡았다. 다음에 진현을 만나도 아무렇지 않게 웃어야지. 웃는 건 제일 잘하는 거니까. 그렇게 생각한 그녀는 거울을 보고 미소를 지었다. 나쁘지 않다. 그리고 그녀는 화장실을 나왔다. 하지만 왜 항상 이런 일은 꼬이는 걸까? 화장실의 문을 연 순간, 그녀는 지금 가장 만나기 싫은 남자와 마주했다.

"……!"

진현이었다. 그도 뜻밖에 자신을 만나 놀랐는지 눈을 크게 떴다.

"혜미야? 여긴 어떻게?"

혜미는 연습한 대로 웃었다. 괜찮다.

"안녕, 그냥 술 마시러……."

그런데 자연스럽지 않았나 보다.

진현이 당황해 자신을 불렀다.

"혜, 혜미야?"

그녀도 자신이 무엇을 실수했는지 깨달았다.

뚝. 뚝.

바보같이 그의 얼굴을 본 순간, 눈물이 흘러내렸던 것이다.

"아……."

"혜미야? 왜 그래?"

"아, 아니야. 미안."

그녀는 급히 눈물을 닦았다. 하지만 닦으면 닦을수록 눈물이 더욱 흘러나왔다. 정말 바보 같은 일이다.

"혜미야… 무슨 일이야? 안 좋은 일이라도 있어?"

진현은 영문도 모르고 놀라 혜미에게 다가와 그녀의 팔을 잡았다.

탁!

하지만 혜미는 자신도 모르게 그의 팔을 뿌리쳤다. 평소답지 않은 그 모습에 진현도 놀라고, 혜미 자신도 놀랐다.

"아, 아… 미, 미안. 나… 안 좋은 일이 있어서… 그, 그만 가볼게. 좋은 시간 보내."

그리고 그녀는 그를 외면하고 사라졌다.

"혜미야!"

진현은 그녀를 불렀으나 혜미는 돌아보지 않았다. 그녀는 아예 밖으로 나가 사라졌다.

"혜미야!"

그는 건물 밖으로 따라 나갔으나 어디로 갔는지 그녀는 보이지 않았다. 급히 주변을 둘러봐도 마찬가지로 진현은 숨을 몰아쉬며 중얼거렸다.

"왜 그러는 거지? 무슨 일이 있나?"

항상 밝은 그녀가 눈물을 흘리다니. 진현은 고개를 갸웃하며 자리로 돌아왔다. 연희가 술기운에 살짝 붉어진 얼굴로 물었다.

"무슨 일 있으세요?"

"아니… 아닙니다."

그렇게 답하는 순간이었다.

욱신!

진현의 가슴이 저릿하게 아팠다.

'왜 이러지?'

혜미의 눈물이 떠오르며 갑자기 기분이 가라앉았다. 그 뒤로도 연희와 술을 몇 잔 더 마셨지만, 가라앉은 기분은 나아지지 않았다.

*   *   *

[어제 즐거웠어요. 다음에 또 봬요, 쫑쫑!]

다음 날 응급실에 출근해 일을 하는데 이연희가 쪽지를 보냈다. 답장을 보내려는데 진현은 혜미와 마주쳤다.

"아, 진현아. 안녕."

혜미가 평소처럼 웃으며 인사했다. 그 미소를 보자 진현은 자신도 모르게 욱신 가슴이 아팠다.

'왜 이러지?'

혜미가 사과했다.

"어제 놀랐지? 미안. 안 좋은 일이 있었는데, 술에 취해 눈물이 났나 봐. 놀라게 해서 미안해."

"…아니다. 무슨 일인지 모르지만 힘내라."

"응, 고마워. 힘낼게. 오늘 하루도 파이팅."

그러고 그녀는 진료대에 대기하고 있는 환자를 보러 갔다. 진현은 고개를 갸웃했다. 평소와 다름없는 대화인데 이상하게 자신과 그녀 사이에 벽이 놓인 느낌이다.

'그냥 느낌이겠지?'

하지만 진현은 깊게 생각하지 못했다. 조금 후 중요한 일정이 있기 때문이다.

'아직 시간이 좀 남았지? 긴장하지 말자.'

그는 평소답지 않게 긴장해 숨을 크게 내쉬었다. 그럴 수밖에 없었다. 그만큼 중요한 일정이니까. 피부과 인사. 오늘은 피부과 과장께 인사를 드리러 가기로 예정된 날이었다.

약속된 시간에 가니 먼저 피부과 치프 이승태가 진현을 맞았다.

"네가 김진현이구나. 이야기는 많이 들었다."

"네, 선배님."

잘빠진 인상의 미남, 피부과 치프 이승태는 한국대 의대 선배였다.

"네가 한국대 수석 졸업이라고?"

"네."

"왜 한국대병원에서 피부과 안 하고?"

"그게… 좀 안 좋은 일이 있어서 그랬습니다. 그리고 국내 최고라는 대일병원에서 피부과를 하고 싶었습니다."

군이 학창 시절, 돼지 김강민과 연관된 이전 일을 자세히 설명하진 않았다. 치프 이승태는 고개를 끄덕였다.

"그래, 나도 한국대병원에서 피부과를 못 해서 여기 대일병원으로 왔지. 하여튼 반갑다. 병원 내 평판도 좋고, 한국대 수석이니 너 정도면 피부과에 합격하는 데 큰 문제 없을 거야."

그는 진현 같은 인재가 피부과를 하기에 아깝다느니 그런 쓸데없는 이야기는 하지 않았다. 당장 이승태만 해도 한국대 4등 졸업이었다. 당시 같이 졸업한 동기들 중 1, 2등이 모두 한국대병원 피부과에 지원해 대일병원으로 온 것이다. 의대에서 가장 뛰어난 인재들이 피부과, 성형외과 등 편하고 돈 잘 버는 과로 몰리는 일은 흔하다 못해 상식적인 일이었다. 씁쓸하지만 그것이 현실이었다.

"노크하고 들어가 봐. 과장님 좋으신 분이니 너무 긴장하지 말고."

"네, 감사합니다."

피부과 과장 민석형.

진현은 교수실 앞에 써진 명패 앞에서 크게 숨을 들이마신 후, 노크를 했다.

"네, 들어오세요."

끼이익.

진현은 조심히 문을 열고 들어갔다. 널찍한 방 안에 신사적 외모의 중년 남자가 앉아 있었다.

피부과 과장 민석형이었다.

"김진현 인턴 선생님인가요?"

"네, 교수님. 피부과에 지원하고자 인사드리러 왔습니다."

진현은 깍듯이 고개를 숙였다. 그 과에 지원하기 전 이렇게 인사를 하는 것은 모든 병원의 전통이었다.

민석형은 고개를 끄덕였다.

"네, 반가워요. 김진현 선생님의 이야기는 그렇지 않아도 많이 들었어요. 한국대 수석 졸업에, 대일병원 내에서도 평판이 아주 좋던데."

"감사합니다."

민석형은 부드럽게 미소 지었다.

"최대원 교수한테도 이야기 많이 들었어요. 내가 한국대 졸업생인데 학창 시절 최대원 교수의 동아리 선배였거든. 그런데 내과 지원 아니었나? 최 교수는 그렇게 이야기하던데."

진현은 곤란한 표정을 지었다. 최 교수님, 정말…….

"아닙니다. 저는 학창 시절부터 피부과만 지망했습니다."

"그렇군요. 김진현 선생님은 몇 기 졸업인가요?"

"57기입니다."

"내가 35기이니, 딱 22년 선배이군. 반가워요."

민석형 교수는 김이 모락모락 오르는 커피를 한 모금 마셨다. 마치 영국 신사 같은 동작이었다.

"그런데 그거 알죠? 우리 피부과는 단지 한국대 수석 졸업이나 평판이 좋다고 뽑아주지 않아요."

"네, 알고 있습니다."

피부과 과장 민석형은 다른 과처럼 진현에게 호들갑을 떨지 않았다.

"더구나 이번 년도에 저희 피부과 전공의(專攻醫) TO는 한 명이에요. 모든 지원자에게 공평한 기회를 주기 위해 우리는 각 항목의 총점을 계산해 가장 높은 점수를 획득한 선생님을 뽑을 거예요."

각 항목이란 출신 학교, 학교 성적, 면접, 인턴 인사 평가, 마지막 지원 시험 성적을 뜻한다. 피부과에 지원하는 다른 이들의 면면이 만만할 리 없고, 그중에 1등을 해야 하니 바늘구멍과도 같은 길이었으나 진현은 흔들리지 않았다.

'괜찮아. 다 이길 수 있어.'

그는 최고 명문 한국대 출신, 그것도 학교 성적 1등이고 인턴 인사 평가도 압도적이다. 마지막 지원 시험도 실제 환자 진료와 연관된 임상을 위주로 문제가 출제되니 깊은 경험이 있는 그가 못 볼 리가 없다. 공정하게만 경쟁한다면 그는 누구에게도 이길 자신이 있었다. 아니, 자신을 떠나서 무조건 이길 것이다.

"알겠습니다. 그러면 수고해 주시고, 좋은 결과를 빌겠습니다."

"네, 감사합니다."

인사를 마친 진현은 교수실을 나갔다. 나쁘지 않은 인사였다. 한편 진현이 나가자 피부과 과장 민석형은 인상을 찌푸렸다.

"김진현이라… 곤란하군."

예년이었으면 고민 없이 선발할 인재였다. 하지만 이번 년도엔 달랐다. 민석형은 인트라넷에 접속해 메일을 열었다. 내용이

구구절절 길었지만, 결론은 하나였다.

　―김진현 인턴 선생님을 가급적 피부과에서 불합격시키기 바랍니다.

병원 내 핵심실력자 기획실장 송병수가 보낸 권고였다.

"왜 기획실장이 이런 메일을 보낸 거지?"

이유를 알 수가 없었다. 그리고 기획실장의 권고가 아니라도 김진현을 뽑기 어려운 이유가 또 있었다.

"곤란하군. 곤란해."

민석형은 고개를 저었다.

*　　　*　　　*

대일병원 이사장실.

짜악!

찢어지는 소리와 함께, 민 비서는 눈을 질끈 감았다.

"한심한 놈."

들끓는 이종근의 목소리가 들렸다. 흐릿하게 눈을 뜨니 이사장 이종근의 아들인 이상민이 뺨을 얻어맞은 채 고개를 돌리고 있었다.

"내가 지난번 가문 모임에 갔을 때 무슨 이야기를 들었는지 알아? 이 못난 놈아?!"

이종근의 얼굴엔 평소 짓던 온화한 미소는 온데간데없었다.

"역시 천한 피는 어쩔 수 없다 하더라. 이 거지 같은 놈아, 가문의 모든 사람이 너를 지켜보고 있어. 조금의 틈이라도 보이면 헐뜯고 끌어내리려고!"

사실 이상민이 못하고 있는 것은 없었다. 오히려 누구보다 훌륭했다.

단 한 명, 김진현을 제외하면. 그러나 그런 것은 중요한 것이 아니었다. 가문의 사람들에게는 이상민이 천한 창녀의 핏줄을 타고 났다는 것만이 중요했다.

적통인 이범수가 같은 상황이었다면 아무도 손톱을 내밀지 않았을 것이다. 그러나 가문의 주인이자, 이종근의 아버지, 대일그룹의 전체 회장 이해중은 천한 핏줄을 싫어했다.

이미 오래전, 이종근은 이상민을 낳았다는 사실만으로도 크게 눈 밖에 난 상황이었다. 따라서 가문의 다른 형제들은 조금의 흠이라도 보이면 이상민을 하이에나처럼 찢을 것이고, 병원의 후계를 자신들의 사람으로 세운 후 궁극적으로 대일병원의 경영권을 뺏어갈 것이다.

'그것만은 안 돼. 이 병원은 오로지 내 것이야. 절대로!'

이종근은 이를 갈았다. 가문 내 모든 경쟁에서 밀리고, 단 하나 대일병원만을 차지했다. 그런데 그것마저 뺏길 수는 없었다.

"무슨 수를 써도 상관없어. 무조건 김진현을 밀어내라. 겨우 그것마저 못하면 넌 우리 가문의 일원이 될 자격이 없어."

이종근은 내뱉듯 말을 맺었다.

"알아들었으면 그렇게 멍청히 서 있지 말고 나가봐!"

이상민은 말없이 이사장실에서 나갔다. 그가 나가자 이종근은 한참을 씩씩거리다 민 비서를 바라봤다.

"민 비서."

마치 뱀의 목소리를 들은 듯 민 비서는 긴장했다.

"네, 이사장님."

"김진현, 그놈의 정체는 알아봤나?"

민 비서는 침을 꿀꺽 삼켰다.

"죄, 죄송합니다. 아무리 조사해도 특별한 점이……."

"그게 말이 돼?! 간 혈관 문합도 그 녀석이 했다는 소리가 있어. 인턴이 그걸 해내는 게 말이 되냐고! 정말 내가 화나는 것 보고 싶어? 혼을 내줄까?"

민 비서는 공포에 질려 바짝 엎드렸다.

"죄, 죄송합니다. 꼭… 꼭 조만간 만족할 만한 조사 결과를 알아오겠습니다."

"내가 정말로 화내는 것 보고 싶지 않으면 잘해!"

그 말에 민 비서는 몸을 떨었다. 그녀는 이종근이 분노하는 것이 가장 무서웠다.

한편 이사장실 밖에 나온 이상민은 창밖을 바라봤다. 도산대로를 따라 사람들이 깨알같이 지나다녔다. 그 모습이 작은 벌레들 같아 보여 그는 미소 지었다.

"김진현……."

그는 오랜 친구의 이름을 중얼거렸다.

며칠 뒤, 응급실 근무도 끝났다.

진현은 병리과로, 혜미는 신경과로 찢어졌다. 간만에 편한 스케줄에 진현은 기지개를 켰다.

'환자를 직접 안 보는 서비스 파트니 확실히 편하긴 하군.'

진료과는 대체로 3개의 분류가 있다. 내과, 외과, 산부인과처럼 환자의 생명을 다루는 '메이저' 과와 피부과, 안과, 성형외과처럼 생명과 직접적 연관이 없는 '마이너' 과. 그리고 영상의학과, 병리과, 진단검사의학과처럼 환자를 안 보는 '서비스' 파트. 물론 서비스 파트라도 업무가 만만한 것은 절대 아니지만 진현 같은 인턴의 일은 확실히 적었다.

평화로운 여유에 진현은 혜미에게 쪽지를 보냈다.

[이번 주에 시간 날 때 볼래?]

지난번 펑크 냈던 것도 미안하고, 요즘 왠지 그녀가 침울해 보여 진현은 맛있는 거라도 사줄 생각이었다.

그런데 의외의 답장이 왔다.

[다음에 보자. 미안…….]

진현은 고개를 갸웃했다. 웬일이지? 그녀가 그의 만나자는 제안을 거절한 것은 처음이었다.

'신경과가 많이 바쁜가?'

그런데 그때, 병원 인트라넷에서 메일 알림이 울렸다. 메일함을 열어보니 메일이 2개나 와 있었다.

누가 보냈나 발신인을 살피니,

[내과 최대원 교수.]

[외과 강민철 교수.]

라고 적혀 있었다.

'왜 나한테 메일을?'

진현은 자신도 모르게 불길한 예감을 받았다. 최대원 교수야 그렇다 치지만, 강민철 교수의 메일은 불안하기 짝이 없었다.

'이전 혈관 문합 한 것을 들킨 것은 아니겠지?'

인턴이 간이식 환자의 혈관 문합을 해내다니. 그것에 비하면 지금까지의 사고(?)는 사고 측에도 못 들었다. 두근거리는 마음으로 메일을 열어보니 내용은 둘 다 간단했다.

—한번 보자.

각설하고, 둘 다 이런 내용이었다.

'보기 싫은데.'

진현은 진땀을 흘렸다. 만나면 무슨 이야기를 하려고? 하지만 거절할 수가 없었다. 특히 강민철 교수는 아예 오늘 오후 3시에 보자고 정확히 시간, 장소까지 명시했다.

'싫은데… 그리고 오후 3시면 1시간밖에 안 남았잖아. 내가 메일을 못 봤으면 어떻게 하려고.'

강민철다운 급한 성격이다.

진현이 혀를 차는데 전화가 울렸다. 피부과 치프인 이승태였다.

'무슨 일이지?'

"네, 선배님."

—진현아, 나 피부과 치프 이승태인데.

이승태는 후배인 진현에게 친근히 반말을 썼다.

"네, 선배님.

—지금 잠깐 볼 수 있을까? 중요하게 할 말이 있어서.

"아, 네."

진현은 시계를 봤다. 잠깐 만나는 거면 강민철 교수한테 늦지는 않겠지?

그리고 피부과 외래 앞에서 이승태를 만난 진현은 청천벽력 같은 말을 들었다.

진현은 떨리는 목소리로 반문했다.

"네, 지금… 뭐라고 말씀하셨습니까?"

"들은 대로다."

"……."

진현의 머리가 하얘졌다. 내가 지금 꿈을 꾸고 있는 것은 아니겠지. 그가 잘못한 것도 아니건만 이승태는 미안함이 가득한 목소리로 말했다.

"미안하다. 원래 병원이 더럽잖냐……."

"…그러면 피부과 말고 다른 과를 쓰라는 말씀이십니까?"

"네가 억지로 우리 과를 지원한다면 강제로 말릴 수야 없겠지만… 아마 안 될 거다."

"……."

진현이 가슴이 내려앉았다. 나는 무엇을 위해 대일병원까지 왔던 것인가?

"대일병원 피부과 교수의 아들이… 이번에 대일병원 피부과를 지원한다는 게 정말입니까?"

"그래, 만약 TO가 두 명이면 너도 같이 뽑아주겠지만… 이번 년도엔 TO가 한 명이라 어쩔 수가 없다."

고귀한 자, 로열(Royal). 병원의 은어 중에 로열이란 말이 있다. 교수의 직속 친인척이나 병원에 영향력이 있을 정도로 좋은 가문의 사람들을 뜻하는데, 피부과 핵심 교수의 아들이면 피부과 입장에선 로열 중의 로열, 그냥 성골이 아닌 왕족이라 할 수 있었다.

'하하.'

진현은 속으로 헛웃음을 삼켰다. 병원의 절대 법칙 중 하나가 평민은 로열을 이길 수 없다는 거였다. 예외는 없었다. 그 어떤 뛰어난 평민이라도 왕족보다 밑이었다.

"그… 로열은 누구입니까?"

"신라대 의대 출신으로 인턴은 지금 신라대 병원에서 하고 있다더군. 학교 성적은 중간보다 못 하고, 인턴 평판도 그저 그렇다 하지만 로열이니……"

그 말에 진현은 맥이 빠졌다. 뛰어난 경쟁자면 모르겠다. 지금까지 십 년을 넘게 노력해 왔건만, 자신의 반도 못 미치는 경쟁자에게 밀려야 하다니. 고작 금수저를 물고 태어났단 이유로.

"다시 한 번 말하지만 미안하다. 혹시 피부과 말고 성형외과는 어떠냐? 네 스펙이면 성형외과도 무난할 것 같은데……"

"…네, 감사합니다."

복도에 홀로 남은 진현은 멍한 표정을 지었다. 환자용 의자에 걸터앉은 그는 손으로 얼굴을 감싸 쥐었다.

"젠장."

정말 빌어먹을 일이었다. 그렇게 얼마나 있었을까?

전화벨이 울렸다. 김진현은 마음을 추리며 전화를 받았다.

"네, 김진현입니다."

—오랜만이네, 김진현 선생. 어디인가?

"……!"

강민철이었다. 간이식 분야 국내 최고의 대가인 그가 진현을 불렀다.

—지금 교수실로 오게.

진현은 비어버린 고철처럼 허무한 마음으로 강민철 교수의 교수실에 도착했다. 강민철 교수가 환자복을 입은 채 그를 맞았다.

"어서 오게. 오랜만이지?"

"아, 네. 그런데… 이렇게 돌아다니셔도 괜찮은 것입니까?"

어째 빨리 퇴원했다 싶었는데, 퇴원한 게 아니었다. 강민철 교수의 팔에는 약이 주렁주렁 매달려 있었다.

"다 나았네."

"하지만……."

"이 약은 심장 보는 의사 놈들이 계속 달고 있어야 한다고 해서. 지금 당장 퇴원해도 되는데, 에잉."

진현은 고개를 저었다.

'아직 더 누워 있으셔야 할 것 같은데.'

마지막에 봤을 때 비해 얼굴이 반의 반쪽이었다.

'이전엔 완전 삼국지의 장비 같은 인상이었는데 지금은… 음, 그래도 반의 반쪽이어도 여포 정도는 되겠구나. 마른 여포.'

마음이 허해서일까 진현은 실없이 생각했다.

"그래도 너무 무리 마십시오."

"괜찮네. 그런데 자네는 내가 부르기 전에 한 번도 안 찾아오나? 서운하게."

"죄, 죄송합니다."

지은 죄가 있어서 못 찾아간 진현은 속으로 난감한 표정을 지었다. 강민철 교수는 시원하게 웃으며 말했다.

"어쨌든 고맙네."

"네?"

"자네가 내 생명을 구했다며. 정말 고맙네. 자네 아니었으면 큰일 날 뻔했어."

빈말이 아니었다. 만약 진현이 곧바로 심근경색을 추측하지 않았다면 그는 살아도 식물인간이 되었을 거다. 그만큼 상황이 긴박했다.

"아닙니다. 저는 특별히 한 것이 없으니, 정말 신경 쓰지 마십시오."

그 대답에 강민철 교수는 미소 지었다. 보면 볼수록 마음에 드는 아이다.

"그나저나 자리를 좀 옮기지 않겠나? 계속 병실에만 있다 보니 갑갑해서 넓은 곳이 좋군."

"아, 네."

강민철 교수는 자신의 방을 나와 옆에 위치한 전망 좋은 교수용 회의실로 향했다. 교수용 회의실 앞에 있던 여비서가 고개를 숙였다.

"회의실 쓰시려고요, 교수님?"

"응."

"저… 곧 내과에서 회의실 쓸 건데……."

"내과?"

"네."

"됐어. 조금만 쓰고 나갈게."

강민철은 신경도 안 쓰고 회의실 안으로 들어갔다. 그는 코웃음 치며 중얼거렸다.

"흥, 내과 계집 놈들."

천상천하 외과 제일주의인 그는 약만 깨작거리는 내과를 무시했다. 남자라면 외과지! 란 생각이었다.

"자네에게 하나 물어볼 것이 있네."

강민철은 한강에서 이어지는 탄천의 모습을 바라보며 입을 열었고, 진현은 무척 불편한 마음이 되었다.

'무슨 질문이지? 설마······.'

그는 침을 꿀꺽 삼켰다. 아닐 거야. 그러나 불안한 마음은 항상 적중한다.

"그때 환자, 혈관 문합은 어떻게 한 건가?"

"······!"

진현은 눈을 질끈 감았다. 올 것이 왔다. 뭐라고 이야기하지?

진현은 머리가 하얗게 질려 생각했으나 어떠한 변명도 떠오르지 않았다. 아니, 애초에 변명이 가능한 사안이 아니었다. 간이식 혈관 문합을 할 줄 아는 인턴이라니. 말이 안 되도 너무 안 되지 않는가? 이건 재능의 문제가 아니었다.

'내가 왜 그런 사고를······.'

한탄이 흘러나왔다. 과거를 돌리고 싶었으나 이미 늦은 상태다.

"자네가 한 것 맞지? 어떻게 된 건가?"

강민철이 눈을 빛내며 물었다.

진현은 고개를 숙였다.

"죄송합니다. 더 드릴 말씀이 없습니다."

"흠······!"

강민철은 눈썹을 찌푸렸으나 진현은 정말로 할 말이 없었다.

진실을 말할 수도 없고, 변명이 통할 내용도 아니다.

'이젠 나도 모르겠다.'

십 년 동안 바란 피부과에서도 쓴소리 들었겠다 진현은 반쯤 포기하는 마음이 되었다.

"흐음!"

숨 막힐 듯 불편한 침묵이 흘렀다. 그렇게 약간의 시간이 지난 후, 강민철이 너털웃음을 터뜨렸다.

"됐네. 됐어."

"……?"

"내 생명을 구해준 자네인데, 뭐 아무려면 어떻겠는가? 어떻게 한 일인지는 도저히 모르겠지만 나쁜 일을 한 것도 아니고 그날 그 자리에서 나와 환자, 두 명의 목숨을 구해줬는데 추궁하듯 물어서 미안하네."

"아닙니다."

"단!"

강민철이 다시 눈을 빛냈다.

"자네 외과 할 거지?!"

"……!"

진현은 곤란한 얼굴로 답했다.

"그건……."

"뭘 그렇게 주저하는 거지? 수술을 좋아하지 않나? 사람의 생명을 구하는 것에 보람이 느껴지지 않나?"

"……."

강민철 교수는 강한 목소리로 말했다.

"외과를 해. 그리고 내 후계자가 돼."

"……!"

진현의 눈이 흔들렸다. 지금 강민철 교수는 보통의 이야기를 하는 것이 아니었다. 진현의 미래가 송두리째 흔들릴 정도의 제안이었다.

"심근경색과 안식년 때문에 아마 올해와 내년까진 내가 쉬어야겠지만, 내년이 지난 후 돌아오면 자네를 본격적으로 키워주겠네. 그러니 외과를 해."

진현은 고민했다.

'강민철 교수님의 제자… 간이식의 계보라……'

국내 간이식 최고의 권위자이자 대한이식협회 회장인 강민철의 제자가 된다는 것은 평범한 의미가 아니었다.

'나쁘진 않지만……'

그 순간, 진현의 마음에 든 생각은 '싫다'였다. 강민철 교수가 한 가지 착각하는 것이 있었다. 분명 그는 수술도 좋아하고, 환자를 살리는 것에 보람을 느낀다. 하지만 그만큼 자신의 삶을 중시했고, 안락함과 풍요로움을 바랐다.

물론 간이식 하는 의사가 되어 자리를 잡으면 경제적으로 어려움은 없겠지만 안락함과는 평생 거리가 먼 삶을 살아야 한다. 48시간 연속으로 수술하는 것은 예사고, 주말 근무는 기본, 추석 설날에도 일해야겠지. 심지어 해외에서 학회에 참여하다가 응급 간이식이 생겨 돌아와야 하는 경우도 있다.

그가 바라는 삶과는 백만 광년 정도 먼 삶이었다. 평소라면 단칼에 거절했겠지만 피부과에서 그를 밀어낸 게 마음에 걸렸다.

피부과를 안 하면 무슨 과를 하지? 강민철 교수의 말처럼 외과를? 그것도 내키지 않는데……

"외과 할 거지?"

진현의 침묵을 승낙으로 생각했는지 강민철이 으름장을 놓듯 말했다.

"저는……"

진현이 입을 열려는 순간, 회의실 밖에서 인기척이 들렸다.

"안에 사람이 있나?"

그러면서 누군가 들어왔다. 내과의 최대원 교수였다.

"……!"

하필 이때 최대원 교수를 만난 진현은 당황스런 마음이 들었다. 최대원 교수는 진현을 보고 반가운 표정을 짓다가 옆에 강민철 교수를 보고 급히 고개를 숙였다.

"몸은 괜찮으십니까, 교수님?"

최대원도 정교수지만, 강민철에 비하면 연배와 직위 모두 밑이었다. 깍듯한 인사에 강민철은 코웃음 쳤다.

"자네는 여기 무슨 일인가?"

"아… 저희 내과 회의가 있어서."

"흥, 내과 회의?"

그런데 그때 불쾌한 목소리가 들렸다.

"오랜만이군, 강 교수. 몸은 괜찮나?"

"……!"

온화한 인상의 노교수가 안으로 들어왔다. 전(前) 내과과장이자, 현(現) 대한내과협회 회장인 정영태였다. 정영태 교수를 보고 강민철 교수는 인상을 구겼다.

겉모습만 보면 열 살은 차이가 나 보이지만 강민철 교수가 정정해서 그럴 뿐, 실제로 연배 차이가 크게 나지 않는 그들은 서로 내과가 최고다, 외과가 최고다 이러면서 사이가 좋지 않았다.

"형님께선 무슨 일이십니까?"

"나도 회의에 참석하러 왔지, 이 사람아. 그런데 이 젊은 친구는 누군가?"

노교수는 진현을 바라봤다. 진현은 갑작스러운 거물들의 출현에 당황했다.

"김진현이라고 합니다. 인턴입니다."

"아, 김진현."

놀랍게도 정영태는 김진현의 이름을 기억하고 있었다.

"자네가 그 내과 한다는 친구지? 환영하네."

"......!"

강민철이 버럭 화를 냈다.

"아니, 형님. 그게 무슨 말입니까? 이 아이는 외과를 할 것입니다."

"무슨. 딱 보니 천생 내과감이구만. 어딜 무식한 외과로 끌어가려고."

"이! 무식한? 그게 무슨 말입니까? 외과가 무식하다니요?"

"뭐, 내가 틀린 말 했나?"

강민철 교수의 얼굴이 붉으락푸르락해졌다.

이 영감탱이가! 아랫사람이었으면 당장 주먹이 날아갔겠지만 이 노교수는 병원 내에서 자신보다 높은, 몇 안 되는 사람 중 하나였다. 하지만 그렇다 해도 간이식 국내 최고의 권위자이자 대한이식협회 회장인 강민철도 이런 이야기를 들을 위치는 아니긴 하다.

"하여튼 이 아이는 외과를 할 거니 그렇게 알고 넘보지 마십시오."

"무슨. 내과라니까. 그렇지 않나, 최 교수?"

고래들의 다툼에 새우가 끼듯 최대원 교수가 말했다.

"…네, 진현 군은 내과를 할 것입니다. 아마도…….."

"뭐? 어딜 소심한 내과에 이 아이를 데려가려고! 이 아이는 외과야!"

점점 난장판이 되어가는 분위기에 진현은 입을 벌렸다. 지금 나를 놓고 뭐하는 거야?

"저…….."

진현은 곤란히 입을 열었다.

"넌 가만히 있어!"

"자넨 가만히 있게!"

강민철 교수와 정영태 교수가 동시에 외쳤다. 뭔가 이제 진현이 문제가 아니라 그들 사이에 자존심 대결로 돌입한 느낌이다.

'하하.'

진현은 웃음이 나왔다. 하늘 같은 거물 교수님들이 나를 놓고 이렇게 싸워주니 참 영광이 아닐 수 없었다. 피부과는 로열 때문에 자신을 튕겼는데 말이다. 갑자기 마음이 안정되며 가슴이 차분해졌다. 그래, 피부과에서 튕기면 어떤가? 잠잠한 마음으로 그는 자신의 길을 결정했다.

"그만 싸우십시오. 저는 지원할 과를 결정했습니다."

그 말에 모두가 진현의 입을 바라봤다. 강민철 교수는 당연한 것을 확인한다는 듯 물었다.

"외과지?"

최대원 교수는 강민철의 눈치를 보며 조심히 물었다.

"당연히⋯ 내과지, 진현 군?"

진현은 살짝 미소 지었다. 그리고 답했다.

"피부과입니다."

그 뒤로 사태가 어떻게 마무리되었는지 모르겠다. 아니, 생각하고 싶지 않았다. 단 하나, 최대원 교수가 떨리는 목소리로 물은 것은 기억났다.

"피, 피부과? 하지만 피부과 과장 민 교수님이⋯ 이번에 자네를⋯⋯."

피부과 과장 민석형 교수와 동아리 선후배였던 그는 대충의 사정을 미리 전해 들은 듯하다. 진현은 고개를 끄덕였다.

"예, 압니다. 제가 써도 떨어뜨리겠지요."

"그러면?"

"그래도 쓰겠습니다. 로열이든 뭐든 실력으로 뚫겠습니다."

"⋯⋯!"

그래, 로열이든 금수저든 그게 뭐가 중요한가? 10년 동안 바랐는데. 원칙적으로는 교수의 아들이라고 무조건 붙여줄 수 있는 방법은 없었다. 선발 방식이 점수화되어 있기 때문이다. 따라서 낙하산으로 붙일 때는 로열의 면접 점수는 만점, 다른 지원자들의 면접 점수를 최하점을 준다. 그렇게 해서 총점의 합산을 1등으로 만드는 것이다. 하지만 진현은 다짐했다.

'면접을 빵점 맞아도 붙을 수 있는, 압도적 시험 점수를 받겠어.'

물론 거의 불가능한 일이지만 아예 불가능한 것도 아니다. 시험, 레지던트 선발 고사는 매년 100점 만점으로 환산 시 85점 정도가 각 병원의 수석을 차지한다. 평균은 65점 정도. 그 시험을 만점 가까이 맞으면 면접을 빵점 맞아도 붙을 수 있다. 로얄이든 금수저든 다 상관없다.

'할 수 있어. 무조건 해내겠어. 내 스스로 뚫고 말겠어.'

지금까지 10년 동안 이를 악물고 여기까지 올라왔다. 그 노력에 미안해서라도 포기할 수 없다.

'로얄? 금수저? 다 필요 없어. 여기까지 두 손만으로 올라왔다. 반드시 해내고 말겠어.'

진현은 굳게 생각했다.

하늘의 외과의사

난장판이 된 교수 회의실을 떠나 병리과로 돌아온 진현은 서둘러 일을 마무리 짓고 지하에 위치한 숙소로 돌아갔다. 오전에 많이 해놨고 인턴이 할 일 자체가 별로 없는 병리과여서 오래 걸리지도 않았다.

'공부해야지.'

그냥 전국 수석이 아닌, 만점에 가까운 수석을 해야 한다. 그것도 평균 수석 점수가 85점인 시험에서.

'가능해. 아니, 가능하게 만들겠어.'

숙소로 들어가려면 인턴 휴게실을 거쳐야 하기 때문에 진현은 먼저 휴게실에 들어왔다. 한창 일할 때라서 휴게실 안에는 아무도 없었다. 단 한 명을 제외하고. 이상민이 휴게실에 앉아 있었다.

"여, 진현. 안녕."

이상민이 빙긋 웃으며 진현을 맞았다. 진현은 인상을 찌푸렸다.

"너 뭐 하냐?"

"왜?"

"뭐 마시냐고?"

"아, 이거?"

이상민은 손을 흔들었다. 캔에 담긴 맥주가 달랑 소리를 냈다.

"근무 중에 술이라니. 음주 운전보다 최악이야. 치워라."

진현은 정색해서 말했다.

대낮 근무 중에 술을 마시다니. 지난 삶을 통틀어도 단 한 번도 본 적 없는 일이다. 아무리 말종 의사라도 이러진 않는다.

이상민은 어깨를 으쓱했다.

"뭐, 한 캔인데. 내 주량이 있는데 이 정도는 취하지도 않아. 그리고 일도 대충 다 끝났고."

이 녀석 주량이 소주 5병이 넘으니 맥주 한 캔으로 티도 안 나겠지만 안 되는 것은 안 되는 거다.

"그래도 안 돼. 치워."

"네에, 네에."

이상민은 장난스레 답하고 캔을 버렸다. 그걸 보고 진현은 숙소로 들어가려 했다. 그런데 이상민이 그를 잡았다.

"잠깐, 진현아. 이야기 좀 하자."

"무슨 이야기?"

"앉아봐."

진현은 의아한 얼굴로 의자에 앉았다.

"무슨 이야기냐?"

"그냥… 잘 지내나 해서. 우리 친군데 이야기한 지도 오래됐잖아."

그렇긴 한다. 외과가 끝나고 이상민과 대화한 적이 아예 없었다.

"뭐, 나야 그냥 그렇지. 넌 잘 지내냐?"

"응, 나도."

그 뒤 둘은 시시껄렁한 잡담을 했다. 하지만 진현은 이상한 느낌을 받았다. 고작 이런 이야기를 하려고 부른 게 아닌 것 같은데?

"정말 특별히 할 이야기 없어?"

이상민은 부드럽게 미소 지으며 말했다.

"진현아."

"응?"

"너 의사 왜 한다고 했지?"

진현은 피식 웃었다.

"그거 물어보려 잡은 거냐? 지난번에 말했듯이 돈 벌려고 한다."

"그래, 그렇지… 그랬었지."

이상민은 고개를 천천히 끄덕이며 음미하듯 말했다.

진현은 고개를 갸웃했다. 이 녀석 왜이래?

"왜? 내가 너처럼 돈이 많은 것도 아닌데, 돈 벌려 의사질 하는 게 당연하잖아."

"진현아."

"응?"

이상민은 짙게 미소 지었다. 그러니까 이전 애완동물들을 죽일 때만큼 짙게.

"내가 100억 주면 의사 그만할래?"

"뭐??"

진현은 자신이 잘못 들었나 반문했다. 하지만 잘못 들은 것이 아니었다.

"100억 줄게. 내가 너한테. 그러면 의사 그만할래?"

"……!"

진현의 얼굴이 굳어졌다.

"너 맥주 한 캔에 취했냐? 그만하고 들어가서 한숨 자라."

"진담인데?"

진현은 너털웃음을 터뜨렸다.

"하하… 고맙네. 100억이라니… 100억이라……."

중얼거리다 돌연 와락 이상민의 멱살을 잡았다.

"……!"

진현은 낮게 말했다.

"야, 이 새끼야. 취했으면 그냥 들어가서 자. 멀쩡한 놈 거지 만들지 말고. 네가 부자면 다야? 내가 그렇게 거지 같아 보여?! 어?!"

이상민의 미소가 사라졌다. 진현은 숨을 깊게 들이쉬며 가슴을 진정시켰다.

"그래, 나 돈 좋아한다. 그래도 너 같은 새끼한테 구걸받고 싶을 만큼 좋아하진 않아! 취한 거라 생각하고 한 번만 봐줄 테니 다음부턴 입조심해. 다음에 또 이러면 말로 끝내지 않는다."

거칠게 멱살을 놓은 진현은 꼴도 보기 싫다는 듯 숙소 안으로 사라졌다. 이상민은 그의 뒷모습을 보며 다시 미소를 지었다.

"김진현… 너는 정말……."

그런데 그때였다. 칸막이 쳐진 휴게실 반대편에서 차가운 목소리가 들렸다.

"김진현이 왜?"

혜미였다. 그녀가 딱딱히 굳은 얼굴로 반대편에서 걸어 나왔다. 방금 샤워를 했는지 머리칼이 찰랑거렸다.

"아, 이런 있었니? 언제부터?"

"처음부터."

"아아, 우연도 이런 우연이. 사랑의 힘이 대단하긴 하구나."

광대 같은 말투에 혜미는 비웃었다.

"그래, 사랑의 힘이 대단하긴 한가 봐. 내가 진현이를 많이 좋아하긴 하지. 그런데 오빠, 아니, 이상민."

그녀가 싸늘하게 말했다. 평소에는 전혀 상상도 할 수 없는 차가운 음성이었다.

"하나 경고할게."

"뭘? 우리 동생."

"진현이는 건들지 마."

"……!"

그 말에 이상민의 얼굴의 미소가 사라졌다. 그러나 그것도 잠시, 그는 다시 여유 있게 웃으며 물었다.

"무슨 이야기를 하는지 모르겠는데?"

"몰라? 네가? 하나만 말할게. 진현이를 건들지 마. 분명히 경고했어."

"싫다면?"

이상민의 미소에 혜미는 차갑게 말했다.

"널 매장시키겠어."

"……!"

"난 너와 다르게 가문의 적통이야. 그럴 힘 하나 없는 줄 알아? 쫓겨나기 싫으면 알아서 조심해."

이상민의 눈썹이 흔들렸다. 그러나 여유를 잃지는 않았다.

"아버지가 원치 않을 텐데?"

"아아… 아버지? 결벽증에, 가정폭력에, 여자만 밝히며 비열한 그 남자? 물론 이 대일병원 내에서는 그 남자의 영향력이 절대적이긴 하지. 하지만 그룹 전체에서, 가문 내에서도 그럴까? 그 잘난 아버지가 너를 지켜줄 수 있다 생각해?"

이상민의 얼굴이 완전히 굳어졌다. 혜미는 입술을 깨물며 말했다.

"그리고, 범수 오빠."

"……!"

"네 짓인 것 다 알고 있어. 모를 줄 알아? 명확한 증거가 없어서 참고 있을 뿐이야."

"…무슨 이야기 하는지 모르겠군."

"몰라? 그래, 모르겠지. 기다려. 널 결코 용서하지 않을 테니."

그 말을 끝으로 죽을 듯한 침묵이 내려앉았다. 이상민은 손으로 얼굴을 감싸더니 큭큭 웃었다.

"그래, 그래. 우리 동생이 생각보다 매섭구나."

"……."

"그런데… 그거 알아?"

이상민이 갑자기 그녀에게 다가왔다. 불길한 느낌을 받은 그녀는 급히 뒤로 물러났다.

"…가까이 오지 마!"

"조용히 해."

그녀는 뒷걸음쳤으나 벽에 등이 닿았다.

탁.

이상민은 한쪽 팔로 그녀가 도망가지 못하게 벽을 짚었다.

"이……!"

그녀가 비명을 지르려는 순간, 차가운 감촉이 목에 닿았다. 손톱만 한 작은 칼날이었다. 이상민은 나직이 웃었다.

"조용히 해."

"……!"

그는 장난하듯 칼날을 움직였다. 하얀 살결이 갈라지며 주룩 피가 흘러내렸다. 그녀의 눈동자가 흔들렸다. 이상민이 부드러운 목소리로 말했다.

"너도 의사니 알잖아? 여기 경동맥이야. 내가 혹시라도 힘을 더 주면 넌 바로 죽어. 그러니 조용히 해. 우리 동생, 말 잘 듣지? 응?"

그러면서 그는 좀 더 힘을 주었다. 주르륵. 살이 베이는 날카로운 통증과 함께 피가 계속 흐르며 혜미의 하얀 옷을 적셨다.

"이런, 힘이 더 들어갔네. 이러다 잘못해서 피부를 넘어 경동맥을 베면 어떻게 하지? 그렇지 않아도 우리 동생 말라 피부가 얇은데. 응?"

혜미의 얼굴이 공포에 질렸다. 그녀의 눈이 눈물에 젖어 들어갔다.

"우리 동생, 울면 안 되지. 응?"

이상민의 눈이 희번덕거렸고, 혜미는 공포와 소름으로 몸을 떨었다.

"그러니까 왜 그랬어? 응? 김진현은 내 유일한 친구라서 지금까지 봐줬지만… 넌 이종근, 그 개자식의 피가 섞인 것 외에 나한테 아무것도 아니잖아?"

그는 공포에 질린 혜미의 눈동자를 직시했다. 부드러운 미소와 달리 그의 눈은 지극히 차가웠다.

"응? 죽고 싶어?"

혜미는 벌벌 떨며 답했다.

"…그래."

"뭐?"

그녀는 두려움과 분노로 눈물 흘리며 외쳤다.

"그래, 이 자식아! 차라리 죽여! 흑흑. 지금 나를 죽이지 않으면 언젠가 내가 너를 지옥에 떨어뜨릴 거야! 후회하기 싫으면 지금 죽여!"

그녀는 펑펑 울었다. 모든 게 지긋지긋했다. 이 악마 같은 집안에서 태어난 것도, 친오빠의 원수를 알고도 아무것도 못하는 것도, 아무에게도 사랑 받지 못하는 것도. 모두 지긋지긋해서 차라리 죽고 싶을 정도였다. 이상민의 얼굴에서 표정이 사라졌다.

"재미없군."

그는 그녀에게서 떨어졌다.

"너 앞으로 조심해."

그리고 피 묻은 칼날을 허공에 던졌다 받았다 하며 그는 휴게실에서 사라졌다. 홀로 남은 그녀는 갑자기 몸에서 힘이 풀려 바닥에 주륵 주저앉았다.

"하, 하."

그녀는 헛웃음을 터뜨렸다. 눈에서 눈물이 흘러나왔다.

"흐흑, 흑, 흑."

그녀는 울음이 새어 나가지 않게 입을 가렸다.

"읍읍, 흑흑."

정말 모든 게 지긋지긋했다. 죽고 싶을 만큼.

6월, 7월, 8월, 9월……. 달력이 무미건조하게 넘어갔다. 전반부의 폭풍 같았던 나날과 다르게 그 뒤로는 특별한 일은 없었다.

내과와 외과에서는 여전히 그를 꼬셨고, 피부과에선 지원해도 떨어뜨릴 것이라 했으며, 진현은 그냥 귀를 막고 시험공부를 했다. 자신에게 이런 고집이 어디 있었는지 놀라면서.

그 외에는 그는 여전히 종종 병원에서 사고(?)를 쳤고 이상민은 여전히 속을 알 수가 없었으며 황문진과는 여전히 친했다. 그나마 특별한 일이라면 고등학교 때 친구, 일진 김철우가 경찰 시험에 합격했다는 것이다.

"너희들 의료사고 생기면 다 잡아넣을 거야!"

라고 말한 김철우는 형사가 되었다. 그리고 이전 삶의 아내, 이연희와는 많이 친해졌다. 어쩌다 몇 번씩 만나다 보니 이제 그녀는……

[진현 씨, 오늘 저녁에 맛난 것 먹으러 가지 않을래요? 쫑쫑.]

하며 그에게 서슴없이 문자를 보내고 있었다. 마지막으로 혜미는……

욱신. 혜미를 떠올리자 진현은 가슴이 아팠다. 이유를 알 수 없는 아픔이다.

"진현아, 나 회 많이 먹고 올게. 건강히 잘 지내!"

그녀는 여전히 밝게 웃으며 9월부터 울산에 위치한 자매병원으로 파견 근무를 떠났다. 그녀는 9월, 10월 모두 파견이고, 11월, 12월은 진현이 파견 근무이니 총 4개월이나 못 보게 되는 것이다.

떠나기 전까지 그녀와는 이상하게 어색했다. 친하고 밝게 잘 지내는데 이상하게 어색했다. 정말 이유를 알 수 없었다.

'4개월이라… 이 녀석이랑 이렇게 떨어져 있다니.'

그러고 보니 지난 6년 동안 이 녀석이랑 떨어져 지냈던 적이 없었다. 항상 같이였는데… 항상. 그런 생각을 하자 공허한 느낌이 들어 진현은 쓴웃음 지었다.

'울산에서 잘 지내나? 연락도 없이. 회는 잘 먹고 있나?'

보나마나 회 조금에 소주 왕창, 이렇게 먹고 있겠지. 그녀가 소주를 마시는 얼굴이 떠올랐다. 밝게 웃는 모습도 생각났다.

'그래……'

진현은 중얼거렸다. 보고 싶었다. 이유를 알 수 없지만 말이다.

10월 말, 날씨가 싸늘해지고 인턴들의 분위기도 변했다. 전공을 정하는 레지던트 선발 시험이 코앞으로 다가왔기 때문이다. 친한 친구이자 룸메이트 황문진도 공부에 열중이었다.

"아, 어렵다. 진현아, 이 문제 답 뭐야?"

"심폐소생술 3분째니 에피네프린."

"요건?"

"삼각형 모양 절개니… Mercedes benz incision."

"이건?"

"카바페넴 R… 이런 항생제 감수성이면… 첫 번째 선택(First choice) 항생제는 콜리스틴. 부작용은 급성 신손상."

막힘없는 대답에 황문진은 기가 질린 표정을 지었다.

"어떻게 이걸 다 알아? 나도 의대 다닐 때는 공부 좀 했는데, 이건 뭐 비교도 안 되네. 역시 한국대 수석이 다르긴 다르구나."

"뭘, 아니야."

"하아, 나는 이러다 합격할 수 있을지 모르겠다."

황문진은 대일병원 외과에 지원했다. 진현은 고개를 끄덕였다.

"너 정도면 무난히 합격할 거야."

"그럴까?"

"그래, 엄살 부리지만 공부도 많이 했잖아."

"그건 그래. 네가 너무 괴물 같은 거지, 나도 제법 괜찮다고!"

그렇게 말한 황문진은 히죽 웃었다.

진현도 같이 웃었다. 만년 꼴지 황문진이 국내 최고 대일병원의 외과의사라니. 본인이 할 이야기는 아니지만 정말 세상 다시 살고 볼 일이다.

"진현이 너는 정말 피부과 쓸 거야?"

"그래."

"정말로 괜찮겠어?"

황문진이 걱정스레 물었다. 걱정하는 게 당연했다. 기적 같은 점수를 맞지 않으면 합격할 수 없으니. 하지만 진현은 태연히 고개를 끄덕였다.

"괜찮아."

"그냥 나랑 같이 외과를 하는 것은 어때? 외과 좋잖아. 의미도 있고."

그렇게 묻긴 했지만 진현이 피부과를 지원하는 것을 이해 못할 일은 아니다. 의사들이 외과, 내과, 산부인과 등 생명을 다루는 과를 기피하는 현상은 하루 이틀 일이 아니니까. 의사들이 타 직종에 비해 특별히 이기적인 사람들만 모여서가 아니다. 편하고 돈 잘 버는 직업을 원하는 것은 모든 사람의 공통적인 희망이니까. 물론 외과를 한다고 다 궁핍한 것은 아니다. 자리만 잘 잡으면 꽤 윤택하게 살 수 있다.

하지만 이미 진현은 지난 삶에서 가시밭길을 경험했고, 다른 돈 잘 버는 과들과 차이가 너무 많이 났다. 돈 잘 버는 과들, 특히 진현이 희망하는 강남의 잘나가는 피부과는 한 달에 1~2억 순이익이 기본이다. 매출이 아니라 순이익이. 1년이 아니라 한 달에.

일반인들이 들으면 못 믿을 이야기지만 실제로 그렇다. 그러면서도 외과, 내과에 비해 비교할 수 없이 편하다. 물론 강남에 개업한다고 꼭 성공하란 보장은 없지만, 최고 중의 최고를 달리는 진현 정도의 스펙이면 되레 쪽박 차기도 어렵다.

편하고 돈 잘 벌고 싶으면 다국적 제약회사 헤인스를 가면 되지 않냐고? 그것도 고려 사항은 될 수 있다. 하지만 매일 어마어마한 스카우트 조건을 제시받으면서도 각 대학병원의 교수들이 다국적 제약회사에 안 가는 것은 이유가 있다.

아무리 조건이 좋고 임원이 되면 뭐하는가? 말이 좋아 임원이지 결국 월급쟁이고, 실적 안 좋으면 잘릴 신세인걸. 그리고 환자를 보길 원하는 의사는 의사일 때 가장 빛이 난다. 그게 외과든 피부과든 말이다. 더구나 다국적 제약회사의 메디컬 디렉터(Medical director)는 결코 편하지 않다. 상식적으로 생각해 봐도 거액의 연봉을 주면서 편하게 굴리는 것이 말이 되지 않는다. 주는 만큼 골수를 뽑아내는 것이 다국적 기업이다. 그런 사유로 각 대학의 능력 있는 최상위권들은 피부과, 성형외과 그 외 정형외과, 재활의학과, 영상의학과 등에 몰린다.

그런 사정이다 보니 진현이 피부과를 지원하는 것도 어찌 보면 당연한 거다. 외과를 지원하는 입장이지만 황문진도 진현이 피부과를 지망하는 것을 충분히 이해했다.

황문진이 짜증스레 고개를 저었다.

"그래, 에휴. 세상 참 더럽지. 공정한 경쟁에 도대체 로열이 뭐냐?"

"⋯⋯."

"에이, 몰라. 너 진짜 콱 시험 만점 받아서 덜컥 합격해 버려라."

황문진은 답답한 마음이 들어 홧김에 이야기했다.

진현은 살짝 웃었다.

"그럴 생각이야."

진현의 대답은 빈말이 아니었다.

'쉽진 않겠지만⋯ 아예 불가능한 일은 아니니까.'

내과, 외과, 소아과, 산부인과 과목으로 구성되는 선발 시험은 특히 외과가 지옥처럼 어렵게 나온다. 도대체 무슨 생각으로 문제를 출제하는 것인지 외과 전문의가 아니면 맞출 수 없는 문제가 70~80%여서 최상위권의 변별력은 외과 과목에서 결정된다.

'하지만 난 이전에 외과를 전공했으니까.'

따라서 진현은 이 시험에 압도적으로 유리했다. 아예 불가능한 도박은 아니다.

"그런데 너 최근에 공부 많이 못했는데… 그건 어떻게 하냐?"

황문진의 걱정처럼 진현은 최근 공부를 많이 못했다.

"괜찮다. 뭐… 이제 곧 자매병원 파견이니 파견 가서라도 열심히 해야지."

"울산이랑 부산 가는 거잖아. 거기는 일손이 모자라 더 힘들다던데?"

"그렇긴 하지."

"에휴, 나라도 스케줄 바꿔줄 수 있으면 좋은데 나도 11월, 12월에 너랑 같이 자매병원 파견이니."

"됐다. 너도 공부해야지."

"진현이, 너 피부과 말고 다른 과는 싫어? 그러니까… 성형외과라든지. 성형외과는 쌍수 들고 널 환영할 텐데."

"글쎄……."

진현은 고개를 저었다. 대안이 될 수 있고 무척 좋은 과이나 그냥 싫었다. 내과, 외과는 물론이고 모든 과를 통틀어 최악에 꼽히는 업무량도 그렇지만 뭔가 자신과 잘 안 맞는 느낌이다.

황문진이 화제를 돌렸다. 그는 음흉한 얼굴로 물었다.

"그런데 잘 진행되고 있냐?"

"뭘?"

"뭐긴, 이 녀석. 얌전한 얼굴로 더한다니까. 작년 미스 대일 대회 우승자인 이연희 간호사 말이야!"

"아……."

진현은 이연희를 떠올렸다. 만나면 편하다 보니 확실히 최근에 자주 만나고 있긴 하다.

"사귀는 거지? 진도는 어디까지 나갔어?"

진현은 고개를 저었다.

"그런 거 아니다."

"에이, 아니긴. 네가 이연희 간호사와 여러 번 계속 만나는 것 알고 혜미가 얼마나… 읍."

떠들던 황문진은 말실수를 깨닫고 입을 다물었다. 진현의 눈 꼬리가 올라갔다.

"혜미가? 그게 무슨 말이냐?"

"아, 아니야."

"응?"

진현이 의심의 눈초리를 보내자 황문진은 급히 고개를 저었다.

"정말 아니야. 그냥 혜미 보고 싶어서 말이 잘못 나왔어. 혜미 랑 술 한잔하고 싶다."

"뭐야, 실없긴."

진현은 고개를 저었다. 그런데 그때, 진현의 전화가 울렸다.

"콜인가?"

하지만 근무하는 병동 전화번호는 아니었다. 누구지?

"네, 김진현입니다."

—아, 김진현 선생님? 대일병원 교육수련부입니다.

"무슨 일이시죠?"

진현은 인상을 찌푸렸다. 교육수련부는 인턴 수련을 관리, 감 독하는 기관으로 얽히면 좋은 일보다 귀찮은 일이 많다. 역시나 그 예상은 틀리지 않았다.

—업무 때문에 드릴 말씀이 있는데, 잠시 교육수련부에 올 수

있으십니까?

"알겠습니다."

그리고 곧 교육수련부에 도착해 업무 설명을 들은 진현은 놀라 반문했다.

"그러니까 환자 이송을 하라고요?"

"네, 그렇습니다. 자주 하지 않으셨습니까?"

"아니, 환자 이송이야 늘 하는 것이지만… 이건……."

진현은 눈살을 찌푸렸다. 물론 환자 이송이야 인턴의 업무니 숱하게 해봤지만 이건 다르잖아?

"평소 하는 것과 크게 다르지 않을 것입니다."

"비행기를 타고 해외로 환자를 이송하는 것이 어떻게 다르지 않단 말입니까?"

진현은 기가 차 반문했다. 대화 내용처럼 그가 제안받은 업무는 환자를 다른 병원으로 옮기는 환자 이송이었다. 분명 인턴의 업무는 맞지만 문제는 비행기를 타고 해외 병원에 옮겨야 한다는 것이었다. 그것도 중국이나 일본도 아니다. 무려 아랍권, 아부다비였다.

'아부다비가 어디야? 아프리카야, 중동이야?'

진현은 곤란함에 혀를 찼다.

'물론 안 좋을 수 있는 환자는 이동 중에 문제가 생길 수 있기 때문에 의료진이 동반해야 하긴 하지만 비행기를 타고 그 먼 곳까지 갔다 오라니… 이건 좀. 그리고 난 비행기를 거의 타본 적도 없단 말이야.'

교육수련부 직원이 미안한 표정으로 말했다.

"곤란한 것은 압니다. 어려우시겠습니까?"

진현은 물었다.

"그런데 다른 인턴도 많은데 왜 하필 저입니까?"

"그야 당연히 선생님이 제일 뛰어나시니까요. 이송할 환자가 아랍에미리트를 구성하는 토후국(土侯國)의 왕자라서 진료과에서 신경이 많이 쓰이나 봅니다. 꼭 선생님이 갈 수 있도록 해달라고 요청하더군요."

"······."

진현은 똥 씹은 마음이 들었다. 사고 좀 작작 칠걸. 그런데 그 때 직원이 귀가 솔깃할 이야기를 했다.

"비행기를 타고 왔다 갔다 하는 게 힘들긴 하겠지만 추가 수당 이 있습니다."

"추가 수당이요?"

"네, 일이 끝나면 왕가 측에서 300만 원을 선생님께 지불할 것입 니다. 저희 병원에서는 50만 원을 드리고요. 총 350만 원입니다."

"······!"

진현은 머릿속으로 계산했다.

'중동까지 왔다 갔다 하면 넉넉잡고 2일. 2일에 350만 원이 라. 나쁘지 않군.'

큰돈은 아니지만 한 푼의 보상도 안 해주는 경우가 많다는 것 을 생각하면 이틀 이송의 보상으로는 굉장히 큰 대가였다. 특별 한 사고만 안 난다면 말이다.

'별문제 없겠지? 하늘에서 문제가 생기면 손쓸 방법도 없는 데. 상태가 안 좋은 환자를 비행기에 태워 보내진 않을 테니까.'

뭐, 싫다 해도 월급 받는 입장에서 거절할 수도 없었다.

"알겠습니다. 하겠습니다."

진현은 고개를 끄덕였다.

직원은 환히 웃으며 감사를 표했다.

"네, 감사합니다. 유사시를 대비해서 선생님 말고도 또 다른 인턴 선생님 한 분과 간호사 한 분이 동행할 겁니다. 잘 부탁드립니다."

"네, 알겠습니다."

진현은 별 생각 없이 고개를 끄덕였다. 누가 동행하는지는 묻지 않았다.

'나름 첫 해외여행이군.'

물론 공항에서 아랍에미리트 의료진에게 환자 인수 후 곧바로 되돌아와야겠지만 말이다.

'공항 면세점… 아부다비란 곳에도 있겠지? 돌아올 때 부모님 선물이나 사야겠구나.'

350만 원 공돈이 생기니 면세점에서 부모님 선물을 사드리면 되겠다. 그렇게 생각하니 기분이 좋아졌다. 하지만 한 가지 확인은 해야 했다.

"혹시 환자 상태가 안 좋지는 않지요? 그렇다면 곤란합니다."

"네, 걱정하지 마십시오. 그냥 VIP의 비위를 맞추기 위한 형식적인 환자 이송입니다."

그렇다면야. 공중에서 환자가 안 좋아져도 문제지만 그걸 다행히 해결해도 문제다. 지금까지 친 사고(?)만으로도 감당이 안 됐기 때문이다.

'이제는 진짜 조용히 살아야 해. 더 사고(?) 치면 사람들은 정말 내가 외과나 내과를 할 거라 생각할 거야.'

그렇지 않아도 많은 사람이 이전의 사고들 때문에 그가 사람을 살리는 외과나 내과를 할 걸로 착각하고 있다. 그런데 만약 대형 사고라도 한 번 더 치면… 생각하고 싶지도 않다.

'형식적인 이송이라니. 이번엔 별문제 없겠지.'

진현은 그렇게 생각했다.

"네, 알겠습니다. 출발할 때 연락주십시오."

하지만 그는 모르고 있었다. 지금까지의 사고와는 비교도 안 되는 먹구름이 밀려오고 있다는 사실을. 초유의 대형 사고였다. 훗날 진현의 인생 항로에 영향을 줄 정도로.

출발 일정은 며칠 뒤, 10월의 마지막 날이었다. 아부다비에서 돌아오자마자 울산으로 파견 근무를 가야 하니 최악의 스케줄이었다.

'어쩔 수 없지. 돈 벌기 쉬운 게 아니니.'

이윽고 시간이 흘러, 출발 날이 다가왔다.

—인천공항까지는 다른 의료진이 동행할 것이니 선생님은 따로 먼저 공항에서 대기하고 계십시오. 오전 11시 30분에 출국 게이트 앞에서 인계하도록 하겠습니다.

진현은 병원에서 제공해 주는 차량을 타고 공항으로 이동했다. 접대용 차량이라 나름 에쿠스였다.

"여기가 인천공항……."

인천공항을 본 진현은 살짝 감탄했다.

'김포공항과는 비교가 안 되는군.'

이전 삶의 아내인 이연희와 제주도로 신혼여행 갈 때 김포공항을 이용해 봤지만 인천공항은 처음이었다.

'그런데 같이 동행할 인턴과 간호사는 누구지? 물어볼 것을 그랬나?'

진현은 고개를 저었다. 약속 장소에서 기다리고 있으면 알아서 올 것이다.

'아직 예정 시간까지 1시간 30분이나 남았군. 뭐 하지? 공항 구경? 아니야, 시험공부나 하자.'

처음 보는 공항을 구경할까 하는 생각도 들었지만 공부를 하기로 결정했다. 그는 에티하드항공의 출국 게이트 근처의 카페에 자리를 잡았다.

'피부과에 합격하려면 반드시 만점에 가까운 시험 점수를 받아야 해.'

불가능에 가까운 일이지만 반드시 해내고 말 것이다. 진현은 책을 넘기며 생각했다. 간절한 마음 때문일까 책을 한 자 한 자 읽자 주변의 소음이 사라지고 금방 집중이 됐다. 이미 알고 있던 내용이지만 진단법과 치료법이 다시 정리되어 머릿속에 쌓였다. 그렇게 얼마나 공부를 했을까? 저 멀리⋯ 어디선가 흐릿한 소리가 들렸다.

"⋯현아."

"⋯⋯."

진현은 자신을 부르는 거라 생각 못하고 책에 열중했다.

그러나 다음 순간.

"⋯진현아!"

익숙한 목소리에 진현은 번뜩 고개를 들었다. 그리고 그곳엔 그녀가 있었다.

"⋯⋯!"

하얀 얼굴, 어느새 어깨를 넘어 찰랑거리는 머리카락, 청초한 꽃을 연상시키는 아름다움. 급하게 뛰어왔는지 얼굴이 빨개진 그녀가 평소처럼 환하게 웃으며 말했다.

"하아하아, 반가워. 잘 지냈어?"

혜미였다.

"……."

두근. 두 달, 무려 두 달 만에 그녀를 보자 진현은 알 수 없는 심장의 두근거림을 느꼈다. 그 감정이 당황스러워 자신도 모르게 퉁명스런 목소리로 말했다.

"잘 지냈냐?"

"응! 울산에 회 맛있더라. 그런데 일은 진짜 힘들어. 거의 잠도 제대로 못 자."

"그런데 여긴 어떻게?"

"환자 이송 때문에 왔는데? 너도 환자 이송 때문에 온 거잖아."

"아… 다른 인턴이 너였구나."

진현의 반응에 혜미는 불만스레 볼을 불렸다.

"뭐야? 모르고 있었던 거야?"

"응, 몰랐어. 그런데 하필 우리 둘이라니 우연도 대단한 우연이네."

가장 친한 친구 둘이 같이 아랍에 가게 되다니. 대단한 우연이라 생각했다. 그런데 그때 혜미가 나직이 중얼거렸다.

"우연 아닌데……."

작은 소리라 제대로 못 들은 진현이 반문했다.

"응? 뭐라고?"

"아니야. 이제 곧 출발이지? 급하게 왔더니 목마르다. 여기 커피 맛있어?"

"글쎄? 어차피 나한테 커피는 그냥 검고 쓴 물이라서."

진현의 답에 혜미는 큭큭 입을 가리고 웃었다. 그 웃는 모습이 강아지처럼 귀여웠다.

"앉아 있어라. 내가 사줄게."

"응, 아니야. 내가 사 먹을게. 있어."

혜미는 금방 아이스 아메리카노를 사 들고 돌아왔다. 그녀는 빨대로 커피를 쭈욱 빨아먹으며 말했다.

"진현이, 너는 잘 지냈어?"

"나야 뭐. 그냥그냥."

그녀는 걱정스러운 말투로 물었다.

"이제 곧 전공 지원해야 하는데… 정말로 피부과 쓸 거야?"

진현의 얼굴이 무거워졌다.

"써야지."

"그래……? 그냥 다른 과 쓰는 게 낫지 않아? 강민철 교수님이 네가 외과 하는 거 간절히 원하신다는데. 백 년에 한 번 나올까 말까 하는 천재를 놓칠 수 없다고. 사실 다들 네가 피부과 말고 외과나 내과 같은 생명을 살리는 과를 하기를 바라고 있어."

혜미의 걱정이 옳았다. 꽤 많은 시간이 지났지만 강민철 교수는 계속 진현에게 러브 콜을 보내고 있었다. 그리고 그건 외과뿐이 아니다. 내과도 열렬하긴 마찬가지다. 모두가 진현이 사람을 살리는 과를 하기를 바랐다. 그러나 진현은 고개를 저었다.

"하고 싶은 과 해야지."

"그래도……."

"괜찮다. 꼭 합격할 거니 걱정하지 마라. 낙하산 따위한테 지지 않을 거다."

강한 의지가 담긴 말에 혜미는 입을 다물었다.

"그래, 나야 네가 하고 싶은 과를 했으면 바라지만……."

걱정으로 작게 한숨을 내쉰 그녀는 화제를 돌렸다.

"그런데 나머지 한 명은 누구인지 알아? 간호사라고 하던데……."

"나도 잘 모르겠다."

그런데 그때, 부드러운 목소리가 뒤에서 들렸다.

"저도 앉아도 될까요? 대일병원 환자 이송팀이죠?"

"……!"

익숙한 목소리. 진현과 혜미는 놀라 고개를 돌렸다. 단아한 인상의 미녀가 그들에게 살포시 미소 지었다.

"반가워요, 진현 씨. 저도 이번 이송팀에 참가하게 되었어요."

그녀, 이연희는 혜미에게도 인사했다.

"이연희라고 해요. 이혜미 선생님이시죠? 진현 씨의 친한 친구라 들었어요. 반가워요."

진현 씨. 그 친근한 호칭에 혜미의 얼굴이 일순 굳어졌다 풀렸다. 그녀도 웃으며 답했다.

"네, 반가워요. 저도 잘 부탁드려요."

"대장암 환자로 수술 후 합병증이 있었으나, 전부 좋아지셨으니 비행 중에 특별한 문제는 없을 겁니다."

진현은 환자 인계를 받았다. 환자는 머리 벗겨진 아랍 남자였는데 히죽 웃으며 진현에게 인사했다. 미소 사이로 금니가 번뜩했다.

"Hello."

마주 인사한 진현은 생각했다.

'다행히 나빠 보이진 않는군.'

VIP여서 신경 쓰는 것인지 특별히 상태가 안 좋아 보이진 않았다. 사실 상태가 안 좋은 환자를 비행기에 태울 리는 없으니까 걱정할 것은 없었다.

'이틀 동안 350만 원 벌어와야지. 부모님께 뭘 선물해 드릴까?'

이런 한가한 생각도 하며 그는 비행기에 탑승했다. 아랍에미리트의 왕족인 환자는 퍼스트 클래스에 눕고, 이송팀인 그들은 근처 비즈니스 클래스에 앉았다.

"저 비즈니스 클래스 처음 타 봐요. 진현 씨는요?"

"저도 처음입니다."

진현이 자리에 앉자 이연희가 그 옆자리에 앉았다.

"……!"

혜미는 그런 둘을 보고 잠시 가만히 있다가 통로를 사이에 두고 따로 혼자 앉았다. 그런 혜미에게 연희가 친근하게 물었다.

"이혜미 선생님은요? 이혜미 선생님은 비즈니스 클래스 타 봤어요?"

"저도 처음이에요."

혜미는 짤막하게 답했다. 그녀도 비즈니스 좌석은 처음이었다. 항상 퍼스트 클래스만 탔으니까. 물론 그 말은 굳이 덧붙이지 않았다.

뭔가 가라앉은 혜미의 모습에 진현은 의아한 마음이 들었다.

아까까진 안 그랬는데? 왜 그러지?

"혜미야, 혹시 몸 안 좋아?"

"……."

혜미는 잠시 침묵했다 웃으며 말했다.

"응, 아니야. 피곤해서 그래. 어제도 병동에서 밤새고, 오늘 울산에서 올라오느라 몸이 안 좋네. 신경 쓰지 마."

이연희가 걱정스레 말했다.

"이혜미 선생께서는 좀 주무세요. 만약 환자한테 문제가 있으면 저희가 말씀드릴게요."

"네."

혜미는 좌석을 조정해 눕기 좋게 만들어 눈을 감았다. 평소와 다른 그 모습에 진현은 고개를 갸웃했다. 아까까지만 해도 저렇게 피곤해 보이진 않았는데?

—Ladies and gentleman…….

그때 안내 방송과 함께 비행기가 이륙을 시작했다. 그리고 시간이 지난 후, 비행기가 궤도에 안정적으로 안착하자 스튜어디스들이 식사를 제공하기 시작했다. 비즈니스 클래스답게 풀코스 요리였다.

"진현 씨, 이것 봐요. 스테이크도 있어요. 이것 드세요."

옆 좌석의 연희가 찰싹 달라붙어 메뉴를 가리켰다.

"아… 네."

"저 고기 별로 안 좋아하니 스테이크는 제 것까지 드세요."

"아니, 괜찮습니다."

"그러지 말고 드세요. 그나저나 이렇게 비즈니스 좌석을 타고 해외에 가다니, 환자 이송 중이라지만 좋네요."

진현은 괜히 미안한 마음이 들었다. 이전 삶에서 그녀와는 신혼여행 때 제주도를 가본 것 외엔 한 번도 여행을 간 적이 없다. 이렇게 좋아하면 한 번쯤 다른 곳을 가도 좋았을 텐데.

　그때 문득 진현은 옆으로 고개를 돌렸다. 혜미는 아무런 이야기도 안 들리는지 식사가 나오는지도 모르고 눈을 감고 있었다.

　"혜미야?"

　"……."

　"이혜미?"

　"…왜?"

　짧은 대답에 진현은 걱정스레 말했다.

　"몸 많이 안 좋아?"

　"아니, 그냥……."

　"이제 식사 나오는데 밥 먹고 자."

　"됐어. 생각 없어. 많이 먹어……."

　피곤한지 혜미는 고개를 돌렸다.

　다행히 비행은 평온했다. 진현은 매 시간마다 환자의 상태를 체크했으나 아랍 왕자는,

　"I am okay."

　라고 말할 뿐이었다. 실제로도 괜찮아 보여서 진현은 마음을 놓았다.

　"혹시 조금이라도 불편한 점 있으면 말씀해 주십시오."

　진현은 영어로 이야기했다. 아랍 왕자는 사람 좋게 웃으며 어눌한 영어로 답했다.

"오케이, 고마워요. 닥터도 좀 쉬세요."

진현은 자리로 돌아오며 생각했다.

'부러운 팔자군. 암에 걸린 것은 안 되긴 했지만.'

석유 부자 나라들은 땅에서 어마어마한 수입을 얻기 때문에 힘든 직업인 의사를 아무도 안 하려고 한다. 따라서 중한 질병에 걸리면 의료 선진국으로 치료를 받으러 가는 일이 흔하다. 가까운 유럽으로 많이 가지만, 최근에는 유럽에 비해 결코 뒤떨어지지 않는 의료 수준을 지닌 한국으로도 많이 왔다.

'유럽 사람들은 아랍 사람들 진료하는 거 싫어하니까.'

인종차별이 아니라 해외로 진료받으러 나가는 아랍 사람들이 안하무인인 격이 많아서 그렇다.

'자기 집에서 받던 대우를 다른 나라에서도 받으려고 하니 그렇지. 의료진인 간호사한테 시중을 들며 발을 닦으라고 요청하질 않나.'

뭐, 이 환자는 그런 것 같진 않지만.

'다들 자나.'

비즈니스석으로 돌아온 진현은 혜미와 연희를 돌아보았다. 비행이 시작된 지 거의 7시간째라 둘 다 새근새근 잠이 들어 있었다.

'혜미…….'

혼자 따로 앉아 잠을 자고 있는 것을 보니 괜히 마음이 안 좋았다. 그는 가만히 그녀의 얼굴을 바라봤다. 얕은 어둠 속 하얗게 가라앉은 얼굴. 그는 무심코 손을 들어 그녀의 머리를 쓰다듬었다. 손에 닿는 감촉이 부드러웠다.

'이 녀석도 여자긴 하구나.'

그런데 진현은 일순 인상을 찌푸렸다.

'이 흉터는 뭐지?'

머리카락이 뒤로 젖혀지니 목 한쪽에 얇은 흉터가 나타났다. 마치 칼로 베인 듯한 상처다.

'이전에도 이런 상처가 있었나? 뭐지?'

최근에 항상 머리로 가리고 있어서 몰랐다. 그런데 그때 당황에 젖은 목소리가 들렸다.

"지, 진현아? 뭐 해?"

혜미였다. 그녀가 빨갛게 달아오른 얼굴로 눈을 동그랗게 떠 그를 바라봤다.

"……!"

진현은 서둘러 손을 뗐다. 그의 얼굴도 살짝 붉어졌다. 그는 더듬거리며 말했다. 내가 왜 머리를 쓰다듬었지?

"미, 미안하다. 그런데 목의 상처는?"

"아, 아… 응, 아, 목의 상처?"

혜미는 그와는 비교도 안 될 정도로 당황해 말을 더듬거렸다. 그의 손길이 떠오르자 목덜미까지 화끈거리며 달아올랐고 가슴이 두근거려 진정이 안 됐다.

"이, 이거 그냥 긁힌 거야."

"긁힌 거라고?"

"응, 신경 쓰지 마."

"그, 그래. 괜히 깨워 미안하다. 좀 더 자라."

"으, 응. 너도 피곤할 텐데 자."

혜미는 붉어진 얼굴을 보이기 싫은지 담요를 머리끝까지 덮었다.

이후 아부다비 공항에 도착할 때까지 아무런 일도 일어나지 않았다.

"고생하셨습니다. 이후로는 저희가 모시겠습니다."

공항에 도착하자 관계자들과 의료진들이 진현을 맞았다. 한 나이 지긋한 백인 의사가 물었다.

"특별한 문제는 없으셨죠?"

"네, 괜찮으셨습니다."

환자도 뭐라 뭐라 말했다. 아랍어여서 한마디도 못 알아들었지만 나쁜 말을 한 것은 아닌 것 같다. 백인 의사가 통역해 주었다.

"잘 살펴주셔서 감사하답니다. 특히 닥터 김의 꼼꼼한 진료에 감동했다고 합니다."

"아닙니다."

진현은 머쓱한 마음이 들었다. 비즈니스 클래스에서 잘 얻어먹은 것 외에는 별로 한 것도 없는데?

백인 의사는 싱긋 웃었다.

"감사의 표시로 원래 약속했던 것보다 두 배의 금액을 사례하라고 하시는군요. 한국의 은행 계좌로 입금하겠습니다."

"아… 괜찮습니다."

300만 원의 두 배니 600만 원이다. 대일병원에서 받기로 한 50만 원을 더하면 650만 원이니 비즈니스에서 노닥거린 대가치고는 너무 과했다. 하지만 돈이 넘쳐나는 석유국의 부호답게 그 정도 푼돈은 신경도 쓰지 않았다.

"괜찮으니 부담 안 가져도 됩니다. 그러면 저희는 가볼 테니 편히 귀국하십시오. 귀국편 비행기는 5시간 뒤입니다."

그리고 그들은 우르르 사라지자 연희가 다가왔다.

"아, 그래도 별일 없이 끝났네요. 다행이에요. 조금 걱정했었는데."

"네, 다행입니다."

"그런데 이제 뭐할까요, 진현 씨?"

연희가 눈을 반짝거렸다.

"글쎄요? 조금 쉬어야 하지 않겠습니까? 5시간 뒤에 다시 비행기를 타야 하니……."

"그렇긴 하네요. 배도 고프고… 샤워도 할 수 있으면 좋을 텐데 그건 어렵겠죠?"

진현도 모른다. 애초에 비행기를 타고 해외에 나와 본 게 처음이기 때문이다. 주변을 둘러보니 하얀 외벽의 공항 안에 중동인과 백인들이 바글바글했다. 규모만 보면 인천국제공항 못지않은 크기였다. 연희는 간단한 요기를 위해 근처 샌드위치 가게에 갔다가 고개를 저으며 돌아왔다.

"이상하게 카드가 안 되네요. 진현 씨 혹시 달러 가지고 있는 것 있으세요?"

"저도 달러는 없습니다."

관광하러 온 것이 아니라 원화 말고는 환전해 온 돈이 없었다.

"어쩌지……."

그런데 그때 가만히 뒤에서 둘을 바라만 보고 있던 혜미가 말했다.

"있어요. 돈 안 내고 씻고 밥 먹을 만한데."

"아, 그래요? 어디예요, 혜미 선생님?"

"이쪽으로 오세요."

혜미가 그들을 데리고 간 것은 플래티넘 라운지였다. VIP 고객 외에는 입장이 불가능한 고급 라운지였지만 그녀가 카드 한 장을 보이자 모든 게 오케이였다.

"전부 마음껏 이용하시면 됩니다. 편히 쉬십시오."

정장을 입은 매니저가 친절히 말했다. 라운지에는 온갖 종류의 음식과 음료, 커피, 맥주, 와인 등이 비치돼 있었고, 안에는 샤워실과 휴식을 취할 수 있는 침대가 놓여 있었다.

"와, 진현 씨. 가서 먹어요. 그렇지 않아도 배고팠는데. 고마워요, 혜미 선생님."

혜미에게 살짝 고개를 끄덕인 연희는 진현의 팔을 잡고 끌었다. 진현은 끌려가며 혜미를 바라봤다.

"혜미, 너는?"

혜미는 살짝 웃으며 고개를 저었다.

"난 됐어. 별 생각 없어. 씻고 쉴 테니 둘이 같이 잘 먹어."

진현이 걱정스러운 목소리로 말했다.

"너 비행기에서도 아무것도 안 먹었잖아. 정말 괜찮아?"

"응, 입맛이 없네. 괜찮으니 신경 쓰지 마."

혜미는 더 진현이 잡기 전에 샤워실로 들어가 버렸다. 진현은 고개를 갸웃했다.

'뭔가 기분이 나빠 보이는데. 혹시 내가 아까 머리 만져서 그런가?'

진현은 기회를 봐서 제대로 사과해야겠다고 생각했다.

싸아아.

혜미는 떨어지는 물줄기를 멍하니 맞으며 쓴웃음 지었다.

'도대체 난 뭘 기대했던 거야?'

보고 싶었다. 정말로. 그와 이연희가 가까워지는 것을 지켜보는 게 너무 가슴이 아파 일부러 파견 근무를 갔다. 하지만 파견 근무를 갔음에도 가슴의 아픔은 덜어지지 않았다. 떨어져 있으면 떨어져 있을수록 밀어내려 하면 밀어내려 할수록 가슴이 아팠다. 보고 싶어서, 너무도 그를 보고 싶어 이번 환자 이송도 일부러 신청했는데 이런 꼴이라니.

"나 너무 바보 같아."

아랍에미리트까지 와서 그와 이연희가 같이 다니는 모습을 지켜보고 있어야 하다니.

'진현……'

문득 아까 그가 자신의 머리를 쓰다듬었던 것이 떠올랐다. 그의 손길이 떠오르며 얼굴이 살짝 붉어졌다.

'왜 머리를 만졌던 걸까? 그냥 목의 흉터 때문에? 아니면 혹시……?'

혹시나 하는 기대감이 들었지만 그녀는 잘 알고 있다. 혼자만의 바보 같은 기대인 것을. 샤워를 마친 그녀는 머리를 닦으며 밖으로 나왔다. 마침 이연희도 샤워실로 들어오고 있었다.

"어, 혜미 선생님. 씻으셨어요?"

"네."

길게 대화하기 싫어 스쳐 지나갔다. 그런데 이연희가 말을 걸었다.

"저, 선생님."

"네?"

"진현 씨 좋아하시죠?"

"……!"

혜미의 얼굴이 굳어졌다. 이연희는 방긋 웃고 있었다.

"무슨 말이죠?"

"질문 그대로예요. 좋아하지 않나요?"

"……."

혜미는 한숨을 내쉬었다.

"네, 그래요. 좋아해요, 진현이. 그것도 아주 많이."

대답을 하며 울컥하는 마음이 들었다. 연적에게 이게 무슨 꼴인지 모르겠다. 연희는 고개를 끄덕였다.

"네, 역시 그런 것 같았어요."

"어째서요?"

"티가 워낙 많이 나니까요. 그런데 어쩌죠?"

연희가 미소를 지우며 말했다.

"저도 진현 씨 좋아하는데… 아주 많이. 양보할 수 없어요."

연희는 강한 목소리로 말했다.

"혜미 선생님이 언제부터 진현 씨를 좋아했는지는 몰라요. 얼마나 좋아하는지도 모르고요. 하지만… 절대로 양보할 수 없어요. 절대로."

"……."

혜미는 연희의 눈을 바라보았다. 항상 부드럽게 웃고 있는 단아한 그 눈매에는 질 수 없다는 의지가 담겨 있었다. 그 눈을 보는 순간, 혜미는 깨달았다. 아, 이 여자도 진현을 좋아하는구나. 그것도 아주 많이. 그와 동시에 두 가지 감정이 치밀어 올랐다. 참을 수 없는 질투심과 괴로운 안도감. 이 여자라면 나 대신 진현이 옆에 있어도 그를 행복하게 해주겠구나. 내가 아니라도.

"그래요. 알겠어요."

혜미는 쓸쓸히 대답했다. 그리고 주저하며 입을 열었다. 입을 엶과 동시에 가슴이 찢어졌으나 억지로 참았다.

"둘 사이를 방해할 생각이 없어요. 아니, 잘됐으면 좋겠어요. 대신 하나만 부탁이 있어요. 꼭 들어주셨으면 좋겠어요."

의외의 말에 연희의 눈이 커졌다.

"무슨 부탁이죠?"

혜미는 담담히 말했다.

"진현이한테 잘해주세요. 그게 제 부탁이에요."

"……!"

연희의 눈이 흔들렸다. 혜미의 말을 이해할 수 없는 눈치였다. 연적에게 이런 부탁이라니? 혜미는 아프게 미소 지었다.

"이상하게 생각하지 마세요. 진심이니까요."

말을 마친 혜미는 한없이 슬퍼졌으나 어쩔 수 없었다. 진현이는 날 좋아하지 않으니까.

'사랑한다 해서 꼭 이뤄지라는 법은 없어. 어쩔 수 없는 거야.'

그러니까 괜찮아. 그녀는 그렇게 생각했다.

잠깐의 휴식 후 곧바로 귀국행 비행기를 탔다. 똑같은 에티하드항공이었는데 이번엔 이코노미 클래스였다.

'이왕 쓸 거면 좀 더 쓰지.'

물론 왕복 비행 모두를 비즈니스 클래스로 접대받는 것은 욕심이었다. 체격이 큰 편이 아니라서 좌석도 넓이도 그렇게 불편하진 않았다. 단 이코노미라서 정말로 불편하고 곤란한 것이 있었으니 이혜미, 이연희 한가운데에 앉게 된 점이다.

'거참, 대일병원의 최고 미녀라고 꼽히는 여자들 사이에 앉아서 가게 되다니.'

다른 남자라면 쌍수를 들어 환영할 일이지만 진현은 불편하기 짝이 없었다. 좁은 공간이라 양팔에 두 여자의 살결이 느껴졌다. 이쪽으로 피하면 이쪽에 살이 닿고, 저쪽으로 피하면 저쪽에 살이 닿는, 진퇴양난의 곤란이었다.

"진현 씨, 많이 불편하시죠?"

연희는 진현의 곤란은 생각지도 않은 채 오히려 조금 더 그쪽으로 몸을 붙이며 물었다.

"…괜찮습니다."

반면 혜미는 비행기에 탄 후 한마디도 하지 않았다. 헤드폰을 시끄럽게 틀고 비행기에서 제공하는, 재미라고는 먼지만큼도 없는 영화에 집중했다.

'얘는 왜 이렇게 기분이 안 좋지?'

피곤한가 했는데 그게 아닌 것 같다. 혜미는 계속 저기압이었다.

'정말 내가 머리 만진 것 때문에 그런가? 내가 왜 그런 실수를 해가지고.'

진현은 후회했다. 사과를 하고 싶었지만 옆에 연희가 있어서 말을 꺼내기가 그랬다. 다른 사람이 뻔히 지켜보고 있는데, '네 머리 쓰다듬어서 미안하다'란 말을 하기가 민망하고 실례되지 않겠는가?

'기회를 봐서 사과해야지.'

그렇게 불편한 비행이 지속되었다. 진현은 깜빡 잠이 들었다. 꿈속에서 외과를 전공하는 악몽을 꾸고 눈을 뜨니 시간이 제법 지나 있었다.

'몇 시지? 얼마나 더 가야 하는 거지?'

시계를 보니 인천 도착까지 2시간 30분 정도 남았다.

'꽤 많이 시간이 지났는데 아직도 많이 남았구나.'

도착 시간보다 30분 정도 연착 예정이었다. 기체가 간간히 흔들리는 게 난기류를 만난 듯했다.

'한국 도착해서 곧바로 울산으로 가야 하는데… 피곤하다.'

그런데 그때 연희가 옆에서 말했다.

"진현 씨. 저 잠깐만 나갔다 올게요."

"아, 네."

오래 앉아서 불편한 건지 아니면 화장실을 가려는 것인지 창가 쪽에 앉아 있던 연희가 조심히 둘 사이를 빠져나갔다. 연희가 나가자 진현은 급히 혜미를 돌아봤다. 혜미는 여전히 영화에 열중이다. 별로 재미도 없어 보이는데 눈물까지 글썽거리며.

"이혜미."

"……."

"혜미야?"

재차 부르니 혜미가 고개를 돌렸다. 손가락으로 눈을 쓱쓱 닦은 그녀가 물었다.

"무슨 일?"

"왜 이렇게 기분이 안 좋냐? 혹시 나 때문에 그런 거냐?"

혜미는 그 물음에 가슴이 턱 막혔다. 자기 때문에 기분이 안 좋냐고? 그걸 질문이라고… 눈치가 없어도 어떻게 이렇게 없을 수 있을까?

"그런 것 아니야. 신경 안 써도 돼."

하지만 그 대답이 진현은 지은 죄가 있어서인지 '너 때문에 기분 나빠!' 로 들렸다.

"미안하다."

"뭐가?"

"머리 쓰다듬은 것. 불쾌했을 것 같은데 정말로 미안하다."

혜미의 얼굴이 폭발하듯 빨개졌다. 자신의 머리를 쓰다듬던 진현의 손길이 다시 떠올랐다. 그녀는 급히 시선을 돌리며 물었다.

"왜 쓰다듬었는데?"

말을 꺼낸 그녀의 가슴이 터질 듯이 두근거렸다. 물론 별 의미 없는 행동이란 것은 알고 있다. 하지만 이렇게 질문을 하니 다시 바보같이 기대하게 된다.

질문을 받은 진현은 말문이 탁 막혔다. 왜냐고?

'왜 쓰다듬었지?

그도 모르겠다. 어둠에 잠긴 얼굴이 예뻐 보여서? 홀로 누워 있는 게 안쓰러워 보여서?

"왜 쓰다듬었는데? 대답해 봐."

"그건……."

진현은 더듬더듬 입을 열었다. 혜미는 미친 듯이 뛰는 심장의 소리가 새어 나가지 않기를 바라며 답을 기다렸다.

그런데 그때였다!

—삐잉! 비상 상황입니다. 혹시 기내에 의사 선생님 있으십니까?

"뭐지?"

진현과 혜미는 놀라 서로를 바라봤다. 방송이 이어졌다.

—비상 상황입니다. 긴급 환자 발생으로 기내에 의사 선생님이 있으시면 비즈니스 클래스로 와주시기 바랍니다.

혜미가 물었다.

"어떻게 하지?"

"가봐야지."

"무슨 일일까?"

"글쎄… 보통은 별것 아닌 경우가 많은데… 일단 가보자."

진현과 혜미는 일어났다. 방송에 놀란 연희도 급히 자리로 돌아왔다.

"저도 같이 가요, 진현 씨."

진현은 고개를 끄덕였다. 환자를 진료할 때 간호사와 의사는 업무의 분담이 달랐다. 간호사 고유 영역의 일은 의사가 할 수 없기 때문에 그녀가 같이 가주면 도움이 될 것이다.

'별것 아니어야 할 텐데…….'

정말 간단한 경우가 아니면 하늘에서 환자가 안 좋아질 때 의사가 할 수 있는 처치는 별로 없었다. 하지만 늘 그렇듯 그의 바람은 어긋났다.

"이런……."

비즈니스석으로 들어간 그들은 신음을 흘렸다. 누가 환자인지는 물어보지 않아도 알 수 있었다. 모든 승무원이 한 한국인 노인을 중심으로 웅성거리고 있었던 것이다.

"이런……! 어떻게 하지? 의사는 없나?"

"방송은 했는데……."

진현은 급히 끼어들었다.

"방송을 보고 온 의사입니다. 어떻게 된 일입니까?"

"아……! Doctor!"

의사란 말에 승무원들의 얼굴이 밝아졌다. 아랍 국적의 중년의 스튜어디스가 대표하여 설명했다.

"한국 국적의 승객인데, 방금 전 의식을 잃은 채 발견되었어요. 어떻게 된 일인지 저희도 정확히 모르겠어요."

그 말에 진현은 환자를 살폈다. 오십 대 후반, 육십 대 초반쯤 됐을까? 노년에 가까운 남자였는데 의식이 전혀 없었다. 부르고 자극을 줘 봐도 으으 하는 신음만 흘릴 뿐이었다.

"언제부터 이런 것입니까?"

스튜어디스는 곤혹스러운 얼굴을 했다.

"저희도 정확히 잘 모르겠어요. 늦은 시간이라 다들 주무시고 계셔서 이분도 수면 중이라고만 생각했지 설마 의식이 없는 것이라곤… 간식을 서비스하려고 깨우지 않았다면 지금까지도 몰랐을 거예요."

진현의 얼굴이 어두워졌다. 안 좋았다.

'그러면 언제부터 의식이 없었는지 아무도 모른다는 건데…

좋지 않군.'

별일 아니었으면 하는 바람은 산산이 부셔졌다. 이 정도면 중환자 중의 중환자였다.

'어째서 의식을 잃은 것이지? 의식이 없는 노년의 남자 환자라…….'

가능한 원인이 머릿속에서 좌르륵 펼쳐졌다. 하지만 의식이 안 좋아지는 원인은 너무 많았다. 용의자를 오백 명쯤 놓고 수사를 시작하는 격이라 단서를 얻어 범위를 좁혀야 했다.

"이 환자분의 신원을 알고 계십니까? 평소 앓고 있던 질환이라든지…….."

하지만 아랍 승무원들은 고개를 저었다.

"승객 정보에 공무원이라고 되어 있는데, 아부다비에는 가족 방문으로 왔다고 되어 있고… 혼자 탑승한 거여서 그 밖의 사항은 저희도 전혀 모르겠어요."

진현은 생각했다.

'공무원이라고? 비즈니스 클래스를 타고 다니는 공무원이라…….'

직급 있는 회사원의 경우 출장 시 비즈니스 클래스를 종종 이용한다. 하지만 개인적인 일로 중동에 왔다가 비즈니스 클래스를 타고 귀국하는 중년의 공무원은 흔하지 않다. 뭔가 평범한 공무원이 아니란 느낌은 들었지만 지금 중요한 내용은 아니다.

'곤란해. 의식이 없으니 무슨 질환을 앓고 있었는지 병력(病歷)을 얻을 수도 없고. 머리 CT 같은 검사를 할 수도 없고.'

머리 CT는커녕 간단한 피검사도 할 수 없다. 할 수 있는 게 없어 진현은 연희에게 부탁했다.

"일단 바이탈을 측정해 주세요."

연희는 혈압계를 가지고 환자에게 다가갔다. 그나마 다행인 점은 아랍 왕자를 이송할 때 문제가 생길 경우를 대비해 꽤 많은 처치 도구와 약을 챙겨왔다는 점이다. 쓱쓱. 커프를 감고 공기를 주입해 혈압을 측정한 연희의 얼굴이 하얘졌다.

"혈압이 재지질 않아요."

"뭐라고요?"

진현과 혜미의 얼굴이 심각해졌다.

"제가 측정해 보겠습니다."

진현은 본인이 직접 혈압을 측정했다. 이번엔 혈압이 재지긴 했다.

수축기 혈압 50.

'맙소사. 정상이 120인데 50? 그냥 의식을 잃은 게 아니라 쇼크잖아. 심장은?'

그는 급히 맥박을 측정했다. 맥박수는 분당 160회. 무섭도록 빠르지만 맥 자체는 약했다. 아찔한 마음이 들었다.

'낮은 혈압을 만회하기 위해 심장이 미친 듯이 뛰고 있는 상태. 하지만 맥이 너무 약해. 이러다 곧 심장마비가 오겠어. 어떻게 해야 하지?'

심장마비가 오면 죽는다. 진현은 급히 승무원들에게 말했다.

"가장 가까운 공항이 어디입니까? 어디든 빨리 착륙해 병원에 가야 합니다."

중년의 스튜어디스가 곤란히 답했다.

"목적지가 아닌 곳에 착륙하기는……."

"네?"

"몇만 불대의 손해가 나서……."

진현은 기가 찬 마음이 들었다.

"지금 돈이 문제입니까? 조금만 지체하면 이 환자분은 사망할 겁니다. 그러면 그 책임은 항공사에서 질 겁니까?"

그 날카로운 말에 승무원들은 사태의 심각성을 깨달았다.

"환자분이 그렇게 많이 안 좋나요?"

"조금이라도 지체되면 사망할 확률이 높습니다."

"오, 맙소사. 얼마나 시간이 있는 거죠?"

진현은 환자를 힐끗 봤다. 정확한 시간이야 알 수 없지만 저런 상태면 지금 당장 심장마비가 와도 이상하지 않다.

"얼마 남지 않았습니다. 최대한 빨리 병원에 가야 합니다."

"알겠어요."

스튜어디스가 급히 기장실로 향했다. 하지만 곧 난감한 얼굴로 돌아왔다.

"어쩌죠? 지금 태평양 상공이라 가장 빨리 도착할 수 있는 공항은 인천인데 2시간은 더 걸릴 거예요."

"꼭 한국으로 안 가도 됩니다. 아무 데라도 가서 치료를 받아야 합니다. 중국도 상관없습니다."

"심한 기상악화 때문에 기존의 항로를 벗어난 상태여서 중국도 빨리 도착할 수 없어요."

진현은 입술을 깨물었다.

'젠장. 어떻게 하지? 그때까지 못 버틸 것 같은데.'

꺽꺽거리며 신음을 흘리는 환자는 2시간은커녕 30분도 못 버틸 것 같았다.

'시간을 벌어야 해. 비행기 안이라 할 수 있는 게 별로 없지만 그래도 최대한 해보자. 왜 쇼크가 왔지?'

진현은 환자를 꼼꼼히 살폈다. 혜미도 같이 살폈다. 자세히 검진을 하자 다행히 금방 쇼크의 원인이 보였다. 아니, 이걸 다행이라고 할 수 있나? 최악의 원인이었다.

"진현아, 이거……."

"음……."

혜미의 말에 진현은 신음을 삼켰다.

'출혈성 쇼크…….'

창백한 피부, 핏기 없는 공막… 전형적인 출혈 사인(Sign)이었다. 출혈의 원인도 찾기 어렵지 않았다. 옷을 들추니 왼쪽 아랫배가 볼록하게 튀어나와 있었던 것이다. 그쪽에서 피가 난 게 분명하다.

"왜 배에서 피가 났지? 가만히 있는 배에서 피가 날 이유가 없는데……."

진현은 승무원에게 물었다.

"혹시 비행 중에 사고가 있거나 그렇지는 않았습니까? 부닥치거나……."

"그런 일은 없었습니다."

승무원들은 고개를 저었다. 진현도 그럴 가능성은 없다 생각했다. 가만히 비즈니스 클래스에서 누워 있던 환자가 다칠 일이 뭐가 있겠는가?

그때 혜미가 말했다.

"약 때문은 아닐까?"

"약?"

"내가 알기로 이분… 뇌졸중을 앓고 있었던 것 같아."

그 말에 진현은 놀란 표정을 지었다.

"너 이 환자분 알아?"

혜미가 오히려 반문했다.

"넌 이분 몰라?"

"모르는데?"

눈치를 보니 연희도 아는 것 같았다.

"아, 너는 TV나 뉴스 안 보지. 하여튼 나도 당연히 개인적으로 아는 사이는 아니야. 그냥 기사에서 몇 번 봤어. 뇌졸중을 앓고 있는 것도 기사에서 본 거고."

무슨 공무원이기에 개인 질병사가 기사에 났는지는 모르겠지만 그걸 신경 쓸 때가 아니다. 진현은 급히 환자의 짐을 뒤졌다. 그러자 하얀 알약과 피하용 주사가 발견됐다.

'피를 묽게 해 출혈 성향을 만드는 항혈소판제인 아스피린과 항응고제 에녹사파린!'

진현은 이제 모든 원인을 파악했다. 뇌졸중은 피가 굳어 뇌혈관이 막히는 질환이다. 따라서 피를 묽게 하는 아스피린과 에녹사파린이 중요한 치료제로 쓰인다. 단 이 치료약들의 문제는 피를 묽게 해 출혈 성향을 만든다는 것이다. 물론 대부분 문제가 없고 있어도 경미한 출혈이지만 극히 드물게 이렇게 심하게 오는 경우가 있다.

'약에 의한 자발 출혈이야. 그것도 굉장히 심하게 왔어. 동맥 출혈이 분명해. 왜 하필 비행기 안에서 이런 일이. 어떻게 하지? 이대로 두면 죽을 텐데.'

시간이 지날수록 환자의 배는 조금씩 조금씩 더 부풀어 올랐다. 피가 계속 나고 있는 거다.

"이연희 선생님, 일단 혈압을 올리기 위해 가져온 수액을 급속 주입해 주십시오."

"네!"

연희가 혈관을 잡고 수액을 투입했지만 별 소용이 없었다. 피가 계속 나는데 수액이나 수혈을 해봤자 밑 빠진 독에 물 붓기였다.

'이럴 경우 동맥을 타고 들어가 피가 나는 혈관을 확인해 색전술로(Embolization) 막으면 되는데 비행기 안에선 불가능해. 어떻게 하지?'

고민하던 그에게 한 가지 생각이 떠올랐다. 하지만 그는 곧 고개를 저었다.

'안 돼. 그 방법은 너무 위험이 커. 무모해.'

그런데 그때였다!

"꺄악!"

한 승무원이 비명을 질렀다. 급히 환자를 보니 눈을 뒤집어 까고 전신을 덜덜 떨고 있었다.

간질 발작! 전신의 피가 모자라 뇌에 피가 제대로 공급되지 않아 경련과 간질 발작을 일으킨 것이다. 경련은 금방 멈췄으나 사태는 심각했다. 정말 시간이 얼마 안 남았다. 입술을 깨문 진현은 고민했다.

'그 방법을? 하지만 위험부담이 너무 큰데? 시도한다고 해도 실패할 확률이 훨씬 높아. 하지만……'

진현은 환자를 바라봤다.

'이대로 놔두면 환자는 죽을 거야.'

너무 위험한 시도지만 가만히 놔두면 무조건 죽는다. 그 사실이 그의 마음을 움직였다.

'젠장, 왜 나는 가는 곳마다 이런 일이. 피부과나 해서 편하게 살고 싶은데 왜 뜻대로 놔두질 않는 거야.'

진현은 자신의 주위에 항상 궂은일이 일어나게 하는 조물주가 원망스러웠다.

"진현아, 어떻게 하지? 곧 심장마비 올 것 같은데."

혜미가 말했다.

진현은 굳은 목소리로 답했다.

"이대론 안 돼. 지혈을 시도하자."

"어떻게? 복강 안쪽이라 불가능해. 병원이면 몰라도 여긴 비행기 안이란 말이야."

혜미의 말은 옳았다. 일반적으론. 하지만 진현은 말했다.

"수술하자. 내가 집도할게."

"뭐?!"

무슨 말도 안 되는? 혜미는 깜짝 놀라 반문했다. 연희도 눈을 동그랗게 떴다. 진현은 차분히 설명했다.

"가능해. 내가 집도하고 혜미 네가 어시스트하면 되니까. 간단한 도구들은 아랍 환자 이송을 위해 챙겨 와서 준비돼 있고."

"……!"

하지만 혜미는 고개를 저었다.

"안 돼. 네가 아무리 천재라 불린다지만… 이건 불가능해."

"그래도 해야 해. 안 그러면 이 환자는 죽어."

진현의 단호한 말에 혜미의 눈이 흔들렸다.

"아, 안 돼. 이건 네가 아니라 강민철 교수님도 불가능한 일이야. 지금 가지고 온 도구는 정말 간단한 처치밖에 할 수 없단 말이야."

이런 열악한 도구들로 비행기 안에서 배를 열고 지혈을 시도하는 것은 물에 빠진 핸드폰을 드라이버 하나 가지고 고치겠다고 나서는 거나 마찬가지다.

"물론 네 말대로 실패할 가능성이 높아. 가장 좋은 것은 이대로 착륙해 병원에 가서 지혈을 시도하는 것이지. 하지만 그럴 수가 없고, 그때까지 이 환자는 못 버텨. 무조건 죽을 거야."

처음엔 저혈압이라도 혈압을 측정할 수 있었지만, 이젠 아예 측정이 안 됐다. 손목 동맥에선 맥이 안 느껴졌고, 대퇴동맥의 맥은 약했다. 곧 어레스트(Arrest:사망)가 일어날 것이 분명했다.

혜미는 입술을 깨물었다. 어찌나 세게 깨물었는지 붉은 입술이 하얗게 질렸다.

"너무 무모해."

"알아."

"잘못되면 어떻게 하려고? 잘되면 다행이지만 잘못되면 네가 모든 책임을 뒤집어쓸 수도 있어."

충분히 가능성 있는 이야기다. 그냥 놔뒀다 사망하면 불가피한 사망으로 아무런 책임이 없다. 비행기 안에서 일어난 출혈은 어쩔 도리가 없으니까. 하지만 수술을 시도하면 이야기가 다르다.

만약 실패하면 환자의 사망에 대한 책임을 전부 뒤집어쓸 수도 있다. 아무런 죄도 없이 잘해주려다가 살인죄로 소송을 당할지도 모르는 것이다. 보호자라도 있으면 위험성을 설명하고 동의를 받았겠지만 지금은 그럴 수도 없다. 알지만 진현은 고개를 저었다.

"그래도 해야 해."

아예 못 하면 모를까 살릴 가능성이 있는데 손 놓고 있을 수는 없다. 혜미는 답하지 않았다. 진현의 얼굴을 외면하고 땅만 바라봤다. 진현은 부드럽게 달랬다.

"만약 잘못돼도 모든 책임은 내가 질 테니 걱정하지 마. 넌 그냥 어시스트로 도와주기만 해."

혜미의 입에서 비틀린 말이 새어 나왔다.

"…그게 문제야."

"응?"

"그게 문제라고! 이 바보야! 네가 혹시 잘못될까 봐 걱정돼서 그러는 거야! 피부과 하고 싶다며? 피부과 해서 편하게 살고 싶다며! 그런데 왜 이렇게 몸을 안 사리는 거야?! 이분이 누군지 알아? 잘못되면 그 책임을 어떻게 하려고?! 의사 가운을 벗는 것으로 안 끝나. 살인죄로 소송당할 수도 있단 말이야!"

계속 감정이 복받쳐 있어서일까? 자신도 모르게 소리친 혜미는 곧바로 후회했다. 하지만 이제까지 쌓인 감정 때문인지 가슴이 쉽사리 진정되지 않았다. 오히려 계속 감정이 차올라 눈물이 흘러나오자 급히 고개를 돌려 눈을 비볐다.

"혜미야……."

진현은 처음 듣는 혜미의 호통에 놀라 말을 멈췄다. 항상 밝고 착한 혜미가 이렇게 화를 내다니?

"혜미야."

"……."

진현은 최대한 부드럽게 말했다.

"미안, 사실 나도 위험을 감수하며 수술하기 싫어. 내가 이런 일 얼마나 싫어하는지 너도 잘 알잖아. 그래도… 상황이 어쩔 수가 없으니 한 번만 도와줘. 피부과 전공하면 이런 일은 더 없을 테니. 그러니 이번 딱 한 번만 도와줘."

거듭된 부탁에 혜미는 크게 한숨을 내쉬었다. 큰 동작으로 눈가를 다시 닦은 그녀는 말했다.

"난 몰라. 잘못되면 네가 알아서 해."

내키지 않는 승낙이었다. 진현은 이연희에게도 말했다.

"이연희 선생님도 어시스트해 주십시오."

"알겠어요."

진현과 혜미의 대화를 어딘가 못마땅하게 바라보던 연희는 고개를 끄덕였다. 진현은 승무원에게 부탁했다.

"환자 처치를 해야 합니다. 다른 승객이 있는 이곳에서 할 수는 없으니 밀폐된 공간은 없습니까?"

"퍼스트 클래스 좌석이 비어 있어요."

"환자를 옮겨주십시오."

석유 부자국의 항공기답게 퍼스트 클래스는 호텔 방만 했다.

"시작하자. 이연희 선생님은 가져온 수액이 떨어질 때까지 모두 투입해 주세요."

"네."

진현은 커다란 왕진 가방을 펼쳤다. 아랍 환자가 외과 환자여서 상당히 많은 처치 도구를 가지고 온 것이 그나마 다행이었다.

'그래 봤자 기본적인 도구들이지만. 절개와 응고를 동시에 할 수 있는 보비가 없는 게 아쉽군.'

일반인들에게는 메스가 외과의사의 상징처럼 여겨지지만 실제로 수술장에서 가장 많이 쓰는 것은 고주파 전류를 이용한 전기칼, 보비(Bovie)다. 메스와 다르게 절개와 동시에 지혈을 할 수 있기 때문이다.

'사용 가능한 것은 메스와 실, 그 밖에 몇 가지 도구뿐. 할 수 있을까?'

담담히 이야기했지만 진현도 긴장되긴 마찬가지였다. 환자의 상태가 안 좋고 무엇보다 환경이 너무나 열악했다. 그러나 그는 고개를 저었다.

'아니야, 할 수 있어. 이렇게 외부에서 배가 부풀어 오르는 것이 보이는 점을 고려하면 절대 배 깊은 곳에서 나는 출혈은 아니야. 복벽… 아니면 배 얕은 곳이야.'

그러면 충분히 지혈이 가능하다. 단 출혈 혈관을 찾을 수 있다는 전제하에.

"먼저 소독할게."

진현이 고민하는 사이에 혜미가 수술 부위를 소독약으로 넓게 소독했다. 진현의 눈이 깊게 침잠했다.

'어느 혈관일까? 혈관을 못 찾으면 절개를 넓게 하고 내부를

뒤져야 하는데… 환자의 상태가 나빠서 기회가 많지 않아. 최대한 빨리… 가급적 한 번에 찾아야 해.'

배가 튀어나온 모양을 살폈다.

'에녹사파린에 의한 자발 출혈, 복벽이야. 복벽이니 저렇게 피부 아래로 동그랗게 피가 고인 걸 거야. 그러면 복벽의 어느 혈관?

좌측 순환 동맥? 하부 복벽 동맥? 하부 늑간 동맥? 가능성 있는 혈관들이 머릿속을 스쳐 지나갔다.

'CT 조영 검사나 혈관 투시 검사를 하지 않는 한 어느 동맥인지 정확히 알 수 있는 방법은 없어. 지금은 내가 판단해야 한다.'

진현은 의지를 다졌다.

'한 번에 찾아야 해. 한 번에.'

혜미는 말했다.

"준비됐어."

진현은 장갑을 끼고 메스를 쥐었다. 절개를 시작하기 전 혜미가 말했다.

"진현아."

"응?"

"하나만 약속해 줘."

"뭘?"

"제발 잘해줘. 환자를 위해서나 너를 위해서나."

낮은 목소리였지만 진현은 혜미의 간절한 걱정을 느꼈다. 그녀는 무리한 치료를 시도하는 진현을 걱정하고 있었다. 그 간절한 마음이 진현의 가슴을 흔들었다.

"그래, 약속할게."

그러나 진현도 확실한 자신은 없었다. 짐작 가는 혈관은 있지만 이런 상황에서 그 누가 100%의 확신을 가질 수 있을까?

'제발······.'

진현은 고개를 들어 천장 너머 하늘을 바라봤다.

'제발 도와주십시오.'

간절히 기도하며 절개를 시작했다. 혜미와 연희도 모두 침을 삼켰다.

찌이익.

메스에 얇은 피부가 갈렸다. 근막을 지나니 검게 죽은피가 흥건히 고여 있었다. 끔찍한 장면이었지만 병원에서 숱하게 이런 모습들을 봐온 혜미와 연희 모두 눈 하나 깜짝하지 않았다.

'역시 복벽 출혈이야.'

"거즈를 주십시오."

피를 빨아낼 석션 도구가 없으니 수작업으로 피를 닦아내야 했다. 다행히 거즈는 넉넉했다.

"혜미야, 시야가 확보되게 복벽을 고정해 줘."

혜미가 진현의 말에 따랐다. 항상 활달한 모습만 보이지만 그녀는 이래 봬도 장래에 명망 높은 내과 교수가 될 몸으로 의사로서의 실력도 빼어났다. 더구나 지금은 인턴 생활이 끝나가는 시기라 그녀의 어시스트 실력은 물이 오를 대로 오른 상태였다.

진현은 빠르게 손을 움직였다. 시간이 이 수술의 성패를 결정지을 것이다.

'하복벽 동맥······.'

굳기 시작하는 피 덩어리를 닦아내며 메스와 도구들을 이용해 근육을 열어 나갔다. 그리고 얼마 지나지 않아 그는 첫 번째 목표 동맥인 하복벽 동맥 근처에 도달했다.

'제발……!'

진현은 간절한 마음으로 외쳤다. 그리고……!

"아!"

찾았다! 간절한 기도 때문이었을까? 그의 눈에 펌핑하며 피를 쏟는 하복벽 동맥이 들어왔다. 한 번에 출혈 동맥을 찾은 것이다.

"하아……."

진현은 안도의 한숨을 내쉬었다. 딱딱히 굳은 혜미의 눈도 풀어졌다. 출혈 혈관을 찾았으니 지혈은 간단했다.

"실을 주세요."

이연희가 수술용 실을 건네주었다. 진현은 가뿐히 양손을 움직여 타이를 묶었다. 그러자 거짓말처럼 피가 멈췄다.

"하아……."

"정말 다행이에요, 진현 씨."

진현은 소매로 땀을 닦았다. 긴장이 풀렸다.

"네, 다행입니다. 그래도 아직 저혈압 상태니 수액은 전부 주십시오."

"네, 그렇게 할게요."

둘의 대화를 보며 혜미가 희미하게 중얼거렸다.

"바보……."

물론 진현은 듣지 못했다.

"다시 봉합하겠습니다. 봉합용 실을 주세요."

"네."

금방 혈관을 찾아 절개를 넓게 하지 않았다. 봉합도 곧 순조롭게 끝날 것이다.

'다행이야. 나머지 치료는 서울에 도착해서 하면 되겠지.'

물론 지혈을 했다 해도 환자가 좋아진 것은 아니다. 하지만 중요한 고비는 넘겼으니 비행기에서 적절히 수액 치료를 하고, 한국에서 정밀 치료를 받으면 회복할 수 있으리라. 그런데 근육을 꿰매려는 순간, 진현은 이상한 느낌을 받았다.

'잠깐? 이걸로 끝일까?'

오랜 경험을 통한 감이 경고음을 울렸다. 뭔가 이상했다.

'정말 이걸로 끝일까? 복벽에 고인 피의 양에 비해 혈압이 너무 떨어졌어. 혹시 다른 부위의 출혈이 더 있는 것은 아닐까?'

자발 출혈의 경우, 가끔씩 다른 부위에서도 피가 나는 경우가 있다.

'복벽에 고인 피의 양에 비해 배가 너무 튀어나왔어. 배 안쪽에서도 피가 나고 있는 것은 아닐까?'

진현은 이를 깨물었다.

'만약 피가 더 나고 있다면 이걸로는 아무런 소용이 없어. 그 혈관도 지혈을 해줘야 해.'

그는 고민했다.

'하지만 아닐 수도 있는데? 이 안쪽을 확인하려면 배를 더 절개해 환자에게 무리를 줘야 해.'

지금 배를 닫으면 환자에게 무리도 안 주고 간단히 수술이 끝나지만 만약 안쪽에서 피가 더 나고 있다면 끝장이었다. 결국 진현은 자신의 오랜 감을 믿기로 했다. 아무래도 이상했다.

"메스 다시 주세요."

"네?"

"출혈양에 비해 혈압이 너무 많이 떨어졌습니다. 복벽이 튀어나온 양상도 이상하고요. 배 안쪽의 출혈을 확인해 봐야 할 것 같습니다."

"……!"

연희는 주저하며 말했다.

"저, 진현 씨… 그럴 가능성은 낮을 것 같은데. 그냥 이만 배를 닫는 게 낫지 않을까요?"

진현도 이걸로 수술을 마무리하고 싶은 생각이 굴뚝같았다. 비행기 안에서 수술을 확대하고 싶지 않았고 환자에게 더 무리를 주고 싶지도 않았다. 더구나 안에서 피가 더 나고 있다는 보장도 없지 않은가?

"진현 씨, 잘 지혈했으니 그냥 이걸로 마무리해요. 피가 더 나진 않을 거예요."

연희는 수술을 더 확대하고 싶지 않은 듯했다. 진현도 확신이 없으니 일순 고민이 됐다. 하지만 괜찮다고 생각해 수술을 종료했다가 만약 피가 안쪽에서 나고 있으면?

그때 혜미가 물었다.

"진현아."

"응?"

"네가 판단하기에 이 안쪽도 확인을 해봐야 할 것 같아?"

"…내가 생각하기에는 그래."

그 대답에 그녀는 선선히 고개를 끄덕였다.

"그러면 확인해 봐. 집도의는 너잖아. 어시스트할게."

신뢰가 담긴 말이었다.

"……!"

그 믿음에 진현은 고마움을 느꼈다.

"알겠다. 그리고… 고맙다."

"아니야. 수술을 시작 안 했으면 모를까, 시작했으면 제대로 끝을 내야지. 그리고 어차피 배 안쪽에 피가 고여 있는지 여부만 확인하면 되는 거잖아."

진현은 살짝 미소 지었다.

"그래, 그건 그렇지."

좀 더 메스를 누르니 찌익 복막이 절개되며 배 안쪽이 드러났다. 그러자 진현의 예상대로 피가 흥건히 고여 있었고 배를 열자 주르륵 피가 흘러나왔다.

"……!"

연희의 얼굴이 하얘졌다. 진현은 혀를 찼다.

"이런……."

그래도 피가 나는 혈관을 찾는 것은 어렵지 않았다. 우연의 일치인지 천만다행으로 절개한 곳 주위에 위치해 있었기 때문이다. 드디어 완벽히 지혈을 끝낸 진현은 배를 봉합했다.

'정말 다시는 경험하고 싶지 않은 비행이구나.'

그는 한숨을 내쉬었다. 잘 끝나서 다행이지만 다시는 비행기 따위 타고 싶지 않았다.

그렇게 고비를 넘기고 비행기는 인천공항에 도착했다. 미리 연락을 받고 대기하고 있던 의료진이 그들을 맞았다.

"수고하셨습니다. 이제부터는 저희가 처치하겠습니다."

공항에서 가장 가까운 거리에 위치한 인천 소재의 대학병원의 진료팀이었다.

"항응고제 사용에 따른 복강 내 자발 출혈이었습니다. 상태가 너무 안 좋아 비행기 안에서 간단히 절개해 출혈 동맥을 지혈했습니다. 급한 처치는 전부 끝냈으니 보존적으로 치료하면 좋아질 것입니다."

그 말에 상대 의사는 믿을 수 없다는 표정을 지었다. 의사는 놀라 입을 쩍 벌리며 물었다.

"그 말이 정말입니까? 믿을 수 없군요. 비행기 안에서 수술을 해 지혈을 하다니. CT나 혈관 조영 검사도 없이 어떻게 지혈 동맥을 찾으셨습니까?"

"그냥 운이 좋았습니다."

진현은 그렇게 말했으나 의사는 벌어진 입을 다물지 못했다. 그만큼 이번에 진현이 한 일은 대단했다.

"하… 정말 기적이군요. 대단합니다. 저는 그런 상황이었으면 치료를 시도하지도 못했을 텐데. 선생님이 이 환자분을 살렸습니다."

의사는 부담될 정도로 감탄한 눈빛으로 진현을 바라봤다.

"실례지만 선생님께서는 어디의 외과 선생님이신지?"

외과의사… 그것도 굉장한 실력의 외과 전문의가 아니면 이런 일은 불가능하다. 하지만 진현은 고개를 저었다.

"외과의사는 아닙니다."

"그러면?"

"인턴입니다."

"네?!"

의사의 눈이 찢어질 듯 커졌다.

진현은 쓴웃음을 지었다. 인턴이 비행기 안에서 수술이라니. 나라도 안 믿겠다.

'뭐, 안 믿어도 상관없고. 아니, 안 믿었으면 좋겠군.'

남들이 알아주길 바라고 한 일은 아니다. 오히려 지금까지 친 사고들도 감당이 안 되는데, 그냥 어물쩍 넘어갈 수 있으면 좋을 텐데.

"저기다, 저기! 빨리 사진 찍어!"

그런데 진현의 눈에 기자들이 들어왔다.

'아니, 이게 무슨 큰일이라고 기자들이?'

물론 작은 일은 아니지만 공항에 내리자마자 기자들이 오다 니? 이게 어떻게 된 일이지? 이 환자가 누구기에?

'정말 고위 공무원이긴 한가 보구나.'

일순 그의 머리에 이전 노숙자 환자를 치료해 인터넷 기사에 실려 엄청 고생했던 일이 떠올랐다.

'나를 찍으러 온 것은 아니겠지만 휘말리면 골치 아프다.'

마치 쥐가 고양이를 보고 도망치듯 진현은 본능적으로 자리를 벗어났다.

"그러면 저는 이만 가보겠습니다. 수고하십시오."

"어? 어? 선생님?!"

누군가 뒤에서 그를 불렀지만 무시했다. 물론 그런다고 기자 들의 마수에서 벗어날 수 있는 건 아니지만 최대한 피하고 싶었다. 다행히 기자들은 그가 목적이 아닌지 따라오지 않고 구조용 침대에 누워 있는 이름 모를 환자에게 모여들었다.

인천공항의 버스 정류장에서 연희가 진현에게 말했다.

"진현 씨, 그냥 이렇게 내려가도 돼요? 기자들이 인터뷰 요청할 건데……."

연희의 말에 진현은 끔찍한 마음이 들었다. 그 환자가 누구기에 인터뷰까지 요청한단 말인가?

진현은 단호히 말했다.

"인터뷰는 안 할 겁니다."

다른 사람의 눈에 띄기 싫어하는 그의 성격을 아는 연희는 더 말하지 않았다.

"그런데 곧바로 울산으로 내려가는 거예요? 같이 밥 한 끼 먹고 가면 안 돼요?"

연희는 헤어지기 서운한 얼굴이었다.

"죄송합니다. 지금도 많이 늦어… 곧바로 내려가야 할 것 같습니다."

진현은 시계를 봤다. 그도 좀 쉬고 내려가고 싶지만 이미 시간이 늦었다. 어쩔 수 없는 일이었지만 그가 아부다비에 갔다 오느라 생긴 공백은 다른 동기 인턴들이 메우고 있을 거다. 늦게 내려갈수록 그들의 고생이 커진다. 짐은 택배로 미리 부쳐놔 몸만 가면 된다.

"그러면 가보겠습니다. 선생님도 들어가십시오."

"앞으로 두 달이나 못 본다니 아쉽네요. 중간에 진현 씨 보러 한번 내려가도 되죠?"

진현은 당황했다. 날 보러 내려온다고? 울산까지?

"아… 제가 이제 곧 중요한 시험이 코앞이라…….'

그 말에 연희는 샐쭉한 얼굴을 했다.

"치, 서운해요."

"죄송합니다."

"죄송하면 부탁 하나만 들어주세요."

"무엇입니까?"

"진현 씨가 저 부를 때, '이연희 선생님'이란 호칭이 싫어요. 앞으로는 저 부를 때 연희라고 불러주세요. 말도 편하게 놔주시고요."

"……!"

진현은 자신도 모르게 혜미를 바라봤다. 그녀는 듣고 있는 것인지 아닌 것인지 5미터쯤 떨어진 기둥에 기대서 스마트 폰만 쳐다보고 있었다.

연희가 물었다.

"그것도 싫어요?"

진현은 고개를 저었다. 뭐, 손을 잡는 것도 아니고 이전 삶에서 부인이었던 여자한테 말을 못 놓을 것은 없었다.

"알겠습니다."

"지금부터요."

"아, 알겠어."

연희는 만족스럽게 웃었다.

"내려가서도 연락 자주하세요. 알았죠?"

"…그래."

버스에 오르기 전, 진현은 고개를 돌려 혜미를 바라봤다.

"혜미야?"

그녀는 진현이 가든 말든 신경도 안 쓰고 고개를 숙여 핸드폰에 열중 중이었다.

'뭘 보는 거지? 평소엔 핸드폰 잘 보지도 않으면서.'

빨간 트렌치코트를 입고 핸드폰을 하는 모습이 꼭 토라진 소녀 같았다.

"이혜미?"

"왜?"

혜미는 여전히 핸드폰을 바라보며 답했다. 진현과 눈도 마주치지 않았다.

"나 간다."

"응, 잘 가."

"잘 지내. 두 달 뒤에 보자."

"응."

짧은 대답이었다. 진현은 뭔가 모를 서운함을 느꼈으나 마지막으로 인사 후 울산행 버스에 올라탔다.

"잘 지내라."

"응."

곧 부르릉 시동이 켜지고 버스가 움직이기 시작했다. 진현의 얼굴이 안 보이자 그제야 혜미는 고개를 들었다.

"……."

그녀는 말없이 진현이 탄 버스를 바라봤다. 그 버스가 지평선 너머로 사라질 때까지 계속. 그 모습에 연희는 묘한 표정을 지었다.

"혜미 선생님? 우리도 갈까요?"

"먼저 가세요. 전 따로 갈 테니."

혜미는 답했다.

연희는 떠나기 전 물었다.

"그런데 왜 마지막에 진현 씨한테 쌀쌀맞게 대한 거예요? 이제 두 달이나 못 볼 텐데."

혜미는 가만히 연희의 얼굴을 바라봤다. 왜 다 알면서 이런 걸 물어보지? 놀리는 건가?

"감정을 못 참을 것 같아서."

"네?"

하지만 그녀는 더 이상 말하지 않았다. 혜미는 무표정하게 하늘을 올려다보았다. 겨울로 넘어가는 하늘은 구름이 잔뜩 껴 꿀꿀하기 그지없었다.

'날씨 한번 진짜 꿀꿀하네.'

혜미는 생각했다. 정말 꿀꿀한 날씨였다. 정말로. 마치 그녀의 마음속 날씨처럼.

전공 최종 결정

아랍 아부다비까지 비행기를 타고 왕복한 후 곧바로 울산으로 내려간 진현은 몸이 부서질 듯 피곤했지만 곧바로 근무를 시작했다.

"진현아, 좀 쉬어. 안 피곤해?"

"괜찮아. 나 없는 동안 고생 많았어."

피곤하긴 했지만 쉴 수는 없었다. 울산 자매병원의 인턴 파견 인원은 총 3명인데 진현이 없는 동안 각자 1.5배의 일을 해왔기 때문이다. 미리 울산에 도착해 있던 황문진이 물었다.

"환자 이송하면서 별문제는 없었어?"

"이송할 땐 특별한 문제는 없었어."

아랍 환자를 이송할 땐 별일 없었다. 돌아올 때가 문제였지.

업무를 시작하기 전, 황문진이 물었다.

"참, 진현아. 너 연락 안 되던데? 핸드폰 배터리 없어?"

"응, 비행기 타고 오면서 충전할 시간이 없어서 꺼졌나 보다."

"그러면 어떻게 연락하지?"

"병원 응급실에 계속 있을 테니 만약 필요한 일 있으면 응급실로 전화해."

"그래, 너무 무리하지 말고 수고해."

그렇게 진현은 곧바로 일을 시작하며 비행기에서의 일을 생각했다.

'또 소문나면 어떻게 하지?'

공항에 몰려들던 기자들이 떠올랐다. 엄청 고위 공무원인 것 같은데…….

'그래도 병원 내에서 사고 친 것은 아니니까. 크게 소문은 안 나겠지.'

진현은 그렇기를 간절히 바랐다. 하지만 이런 바람은 항상 어긋난다. 한창 자매병원 응급실에서 정신없이 일하고 있을 때, 황문진이 그를 불렀다.

"지, 진현아."

"왜?"

"이리 좀 와봐."

"왜? 급한 거야? 지금 환자 기록 챠팅 중인데."

"와서 봐야 할 것 같아. 빨리 와봐!"

"……?"

진현은 고개를 갸웃하며 황문진을 따라갔다. 황문진이 그를 데려간 곳은 LCD TV가 있는 곳이었다. TV에서는 9시 뉴스가 한창이었다. 불길한 느낌을 받으며 고개를 든 진현은 그대로 굳어버렸다. 기사의 제목은 이러했다.

〈총리 후보, 김창영 전(前) 대법관(大法官)을 구한 하늘의 외과의사.〉

'서, 설마……?'

진현은 침을 꿀꺽 삼켰다. TV에서는 기자와 아나운서가 한창 떠들고 있었다.

―유력한 총리 후보인 김창영 전(前) 대법관(大法官)이 금일 아부다비에서 인천으로 귀국하는 비행기 편에서 자발 출혈로 중태에 빠졌던 일이 있었습니다. 안소희 기자, 소식 전해주시죠.

차분한 인상을 가진 여성 기자에게 화면이 돌아갔다.

―네, 김창영 전 대법관이 개인적인 일로 아부다비에 방문했다가 홀로 귀국하던 중 일이 일어났는데요. 당시 비행기 내에서 출혈이 너무 심해 심장마비 직전의 중한 상태였다고 합니다.

아나운서가 기자에게 물었다.

―김창영 전 대법관이 수행원 없이 혼자 비행기에 탑승했습니까?

―네, 평소 청렴하기로 유명한 전 대법관은 개인적인 일이라 아무도 동행하지 않고 홀로 아부다비에 갔었습니다. 따라서 비행기 안에서 발견이 더욱 늦어져 상태가 안 좋았는데, 마침 우연히 동승했던 외과의사가 응급수술을 해 대법관의 목숨을 구할 수 있었다 합니다.

―비행기 내에서 수술을 하기가 어려웠을 텐데 대단하군요.

―네, 현장 의료진의 의견 듣겠습니다.

이번엔 인천 소재 대학병원의 외과 교수의 인터뷰였다.

—다행히 총리 후보인 김창영 전 대법관은 고비를 넘겨 순조롭게 회복 중입니다. 심장마비가 왔을지도 모를 정도로 중한 상태였는데 모두 비행기 내에서 응급 처치가 잘 이루어진 덕분입니다. 비행기 내에서 이런 수술을 하는 건 불가능에 가까운 일인데 동승한 선생님이 기적을 만들었습니다.

　여성 기자가 말을 받았다.

　—대법관을 치료한 외과의사는 당연히 해야 할 일을 했다는 듯, 아무런 답례도 바라지 않고 홀연히 사라져 더욱 감동을 줬는데요. 수소문한 결과 신원을 확인할 수 있었습니다.

　—누구인가요?

　—대일병원의 김진현 의사라고 합니다.

　거기까지 들은 진현은 머리가 하얘졌다.

　'이게 뭐야? 그 환자가 전직 대법관에 유력한 총리 후보라고? 아니, 내가 아무리 뒤로 넘어져도 코가 깨지는 놈이라도 이건 좀 심하잖아?'

　막막한 마음이 들었다.

　'왜 나한텐 맨날 이런 일이?'

　9시 뉴스에 나왔으니 대일병원의 모든 사람, 아니, 전 국민이 진현을 알게 생겼다. 그것도 비행기 안에서 수술을 해 전직 대법 관이자 유력한 총리 후보의 생명을 구한 외과의사로.

　'아무리 핸드폰이 꺼져 있어도 그렇지, 이런 기사를 내기 전엔 나한테 허락을 받아야 하는 것 아니야? 그리고 하늘의 외과의사 라니? 난 피부과를 전공할 인턴이라고!'

　저 기사를 보고 대일병원 사람들, 특히 외과의 강민철 교수님이 또 무슨 생각을 하게 될지 모르겠다.

'이런 망할.'

진현의 걱정대로 대일병원은 난리가 났다. 홍보팀은 또 잽싸
게 해당 뉴스를 메인 팝업창에 띄웠고, 그게 아니어도 워낙 대형
뉴스여서 병원의 모든 사람에게 소문이 퍼졌다.

"총리 후보를 치료한 김진현이가 누구야? 우리 외과라고? 우
리 외과에 그런 사람이 있었나?"

"우리 외과 사람은 아니고… 그 인턴 이야기하는 것 같은데?"

"인턴?"

"왜 있잖아. 괴물인턴이라고 불리는."

"아, 그 괴물인턴 김진현! 그런데 아무리 괴물이라도 인턴인데 이
게 가능한 일인가? 비행기 안에서 수술을 해 출혈 동맥을 잡다니."

"그러니까. 하여튼 진짜 괴물이야."

"김진현이는 그러면 우리 외과 전공하는 건가?"

"그렇지 않을까? 이렇게 손재주가 좋은데. 원래 지망했던 피
부과는 교수 아들을 뽑기로 한 상태니까."

다들 괴물인턴 김진현이 무슨 전공을 할지 관심이 많았다.

"그래, 우리 외과 말고 다른 과를 하면 하늘이 준 재능을 썩히
는 거지. 김진현이는 우리 외과를 해야 해."

"걔가 우리 밑으로 들어오면 좋긴 하겠다. 일 엄청 잘하니 우
리가 편할 것 아니야?"

"그러게. 태도도 착실하고 예의 바르고."

모두 빼어난 실력과 흐뭇한 예의, 성실함을 갖춘 김진현이 외

과를 전공하길 바랐다.

강민철 교수는 자식의 일처럼 흐뭇해했다.

"역시 김진현, 그놈은 생명을 살리는 외과를 해야 해."

그리고 대일병원뿐 아니라 진현의 부모님도 크게 기뻐했다.

"여보, 저 기사 보세요. 우리 진현이가 총리 후보인 김창영 전 대법관을 치료했대요."

부모님들은 진현이 마련해 준 새 아파트에서 기사를 봤다.

"김창영 전 대법관이면 청렴하다고 소문난 그분 아닌가?"

"네, 맞아요. 그나마 다들 기대하는 그분이에요."

김창영 전 대법관은 구질구질한 사람들만 가득한 정치계에서 대중의 신망이 두터운 인물이었다. 대한민국 정치계에서 거의 유일하게 존경받는 인물. 부모들은 진현이 그런 대단한 인물을 구한 것을 가슴 벅차게 자랑스러워했다.

"누구 닮아서 저렇게 잘났을까?"

"크흠, 당연히 날 닮은 거지."

아버지는 가슴을 펴며 말했다. 어머니가 핀잔을 줬다.

"진현이가 뭘 당신을 닮아요? 날 닮았지."

"아니야, 날 닮았어."

그들은 아들이 서로 자신을 닮았다고 주장했다. 행복한 다툼이었다.

"그런데 이제 곧 진현이 전공 정할 때 되지 않았나요?"

"난 피부과 말고 진현이가 외과 했으면 좋겠는데……."

위암을 앓았던 경험 때문일까? 아버지는 진현이 사람을 살리는 과를 하길 바랐다. 어머니도 같은 생각이었지만 강요할 생각은 없었다. 아들이 워낙 피부과를 바라는 것을 알고 있기 때문이다.

"에이, 당신도. 물론 외과를 하면 좋기야 하겠지만 진현이가 하고 싶은 걸 해야죠."

"크흠, 그거야 당연히 그렇지."

"진현이는 무슨 과를 해도 다 잘할 거니 신경 쓰지 마세요. 날 닮았으니까."

그들은 그렇게 아들의 전공 결정을 기다렸다. 어차피 얼마 남지 않았다. 어느덧 전공의 최종 선발 시기가 코앞이었던 것이다. 이제 곧 진현이 평생을 할 전공이 결정될 것이다. 정말로 곧.

물론 진현은 외과를 할 생각이 없었다. 들리는 모든 소문에 귀를 막고 오로지 피부과만 바라고 시험을 준비했다.

'만점에 가까운 점수를 받으면 돼. 할 수 있어.'

그러나 잠잘 시간도 부족한 인턴 업무를 하며 공부를 하는 게 쉬운 일은 아니었다. 더구나 진현의 공부를 더욱 방해하는 복병이 있었다.

"저… 여기 대일병원에서 파견 온 김진현 선생님이란 분이 계시다던데……."

한 환자의 물음에 접수처의 원무과 직원이 되물었다.

"네, 그런데요?"

"그분께 직접 진료를 받을 수는 없을까요?"

김진현은 정식 진료 과장이 아닌, 파견 온 인턴에 불과하다. 원무과 직원은 당황해 다른 의사를 권유했다.

"김진현 선생님 말고 다른 선생님들 계신데 그분들께 진료받으시죠?"

"그렇긴 하지만… 몸이 안 좋아서 용한 분께 치료받고 싶어서… 저 일부러 김진현 선생님한테 진료받으러 온 거예요."

몇 번 더 권유해도 환자는 완강했다.

"아, 네. 그러면 연락을 드리겠습니다."

결국 원무과는 진현에게 연락을 했고, 연락을 받은 진현은 입을 벌렸다.

"아니, 전 인턴입니다. 다른 전문의 선생님들의 진료를 받게 하시죠."

"설명했으나 너무 완강하셔서… 어려울까요?"

진현은 곤란한 마음이 들었으나 찾아온 환자를 박정하게 쫓아낼 수도 없었다. 어쩔 수 없이 진현은 그 환자를 담당해 치료했다.

"설사가 많이 심하십니까?"

"네, 배도 아프고요."

"제가 누를 때 아프거나 하지는 않습니까?"

진현은 청진기로 배를 청진 후 부드럽게 배를 눌러 압통을 확인했다.

"네, 누를 때 아프거나 하지는 않아요."

진현은 살짝 웃으며 말했다.

"급성 장염으로 보입니다. 수액 치료를 받으면 금방 호전을 보일 것입니다."

그렇게 검진 결과 급성 장염 환자로 특별할 것은 없었고, 수액 치료 후 금방 좋아져 퇴원했다.

"감사합니다. 역시 용하시네요. 선생님 덕분에 좋아져 퇴원합니다."

별로 한 것도 없는데, 환자는 고개를 숙이며 감사를 표했다. 진현은 급히 고개를 저었다.

"아닙니다. 다음엔 조심하세요."

하지만 그게 끝이 아니었다. 어디서 소문이 퍼졌는지 총리 후보를 치료한 명의(名醫), 김진현 외과 선생님을 찾아 꾸역꾸역 환자들이 몰려든 것이다.

"여기 그 용한 선생님이 있다며?"

"그렇게 치료를 잘한다던데?"

"옆집 사는 김씨도 금방 좋아져서 퇴원했어."

"나이도 어린데 대단하네."

"내 조카가 대일병원에 직원으로 근무하는데 원래 대일병원에서 유명한 천재래."

그렇게 환자들이 끝없이 몰려들었다. 울산의 병원은 뜻하지 않은 호황에 희희낙락했다. 진현에게 아예 진료실까지 따로 마련해 주고 파견 근무하는 동안 추가 보너스까지 약속했다. 하지만 진현은 죽을 맛이었다. 속으로 비명을 질렀다.

'보너스 필요 없어! 그냥 다른 의사한테 진료받으라고! 난 공부해야 해!'

울산의 병원은 대신 진현의 인턴 업무를 빼주었지만 결국 누군가 해야 하는 일이다. 진현이 인턴 업무를 안 하면 황문진 등이 고스란히 손해를 봐야 하니 안 할 수도 없다. 그렇게 인턴 업무에 추가로 환자까지 진료하니 시간이 너무 부족했다.

'제길, 공부해야 하는데.'

피부과에 합격하려면 만점에 가까운 점수를 받아야 한다. 그렇다고 찾아온 환자들을 쫓아낼 수도 없고.

어쩔 수 없이 진현은 환자를 진료하는 시간 외에 모든 시간을 공부에 투자했다. 엘리베이터를 탈 때, 복도를 걸어 다닐 때, 밥을 먹을 때… 정말 필사적인 의지로 공부했다. 잠을 잘 시간은 거의 없었다. 그렇게 보름 넘게 지내자 진현은 머리가 핑 돌았다.

'아, 진짜 힘들구나.'

최근에 가장 많이 잔 시간이 2시간인가? 그것도 쪼개서 잔 거다.

'연속해서 4시간만 잤으면… 그러면 소원이 없을 텐데.'

그런 생각을 하던 중 코 안이 화끈 뜨거워지더니 새빨간 피가 뚝뚝 떨어졌다. 급히 휴지로 코를 막으며 생각했다.

'조금만 더 버티자. 이제 곧 시험이야.'

선발 시험은 12월 초다. 이제 11월 말이니 정말 얼마 안 남았다.

'그래, 조금만 더 힘내자. 피부과만 합격하면 이런 삶도 끝이야.'

그는 희망의 낙원을 꿈꾸듯 피부과를 생각하며 자신을 달랬다.

그렇게 지내던 중이었다. 진료실에서 환자를 보다 잠깐 시간이 남아 책을 보던 때 누군가 똑똑 노크를 했다.

"들어오세요."

진현이 문을 열자 원무과장이 흥분한 얼굴로 들어왔다. 진현은 의아한 표정을 지었다. 무슨 일이지?

"무슨 일입니까?"

"김진현 선생님, 선생님을 뵈러 귀한 손님이 오셨습니다. 시간 괜찮으시죠?"

"아, 네. 괜찮습니다."

찾아올 사람이 없는데? 그것도 귀한 손님이라고?

"이쪽으로 오십시오."

원무과장의 안내와 함께 곧 노년에 가까운 반백의 남자가 휠체어에 탄 채 들어왔다.

'누구지?'

눈썹을 찌푸리며 생각을 더듬다 진현은 깜짝 놀라 자리에서 일어났다. 그였다! 총리 후보인 김창영 전(前) 대법관! 그가 진현에게 감사의 인사를 하러 직접 울산까지 내려온 것이다.

"아……."

진현이 당황하여 입을 못 여는 사이 김창영 전 대법관이 온화하게 웃으며 말했다.

"김진현 선생님이시죠? 김창영이라고 합니다. 갑자기 찾아와서 당황하셨죠?"

"아, 아닙니다."

그런데 놀라운 일이 일어났다. 차기 총리로 유력한 김창영 전 대법관이 고작 인턴에 불과한 진현에게 고개를 숙인 것이다.

"생명의 은인을 뵈러 왔습니다. 제 부족한 목숨을 살려주셔서 감사합니다."

"……!"

진현은 급히 마주 고개를 숙였다.

"해야 할 일을 했을 뿐입니다. 신경 쓰지 마십시오."

그 겸양에 전 대법관은 고개를 저었다.

"아닙니다. 비록 당시 의식은 없었지만, 다 이야기를 전해 들었습니다. 김진현 선생님이 아니었으면 전 죽은 목숨이었을 겁니다."

그 말은 한 치의 거짓도 없는 사실이었다. 만약 진현이 아니었으면 국민의 신망을 받는 김창영 전 대법관은 그때 목숨을 잃었을 게 분명했다. 당시 진현이 아닌 다른 외과의사가 비행기에 있었다면 김창영 전 대법관을 구할 수 있었을까? 글쎄, 쉽지 않았을 것이다.

"이렇게 늦게 찾아뵈어 죄송합니다. 퇴원은 며칠 전에 했지만 의료진이 절대 안정을 요구해서……."

"안 내려오셨어도 되는데… 정말 신경 안 쓰셔도 됩니다. 의사로서 마땅히 해야 할 일을 했을 뿐입니다."

진현은 고개를 저으며 겸양했다. 김창영은 슬쩍 웃었다.

"사람으로 태어나 은혜를 잊으면 안 되죠. 그래도 김진현 선생님 덕분에 많이 좋아졌습니다. 사실 휠체어도 안 타도 되는데, 워낙 주변 사람들이 뭐라 그래서 타고 있는 것입니다. 다시 한 번 감사드립니다."

평생 한 번 볼까 말까 한 높은 직위의 사람에게 이런 감사를 받다니. 진현은 난감한 마음이 들었다.

"정말로 신경 안 쓰셔도 됩니다."

"아닙니다. 제가 너무 고마워서 그렇습니다. 제 직업이 법관이라 그때 아무 동의도 없이 수술을 결정하는 게 얼마나 어려운 결정이었는지 잘 압니다. 만약 잘못되면 살인죄를 덮어쓸 수도 있었는데 김진현 선생님은 자신의 모든 것을 걸고 저를 구해준 것입니다. 그 은혜는 고작 말로 갚을 수 있는 게 아니지요."

그 말은 조금의 과장도 아니었다. 자신의 안위를 생각 않고 상관없는 자신을 구해준 진현에게 김창영은 말로 표현할 수 없는 감사를 느끼고 있었다.

"김진현 선생님."

"……?"

김창영은 잔잔히 진현을 바라봤다.

"말로만 감사를 표하기에는 제가 너무 마음이 불편합니다. 혹시 제게 원하는 것은 없으신가요? 비록 보잘것없는 몸이지만 최선을 다해 은혜를 갚겠습니다."

"……!"

진현은 놀란 표정을 지었다. 차기 총리로 확실시되는 김창영이면 무엇을 요구해도 다 들어줄 수 있으리라. 그가 간절히 원하는 피부과 합격도. 하지만 진현은 고개를 저었다. 그런 것을 바라고 한 일이 아니다.

"그저 그 자리에 제가 있었을 뿐입니다. 특별히 감사를 받고자한 일은 아니니 정말로 신경 안 쓰셔도 됩니다."

나직하지만 단호한 말이었다. 그런 진현의 태도에 김창영은 감탄했다.

'대단하구나. 젊지만 정말 대단해.'

그는 법조계의 판사로 오래 있으면서 수많은 사람을 경험했다. 그래서 진실된 사람됨을 보는 눈 같은 게 있었다. 그런 그가봤을 때, 이 앳된 청년은 그저 환자를 생각하는 참된 의사였다.

진정한 참된 의사.

'하느님의 축복이군. 같은 비행기 안에 이런 참된 의사를 동승시켜 주다니.'

김창영은 고개를 끄덕였다.

"알겠습니다. 하지만 저는 이 은혜를 잊지 않을 테니, 혹시라도 도움이 필요한 일이 있으면 연락하십시오. 제가 할 수 있는 일이라면 무슨 일이라도 도와드리겠습니다."

"괜찮습니다."

김창영은 웃으며 인사를 했다.

"어쨌든 제가 너무 시간을 뺏은 것 같군요. 바쁘실 테니 이만 가보도록 하겠습니다."

"아, 네. 조심히 돌아가십시오."

"참, 김진현 선생님. 제가 하나만 부탁드려도 되겠습니까?"

진현은 의아한 얼굴을 했다. 총리 후보인 김창영이 자신에게 무슨 부탁을?

"네, 말씀하십시오."

"제가 혹시 다음에 또 몸이 안 좋으면 그때도 선생님의 진료를 부탁해도 될까요?"

진현은 싫었지만 거절할 근거가 없었다.

"네, 그렇게 하십시오."

'어차피 피부과에 합격하면 볼 일 없겠지. 피부 미용 받으러 올 일은 없을 테니.'

그는 그렇게 생각했다. 김창영 전 대법관은 인사를 하고 휠체어를 끄는 비서와 함께 밖으로 나갔다.

의전용 차량에 탑승한 김창영은 서울로 출발했다.

"곧바로 청와대로 가시겠습니까?"

"그래야겠지."

"몸은 정말 괜찮으십니까?"

비서가 걱정스레 물었다.

"괜찮네. 이제는 그냥 걸어 다녀도 될 것 같아."

"정말 다행입니다."

"그래, 다 저 김진현 선생님 덕분 아니겠나."

김진현은 보답을 거절했지만 법조계에서 가장 큰 존경을 받는 김창영은 원한은 잊어도 은혜를 잊는 사람이 아니다.

'언젠가 꼭 보답을 해야지.'

그는 그렇게 다짐했다. 비서가 웃으며 말했다.

"저 젊은 의사 선생님이 마음에 드신 것 같습니다."

"저런 의사 선생님이 어찌 마음에 안 들 수 있겠나? 자네가 보기에는 어떤가?"

"저도 나중에 저런 의사 선생한테 진료받고 싶더군요. 조사를 해보니 근무하는 대일병원 내에서도 평판이 아주 좋습니다. 나이와 경험을 초월한 천재에 성품은 물론, 환자를 대하는 태도… 모두 최고의 평입니다."

"인턴이라고 했지? 이제 곧 전공을 결정하겠군. 무슨 과에 지원한다고 하나?"

무슨 과더라? 병원 내에 김진현에 대한 이런저런 소문이 워낙 많아서 비서는 잠깐 생각을 더듬은 후 답했다.

"외과였던 것 같습니다."

"그렇군. 어울려. 참된 의사야, 참된 의사."

김창영은 고개를 끄덕였다.

외과. 그에게 가장 어울리는 과였다. 저런 참된 의사가 외과를 해야지, 누가 하겠는가?

"지금도 이렇게 훌륭한데… 나중에는 어떤 외과의사가 될지 기대가 되는구만."

김창영은 창밖을 바라보며 중얼거렸다.

한편 참된 의사 김진현은 최후의 공부 스퍼트를 올렸다. 11월이 끝나고, 12월이 되자 진현은 부산의 자매병원으로 근무처를 옮겼다. 다행히 이번엔 진현을 찾는 환자가 많이 없어서 공부할 시간을 가질 수 있었다. 그리고 대망의 원서 접수 기간이 다가왔다.

'부산에서 원서 접수하러 서울까지 갈 순 없으니 다른 사람에게 부탁해야겠구나.'

누구한테 부탁할까 고민했다. 황문진은 지금 같이 지방에 있고… 고등학교 때부터 같은 친구인 이상민?

'이상민… 됐어.'

이상민을 떠올리자 진현은 자신도 모르게 인상을 찌푸렸다. 이전의 일이 떠올랐다.

'100억 줄 테니 의사를 그만두라고? 도대체 무슨 생각으로 한 말이냐?'

고등학교 때부터 친하게 지내왔지만 정말 속을 모르겠다. 아니, 친하게 지내오긴 한 건가? 이제 와서는 그가 자신을 친구라 생각하는지도 의문이었다.

'혜미에게 부탁해야겠구나.'

어차피 자신의 원서를 접수할 때 같이 써서 내주면 되는 일이라 무리한 부탁은 아니었다. 결정한 진현은 곧바로 전화를 했다.

띠리리.

몇 번의 전화벨과 함께 혜미가 전화를 받았다.

—진현아?!

반가워하는 목소리가 들렸다. 그 밝은 톤의 목소리를 들으니 진현은 자신도 모르게 미소를 지었다.

'오랜만이구나.'

파견 근무를 온 다음, 처음 듣는 목소리다. 자신은 바빠서 못 했고, 혜미는… 그냥 연락이 없었다. 그러고 보니 왠지 서운한 마음이 들어 진현은 물었다.

"잘 지내냐? 연락도 한 번도 없고."

—치이, 너도 한 번도 연락 안 했으면서. 잘 지냈어? 힘들지?

"응, 나야 잘 지낸다. 너는 별일 없고?"

반가운 마음에 이런저런 이야기를 하다 보니 훌쩍 시간이 지났다. 20분은 지난 것 같다.

'아, 벌써 시간이.'

시계를 보고 진현이 서둘러 용건을 말했다.

"혜미야, 부탁이 있는데 들어줄 수 있을까?"

—싫어. 뭐해 줄 건데?

장난기 담긴 목소리다. 진현은 웃으며 답했다.

"밥 사줄게. 소고기."

—또 소고기? 그건 네가 좋아하는 거잖아!

잠시 티격태격 후 혜미가 말했다.

—그래, 돌아오면 밥 꼭 사줘야 해. 무슨 부탁인데?

"나 피부과에 원서 좀 대리 접수해 줘."

—……

그 말에 혜미는 잠시 답을 하지 않았다. 곧 수화기 너머로 걱정 담긴 답이 들려왔다.

—피부과? 정말 괜찮겠어?

그녀는 그가 헛되이 낙방할까 봐 걱정하고 있었다. 하지만 진현은 담담히 답했다.

"응, 괜찮다. 접수해 줘."

—…알았어. 대신 꼭 합격해야 해?

"걱정 말아라. 꼭 합격하마."

—그래, 합격해서 소고기 사줘. 꼭. 꼭.

"그래."

그 뒤로 둘은 이런저런 이야기를 더했다. 용건은 진즉 끝났건만 왠지 통화하는 게 즐거운 느낌이 들었다. 그러다 응급실 복도에서 누군가 그를 불러 진현은 말했다.

"혜미야, 이만 끊어야겠다. 잘 지내고. 나중에 보자."

진현은 옅은 아쉬움을 느끼며 전화를 끊고 업무를 처리하러 갔다.

한편 서울에서 진현과 통화를 끊은 혜미도 아쉬운 얼굴로 핸드폰을 바라봤다.

'더 통화하고 싶었는데…….'

하지만 그녀는 곧 고개를 저었다.

'멀어져야 하는데… 잘 안 되네.'

안다. 진현이 좋아하는 것은 자신이 아니다. 진현과 거리를 두어야 한다는 것을 알지만 마음처럼 되지 않았다.

'어떻게 해. 목소리만 들어도 좋은걸⋯⋯.'

그녀는 깊게 한숨을 내쉬고 창밖을 바라봤다.

그가 보고 싶었다.

이윽고 시간이 흘러, 대망의 레지던트 선발 시험이 다가왔다. 3,000여 명의 전국의 모든 인턴은 마치 수능을 보듯 고등학교 시험장에 모여 시험을 쳤다. 내과, 외과, 산부인과, 소아과로 구성된 시험은 매년 그렇듯 극악의 난이도였다. 이 시험의 결과에 따라 평생을 함께할 전공이 결정되니 다들 필사적으로 시험을 풀었다.

진현도 최선을 다해 풀었다.

'이전 수능 생각나는군.'

7년 전, 수능 때도 참 힘들었다. 난데없이 위궤양 천공이 생겨 죽을 뻔했으니까. 그래도 그는 그런 악조건 속에서도 무려 전국 수석을 차지했다.

이번에는 그때보다 훨씬 조건이 좋다. 몸이 아픈 것도 아니고, 레지던트 선발 시험은 실제 환자를 진료하는 내용이 주를 이루기 때문에 진현에게 압도적으로 유리했다. 특히 레지던트 선발 시험의 가장 고난이도 과목은 외과다.

이번에만 그런 것이 아니라 매년 그랬다. 내과, 산부인과, 소아과는 그나마 책을 보면 풀 수 있는 문제들이 나오지만 외과는 실제 외과의사가 아니면 손도 못 대는 문제가 수두룩했기 때문이다. 외과 과목 문제를 풀고 있다 보면 '외과 전문의 시험'에 낸 문제를 잘못 갖다 붙인 것이 아닌지 의구심이 들 정도였다.

'할 수 있어.'

그는 피부과 합격을 위해 굳은 의지로 문제를 풀었다. 그렇게 4과목의 시험이 끝난 후, 어린 의사, 인턴들은 불안, 초조, 기대, 후련함이 공존하는 얼굴로 시험장을 나왔다.

"진현아, 잘 봤어?"

황문진이 진현에게 다가왔다.

"그냥… 잘 모르겠다."

"맨날 또 그런다."

고등학교 때도 진현은 항상 이렇게 말하며 전교 1등을 독차지했다.

"잘 봤을 거면서."

"그냥 잘 봐선 안 되니까."

황문진은 곧 자신의 실수를 깨달았다. 당연히 진현은 시험을 잘 봤을 거다. 하지만 그냥 잘 보는 수준으로는 안 된다. 압도적인 전국 수석을 해야 한다.

그는 급히 말했다.

"지, 진현이 너는 잘 봤을 거야. 만점일 거야."

진현은 슬쩍 웃었다.

"그래, 고맙다."

"오늘 우리 대충 일하다 술이나 먹으러 가자. 시험 친 날이니 병원에서도 오늘은 특별히 오프를 준다고 했어."

오늘은 인턴들에게 가장 뜻깊은 날이다. 병원마다 과마다 다르지만 적당히 근무를 빼주는 경우가 많고 진현과 황문진이 일하는 파견 병원도 그들에게 저녁 오프를 약속했다.

"그래, 술이나 먹자. 소고기랑."

"내가 살게!"

황문진이 큰 목소리로 말했다.

울산을 떠나 부산에서 파견 근무 중인 그들은 그날 저녁, 해운대로 술을 마시러 갔다.

"부산에선 회를 먹어야 하는데."

"그래도 난 소고기가 좋다."

"그래, 소고기 먹자. 내가 다 살게!"

황문진이 가슴을 두드렸다. 그는 아무래도 시험을 잘 본 표정이다. 해운대 해안가 뒤쪽에 위치한 유명한 암소갈빗집에 도착한 그들은 술잔을 기울였다.

"크… 쓰다."

"너무 무리해서 먹지 마라."

"아니야. 오늘 같이 시험 끝난 날 마셔야지. 고기도 맛있네."

야들야들한 고기와 소스에 끓여먹는 면 요리는 나름 해운대의 명물이었다. 가격도 비싸지 않았다. 둘은 고기를 먹으며 술잔을 비웠다. 그렇게 얼마나 마셨을까? 황문진이 술잔을 내려놓고 한참을 주저하다 말했다.

"진현아."

"왜?"

"……."

"할 말이 있으면 해라."

"…만약 떨어지면 어떻게 할 거야?"

진현은 잠시 입을 다물었다.

"글쎄."

시험 성적을 떠나 붙을 확률보단 떨어질 확률이 높았다. 병원의 레지던트 선발은 수능으로 붙는 대학 지원이 아니기 때문이다. 전공의 선발에 가장 중요한 요소는 출신 학교도, 대학 때 성적도, 시험 성적도, 인턴 인사 평가도 아니다. 바로 선발하는 교수의 마음이었다. 다른 게 모두 훌륭해도, 선발을 하는 교수가 면접 같은 주관적인 점수 항목에서 최하점을 줘 떨어뜨리면 끝이었다. 이유야 대게 마련이다. 부조리가 가득한 병원의 한 단면이었다. 하지만 단 하나, 입맛에 안 맞아도 못 떨어뜨리는 경우가 있다. 모든 점수의 총합이 압도적일 경우다. 그러면 떨어뜨리고 싶어도 뽑을 수밖에 없다.

진현이 노리고 있는 경우다.

'할 만큼 했으니 이제는 기다릴 수밖에.'

정말 할 수 있는 것은 모두 했다. 무려 11년 동안이나. 이제는 결과를 기다릴 차례다.

황문진이 위로하듯 말했다.

"잘될 거야. 오늘은 다 잊고 술이나 먹자."

"그래."

둘은 건배를 하고 소주를 입에 털어 넣었다. 그렇게 밤이 깊어갔다.

수능 때와 달리 전공의 선발 결과는 오래 걸리지 않는다. 시험 뒤 형식적인 대일병원 원장단 면접을 거치고 일주일도 안 되어서 결과가 발표된다.

"진현아, 들었어?"

"뭐?"

"우리 부산에 근무 중이라 면접은 안 와도 된데. 그냥 인턴 인사 평가로 대체해 주겠데."

"그래? 이상하군."

원래 파견 근무 중이라도 면접은 전부 참석해야 한다."

"아마 여기 병원에서 요청했나 봐. 우리가 서울 왔다 갔다 하면 진료 공백이 생기니까. 요즘 이 병원 좀 어수선하잖아."

그렇긴 했다. 겨울이라 그런지 유행처럼 생기는 바이러스성 폐렴과 다중 충돌 사고들로 중한 환자는 넘치는데, 마침 의사 한 명이 사표를 냈다. 만약 인턴들이 면접으로 서울로 빠지면 병원은 완전히 마비될 것이다.

'뭐, 예외적인 일인 것 같지만 어차피 면접은 형식적인 거고. 인턴 인사 평가로 대체해 주면 나쁠 것은 없지.'

황문진과 진현 둘 모두 인턴 인사 평가는 최고점에 가까웠다. 그리고 며칠이 지나 드디어 결과 발표 날이 다가왔다. 먼저 황문진이 컴퓨터로 결과를 확인했다.

〈대일병원 외과 황문진 합격.〉

예상대로 합격이었다.

"축하한다."

"응!"

황문진의 얼굴이 환해졌다. 환호성을 지르려다 진현을 의식해

자제했다.

"진현아, 너 확인해 봐."

"그래."

진현은 컴퓨터로 수험번호를 입력했다. 마우스 커서가 모래시계로 변했다. 1초도 남짓한, 짧지만 긴 시간이 지나고 화면이 바뀌었다. 결과 발표 화면이었다. 진현과 황문진은 침을 삼키며 화면을 바라봤다. 그리고…….

〈김진현〉

전공의 선발 시험 점수 : 48/50

석차 : 1/2987

50점 만점에 총점 48점! 정말 거의 만점에 육박하는 점수를 받은 것이다. 석차는 당연히 전국 1등이었다. 그런데 둘은 신음을 흘렸다.

"진현아… 이게 어떻게 된 거야?"

"…….."

"너 피부과 쓴 것 아니었어?"

"피부과 쓴 것 맞아."

"그런데…….."

황문진의 목소리가 떨렸다.

"이거 왜?"

화면에는 이렇게 적혀 있었다.

〈대일병원 외과 김진현 합격.〉

"······!"

진현의 눈이 흔들렸다. 그는 자신의 눈이 잘못되었나 슥슥 비비기도 하고, 화면을 새로고침하기도 했다. 하지만 똑같았다. 피부과가 아니라 외과. 이 두 글자만 화면에 나타났다.

"이, 이게 무슨······?"

진현은 급히 혜미에게 전화를 걸었다.

─어, 진현아?

"혜미야, 너 내 원서 피부과로 접수했지?"

─응, 피부과로 접수했는데? 왜?

"피부과가 아니라 외과로 접수가 되어 있어."

─뭐?!

깜짝 놀란 목소리가 들렸다.

─그럴 리가 없는데? 나 분명 피부과로 접수했어!

진현은 아찔한 마음이 들었다. 혜미가 잘못 접수했을 리는 없을 거다. 뭔가 문제가 생겼다.

"알겠다. 내가 확인해 볼게. 끊는다."

─어, 나도 확인해 볼게!

진현은 이번에는 원서 지원을 담당하는 교육수련부에 전화를 걸었다. 합격 발표로 문의 전화가 많은지 통화 중이었다.

'이런.'

진현은 초조함에 입술을 깨물고 계속 전화를 걸었다. 한참 뒤에나 전화가 연결되었다.

—네, 대일병원 교육수련부입니다.

"김진현이라고 합니다. 합격 발표 때문에 전화했습니다."

그는 빠르게 사정을 설명했다. 전화를 받은 상대는 곤란한 목소리로 말했다.

—어… 분명 외과로 접수되어 있는데… 이게 어떻게 된 거지? 저희가 확인해 보겠습니다.

진현은 막막한 마음이 들었다. 지금 확인해서 뭐한단 말인가? 이미 합격자 발표가 다 나왔는데!

'제길. 이게 어떻게 된 거야. 내가 외과라고?'

"문진아, 정말 미안한데. 나 오늘 하루만 내 업무를 맡아주면 안 되겠냐? 직접 가서 확인해 봐야겠다."

"응, 빨리 가봐."

황문진은 급히 고개를 끄덕였다. 진현은 곧바로 서울로 올라갔다. 절대 인정할 수 없었다. 내가 외과라니!

"죄송합니다. 이게 어떻게 된 일인지… 뭔가 착오가 있었던 것 같습니다. 저희야 당연히 선생님이 외과에 지원한 줄 알고……."

교육수련부 직원이 사색이 된 얼굴로 진땀을 흘리며 설명했다. 무슨 문제가 생겼던 것인지 중간에 진현의 지원과가 바뀌었다. 최종적으로 외과로 전산에 접수가 됐는데, 담당자는 유명인인 진현이 당연히 외과에 지원하는 줄 알고 별생각 없이 넘겼단 거다.

웃음도 안 나올 정도로 어이없는 이야기였다. 이렇게 자신의 지원과가 바뀌다니? 전무후무한, 초유의 사고였다. 더구나 교육수련부는 어떤 과정에서 문제가 생겼는지 짐작도 못하고 있었다.

"전 외과가 아니라 피부과 지원입니다. 이런 식으로 낙방하는 것은 너무 억울합니다. 꼭 조치를 취해주십시오."

만점에 가까운 점수로 선발 시험 전국 수석을 차지했다. 그런 데 이런 착오로 낙방하게 되다니? 말도 안 된다. 하지만 교육수 련부 직원은 고개를 숙일 뿐 뚜렷한 해결책을 제시하지 못했다.

"이미… 전부 합격자 통보가 전달돼서 결과를 뒤집기는 어려 울 것입니다."

"이건 제 잘못이 아닙니다. 그쪽에서 제대로 관리를 못해서 이 런 문제가 생긴 것 아닙니까? 꼭 책임져서 조치를 취해주십시오."

진현은 평소답지 않게 강경한 어투로 말했다. 당연했다. 평생을 함께할 전공과 관련된 일이다. 고작 이런 일로 꿈을 꺾을 위기에 처하다니? 너무 어처구니가 없어 화가 나다 못해 웃음이 나왔다.

하지만 직원도 답이 없었다.

"일단 피부과와 이야기해서 최대한 노력을 해보겠습니다. 하 지만 김진현 선생님을 합격시키려면 이미 합격한 다른 선생님을 불합격시켜야 해서……."

레지던트 선발은 대학 입학시험이 아니다. 각 학회에서 병원 별로 배정해 준 TO대로 전공자를 뽑는 것으로 대학 입학시험처 럼 추가 합격을 시켜주는 것은 불가능하다.

'내가 피부과에 들어가려면 기존 합격자를 떨어뜨려야 해. 하 지만……'

진현은 막막한 마음이 들었다. 피부과에 합격한 다른 선생님 이라면 신라대 의대 출신의 피부과 교수의 친아들이다. 과연 피 부과에서 친아들을 떨어뜨리며 진현을 구제해 줄까?

"하하."

교육수련부에서 밖으로 나온 진현은 헛웃음을 터뜨렸다.

"제길!"

최선을 다했건만 왜 이렇게 꼬인단 말인가? 빌어먹을 일이었다.

별 소득 없이 부산으로 내려온 진현은 무기력증에 빠졌다. 부산 파견 병원 당직실에 누워 멍하니 생각했다.

'앞으로는 어떻게 하지?'

교육수련부에서는 최대한 노력해 보겠다고 했으나 진현은 기대하지 않았다. 잘 해결될 리가 없었다. 물론 법원에 고소해 구제 요청을 해볼 수 있겠으나 처리하는 데 2년은 넘게 걸린다. 아무런 의미가 없다.

'하, 난 결국 피부과를 할 운명이 아니었던 건가.'

한국대병원에서도 억울하게 피부과 교수에게 찍혀 쫓겨나듯 대일병원으로 왔는데 또 이런 꼴이라니. 보이지 않는 운명이 피부과에서 그를 밀어내고 있는 듯한 느낌이다.

'더구나 다른 과도 아니라 외과에 합격하다니.'

착오가 생겨도 하필 외과에 합격하다니. 그것도 웃겼다. 많은 사람이 그렇게 외과를 권유할 때 완강히 거부했건만 결국 외과에 합격한 것이다.

'하, 그냥 외과를 해야 하는 건가…….'

물론 외과가 싫은 것은 아니었다. 은밀한 곳에 위치한 그의 깊은 본마음은 수술과 사람을 살리는 외과를 바라고 있었다.

하지만 그 길을 선택함으로 짊어져야 할 고된 삶이 막막했다.

고된 길을 걸어도 제대로 보상받지 못할 가능성도 그의 발목을 잡았다. 실제로 지난 삶에서도 그렇게 열심히 노력했건만 결국 경쟁에서 밀리고, 개업 실패로 파산하지 않았던가?

'하아… 모르겠다. 결국 난 외과를 할 운명인 것인가…….'

물론 정 피부과를 하고 싶다면 이번 년도에 외과 합격을 포기하고, 다음에 피부과 재수를 하는 방법도 있다. 실제로 원하는 과를 위해 재수를 하는 것은 드문 일이 아니니까. 하지만 진현은 쓴웃음 지었다.

'재수를 한다고 해도… 피부과에 붙을 수 있을까?'

지금까지도 그의 능력이나 노력이 부족해서 피부과에 떨어진 게 아니었다. 그저 운명같이 떨어진 것이다. 왠지 진현은 재수를 해도 똑같을 것 같은 느낌이 들었다. 그냥 근거 없는 느낌이었다.

'그런데 왜 지원과가 바뀐 걸까? 도대체 왜? 정말로 전산 오류?'

교육수련부는 아마 전산 사고가 생겼던 것 같다고 하지만 정말일까? 지금까지 한 번도 그랬던 적이 없는데 하필 자신에게?

'누가 조작이라도 한 것은 아니겠지?'

답답한 마음에 그런 생각도 들었다. 하지만 누가 조작을 한단 말인가? 교육수련부를 포함한 레지던트 선발의 일련 과정에 손을 쓸 수 있는 인물이 개입했다면 모를까 아니면 불가능하다. 그 정도의 인물이 고작 인턴인 자신의 지원과를 조작할 리도 없고. 그러면 원서를 접수한 혜미?

'아니야. 혜미는 절대 아니야.'

그럴 이유도 없고 그럴 리도 없다.

"하아."

그런데 그때, 전화벨이 울렸다. 진현은 힘없이 전화를 받았다.

"네."

―혹시 김진현 선생님 핸드폰입니까?

"네, 맞습니다. 누구십니까?"

―총리실의 이윤서 비서라고 합니다. 지금 선생님께서 파견 근무 중인 부산 성희병원 앞인데 혹시 잠깐 뵐 수 있으십니까?

그 말에 진현은 깜짝 놀랐다. 총리면 이전 인연이 있던 김창영 전(前) 대법관을 뜻한다. 그런데 총리실의 비서가 왜 나를?

"네, 잠깐 기다리십시오."

가운을 입은 채 병원 로비 밖으로 나오니 이전 김창영을 모시고 울산에 온 비서가 눈에 들어왔다.

"김진현입니다. 무슨 일이십니까?"

진현이 의아한 목소리로 물었다. 총리실의 이윤서 비서는 깍듯한 태도로 진현을 맞았다.

"안녕히 지내셨습니까?"

잘 지내진 못했지만 진현은 대충 대답했다.

"아, 네. 그런데……?"

비서는 씨익 웃으며 말했다.

"외과 합격을 축하드립니다."

"……!"

진현은 속으로 입을 벌렸다. 설마 여기까지 온 게?

"네, 총리께서 공무로 직접 오시지 못해 저를 대신 보냈습니다. 외과 합격을 다시 한 번 축하드립니다."

"……."

그러면서 그는 두툼한 상자를 내밀었다.

"이건……?"

"작은 마음의 선물입니다. 이전 은혜도 제대로 갚지 못해 총리께서 많이 속상해하셨습니다. 부디 사양하지 말아주십시오."

"……."

부담스러운 얼굴로 상자를 여니 확대경이 달린 안경이 모습을 드러냈다.

'수술용 확대경, 루뻬(Loupe).'

수술용 확대경인 루뻬는 수술 필드를 2.5배에서 5배 정도 확대해 보여주는 외과의사의 필수품이었다. 이전 삶에서 진현도 루뻬를 썼다. 몇십만 원짜리 보급품으로. 하지만 총리가 선물로 산 루뻬는 예전의 그가 쓰던 것과는 비교도 안 되는 독일제 최상품이었다. 정확한 가격은 몰라도 수백만 원은 가볍게 넘을 것이다.

"이건 받을 수 없습니다."

진현은 고개를 저었다. 너무 고가의 선물이다. 더구나 총리는 그저 잠깐 스쳐 간 인연일 뿐 자신의 부모도, 친척도, 스승도 아니지 않는가? 하지만 비서는 부드럽게 웃었다.

"그러지 말고 받아주십시오. 총리께서는 선생님의 외과 합격 소식에 정말 많이 기뻐하셨습니다. 이전 도와주신 것도 보답을 하지 못했는데 이 선물도 안 받으시면 많이 실망하실 것입니다."

"하지만……."

"부담스럽게 생각하지 마십시오. 이 루뻬를 통해 더 많은 환자를 구하면 되는 것 아니겠습니까? 선생님이 안 받으시면 제가 서울에 가서 혼납니다."

"……."

몇 번 더 거절했으나 비서는 완강했다. 결국 진현은 항복할 수밖에 없었다.

"그러면 저는 돌아가겠습니다. 다시 한 번 외과 합격을 축하드립니다."

"……."

비서는 차를 타고 서울로 올라갔고 홀로 남은 진현은 멍하니 선물을 바라봤다.

'이 루뻬를 통해 더 많은 환자를 구하라고?'

한숨이 나왔다. 그런데 그때였다. 등 뒤에서 생각지도 못한 목소리가 들려왔다.

"지, 진현아."

"……!"

진현의 눈이 크게 떠졌다. 내가 지금 충격으로 환청을 듣는 건가? 하지만 환청이 아니었다.

"진현아. 어떻게 해… 피부과 그렇게 하고 싶었는데……."

떨리는 목소리. 혜미였다! 그녀가 눈물을 글썽거리며 진현을 바라보고 있었다. 진현은 놀라 물었다.

"어떻게 여기에?"

"너 보려고 급하게 내려왔어. 미안… 내가 접수한 후 제대로 확인을 했어야 했는데. 정말 미안……."

그녀는 미안함에 고개를 들지 못했다. 진현의 접수 오류를 자신의 탓으로 생각하는 듯했다. 진현은 쓴웃음을 지었다.

"괜찮다. 네 잘못이 아니야."

어떻게 그게 그녀의 잘못이겠는가? 굳이 따지면 확인을 안 한 멍청한 자신의 잘못이지.

"아, 아니야. 내가 확인했어야 하는데……! 너 그렇게 피부과를 하고 싶어 했는데 내가 확인을 안 해서……!"

혜미는 금방이라도 울음을 터뜨릴 것 같은 얼굴로 울먹거렸다. 자신을 생각하는 그녀의 마음이 느껴져 진현은 울컥 가슴이 흔들렸다. 실제로 혜미의 잘못이라도 어떻게 내가 그녀를 원망할까?

"괜찮아. 정말로."

"하, 하지만……!"

미안함인지 안타까움인지 결국 그녀의 눈에서 한 방울 눈물이 흘러내렸다. 한 방울로 시작한 그 눈물은 두 방울, 세 방울… 점차 봇물 터지듯 터졌다.

"미, 미안… 내가 잘 확인을 했어야 했는데……."

그 울음에 진현은 그녀에게 다가갔다.

"진현아?"

그가 갑작스레 가까워지자 혜미는 눈을 동그랗게 떴고, 그 순간 진현의 팔이 그녀의 어깨를 따뜻하게 감싸 안았다.

"지, 진현아?"

"정말 괜찮아. 그러니 울지 마라."

그녀의 얼굴이 터질 듯 붉어졌다. 그저 자신을 달래기 위한 의미 없는 가벼운 포옹임을 알지만 심장이 미친 듯이 뛰었다. 박동 소리가 새어 나가면 어떻게 할까 걱정이 될 정도로.

진현은 다시 말했다.

"정말 괜찮으니 신경 쓰지 마."

자신의 귀에 닿는 목소리에 혜미는 별이 명멸하듯 수천 가지의 생각이 떠올랐으나, 단 한마디의 말밖에 꺼내지 못했다.

"으, 응……."

그녀가 진정된 듯하자 진현은 손을 풀고 다시 떨어졌다.

"……."

갑작스레 어색한 침묵이 흘렀다. 혜미는 빨갛게 변한 얼굴로 시선을 돌렸다. 진현의 얼굴도 보이지 않게 붉어졌다.

'그냥 달래려고 한 것인데…….'

아니, 그냥 달래려고 한 게 맞나? 그녀가 우는 모습을 보자 설명할 수 없는 충동을 느꼈다. 손끝에 남아 있는 그녀의 감촉이 떠올라 진현은 시선을 돌리며 말했다.

"미, 미안. 달래려고 한 건데… 기분 나빴으면 미안하다."

그녀는 화들짝 놀라 고개를 저었다.

"아, 아니야! 그, 그… 하여튼 이번 접수 오류가 어떻게 된 것인지는 내가 꼭 확인할게!"

마치 교과서를 읽듯 딱딱히 굳은 목소리다. 뭔가 어색함이 더 깊어졌다. 그런데 그때였다. 진현의 귀에 또다시 익숙한 목소리가 들렸다.

"이런, 내가 때를 잘못 맞춰 온 것 같군."

"……!"

진현과 혜미는 깜짝 놀라 시선을 돌렸다. 그곳에는 생각지도 못한 손님이 서 있었다. 국내 최고의 간이식 대가이자 진현을 후계자로 생각하는 강민철 교수였다.

"잘 지냈나, 김진현 선생?"

그는 우람한 얼굴로 인사했다. 무려 강민철 교수님까지 왔는데 밖에 세워놓고 이야기를 할 수는 없는 노릇이라 장소를 이동했다. 마침 오늘 진현의 저녁 근무는 오프였다. 늦은 시간이었지만 아무도 식사를 한 사람이 없어서 식당으로 향했다.

"오늘은 기쁜 날이니, 내가 사지!"

그렇게 이야기한 강민철 교수는 자신이 아는 부산의 고급 횟집으로 그들을 이끌었다. 1인당 몇십만 원을 가뿐히 넘는 가격답게 음식은 입에서 살살 녹았지만 진현은 마음이 불편했다. 강민철이 자신을 찾아온 이유가 뻔히 보였기 때문이다.

'외과 합격을 축하하러 왔구나.'

하늘같이 높은 교수가 고작 인턴에 불과한 자신을 축하하러 부산까지 오다니. 감동스러운 일었지만 상황이 상황이다 보니 마음이 편할 수가 없었다.

강민철이 혜미를 바라봤다.

"자네도 술 먹나?"

"아, 네. 교수님."

졸지에 같이 따라온 혜미가 공손히 정종을 받았다. 그런데 강민철이 그녀를 보고 흐뭇한 얼굴을 했다.

"오랜만이군. 그때 그 조그만 녀석이 이렇게 예쁘게 크다니."

"네?"

혜미는 놀란 표정을 지었다.

'날 아시나?'

강민철은 술을 털어놓고 말했다.

"뭘 그렇게 놀라? 내가 네 애비 이종근이랑 의대랑 외과 의국(醫局) 동기야. 너 어렸을 때 내가 목마도 태우고 했었어."

"아……."

그의 말처럼 강민철과 이사장 이종근은 의대 동기였고 한때는 제법 친한 사이였다. 물론 지금은 사이가 벌어질 대로 벌어진 상태지만 말이다.

"범수 그놈도 참 똑똑했는데 말이야. 에잉."

강민철은 자살한 혜미의 오빠, 이범수도 알고 있었다. 단, 그도 밖에서 자란 이상민에 대해선 몰랐다.

혜미는 속으로 슬픈 마음이 들었다. 그러고 보니 얼핏 생각이 나는 것도 같다. 아주 어렸을 적, 그녀가 유일하게 기억하는 행복한 때였다. 그때는 어머니도 살아 계셨고, 아버지 이종근도 지금 같지 않았다.

그러나 그것은 거짓 행복일 뿐이었다. 이상민과 그의 어머니의 존재가 드러나고 모든 것이 변했다. 아버지 이종근은 감춰온 여성 편력과 폭력성을 숨김없이 드러냈고, 그녀의 어머니는 우울증에 시달린 끝에 자살했다. 뒤늦게 그 사실을 눈치챈 그녀의 할아버지가 개입했으나, 몸과 마음은 돌이킬 수 없는 상처를 입은 상태로 너무나 늦은 후였다. 그때 강민철이 물었다.

"그런데 둘은 무슨 사이인가? 사귀는 사이?"

진현과 혜미의 얼굴이 동시에 붉어졌다.

"아, 아닙니다."

"……."

진현은 급히 부정했고, 혜미는 말없이 고개만 숙였다.

강민철은 호탕하게 웃었다. 말 안 해도 다 안다는 표정이었다.

"그래 그래. 좋을 때군. 잘해보게."

푹 숙인 혜미의 얼굴은 빨개지다 못해 터질 것같이 변했다. 진현은 곤란한 목소리로 화제를 돌렸다.

"그런데 어떻게 여기까지 오셨습니까?"

강민철은 주름을 찌푸렸다.

"어떻게 왔냐고? 몰라서 물어? 김진현 선생 축하해 주려고 무거운 몸 끌고 온 거잖아."

진현은 눈을 감았다. 예상은 했지만 역시나였다.

"뭐, 아예 자네 때문에 온 것은 아니고. 심근경색 요양차 휴직 중인데 할 일도 없고, 자식 놈이 이 근처에 취직을 해서 겸사겸사 볼까 해서 왔지. 그나저나 자네는 외과에 합격했으면 나한테 진작 연락했어야지. 이 늙은 몸이 먼저 오게 만들어?"

강민철은 서운하다는 듯 질책했다. 진현은 난감한 마음이 들었다. 그는 아직 외과를 하겠다고 결정한 게 아니다. 강민철이 진현의 잔에 정종을 가득 따랐다.

"하여튼 어울리지도 않는 피부과를 한다고 그렇게 내 속을 썩이더니… 늦게라도 외과를 결정한 것 축하하네. 암, 자네 같은 사람은 피부과 같은 과가 아니라 우리 외과를 해야지."

강민철은 진현이 외과를 스스로 결정해서 지원했다 알고 있었다. 진현은 주저하다 입을 열었다.

"교수님, 사실 저는 외과를 지원한 게 아닙니다."

"응, 그게 무슨 말인가?"

"그게……."

진현은 자신에게 벌어진 접수 사고를 설명했다. 설명을 듣는 강민철의 표정이 일그러졌다.

"하, 그러면 그냥 접수 사고였다고?"

"네, 죄송합니다."

진현은 고개를 숙였다. 고작 인턴에 불과한 자신의 합격 소식에 이렇게 달려와 주었는데 면목이 없었다.

'화내시겠지?'

진현은 그가 실망감에 버럭 화를 낼 것이라 생각했다. 그런데 강민철은 의외의 반응을 하였다. 담배를 꺼내 물더니 다음과 같이 이야기한 것이다.

"잘됐군."

"네?"

"이건 뭐, 자네가 외과를 하라는 하늘의 뜻이구먼. 그러니 잔말 말고 그냥 외과를 하게."

진현은 입을 딱 벌렸다. 아니, 결론이 왜 그렇게 나는데?

담배 연기를 뿜은 강민철은 말을 이었다.

"자네 한국대병원 피부과에서도 잘못한 것도 없이 쫓겨났잖아. 그 쪼잔한 김주흥이 눈에 찍혀서."

비슷한 시기에 대학을 다녀 강민철 교수는 한국대 김주흥 교수를 알고 있었다. 강민철이 김주흥 교수보다 의대 2년 선배였다.

"한국대병원에서도 그렇고, 여기서도 그렇고, 팔자에도 없는 피부과를 하려니 계속 그 꼴이 나는 거야. 잔말 말고 하늘의 뜻이라 생각하고 외과를 하게."

"하, 하지만……."

갑자기 난데없이 무슨 놈의 하늘의 뜻? 진현이 더듬더듬 입을 열었으나 강민철의 눈이 날카로워졌다.

"자네는 도대체 왜 팔자에도 없는 피부과를 하려는 건데?"

"그건……."

진현은 답을 못했다. 좋아해서? 아니, 그건 아니다. 솔직히 말해 그는 피부과란 전공 자체에 관심도 끌림도 없다. 그저 피부과를 하고 싶은 것은 단 하나, 안락하고 풍족한 삶을 살고 싶어서다. 물론 속물적인 생각인 것은 안다. 하지만 그게 뭐? 내 삶을 내가 원하는 대로 살고 싶은 게 뭐가 나쁜가?

강민철은 화내지 않았다. 본인은 외과 외골수지만 진현의 생각을 이해했다. 대신 설명했다.

"피부과 하면 편할 것 같아?"

"네?"

"피부과 하면 다 성공할 것 같아?"

"……."

강민철은 피식 웃으며 말했다.

"하나 이야기해 줄까? 내가 경험상 봤을 때, 원래 의대 때 공부 잘하던 놈이 돈 벌려고 개업하면 망해. 공부 못하던 놈이 개업해서 성공하지. 이런 말 미안하지만 자넨 피부과랑 하나도 안 어울려. 개업하면 망할 거야."

완전 망하라고 저주하는 말투였다.

"……."

진현은 똥 씹은 표정이 되었다. 아니, 뭐. 해보지도 않았는데 저렇게 이야기할 것은 뭐람?

"그리고 자네가 착각하는 게 있는데. 피부과 개업하면 하나도 안 편해. 결국 개인 사업이라 하나부터 열까지 다 챙겨야 하거든. 휴가도 제대로 못 가."

"……"

"그리고 생각보다 외과도 별로 안 힘들어."

이게 무슨 헛소리인가? 외과가 별로 안 힘들다니. 진현의 의아한 얼굴을 강민철이 설명했다.

"아, 물론 처음에 레지던트 과정은 무척 힘들지. 그리고 레지던트가 끝나고 자리를 잡을 때까지도 힘들고. 하지만 자리를 잡으면 별로 안 힘들어. 잘하면 돈도 잘 벌 수 있고."

"……"

"나 봐. 한 번 심장병 앓았다고 지금까지 쉬고 있잖아. 이제 곧 요양하러 미국으로 1년 교환교수로 파견 가. 교환교수 가서 뭐 하겠어? 놀지. 개업하면 이게 가능할 것 같아? 정확히 말하긴 그래도 월급도 적지 않아. 정년퇴직하면 교직원 연금도 나오고."

확실히 그렇긴 하다. 그리고 강민철 교수의 수입은 웬만한 개업 의사보다 못하지 않을 거다. 그러나 그건 국내 최고 대일병원의 교수이기 때문에 그런 거다. 이전 삶에서 그렇게 노력하고 경쟁했지만 실패한.

그런데 강민철이 진중한 얼굴로 말했다.

"외과로 와. 너는 내가 끌어주겠다."

"……!"

"그렇지 않아도 네가 수련을 마칠 때 즈음 교수 자리가 하나 날 거야. 너 정도면 자격이 충분해. 내가 너 내 후계자로 만든다.

계집애 같은 걱정은 접어두고 잔말 말고 따라와."

"······!"

진현의 눈이 떨렸다. 호언장담보다도 자신을 향한 강민철의 마음이 그의 가슴을 흔들었다. 강민철은 간이식 분야 국내 최고의 대가이자 그 탁월한 실력 때문에 병원 내에서도 아무도 못 건드리는 인물이다. 이사장 이종근도 강민철에게만큼은 함부로 못했다. 그렇게 대단한 그가 인턴에 불과한 자신을 이렇게나 챙기다니. 고작 축하 인사를 하러 부산까지 내려오고······.

진현은 고마움에 고개를 숙였다.

"···감사합니다."

식사를 마친 후, 혜미는 서울로 올라가고 강민철 교수는 아들의 집으로 향했다. 진현은 홀로 해운대 해안가를 걸으며 생각했다.

'외과라······.'

강민철이 떠나기 전 한 말이 떠올랐다.

"다른 걸 다 떠나서 자넨 수술과 사람을 살리는 걸 좋아하잖아. 좋아하는 걸 해야지!"

그 말이 옳았다. 그는 수술을 좋아했다. 그 사선 속 긴장에서 사람을 살리는 것에 보람을 느꼈다.

'하지만··· 내가 바라는 것은 안락한 삶인데.'

외과를 선택하면 그런 삶과는 까마득히 멀어지게 된다. 그런데 그때였다.

띠링!

핸드폰이 울리며 메시지가 도착했다.

'누구지? 최대원 교수님?'

[진현 군, 외과 합격을 축하하네. 물론 내과를 안 하는 것은 아쉽지만, 그래도 난 자네가 피부과보단 외과에 더 어울린다 생각하네. 좋은 외과의사가 될 거라 믿네, 스승 최대원이.]

모르는 사이 문자가 더 와 있었다. 부모님이 보낸 문자도 있었다.

[아들, 외과 합격 축하해! 이 엄마는 아들이 외과에 합격해 너무 기쁘고 자랑스럽단다! 항상 사랑해.]

[외과 합격을 축하한다. 네가 내 아들인 게 너무나 자랑스럽구나. 사랑한다. 애비가.]

짧지만 사랑이 느껴지는 문자들에 진현은 가슴이 뭉클했다.

'아버지, 어머니는 내가 외과를 전공하길 원했었지…….'

부모님이 기뻐하는 문자가 그의 마음을 흔들었다.

"하아…….'"

그는 백사장 근처 의자에 털썩 주저앉아 나직이 파도치는 겨울바다를 바라봤다.

찰싹찰싹. 고요한 바다에 마음이 잔잔히 가라앉았다.

"넌 외과를 좋아하잖아."

그 말이 다시 한 번 가슴에 울렸다. 기억 속 이전의 삶들이 떠올랐다. 힘들고 괴로웠던 나날들… 그러나 동시에 보람찼던 시간들. 당시 몸이 부서질 것 같은 괴로움 속에서도 버틸 수 있었던 것은 그 무엇과도 바꿀 수 없는 보람 때문이었다. 강민철의 목소리가 환청처럼 다시 가슴을 울렸다.

"네가 진정으로 바라는 것은 외과잖아."

진현은 중얼거렸다.

'내가 진정으로 바라는 것?'

그가 바라는 것은 단 하나다. 안락하고 풍요로운 삶. 하지만…
정말로? 내가 원하는 게 정말로 그런 것일까? 진현은 씁쓸히 웃었다. 인정하고 싶지 않았지만 마주하고 싶지 않았지만… 답은
'아니'였다. 안락하고 풍요로운 삶만 원했다면 병원에서 이렇게나 많은 사고를 치지는 않았을 것이다. 아니, 애초에 고생스럽게
의사를 할 필요도 없었다. 과거의 지식을 가지고 제약회사들을
돌아다니며 돈을 쓸어 담고 건물을 샀겠지.

그래, 이 순간 그는 인정했다. 마음속 그가 진정으로 원하는
것은 외과였다. 애써 외면했지만 그것이 진실이었다.

"……."

철썩철썩. 바닷가에 고요한 파도가 들락거렸다.

진현은 그 파도를 바라보며 중얼거렸다.

"그래, 성공만 한다면 외과도 나쁘지 않아. 아니, 좋아. 하지만……."

문제는 성공을 해야 한다는 것이다. 이전 삶의 기억이 다시 한
번 떠올랐다. 이번엔 또 다른 기억이었다.

"우리 병원에서 나가주게."

"빚은 어떻게 갚을 거야?!"

외과의사의 삶을 살면서 좋았던 기억만 있었던 것은 아니다. 아니, 오히려 그 삶의 끝은 비참했다. 이번에도 그런 전철을 밟는 것은 아닐까? 이전의 실패가 자꾸만 상처로 남아 그를 붙들었다. 어쩌면 그가 피부과를 원했던 것도, 억지로 외과의 길을 외면했던 것도 이전 삶에서 각인된 트라우마 때문이었을지도 모른다. 하지만 어느 순간, 진현은 고개를 저었다.

"김진현, 뭘 그렇게 무서워하는 거냐? 지난번 실패는 지난번 실패고. 이번엔 달라."

그는 강하게 중얼거렸다.

"그냥 성공해 버리면 되잖아? 난 이전 삶의 내가 아니야. 성공하자. 그것도 그냥 성공이 아닌 최고로 잘나가는 외과의사가 되자. 그러면 되잖아?"

그는 하늘로 시선을 올렸다. 바다 위 밤하늘은 끝없이 광활했다. 그래, 잘나가는 외과 의사가 되면 되는 것 아닌가? 그러면 모두 해결이다.

'피부과의 안락함을 포기하는 것은 아쉽긴 하지만……'

자리를 잡기 전, 처음 레지던트 과정은 끔찍이 힘들 것이다. 그래도 진현은 이렇게 생각했다.

'그 과정만 버티면, 그래서 성공한 외과의사로 자리만 잘 잡으면 좀 나을 거야. 대학병원의 교수가 되면 어쩌면 개인 사업자인 피부과 의사보다 더 나을 수도 있어.'

물론 아무리 대학병원의 교수라도 피부과 의사보다 편할 가능성은 적었다. 잘나가면 더욱더 바쁠 확률이 높겠지. 그런 생각을 하다 진현은 피식 웃었다. 그런 거 뭐, 아무렴 어떤가? 그는 웃었다. 왠지 웃음이 나왔다.

'그래, 힘내자, 김진현. 할 수 있어.'

그렇게 어느 겨울날, 잔잔한 바닷가에서 그는 결심했다. 대한민국, 아니, 세계 외과학계의 역사를 바꿀 결심이었다. 동시에 '미라클 김', 그 기적 같은 이름의 시작이었다.

대일병원 이사장의 아들 이상민도 외과에 합격했다. 진현이 워낙 유명해서 그렇지 이상민도 평판이 굉장히 좋았다. 뛰어난 실력, 빼어난 외모, 착실한 태도. 평판이 안 좋으면 그게 이상하다.

"외과 합격했다며? 축하해. 앞으로 고생하겠네."

근무하는 과에서 그에게 축하의 인사를 건넸다. 이상민은 웃으며 인사를 받았다.

"네, 감사합니다."

"앞으로 고생하겠네."

"잘할 수 있을까 걱정입니다."

"뭐, 이상민 선생은 워낙 다 잘하니까. 외과에서도 잘하겠지. 하여튼 수고해."

"감사합니다."

덕담을 들은 이상민은 다시 업무를 하다 담당 의사에게 한 가지 부탁을 했다.

"저, 선생님. 죄송한데 제가 어디 잠시만 다녀와도 될까요?"

"어, 갔다 와. 지금 시간 좀 남으니."

자리에서 일어난 이상민은 엘리베이터를 타고 내려갔다. 그가 도착한 곳은 지하 4층 깊은 곳에 위치한 간부 회의실. 이미 한 사람이 도착해 그를 기다리고 있었다.

"오셨습니까?"

중년의 남자는 이상민에게 깍듯이 인사했다.

"오랜만이에요, 기획실장님."

"네."

중년 남자, 대일병원의 핵심 실력자이자 기획실장인 송병수는 고개를 숙였다.

"조금 무리가 있었을 텐데 이번 일 감사해요."

"아닙니다. 어차피 간단한 조작이었습니다."

이상민은 깊은 미소를 지었다.

"혹시 따로 더 필요한 일은 없으십니까? 말씀만 해주십시오."

송병수는 과할 정도로 공손한 태도로 말했다. 당연했다. 이상민은 이종근의 친아들로 향후 빠른 속도로 대일병원의 후계자로 자리 잡을 자이니 미리 충성을 바치는 것이다.

"특별히… 지금은 괜찮아요."

"네."

"병원 이사회의 동태는요?"

"그게……."

송병수는 머뭇거렸다.

"괜찮아요. 말해봐요."

"비슷합니다."

무거운 목소리였다. 대일그룹 가문의 일원들로 이루어진 이사회는 이상민에게 적대적이었다. 더구나 요즘엔…….

"이혜미 이사께서 특히 적대적이십니다."

"흐음……."

이상민은 싱긋 웃음을 지었다. 이혜미는 서자인 그와 다르게 대일병원 이사회의 일원이었다. 그것도 상당한 권한을 가진.

"그건 신경 쓰지 않아도 돼요. 특히 이혜미, 내 착한 동생은."

그는 묘한 목소리로 말했다. 그 뒤 둘 사이에 적막이 흘렀다. 그 침묵이 불편한지 송병수가 주저하다 조심히 입을 열었다.

"저… 한 가지만 여쭤도 되겠습니까?"

"뭔가요?"

"어째서 굳이 김진현 선생을 외과로 오게 손을 쓰라 하신 건지…….."

송병수는 이상민의 의도를 알 수가 없었다. 김진현은 병원 내에서 굉장히 유명한 인물로 외과를 전공하게 될 시 필연적으로 이상민과 경쟁하게 된다. 이상민도 탁월한 실력과 재능을 가지고 있지만, 김진현이 지금까지 벌인 일들을 살피면 입이 다물어지지 않는다. 정말 규격 외의 괴물이었다.

'만약 경쟁에서 밀리면 이사회에서 또 트집을 잡을 텐데. 차라리 피부과로 보내거나 불합격시키지. 왜?'

이상민의 얼굴에 미소가 일순 사라졌다. 가면 같은 미소가 없어진 후 나타난 차가운 표정에 송병수는 흠칫 놀랐다.

"내가 왜 친구 김진현을 외과에 오게 했는지 궁금하십니까?"

"……."

"기획실장님은 혹시 누군가에게 11년이나 져본 적이 있습니까?"

송병수는 답하지 못했다. 이상민도 더 이상의 설명은 하지 않았다.

"괜한 것을 물어 죄송합니다."

"아니에요. 바쁘실 텐데 그만 가보세요."

"네."

기획실장은 깍듯이 인사하고 사라졌다. 홀로 남은 이상민은 치익 담뱃불을 붙였다.

"후우… 왜 김진현을 데려왔냐고? 간단하지."

그를 망가뜨리기 위해서. 이상민의 입가에 다시 미소가 걸렸다. 김진현을 만나고 나서 한 번도 그를 이긴 적이 없다. 항상 졌다. 그런데 그게 11년이나 반복되다 보니 삶의 목표가 하나 생겨 버렸다.

"반드시 이기겠어."

그는 나직이 말했다.

"무슨 수를 써서라도. 반드시."

그래서 그를 처절히 짓밟고 망가뜨려 나락으로 떨어뜨리고 말겠다.

"그런데 김진현, 네가 피부과로 가면 난 영원히 너를 이길 기회가 없잖아? 응? 짓밟고 망가뜨려야 하는데. 다른 곳으로 도망가면 반칙이지. 안 그래?"

그의 미소가 짙어졌다.

신입 레지던트

그 뒤 인턴 생활이 빠르게 흘러갔다. 2월 말이 되어 이제 레지던트에 접어들기 직전, 강민철 교수는 교환교수로 한국을 떠나게 되었다.

"조심히 갔다 오십시오."

진현은 공항에서 강민철을 배웅했다.

"바쁜데 뭘 이렇게 나오나? 얼른 들어가서 일해."

"오프입니다."

어차피 주말이고 항상 자신을 챙겨준 강민철이니 이런 배웅 정도야 얼마든지 할 수 있다. 강민철도 말과 다르게 싫은 기색은 아니었다.

"그래, 나 없는 동안 잘 배우고 있고. 돌아오면 죽도록 굴릴 테니."

진현은 웃었다.

"네, 교수님도 건강하십시오. 특히 술, 담배 조심하십시오."

강민철은 심근경색 후에도 술, 담배를 줄이지 않았다. 그야말로 재발의 고위험군이다.

"어차피 쉬러 가는 거니 걱정 마. 교환교수로 가면 할 일 아무 것도 없어."

강민철이 가는 병원은 세인트죠셉병원으로, 메사추세츠 제너럴(하버드), 메이요, 엠디앤더슨, 존스홉킨스과 더불어 미국 최고로 꼽히는 병원 중 하나다. 대일병원 외과는 그 세인트죠셉병원과 협약을 맺어 정기적으로 서로 교환교수를 파견하고 있었다.

기한은 1년. 강민철은 1년 뒤에 돌아올 것이다.

"자네도 교환교수로 나중에 가야지."

진현은 어색히 웃었다.

"그럼 금방 갔다 올 테니 열심히 배우고 있게."

강민철은 흡족한 눈으로 진현을 바라봤다. 1년이야 눈 깜짝할 사이에 간다.

'갔다 오면 잘 가르쳐야지.'

강민철이 생각하는 진현은 한마디로 '천재'였다. 그것도 천재 중의 천재. 하지만 아무리 훌륭한 원석이라도 다듬는 과정이 필요하다. 강민철은 기꺼이 원석을 다듬는 세공사가 될 생각이었다.

'조금만 기다려라.'

그는 그렇게 생각하며 비행기에 탑승했다. 하지만 비행기가 한국을 벗어날 때까지 강민철은 상상도 못 하고 있었다. 그 짧은 1년 동안, 진현이 대일병원에서 어떤 존재가 되어 있을지. 정말 상상도 못 했다. 정말로.

인턴이 끝나기 전, 이런 일도 있었다. 황문진이 혜미에게 고백을 했다.

"조, 좋아해. 혜미야……."

병원 근처에 흐르는 탄천(炭川)에서 황문진은 얼굴을 빨갛게 물들이며 말했다.

"어, 어… 응."

혜미는 말을 더듬었다. 다른 사람에게 받는 고백이 처음은 아니다. 아니, 학생 시절부터 무수히 많았다. 인턴 생활 중에도 몇 번을 받았는지 모른다. 하지만 그녀의 답은 7년째 항상 같았다.

"미안, 나는……."

그런데 황문진이 급히 그녀의 대답을 가로챘다.

"아, 알아! 말하지 않아도."

"……."

"진현이 좋아하지?"

"…응."

그녀는 미안함에 고개를 끄덕였다. 황문진은 한숨을 푹 내쉬고 머리를 긁적였다.

"당연히 알고 있어. 네가 진현이 좋아하는 것… 그래도 고백하고 싶었어. 앞으로 인턴 생활 끝나 전공이 갈리면 지금처럼 자주 보진 못할 테니까… 내가 아쉬움이 남아서."

그는 밝게 웃었다.

"차일 줄 알고 고백한 거니 신경 쓰지 마."

"…응, 미안."

"앞으로도 불편한 없이 친하게 지내자. 알았지?"

혜미의 눈이 흔들렸다.

"그래도 괜찮겠어?"

그녀도 벌써 7년째 해봐서 그 고통을 안다. 사랑하는 사람과 그저 친구로 친하게 지내는 것이 얼마나 괴로운지 알기에 그녀는 가급적 자신에게 고백한 사람과 거리를 두려고 했다. 희망고문은 정말 잔인하니까.

'그러니까 진현이가 나빠.'

결론이 어째서 그렇게 났는지는 모르지만 하여튼 진현이가 나빴다.

"그러면 먼저 가볼게. 다음에 술이나 먹자. 네가 좋아하는 소주로."

"…응."

황문진이 먼저 등을 돌렸다. 그는 탄천 강변을 걸으며 한숨을 내쉬었다.

'김진현, 이 나쁜 놈.'

가장 친하고, 둘도 없는 친구지만 이번엔 그가 미웠다.

'이연희 간호사랑 사귈 거면 사귈 것이지. 왜 혜미는 안 놔줘서.'

김진현의 생각을 모르겠다. 이연희와 썸을 타는 것은 확실한데 사귀지는 않는다.

'눈치가 없어도 이렇게 없을 수가 있나? 아무리 실력이 좋으면 뭐해.'

황문진은 속으로 김진현을 욕했다.

'모르겠다. 술이나 마셔야지. 김진현 그 나쁜 놈보고 쏘라 해야겠다.'

황문진은 김진현에게 잔뜩 얻어먹기로 결정했다. 그가 잘못한 것이니까.

그리고 인턴 생활이 끝나고 레지던트 생활이 시작됐다.

생각해 보니 고등학교 시절 친했던 4명 중, 김철우를 제외하고 김진현, 이상민, 황문진 모두 대일병원 외과에 들어갔다. 참 여러 의미로 대단한 일이 아닐 수 없었다.

—내가 형사 일 하다 다쳐도 걱정 없겠네.

경찰 시험을 통과해 새내기 형사로 일하는 김철우가 전화 너머로 키득거렸다.

—다들 친하게 잘 지내라고. 다음에 놀러 갈 테니.

하지만 그 말과 다르게 3명은 친하지 못했다. 정확히는 이상민이 문제였다.

"진현아, 앞으로도 잘하자."

이상민은 생글생글 웃으며 진현에게 악수를 청했다.

"어, 그래. 잘하자."

진현은 인사를 받으며 인상을 찌푸렸다.

'뭔가 이상해.'

특별히 싸운 것은 아니고 만나면 대화도 잘하고 그러는데 뭔가 느낌이 이상했다. 속에 시커먼 것을 감추고 있는 느낌이다.

'그냥 느낌 탓인가……'

그것 외에 외과 생활은 특별히 문제가 없었다. 아니, 정확히 말하면 좋았다. 어차피 다 해봤던 내용이어서 따로 적응할 필요도 없었고 위의 선생님들 분위기도 따뜻했다.

"진현아, 처음이라 힘들지?"

같은 파트의 고년 차 레지던트 강석훈이 따스하게 물었다.

"처음엔 다 힘들어. 힘내고."

"괜찮습니다."

"그래도 네가 잘해주니 내가 편하다."

병원마다, 과마다 다르지만 보통 교수 밑에 저년 차 레지던트와 고년 차 레지던트가 한 팀을 이루어 진료한다. 저년 차 레지던트가 궂은일을 하고, 고년 차 레지던트는 저년 차 레지던트가 못하는 일을 커버해 주는 형식이다. 따라서 저년 차 레지던트가 일을 잘하면 고년 차 레지던트는 꿀 같은 시간을 보낼 수 있다.

'이 보배 같은 녀석.'

고년 차 레지던트 강석훈은 보물을 보듯 진현을 바라봤다. 진현과 한 팀을 이루니 자신은 할 일이 전혀 없었다. 인턴 때부터 괴물이라 소문난 녀석답게 하나를 가르치면 열을 알았다. 더구나 태도도 무척 겸손하고 환자들에게도 친절했다.

칭찬을 하면,

"아닙니다. 다 선생님께 배운 덕분입니다."

이런 식으로 겸양했다.

덕분에 다른 고년 차 레지던트들은 강석훈을 부러운 시선으로 바라봤다. 그들은 다른 신입 레지던트 1년 차를 데리고 다니며 땀을 뻘뻘 흘리며 고생하고 있기 때문이다.

"부럽다. 내 아래 레지던트는 진짜 아무것도 모르는데."

"원래 처음 1년 차가 그렇지, 뭐. 김진현 그놈이 대단한 거지."

그래서 대학병원은 3, 4월에 진료를 피하란 우스갯소리도 있다. 진료의 핵심 축을 담당하는 저년 차 레지던트가 미숙하기 때문이다.

"난 아래 레지던트가 아무것도 몰라 모든 일을 혼자 다 해야 해. 1년 차로 돌아간 기분이라니까. 힘들어 죽겠다."

따라서 다른 고년 차 레지던트들이 진현과 한 팀인 강석훈에게 항의했다.

"야, 너만 독차지하지 말고 나도 김진현 좀 데려가자."

"안 돼. 이번 달은 내 거야."

"그런 게 어디 있어? 이번 달 내내 아무것도 안 하고 놀려고?"

"에헴, 놀기는. 나도 나름의 고충이 있다고."

"고충은 개뿔. 맨날 누워서 잠만 자더만. 월급을 받았으면 일을 해!"

"팀은 일심동체 몰라? 김진현이 일하니 내가 일하는 거나 마찬가지지."

그렇게 고년 차 레지던트들은 진현을 놓고 쟁탈전을 벌였다.

한편 진현은 뒤에서 그를 두고 벌어지는 쟁탈전은 까마득히 모르고 맡겨진 일에만 충실했다.

'외과 1년 차 생활을 다시 하려니 힘들긴 힘들구나.'

일은 어려울 것이 없는데 몸이 힘들었다.

'대일병원에도 100일 당직이 있다니.'

이전 삶 때도 경험했던 지옥의 100일 당직. 100일 동안 단 하루도 퇴근하지 못하고 당직을 서는 것이다. 실질적으로 처음 환자를 진료하는 것이니, 100일 동안 퇴근하지 말고 배우라는 의미인데… 몸이 엄청 힘들다. 그렇게 100일이 끝나면 휴일이 있는 것도 아니었다.

1, 2주에 한 번 정도? 저녁 8, 9시 넘어서 짧은 퇴근만 준다. 출근은 다음 날 아침 5시까지. 앞으로 최소 2년 동안은 출근하지 않고 하루 종일 쉬는 휴일은 꿈도 못 꾼다. 공휴일? 그게 어느 나라 단어인가? 휴일에도 환자는 아프다. 심지어 추석과 설날에도 집에 못 가고 병원을 지켜야 한다.

'혜미도 100일 당직을 서겠지?'

혜미는 내과를 선택했다. 내과도 100일 당직이 있다. 아니, 중환자가 많은 내과답게 더 혹독했다. 몸이 고달프다 보니 편한 피부과 생각이 났다.

'피부과 했으면 이런 고생은 안 했을 텐데.'

진현은 고개를 저었다. 이제 접은 길이다. 미련 가지지 말자. 그래도 고생스럽긴 했지만 보람은 있었다.

"아휴, 이번 주치의 선생님은 참 친절하고 좋아."

"그러니까. 믿음직스럽고."

모든 환자와 보호자들이 진현을 좋아했다. 실력도 좋고 친절하고 믿음직스럽고……. 무엇보다 환자들과 보호자들은 귀신같이 알아챘다. 이 의사가 자신을 진심으로 위하는지, 어쩔 수 없이 의무감으로 대하는 것인지. 환자들 모두 김진현이란 이 어린 의사가 자신들을 정말 위하며 진료한다는 것을 느끼고 있었다. 환자들이 입원해 있는 병동 말고 수술장에서도 진현은 예쁨을 받았다.

"그래, 그렇게만 어시스트하라고."

외과 저년 차의 역할은 수술을 어시스트하는 것이다. 옆에서 어시스트하며 수술을 눈으로 배운 뒤 한참의 시간이 흐른 뒤 직접 집도를 하게 된다.

"김진현 선생이 어시스트하니 한결 수월하구만."

교수들은 1년 차답지 않은 어시스트 솜씨를 보이는 진현을 예뻐했다. 분명 익숙하지 않은 수술일 텐데도 뛰어나다 못해 탁월하기 그지없었다.

그렇게 슬슬 시간이 지났다. 나쁘지 않은 일상이었다. 그런데 그 일상이 송두리째 바뀌는 일이 일어났다. 한 달이 지나며 파트, 즉 팀이 교체된 것이다. 진현이 새롭게 맡게 된 것은 외과 외상 분야의 고영찬 교수의 파트였다.

'고영찬 교수……'

진현은 인상을 찌푸렸다. 이전 삶에서 대일병원 외과에서 일했던 그는 당연히 고영찬 교수에 대해 알고 있었다. 고영찬 교수는 실력보단 정치력으로 교수가 된 자로, 성격도 무척 안 좋았다. 그리고 무엇보다 차기 외과 과장 자리를 놓고 이사장 이종근에게 줄을 대고 있었다. 진현은 모르고 있는 사실이지만 말이다.

*   *   *

대일병원 최상층의 이사장실.

"잘 지내나, 고 교수?"

이종근이 가죽 의자에 몸을 기대며 물었다.

"네, 이사장님."

마른 체격에 날카로운 인상의 중년 남자, 고영찬 교수가 고개를 숙였다.

"요즘 고생이 많다 들었네. 수고가 많아."

이종근이 온화한 미소를 지으며 격려했다. 참으로 부드러운 미소였다. 마치 이상민이 늘 짓고 다니는 것처럼. 그리고 보면 서로 경멸하면서도 이상민과 이종근은 닮은 점이 많았다. 가면 같은 표정 속에 시커먼 뱀을 숨기고 있는 것이 특히 그러했다.

"감사합니다. 그런데 혹시 특별한 일이라도?"

"아, 별건 아니고……."

이종근은 잠시 뜸을 들였다. 차기 외과 과장 자리를 놓고 이종근에게 줄을 대고 있는 고영찬 교수는 공손히 말을 기다렸다.

"김진현이라고 아나?"

"아, 네. 압니다."

당연히 안다. 이번 달 그의 환자를 담당할 파트 레지던트였으니까.

'왜 고작 레지던트 따위를?'

고영찬은 의아한 마음이 들었다. 이런저런 대단한 소문이 많긴 해도 고작 레지던트일 뿐이다. 권위적인 성격의 고영찬은 레지던트를 같은 동료이자 의사로 인정하지 않았다. 레지던트는 대학병원에서 가장 많은 고생을 하며 가장 많은 일을 하는 일꾼이지만, 고영찬에게 있어선 그저 허드렛일을 하는 아랫사람일 뿐이다.

"아, 뭔가 그 선생은 외과와 잘 안 맞는 것 같아서."

이종근이 지나가듯 말했다.

"……?"

고영찬은 속으로 인상을 찌푸렸다. 김진현이 외과와 안 맞아? 메시는 축구와 어울리지 않다고 말하는 꼴이다.

"그렇지 않나?"

"네, 맞습니다."

하지만 고영찬은 고개를 끄덕였다. 이사장 이종근이 그렇다면 그런 것이다.

"자네가 레지던트 담당 주임 교수지?"

"네."

"잘 안 맞는 의사를 우리 대일병원에서 품을 필요는 없지. 알아서 잘 처리해 주게."

"……!"

그 생각지 못한 지시에 고영찬은 흠칫 놀랐다.

'어째서? 뭔가 개인적인 이유가 있으신가?'

고영찬은 의문이 들었으나 드러내지 않았다.

"네, 알겠습니다."

오로지 이종근만 붙들고 이 자리까지 올라왔다. 이종근이 시키는 거라면 뭐든지 할 수 있었다.

"그래, 잘 부탁하네. 다음 과장 자리는 내가 다 염두에 두고 있으니. 강민철이가 교환교수에서 돌아와 쓸데없는 소리 하기 전에 해결해."

그 말에 고영찬이 눈이 빛났다. 속이 시커매도 이종근은 빈말을 하지 않는다. 이 일을 잘 처리하면 다음 과장 자리는 자신의 것이다.

"네, 기대에 어긋나지 않겠습니다."

고영찬은 고개를 숙였다.

'어째서 레지던트 따위를 신경 쓰는 건지는 모르겠지만……'

별로 어려운 일은 아니었다. 지금 김진현은 레지던트 1년 차 초반. 즉 외과란 광활한 대지에 처음 발을 디딘 상태니까.

'물론 김진현에 대해 이런저런 대단한 소문이 많긴 하지만……. 그래 봤자 1년 차는 1년 차지.'

고영찬은 그렇게 생각했다. 틀린 생각은 아니었다. 아무리 천재라도 의학은 경험이 없으면 완성될 수 없으니까. 그러니까 '일반적'으로 틀린 생각은 아니다.

'적당히 트집 잡으면 되겠군.'

그렇게 고영찬 교수가 나간 후, 이종근은 인상을 찌푸렸다.

"도대체 김진현, 이놈을 언제까지 신경 써야 하는 건지 모르겠군."

정말 지긋지긋했다. 왜 병원 이사장인 자신이 고작 레지던트 따위를 신경 써야 한단 말인가? 하지만 어쩔 수 없었다. 가문의 사람으로 이루어진 병원 이사회에서 벌써 이상민을 향후 외과 교수로 임명하는 데 반대 이야기를 내놓고 있기 때문이다. 자격이 없는 사람을 단지 그의 아들이라고 교수로 임명할 수 없다는 것이다.

'빌어먹을 놈들.'

가문 사람들로 이루어진 이사회의 목적은 뻔했다. 이상민을 내치고 자신들의 사람으로 후계를 세우려는 것이다.

'범수, 그놈만 있었으면 이런 걸 신경 쓸 이유도 없었을 텐데.'

물론 딸인 혜미도 있었지만 여러 사정으로 선택 사항이 될 수 없었다. 결국 이종근이 내세울 수 있는 후계자라고는 이상민밖에 없는데, 서자인 그가 가문의 인정을 받으려면 최고가 되어야 했다. 그것도 아무도 흠잡을 수 없는 완벽한 최고가.

'그러기 위해선 이대로는 곤란해.'

이상민도 뛰어났지만 김진현과는 비교할 수가 없었다. 이대로 두면 이상민은 최고는커녕 영원히 만년 2등의 굴레에서 벗어날 수 없을 것이다. 그렇게 되기 전에 김진현을 내쳐야 했다.

'그런데 이것도 여러모로 번거롭군. 아무런 핑계 없이 무턱대고 자를 수도 없으니…….'

대일병원이 소규모 중소기업도 아니고, 아무리 이사장이라도 이유 없이 직원을 해고할 수는 없다. 특히 인턴과 레지던트는 직급의 특수성상 이유 없이 파면이 불가능하다. 그렇지 않아도 노동 착취로 부림을 받는 그들을 부당하게 해고할 시 전공의협의회 등을 비롯한 여러 단체가 들고 일어설 것이다. 뭔가 그럴듯한 핑계가 있어야 한다. 그래서 지난 1년 동안 흠집을 잡기 위해 틱틱 건드려 보았으나 모두 김진현의 명성만 쌓아주는 용도로 쓰였을 뿐이다.

'하지만 이젠 다를 거다. 여긴 외과니까.'

그의 생각처럼 이젠 달랐다. 제한적인 영향만 끼칠 수 있는 인턴 때와 다르게 외과는 그의 텃밭이었기 때문이다. 그는 병원장, 이사장에 오르기 전 외과 교수와 외과 과장을 역임했었다. 김진현 본인은 꿈에도 모르고 있겠지만 외과에 들어온 순간 그는 호랑이 아가리에 떨어진 거나 마찬가지였다.

그러나 그때까지 이종근은 모르고 있었다. 자신의 이런 수작들이 향후 어떤 결과를 가져올지.

 4월로 넘어가며 파트가 바뀌어 고년 차 치프 레지던트도 바뀌었다.

 "네가 김진현이지?"

 "네."

 "내가 이번 달 너와 같이 일할 치프 강형석이라 한다. 잘 부탁한다."

 "네, 열심히 하겠습니다.

 고영찬 교수의 파트는 1년 차 한 명과 3년 차 한 명이 팀을 이룬다. 파트의 치프 역할을 할 3년 차 강형석은 지난달 고년 차인 강석훈과는 인상이 전혀 달랐다. 마치 얼굴에 '성실'이라고 적어 놓은 듯하달까? 굳게 다문 입술이 성실하면서 완고한 그의 성격을 보여줬다. 착실한 군인을 연상시키기도 했다.

 그는 과연 이렇게 입을 열었다.

 "네가 대단히 뛰어나단 것은 잘 알고 있다. 하지만 난 강석훈이랑은 성격이 좀 다르다. 넌 우리가 레지던트 수련을 받는 이유를 뭐라고 생각하나?"

 레지던트를 하는 이유? 당연히 전문의 따고 돈 벌려는 거지. 하지만 이런 답을 원하는 것은 아닐 것이다.

 강형석은 친절히 웃으며 설명했다.

 "여러 이유가 있겠지만 가장 중요한 것은 앞서 길을 걸어온 선배들 밑에서 배우기 위해서다. 특히 아무것도 모르는 1년 차 때는 윗사람들 밑에서 열심히 배우는 게 굉장히 중요하다."

김진현은 고개를 끄덕였다. 구구절절 맞는 말이었다. 배우는 게 제일 중요하지. 이전에 다 배웠다는 게 함정이지만.

"그러니 너도 처음 배우는 입장이니만큼 절대 혼자 하려 하지 말고, 배우는 자세로 나와 함께하자. 치프로서 나도 열심히 가르쳐 줄 테니."

좋은 말투로 이야기했지만 한마디로 혼자 나대지 말라는 이야기다. 원칙주의자인 새로운 치프는 전현이 홀로 진료하다 실수라도 할까 걱정인 듯했다. 당연한 걱정이다. 경험이 부족한 의사는 아무래도 놓치는 것이 있을 수밖에 없다. 그걸 잡아주는 게 선배 의사, 치프의 몫이다.

'나야 고맙지.'

솔직히 지난 치프인 강석훈은 너무 그를 방목했다. 치프로서 해야 할 몫이 있는데 그것까지 자신이 다하려다 보니 너무 힘들었다.

'사람도 나쁘지 않아 보이고… 너무 완고해 보이는 게 걱정이긴 하지만.'

그렇게 김진현은 강형석과 짝을 이루어 다녔다. 강형석은 캥거루가 아기를 안고 다니듯 진현을 데리고 다녔다.

"이럴 경우엔 이렇게 소독하고, 저런 환자는 이 약을 써야 돼."

그는 기본적인 것부터 하나하나 전부 가르쳤다.

"네, 감사합니다."

진현은 이미 모두 알고 있는 내용이지만 티 내지 않고 설명을 경청했다.

"네가 지난번에 해놓은 처치도 좋았지만 다음엔 이렇게 하라고."

"네, 선생님. 다음번엔 주의하겠습니다."

뭔가 강형석이 잘못 알고 있는 경우도 있었지만 역시 진현은 티 내지 않았다. 일단 아랫사람에게 뭔가 가르치려고 하는 것만으로도 고마운 거다. 관심 없이 성질만 내는 경우도 많기 때문에. 단, 문제는 저년 차의 생각이라고 진현의 의견을 너무 무시한다는 것이다.

"김진현, 이 환자는 왜 이 약을 썼지?"

"교통사고 수술 후 폐가 안 좋아져서입니다."

"폐? 폐렴에는 항생제를 써야지. 왜 이런 약을 썼어?"

"폐에 물이 찼거나 급성 폐 손상(Acute lung injury)을 생각했습니다."

그 말에 강형석은 인상을 찌푸렸다.

"급성 폐 손상?"

"네."

그는 못 들을 이야기를 들은 것처럼 고개를 저었다. 차분한 성격답게 화를 내진 않았다.

"이제 1년 차가 급성 폐 손상이 무슨 질환인지나 알아? 급성 폐 손상은 제대로 오면 사망률이 40%가 넘는 중한 질환이야. 열심히 고민하는 것은 기특하지만 책에서 보던 거랑 임상은 달라.

"……"

"폐렴에 준해 항생제나 처방해."

어쩔 수 없이 진현은 고개를 끄덕였다.

"네, 알겠습니다."

'폐렴은 아닌 것 같은데……'

물론 진현도 자신의 생각이 틀리길 바랐다. 강형석의 말처럼 급성 폐 손상은 사망률이 엄청나게 높다.

'뭔가 불안해.'

진현은 안 좋은 감에 인상을 찌푸렸다. 하지만 지금 시점에선 급성 폐 손상이 맞더라도 할 수 있는 조치가 없었다. 그저 자신의 추측이 틀리고 강형석의 생각이 맞기를 기도할 수밖에.

곧 회진 시간이 돼 고영찬 교수가 나타났다. 그는 날카로운 눈으로 진현을 훑었다.

"잘하고 있나? 환자는 괜찮고?"

"네, 교수님."

옆에 서 있던 강형석이 대신 답했다.

"김수민 환자는?"

"그 환자는……."

치프가 진현 대신 환자의 상태를 설명했다. 1년 차는 프레젠테이션 경험이 부족해 혼쭐이 나는 경우가 많아 대신 설명하는 거다. 특히 고영찬 교수는 성질이 나쁘기로 유명하다. 그런데 가만히 듣던 고영찬이 말했다.

"강 치프."

"네?"

"난 자네에게 물은 것이 아니라 주치의에게 물어본 거야."

"……!"

주치의는 1년 차 김진현을 뜻한다. 나직한 목소리였지만 강형석은 식은땀이 흘렀다.

"죄, 죄송합니다."

"주치의가 다시 설명해."

고영찬은 뱀 같은 눈으로 진현을 바라봤다.

진현은 차분히 입을 열었다.

"김수민 환자분, POD(Postoperative day, 수술 후) 4일째. 수술 상처 양호하며… 그리고……."

그의 입에서 완벽한 설명이 흘러나왔다.

"염증 수치는?"

"8.34입니다."

"백혈구 수치는?"

"13,400입니다."

"빈혈 수치는?"

"9.8입니다."

고영찬은 트집을 잡기 위해 꼬치꼬치 캐물었으나 진현은 소수점까지 완벽히 기억하고 있었다. 흠잡을 게 전혀 없었다.

"이성중 환자 JP 드레인(Drain)은?"

"이성중 환자 JP 드레인은 8시간 동안 장액성(Serous color)으로 120cc……."

그 뒤로도 고영찬은 집요하게 물어봤으나 진현은 모두 완벽히 답했다. 옆에 서 있던 치프 강형석은 감탄하며 입을 벌렸다. 고영찬의 눈도 살짝 커졌다. 도저히 1년 차라곤 생각 못 할 프레젠테이션이었다. 하지만 고영찬은 속으로 인상을 찌푸렸다.

'젠장. 흠잡을 게 없잖아.'

이사장 이종근의 명령을 수행하기 위해선 트집을 잡아야 하는데, 며칠 지켜본 이 녀석은 빈틈이 전혀 없었다. 어떻게 이런 놈이 다 있을까 하는 생각이 들 정도였다.

'쉽지 않겠군.'

그는 자신이 맡은 임무가 생각보다 어려운 것임을 깨달았으나 어쩔 수 없었다. 이사장의 명은 무조건 따라야 했다.

"그러면 회진 시작하지."

프레젠테이션이 끝난 후 회진을 돌기 시작했다. 회진을 돌며 고영찬은 먹이를 노리는 뱀처럼 진현의 잘못을 찾았다. 물론 별 성과는 없었다.

'젠장.'

그런데 마지막 환자의 회진이 끝났을 때였다. 고영찬은 눈썹을 찌푸렸다.

"환자 상태가 안 좋군."

"네, 폐가 안 좋습니다. 폐렴 가능성으로 항생제를 투약한 상태입니다."

아까 진현과 치프가 논의하던 환자였다. 교통사고 후 수술은 잘 끝났는데 폐가 안 좋아지고 있었다.

"잘 봐야겠는데? 저러다 넘어갈 수도 있겠어."

그 말에 진현은 무겁게 고개를 끄덕였다. 확실히 느낌이 안 좋았다.

"네, 알겠습니다."

좋은 의사라도 자주 만나면 안 좋다. 그 말은 진리였다. 상태가 안 좋기 때문에 자주 보는 것이기 때문이다. 진현은 폐가 계속 악화되고 있는 교통사고 환자에게 뻔질나게 드나들었다.

"아휴, 선생님. 좀 쉬엄쉬엄하세요."

교통사고 환자의 이름은 김성복이었다. 오십 대의 남자 환자였는데, 아내로 보이는 보호자는 비슷한 또래의 푸근한 인상의 중년 여인이었다.

"아, 선생님 오셨어요? 하아하아……."

환자도 진현을 보고 반색했다. 보호자와 환자 모두 하루에 열 번도 넘게 얼굴을 비치는 진현을 좋아했다. 하지만 몇 마디 하고 숨이 찬지 헉헉거렸다. 산소마스크를 하고 있음에도 좋지 않은 모습에 진현의 얼굴이 어두워졌다.

"숨차시면 말씀 안 하셔도 됩니다."

"네, 숨이 차네요. 하아하아……."

진현은 침상 옆에 놓인 체내 산소 측정기를 바라봤다. 측정 결과 92%.

'안 좋아.'

정상인은 아무런 산소 공급 없이도 97% 이상을 기록한다. 한데 산소마스크로 산소를 공급받고 있음에도 92%라니. 90%가 넘는다고 좋아할 게 아니다. 이건 곧 숨이 넘어가기 직전이란 뜻이었다. 환자를 살핀 후, 진현이 병실을 나가니 보호자가 따라 나왔다.

"저… 선생님, 좀 어떤가요?"

걱정이 가득한 목소리다. 진현은 솔직하게 말했다.

"좋지는 않습니다. 할 수 있는 여러 조치를 취하고 있지만 폐가 계속 나빠지고 있습니다."

진현의 말은 사실이었다. 그는 치프 강형석의 꾸지람을 각오

하고 모든 조치를 취하고 있었다. 그러나 모든 노력이 무색하게 환자의 상태는 계속해서 악화되었다.

"아⋯⋯."

보호자의 눈이 흔들렸다.

"안 좋아진단 말은⋯ 혹시 사망할 수도 있단 뜻인가요?"

진현은 조심스러운 목소리로 답했다.

"최선을 다하고 있지만 정말 안 좋을 경우엔⋯ 그럴 수도 있습니다."

"⋯⋯!"

보호자의 눈에 눈물이 가득 차올랐다.

"아, 안 돼요. 이제 겨우 다시 만났는데⋯ 아이들도 아빠 얼굴 몇 번 보지도 못했는데⋯ 이제 겨우 잘해주려 했는데⋯ 흑."

진현은 보호자와 환자 간에 모종의 사정이 있음을 깨달았다. 무슨 사정인지 알 수는 모르지만 가슴 저린 안타까움이 느껴졌다. 하긴 아픔이 없는 사람이 어디 있겠는가? 그 슬픔을 느끼자 아버지가 위암으로 임종했을 때가 떠올랐다. 소중한 사람을 잃는 것은 너무나 슬프다.

"제발, 제발 살려주세요, 선생님."

"최선을 다하겠습니다."

진현은 고개를 끄덕였다. 이럴 때 의사가 할 수 있는 것은 단 하나, 환자를 위하는 마음으로 최선을 다하는 것뿐이다.

'좋아져야 하는데⋯⋯.'

진현은 주먹을 쥐었다. 하지만 정말 슬프게도 최선을 다함에도 안 좋아지는 경우가 있다. 이 환자가 그러했다.

새벽 3시 30분. 진현은 지친 몸을 당직실 침대에 뉘었다.

'소독하고 아침 수술 준비하려면 5시 전에 일어나야 하니… 1시간 30분 정도 잘 수 있겠군.'

한숨이 나왔다. 하지만 뭐 어쩌겠나? 팔자가 고생할 운명인 것을. 진현은 눕자마자 잠이 들었다. 그런데 10분 정도 지났을까?

띠리리!

전화벨이 울렸다. 천 근보다 무거운 눈꺼풀로 비몽사몽 전화를 받았다.

"…김진현입니다."

다 죽어가는 목소리.

—김진현 선생님!

연희였다. 그런데 평소의 나긋나긋한 음성이 아니다. 숨넘어갈 듯 다급한 목소리에 잠이 번쩍 깼다.

—김진현 선생님, 큰일 났어요! 교통사고 나셨던 김성복 환자분 산소 수치가 80%예요!"

"……?!"

진현은 벌떡 침대에서 일어났다.

"지금 바로 가겠습니다. 당장 동맥 검사 좀 해주세요."

진현은 병동으로 뛰어올라갔다.

"서, 선생님! 제발 우리 아이를 살려주세요!"

보호자가 사색이 된 얼굴로 발을 구르며 진현을 맞았다. 진현은 급히 환자를 살폈다.

"하아, 하아……."

환자는 마치 전력으로 100미터 달리기를 한 것처럼 헐떡거리고 있었다. 산소를 최고로 주입 중임에도 수치는 80% 초반에서 왔다 갔다 했다.

"환자분, 괜찮으십니까?"

가슴을 두드리며 자극을 줘도 대답을 못했다. 의식을 잃은 거다.

'호흡 실패!'

진현은 이를 악물었다. 결국 우려하던 상황이 온 것이다. 전력으로 오랫동안 달리지 못하는 것처럼 사람의 호흡 근육은 움직임에 한계가 있다. 그 한계를 벗어나면 숨을 쉬지 못한다.

"선생님, 여기 동맥 검사예요!"

"……!"

pH7.2, O_2 45, CO_2 65.

최악의 결과였다. 특히 pH가 7.2인 것과 몸 안의 이산화탄소가 65나 되는 것이 좋지 않았다. 폐가 산소와 이산화탄소를 제대로 교환하지 못한다는 것이다. 만약 이산화탄소가 더 적체돼 pH가 7.1 정도까지만 내려가도 심장마비가 올 수 있다. 그러기 전 조치를 취해야 했다.

"기관 삽관 준비해 주세요."

"기관 삽관이요?"

연희가 놀라 물었다. 진현은 굳게 고개를 끄덕였다.

"네, 지금 다른 방법이 없습니다. 기관 삽관 후 중환자실에 내려가 인공호흡을 시작하겠습니다."

스스로 숨을 못 쉬면 기계로 인공호흡을 해주는 방법밖에 없다.

"빨리 준비해 주십시오. 급합니다."

"네, 알겠어요!"

이럴 땐 일분일초가 급하다. 다급한 응급 상황에 연희를 비롯한 간호사들이 빠르게 움직였다. 그런데 그때였다.

완고한 목소리가 들렸다.

"잠깐, 뭐하는 거냐?"

치프인 강형석이었다. 어떻게 연락을 받은 건지 급한 얼굴로 병동에 나타났다. 그도 환자의 얼굴을 보고 단번에 사태를 파악했다.

"이런……."

"호흡부전이 와 기관 삽관을 해야 할 것 같습니다."

진현은 빠른 목소리로 설명했다. 그런데 강형석이 굳은 얼굴로 말했다.

"그래, 그런데 김진현. 잠깐만 나 보자."

"네?"

"이리로 와봐."

병동 밖에서 강형석이 잔소리를 했다.

"이렇게 환자가 안 좋으면 나한테 연락을 해야지. 왜 혼자서 보려고 그래? 잘못되면 어떻게 하려고?"

김진현은 속으로 입을 벌렸다. 물론 이제 막 레지던트가 된 1년 차가 혼자 볼 환자는 아니긴 하지만 굳이 이 급한 상황에서 이런 이야기를 해야 하나?

"다음부턴 조심해."

"…네."

그런데 그때 병실 안에서 연희가 다급하게 외쳤다.

"선생님, 산소 수치 더 떨어져요! 빨리 와줘요!"

"……!"

강형석이 급히 말했다.

"다음부턴 이러지 말고, 잘못하면 큰일 날 수도 있으니 기관 삽관은 내가 진행한다. 너는 잘 보고 배워!"

둘은 서둘러 병실로 들어갔다.

산소 수치 73%. 환자는 간헐적으로 경련하듯 헐떡거릴 뿐 제대로 숨을 쉬지 못했다. 호흡 근육이 지칠 대로 지쳐 마비가 온 거다. 73%니 반 넘게 산소가 있다 생각하면 안 된다. 실제로는 필요한 산소에 반도 없는 상태다. 더구나 수치는 점점 더 떨어지고 있다.

"앰부 주세요. 김진현, 너는 여기 앰부 좀 짜."

진현은 밖에서 강제로 산소를 밀어 넣어주는 앰부 마스크의 공기 주머니를 짰다.

"뇌는 1, 2분만 피가 안 가도 손상이 가. 그러니 다른 처치와 다르게 기관 삽관은 한 번에, 신속히 성공해야 해. 안 그러면 큰 문제가 생긴다."

강형석은 환자의 목을 뒤로 젖혀 입, 성대, 기도로 향하는 길을 일(一)자로 만들었다.

"이럴 때일수록 절대 당황하지 말고. 당황하면 실수해. 기관 삽관 튜브 준비해 주세요."

연희가 다급히 되물었다.

"사이즈는 몇으로 줄까요?!"

"8.0으로 주세요."

강형석은 절대 당황하지 않았다. 분명 칭찬할 만한 태도다. 하지만 상황이 너무 급했다.

"선생님, 산소 수치 65%입니다. 앰부 호흡이 효과가 없습니다. 더 떨어집니다."

"그래, 지금 바로 하자. 후두경 주세요!"

기관 삽관은 기도로 직접 관을 밀어 넣는 술기다. 기도에 관을 넣으면 환자가 숨을 쉬지 않아도, 외부에서 고농도의 산소를 넣어줄 수 있게 된다. 후두경으로 후두덮개를 젖힌 후 튜브를 밀어 넣으면 되는 술기라 복잡할 것은 없었다. 하지만 과정이 간단하다고 쉬운 것은 절대 아니다. 특히 기관 삽관은 분초를 다투는 응급 상황에 하는 경우가 많기 때문에 잘 안 풀리면 환자에게 치명적인 타격을 줄 수 있다.

'후두덮개를 젖히고……'

치프 강형석은 능숙히 후두경을 쥐었다. 레지던트 3년 차는 병원에서 기관 삽관을 가장 많이 시행하는 직급이다. 그도 풍부한 경험이 있었고 기관 삽관 하나만큼은 교수보다 잘했다.

그런데 환자의 입안을 후두경으로 젖힌 그의 얼굴이 갑작스레 굳었다. 생각지도 못한 광경이 펼쳐져 있었던 것이다. 입안이 퉁퉁 부어 기도로 향하는 길이 전혀 보이지 않았다.

'하나도 보이지 않아! 왜 이렇게 부어 있지?'

전혀 예상 못한 고난도 기도(Difficult airway)로 입에서 성대, 기도로 향하는 길이 하나도 보이지 않았다. 그저 시커멨다.

'이런, 젠장!'

그때 다른 간호사가 외쳤다.

"산소 수치 50%예요, 선생님!"

50%! 90%만 되도 몸은 저산소증에 시달린다. 이대로라면 1분

도 안 돼서 심장마비가 올 것이다. 저산소증으로 심장마비가 오면 환자는 죽는다. 차분하던 강형석의 얼굴에 초조함이 올라왔다. 그는 손을 움직여 후두경을 조작했다. 하지만 불 꺼진 동굴같을 뿐 성대로 통하는 길은 보이지 않았다.

'젠장! 안 보여.'

간호사가 다시 외쳤다.

"선생님, 40%! 빨리요!"

3초에 10%씩 떨어졌다. 더 이상은 안 된다. 결단을 내려야 했다.

'지금은 이 자리에 나 말고 기관 삽관을 할 수 있는 사람은 없어. 보지 않고 넣는다!'

어차피 입에 구멍은 두 개다. 식도와 기도! 안 보고 밀어 넣어도 둘 중 하나에는 들어간다. 특히 기도는 입 뒤쪽 천장에 접해 있으니 그쪽을 긁으며 밀어 넣으면 절반 이상의 확률로 성공할 수 있다.

"넣습니다!"

쓰윽!

이윽고 튜브가 밑으로 내려갔다.

'제발!'

그 자리의 모두가 간절한 마음으로 기도했다.

"산소 연결해 주세요!"

진현이 앰부를 기도 튜브에 연결해 공기를 주입했다. 제대로 들어갔으면 이제 산소 수치가 오를 것이다. 모두 침을 꿀꺽 삼키고 산소 수치를 바라봤다. 2초도 안 되는, 하지만 억겁 같은 시간이 흐르고 30%에서 수치가 변했다.

20%!

모두의 얼굴이 하얗게 질렸다.

"튜브 다시 빼십시오! 폐가 아니라 식도로 들어갔습니다!"

정말로 공기를 주입할 때마다 폐가 위치한 흉곽이 아니라 식도 밑에 위치한 윗배가 들썩거렸다. 강형석은 급히 다시 기관 삽관을 시도하며 외쳤다.

"김진현, 너는 빨리 이태수한테 전화해! 빨리!"

이태수는 지금 병원에서 당직을 서는 다른 고년 차 레지던트로 도움을 요청하는 거다.

진현은 입술을 깨물었다. 같은 건물에 당직을 서고 있다 해도 오는데 최소 2분은 걸린다. 하지만 이제 환자는 30초도 못 버틴다. 아니, 30초가 뭔가? 15초 안에 심장마비가 올 수도 있다.

"제가 하겠습니다."

"뭐?!"

"제가 하겠습니다."

치프 강형석은 황당하다는 듯 인상을 찌푸렸다.

"야, 이걸 1년 차인 네가……!"

하지만 진현이 급히 말을 잘랐다. 평소처럼 예의와 경우를 따질 상황이 아니었다. 그러다간 환자가 죽는다.

"제가 하겠습니다! 많이 해봤습니다. 할 수 있습니다!"

"너……!"

서로의 눈이 마주쳤다. 그리고 진현의 간절한 눈빛에 강형석은 흠칫했다. 진현의 눈은 할 수 있다고, 아니, 반드시 해내겠다고 외치고 있었다.

"죄송합니다!"

그가 주춤하는 사이, 진현은 환자의 머리로 급히 이동해 후두경을 잡았다.

"김진현 선생님, 10%예요!"

연희가 창백한 얼굴로 외쳤다. 한편 후두경으로 혀를 젖힌 진현은 아찔한 마음이 들었다.

'이런, 망할!'

고년 차인 강형석이 실패한 이유를 알 수 있었다. 고난도 중의 고난도의 기도였다. 기관 삽관이 어려운 이유는 가끔 예상치 못하게 이런 고난도 기도를 마주하기 때문이다.

진현은 이를 악물었다.

'아무리 고난도라도 무조건 해내야 해.'

못 해내면 환자가 죽는다. 두 번의 기회도 없다. 단 한 번 만에 해내야 했다. 그래도 진현의 경험이 좀 더 많아 힘들게 조작하니 기도가 보이긴 했다. 하지만 보여도 문제였다.

'길이 너무 좁아. 어떻게 하지?'

목 안이 퉁퉁 부어 목, 성대, 기도로 통하는 길이 한없이 좁아져 있었던 것이다. 이런 기도라면 그도 성공을 확신할 수 없다. 아니, 누가 와도 성공보단 실패할 확률이 높았다.

"선생님, 산소 수치 0%예요!"

0%!

체내에 산소가 한 톨도 남아 있지 않은 것이다. 진현은 자신의 심장이 멎는 느낌이 들었다. 이제 심장마비가 일어날 때까지 5초도 안 남았다. 반드시 그 안에 성공해야 했다.

'제발!'

좀 더 얇은 튜브가 있으면 좋겠지만 시간 안에 준비할 수가 없다. 진현은 곡선으로 휜 튜브를 일직선으로 폈다. 그리고 튜브를 고정하는 철사(Stylet)를 밀어 넣었다. 그 동작만으로 2초가 흘렀다. 그 순간, 병실에 모여 있던 간호사들이 비명을 질렀다.

"꺄악! 심장 맥박 늘어져요!"

"코드(Code) 방송해! 빨리! 빨리!"

마치 임종할 때처럼 심장의 리듬이 일직선으로 쭈욱 늘어졌다. 심장마비가 일어나고 있는 것이다. 희미하게 리듬이 있긴 했지만 미약했다. 곧 어레스트(Arrest:사망)다. 병원 전체에 심폐소생술(CPR)이 발생했음을 알리는 코드가 방송됐다. 반면 모두가 비명을 지를 때, 진현의 눈은 깊게 가라앉았다. 절대 당황하면 안 된다. 무슨 일이 있어도! 당황하면 환자를 잃는다.

두근!

자신의 심장 소리가 천둥처럼 들렸다. 기회는 단 한 번. 모든 지각을 잊었다. 오로지 손끝에 성대와 손끝의 튜브만을 느꼈다.

'제발!'

빛이 명멸하듯 그 찰나의 순간. 보호자의 말이 떠올랐다.

"제발, 제발 살려주세요, 선생님."

보호자와 환자 사이에 무슨 사연이 있는지는 모른다. 하지만 도와주고 싶었다. 반드시! 진현의 손이 움직였다. 모두가 그의 손끝을 바라봤다. 퉁퉁 부운 점막의 저항을 통과한 튜브가 무언가를 통과했다. 시야가 너무 안 좋아 튜브가 기도를 통과한 것인지 식도를 통과한 것인지 확인할 수 없었다.

"앰부 연결해 주세요!

푸슉!

앰뷰를 통해 산소가 공급됐다. 그 자리의 모두가 간절한 마음으로 기도하듯 산소 수치를 바라봤다.

띠익— 띠익—

0%.

1초, 2초, 3초……. 시간이 지나도 수치는 0%에서 올라가지 않았다. 치프 강형석이 질린 얼굴로 외쳤다.

"수치가 회복이 안 되잖아! 폐로 안 들어가고 식도로 들어갔어!"

그는 다급히 튜브를 다시 빼려고 했다. 하지만 진현이 말렸다.

"잠깐만 기다려 주십시오. 수치는 조금 늦게 회복될 수 있습니다. 아까와 다르게 폐가 위치한 흉곽이 움직이고 있습니다!"

그 말처럼 산소를 주입할 때마다 가슴이 위아래로 움직였다. 튜브가 제대로 들어갔다는 뜻이다. 하지만 산소 수치는 여전히 0%다.

4초, 5초……. 피가 마르는 시간이 지나고 드디어 수치가 변했다.

10%, 20%, 30%…….

"아!"

누군가 안도의 한숨을 내쉬었다. 튜브가 제대로 들어간 것이다. 한번 오르기 시작한 수치는 쭉쭉 회복돼 곧 100%까지 올라갔다. 튜브를 통해 공기를 교환해 주자 체내 가스 균형이 회복되며 심장의 움직임도 정상으로 돌아왔다.

진현은 땀을 닦고 말했다.

"거기 인턴 선생님, 앰부 짜주세요. 치프 선생님, 저는 중환자실에 연락해 인공호흡기를 준비해 놓겠습니다."

"아, 그, 그래."

치프 강형석은 얼떨떨하게 고개를 끄덕였다. 놀란 가슴이 진정이 안 됐다. 그런데 그때, 병실 밖이 요란스러워졌다.

"무슨 일입니까?!"

"환자는 어떻습니까?"

코드 방송을 듣고 심폐소생술을 위해 달려온 내과의사들이었다. 보통 심폐소생술 경험은 내과나 응급의학과 의사가 가장 많기 때문에 그들이 병원 내 심폐소생술을 전담한다. 이제 내과 1년 차인 혜미도 뒤쪽에 있었다. 전문의나 고년 차가 리더 역할을 하면 밑의 일을 수행하기 위해 같이 따라다니는 것이다.

'진현아.'

긴장으로 땀에 흠뻑 젖은 진현을 본 혜미의 눈이 흔들렸다. 진현도 그녀를 봤다. 하지만 지금은 사담을 나눌 시간이 아니다.

"어떻게 된 것입니까?"

심폐소생술팀의 리더인 내과 당직 전문의가 물었다. 아직 정신을 못 차리는 강형석을 대신해 진현이 차분히 설명했다.

"호흡부전에 의한 것이었습니다. 기관 삽관에 성공해 심장마비까지는 가지 않았습니다."

"정말 다행이군요."

내과 전문의는 한숨을 내쉬었다. 마비 직전과 심장마비. 그 차이는 천지차이다. 일단 심장마비를 막았으면 환자 장기의 큰 타격은 없을 거다.

"흠……."

내과 전문의는 빠르게 환자를 훑었다. 환자의 얼굴을 본 그는 신음을 흘렸다.

"큰 턱, 짧은 목, 전체적으로 부은 몸… 이런 경우 저희 호흡기 내과의사도 기관 삽관이 굉장히 어려운데 대단하군요. 치프신가요?"

"1년 차입니다."

그 말에 내과의사의 눈이 커졌다. 고작 1년 차가 이런 어려운 환자의 기관 삽관을 성공했다고?

그는 크게 감탄했다.

"역시 외과 선생님이시군요. 대단합니다. 혹시 저희가 도와드릴 일은 없을까요?"

"아닙니다. 이제 중환자실에 내려갈 것이니 저희가 보겠습니다."

"그러면 수고하십시오. 만약 필요하시면 언제든 연락하시고요."

그런데 그때, 그제야 정신을 차린 강형석이 급히 내과 전문의를 불렀다.

"저 선생님, 죄송한데 호흡기 내과 선생님이십니까?"

"네, 그렇습니다."

"이 환자분 X—ray 좀 봐주실 수 없으십니까? 폐렴으로 치료 중인데… 계속 안 좋아져서."

호흡기는 폐를 전문으로 진료하는 내과다. 즉, 모든 의사 중에서 내과의사가 폐를 가장 잘 본다. 중환자실 내려갈 채비를 하는 사이, 호흡기 내과의사는 간단한 설명을 들으며 사진을 봤다.

"여기 폐렴이……."

"폐렴은 아닌데요?"

"네?"

"물론 X—ray에서 정확히 구별할 수는 없지만 폐렴보다는 폐에 물이 찬 폐울혈 같은데요? 교통사고 후 스트레스 상황의 환자니 급성 폐 손상 가능성도 있고요."

치프 강형석의 눈이 커졌다. 폐울혈, 급성 폐 손상. 모두 1년차 김진현이 주장하던 내용이다.

"혹시 항생제만 쓰셨어요?"

"아……."

치프는 꿀 먹은 벙어리가 됐다. 호흡기 내과의사는 대답을 기다리지 않고 혼자 전산을 열어봤다. 최근 처치 내용이 좌르륵 펼쳐졌다.

"그래도 이뇨제도 쓰시고… 폐울혈이나 급성 폐 손상에 준해서 할 수 있는 모든 조치는 다 하셨네요. 이렇게 할 수 있는 조치를 다 하셨는데 안 좋아진 것은 어쩔 수 없죠."

강형석은 혼란스러운 얼굴을 했다.

'난 항생제만 쓰라고 했는데. 저걸 언제 다 한 거지?'

진현이 그 몰래 한 처치들이다.

"저 그러면… 인공호흡기는 어떻게………?"

아무래도 인공호흡기는 호흡기 내과의사가 더 전문이다. 내과전문의는 가르쳐 주기 위해 진현을 불렀다.

"저, 주치의 선생님?"

"네?"

주치의, 김진현이 답했다.

"인공호흡기는 어떻게 조절하실 건가요?"

"압력조절환기 모드(Pressure control ventilation)로 Low tidal, High PEEP으로 할 것입니다."

"수치는요?"

"적정몸무게(Ideal body weight)를 고려했을 때 350㎖ 정도로 하고 조정하려 합니다."

"압력은요?"

"PEEP 테이블에 맞춰서 조정할 것입니다."

완벽한 답변에 내과의사는 감탄의 표정을 지었다.

"이미 다 아시네요. 그렇게 하면 될 것입니다. 혹시 선생님이 김진현 선생님인가요?"

진현은 놀란 표정을 지었다. 어떻게 알지?

내과 전문의는 살짝 미소 지었다.

"아니, 너무 잘 알기에 혹시나 해서요. 선생님, 괴물인턴으로 엄청 유명했잖아요. 우리 내과로 왔으면 좋았을 텐데 아쉽네요. 우린 이만 가보겠습니다. 혹시 어려운 일 있으면 바로 연락하세요. 도와드릴 테니."

그는 등을 돌려 아직 남아 있는 혜미에게 말했다.

"이혜미 선생, 우린 이만 갑시다."

"아, 네."

멍하니 진현을 바라보던 혜미는 놀라 고개를 끄덕였다.

'정신 차려, 이혜미. 이런 응급 상황에서 무슨.'

이런 상황에서도 두근거리는 주책맞은 자신의 심장이 한심스러워 그녀는 몰래 고개를 저었다.

'어쩔 수 없잖아. 한 달 만에 보는걸.'

고생이 많았는지 오랜만에 만난 진현은 비쩍 말라 있어 마음이 아팠다. 그러면서도 중환자를 처치하는 모습이 멋지게 보여 가슴이 살짝 떨렸다. 참으로 주책스러운 마음이 아닐 수 없다. 그런데 그때 한 간호사가 진현에게 말했다.

"선생님, 중환자실에서 준비 끝났대요. 내려가면 될 것 같아요."

"네, 지금 바로 내려가겠습니다."

진현은 다른 의료진과 함께 환자 침대를 끌고 엘리베이터로 향했다.

기관 삽관을 했다고 끝이 아니었다. 아니, 인공호흡기를 달았으니 진정한 치료는 이제부터 시작이었다.

"선생님, 환자의 산소 수치 떨어져요!"

"압력(PEEP)을 올려주십시오."

"인공호흡기의 산소 농도는요?"

"50%로 고정해 주십시오."

폐가 안 좋으니 몇 분 간격으로 상태가 계속 변했다. 중간에 치프 강형석은 병동에 다른 환자가 문제가 생겨 사라졌다. 어쩔 수 없이 진현 홀로 환자 옆에 딱 붙어 계속해서 인공호흡기를 조정했다. 잠은 당연히 한잠도 못 잤다.

'해 뜨는구나.'

진현은 눈을 비볐다. 환자 옆에서 맞는 일출은 언제나 느끼는 것이지만 상쾌… 할 리가 있나? 엄청 피곤했다. 그래도 그의 노력 덕분일까? 환자는 점점 호전을 보였다.

"김진현."

그런데 어느덧 중환자실로 돌아와 굳은 얼굴로 진현이 하는 양을 지켜보던 강형석이 입을 열었다.

"네?"

진현은 인공호흡기의 레버를 조정하며 반문했다. 집중하느라 시선은 돌리지 못했다. 산소 농도는 좀 더 낮추고, 일단 압력은 유지하고. 좋아, 이렇게만……. 그런데 의외의 말이 들렸다.

"고맙다."

"……!"

진현은 놀라 고개를 돌렸다. 그곳엔 뻣뻣한 강형석이 고개를 숙이고 있었다.

"아, 아니. 왜 그러십니까, 선생님?"

진현은 당황해 말했다.

"네 덕분에 환자가 살았어. 정말로 고맙다."

"아, 아닙니다. 저는 그냥……."

강형석은 고개를 저었다.

"아니야. 정말로 너 아니었으면 환자를 잃을 뻔했어. 정말 고맙다."

"……."

"그리고 처음 네 의견 무시한 것도 미안하다. 1년 차 생각이라고 흘려들을 게 아니라 꼼꼼히 고려해 봤어야 하는데. 그래도 네가 필요한 조치는 다 했더구나. 고맙다."

진현은 민망한 마음이 들었다. 그는 급히 손을 저었다.

"아닙니다. 신경 쓰지 마십시오. 그저 운이 좋았을 뿐입니다."

"아니야. 너를 다른 1년 차처럼 생각하면 안 된다는 동기들 말을 들었어야 하는데."

노골적 칭찬에 진현은 민망한 마음이 들었으나 치프의 말은 조금도 빈말이 아니었다. 단지 기관 삽관 성공으로만 그렇게 생각하는 게 아니었다. 환자를 접근할 때 보여줬던 식견, 그리고 특히 인공호흡기를 다루는 실력. 이건 도저히 1년 차의 것이 아니다.

'더구나 인공호흡기 조작 실력은 나보다 훨씬 나아. 이걸 언제, 어디서 배운 거지?'

인공호흡기를 다루는 것은 고도의 숙련된 지식과 경험이 필요하다. 치프인 그도 인공호흡기는 어려움이 많았다. 어떻게 이런 실력과 지식을 가지고 있는지 미스터리지만 김진현, 이 괴물 놈을 상식으로 보지 말라는 동료들의 말이 옳았다.

'한국대 수석이라 그런가?'

당연히 말도 안 되는 추측이었다.

'도저히 모르겠군.'

어쨌든 한 가지 확실한 것은 있다. 이 녀석은 단순한 1년 차가 아니라는 것. 괴물, 인턴 때 불리던 것처럼 규격 외의 괴물이었다. 강형석의 마음에서 진현이 가르쳐야 할 아랫사람에서 불가해한 괴물로 바뀌는 순간이었다. 그때 진현이 말했다.

"아닙니다. 저는 아직 까마득히 부족합니다. 선생님 같은 선배님들이 많이 가르쳐 주고 이끌어주셔야 하니 앞으로도 많은 가르침 부탁드리겠습니다."

그리고 꾸벅 고개를 숙였다. 강형석은 별로 가르침이 필요 없을 것 같단 생각이 들었지만 고개를 끄덕였다. 어쨌든 저런 자세는 미워 보이지 않았다.

"그래, 나도 앞으로도 잘 부탁한다."

아침이 되자 담당 교수인 고영찬이 중환자실에 나타났다. 그는 인공호흡기를 달고 있는 환자를 보며 인상을 찌푸렸다.

"원인은?"

진현이 답했다.

"급성 폐 손상(Acute lung injury) 가능성이 가장 높을 것 같습니다."

"급성 폐 손상?"

"네, 교통사고 후 스트레스 반응으로 염증 반응이 왔을 거라 추정하고 있습니다."

"그래?"

고영찬은 마음에 안 든다는 듯한 얼굴을 했다. 급성 폐 손상이면 사망률이 무척 높다.

"그런데 그런 것치곤 환자 상태가 나쁘진 않군. 새벽에 연락받았을 때는 굉장히 안 좋은 줄 알았는데."

그건 치프 강형석이 대신 답했다.

"여기 주치의, 김진현 선생님 덕분입니다. 김진현 선생님이 적절히 조치한 덕분에 밤사이 호전을 보이기 시작했습니다."

"그래? 김진현 선생이?"

역시 마음에 안 드는 답변이다. 고영찬은 컴퓨터로 가 전산을 켰다. 그리고 간밤의 처치와 차트를 꼼꼼히 살폈다. 환자가 무사한 것은 다행이지만 고영찬에겐 이사장이 내린 임무가 있었다.

'1년 차가 실수를 안 했을 리가 없어. 분명 문제가 있었을 거야.'

그는 김진현의 잘못을 찾기 위해 마치 논문을 정독하듯 모든 내용을 확인했다. 환자가 나빠지기 전, 나빠진 후, 기관 삽관 과정, 중환자실에서의 처치. 그러나 어떤 것을 살펴 봐도 문제가 없었다. 모두 완벽했다. 뭔가 놓쳐서 환자가 나빠진 것도 아니고, 과정 중에 처치도 훌륭했다. 기관 삽관 중 환자 상태가 잠깐 안 좋긴 했으나 그건 잘못이라 보기 어려웠다. 아니, 오히려…….

'젠장, 치프가 기관 삽관을 실패했는데, 1년 차가 대신 성공해? 이게 무슨?'

고영찬의 얼굴이 똥 씹은 듯 변했다. 김진현이 기관 삽관을 실패했으면 그 흠이라도 잡겠는데……. 하지만 살피면 살필수록 감탄이 나올 뿐이다. 질책은커녕 칭찬을 해도 모자랄 정도였다.

'이사장님한테 빨리 결과를 보고해야 하는데.'

이사장 이종근에게 충성을 바치고 있는 고영찬은 마음이 급해졌다.

'아무리 뛰어나도 고작 1년 차야. 특히 이런 안 좋은 환자를 볼 때 완벽했을 리가 없어.'

물론 그러면서 환자가 안 좋아지면 안 되겠지만 나빠지기 전에 적절히 개입하면 된다. 중요한 것은 김진현의 실책을 잡아내는 것이다. 그는 그렇게 생각하고 매의 눈으로 진현의 잘못을 살폈다. 하지만 이후에도 진현은 실책하지 않았다. 아니, 오히려 자신의 몸을 돌보지 않는 그의 헌신 덕분인지 환자는 호전을 거듭해 결국 인공호흡기도 떼고 일반 병실로 돌아갔다.

"정말… 정말, 감사합니다. 선생님."

보호자는 눈물을 글썽이며 감사를 표했다.

"아닙니다. 좋아지셔서 정말 다행입니다. 이대로라면 다음 주쯤엔 퇴원도 고려할 수 있을 듯합니다."

"아, 정말요? 정말 감사합니다!"

그 훈훈한 모습에 고영찬 교수는 인상을 썼다.

'어떻게 하지?'

트집을 잡아야 하는데 잡을 수가 없다. 그렇다고 막무가내로 파면시키면 동료 레지던트는 물론이고, 레지던트 집합체인 전공의협의회에서도 가만히 있지 않을 것이다.

'젠장.'

아무리 고민해 봐도 뾰족한 수가 생각나지 않았다. 결국 그는 이사장실에 불려가 언짢은 소리를 들었다.

"김진현 선생은 잘 지내는 것 같군. 자네가 잘해주나 봐? 고영찬 교수?"

언중유골(言中有骨). 부드러운 말이었으나 뼈가 있었다. 고영찬은 등골이 서늘해졌다.

"빠, 빨리 처리하겠습니다."

고개를 숙인 고영찬은 자신의 연구실로 돌아가 속으로 욕설을 내뱉었다.

'빌어먹을! 뭔가 건수가 있어야 일을 벌이지! 본인이 직접 하든지!'

그는 초조한 마음으로 고민했다. 뭔가 수를 내야 했다.

'최악의 경우, 없는 죄를 덮어씌울 수도 있겠지만… 역풍을 맞을 수 있으니 가급적 피해야 해.'

요즘 주당 140시간은 가뿐히 일하는 레지던트의 권익 신장이다 뭐다 말이 많았다. 턱도 없는 누명을 씌우면 모진 역풍을 맞을 수도 있다. 그런데 어느 순간, 새로운 생각을 떠올랐다.

'잠깐 꼭 벌을 줄 필요는 없잖아? 어떻게든 쫓아내기만 하면 되는 거잖아?'

그는 김진현에 대한 소문을 떠올렸다.

—나이와 직급을 초월한 불가해한 천재.

—천재임에도 편안한 피부과를 지망. 하지만 전산 오류로 외과 합격.

그는 진현이 편안한 피부과를 지망했다는 점에 주목했다.

'우리 대일병원에서 가장 힘든 근무처인 응급실로 보내 버리자.'

국내 최고인 대일병원의 외과 응급실은 말도 안 되게 높은 강도의 업무량으로 유명하다. 너무 많은 환자가 몰리기 때문인데, 가히 지옥을 연상시킬 정도이며 매년 응급실을 돌다 여러 명의 레지던트가 사표를 쓰고 도망갈 정도다.

'한번 버텨 봐라.'

또 업무 강도 외에도 응급실에는 치명적 단점이 더 있었다. 응급실이란 장소의 특성상 중환자가 수도 없이 몰린다는 것이다. 그런 중환자들을 계속해서 보다 보면 문제가 안 생길 수가 없다. 이건 의사의 자질과는 상관없는 근무처의 특성이다.

'사표를 안 써도 돼. 어차피 버티다 보면 언젠가 문제가 생길 테니. 문제가 생기기만 해봐라. 그땐 바로.'

고영찬은 칼을 갈았다. 결정을 한 고영찬은 치프 강형석을 불렀다.

"강형석입니다, 교수님?"

곧 치프 강형석이 연구실로 들어왔다. 고영찬은 헛기침을 하며 물었다.

"아니, 자네를 부른 것은 레지던트 담당 주임 교수로 하나 물어볼 게 있어서."

강형석은 의아한 표정을 지었다. 필요할 때는 한 번도 관심을 가지지 않더니 갑자기 무슨 바람이지?

"요즘 응급실 인력이 모자라지 않나?"

"네, 그렇긴 합니다. 담당할 2년 차의 숫자가 부족해서."

10명으로 시작한 대일병원 외과 2년 차는 현재 5명밖에 안 남아 있다. 응급실 일이 힘들어서 반이나 사표를 쓴 것이다. 원래 매년 나가는 사람이 있으나 2년 차는 특히 심했다. 레지던트와 인턴은 제도의 특성상 누군가 사표를 쓰면 충원이 안 된다. 남은 사람이 나간 사람의 몫까지 억지로 다 해내야 했다.

"5명에서 10명의 일을 하고 있으니 2배의 업무량이어서 많이 힘들긴 합니다. 응급실 근무도 손이 모자랄 정도로 빡빡하고요."

"그렇지? 그래서 내가 생각이 있는데."

고영찬은 생색을 내듯 말했다.

"김진현 선생을 응급실로 보내면 어떻겠나?"

"네?"

치프 강형석은 놀라 반문했다.

"하지만 이제 1년 차 초반인데……."

"뭐, 내가 보름 동안 지켜온 바로는 김진현 선생님 정도면 전혀 문제없을 것 같은데?"

"그렇긴 합니다만……."

강형석은 그 말에 동의했다. 기관 삽관 사건 이후 치프인 그는 김진현의 진료에 큰 간섭을 안 했다. 그러면서 가만히 지켜봤는데 역시 실력이 보통이 아니다. 김진현 이놈은 응급실이 아니라 우주 끝에 갖다 놓아도 잘할 것 같았다.

'하지만 왜 굳이 김진현을 응급실에?'

물론 김진현이 응급실로 빠지면 업무 분담이 비교적 편해지긴 할 거다. 하지만 정말 그런 이유일까? 지금까지 레지던트 업무 부담에 한 번도 관심을 가지지 않던 위인이 갑자기 이러니 의문이 들었다.

"하여튼 그러면 그렇게 진행하겠네. 김진현 선생한텐 자네가 말 좀 전해 주고."

"알겠습니다."

뭔가 이상했으나 주임 교수의 결정에 토를 달 수는 없었다.

"그러면 김진현 선생의 응급실 근무는 언제까지로 하겠습니까?"

"언제까지?"

고영찬은 미소 지으며 답했다.

"그건 내가 상황을 봐서 결정하겠네. 바쁠 텐데 자네는 신경 안 써도 되네."

그런데 고영찬과 이종근이 모르고 있는 사실이 있었다. 중환자가 몰리는 응급실이야말로 진현의 능력에 가장 적합한 장소란 것을. 그렇게 진현은 지옥의 입구, 헬 게이트라 불리는 응급실 근무를 시작하게 되었다.

뜻하지 않은 유명세

"내가 왜 응급실을?!"

진현은 비명을 질렀다. 뛰어난 능력과 별개로 그의 입장에선 난데없는 날벼락이 아닐 수 없었다. 이전 삶에서 외과를 하며 가장 끔찍했던 기억이 바로 응급실이다. 그건 비단 진현뿐 아니라 모든 의사가 마찬가지일 거다. 응급실은 정말 지옥이었다. 의사에게나, 환자에게나. 물론 외과를 선택한 이상 응급실은 피할 수 없는 의무긴 했다. 하지만 정식 스케줄이 아닌 모자란 인원을 보충하기 위해서 투입돼야 한다고?

'아니, 2년 차 인원이 모자라면 다른 사람을 투입하지. 왜 하필 나야?! 1년 차가 나 한 명인 것도 아니고!'

진현은 물었으나 답변은 이러했다.

"네가 제일 잘하니까."

"······."

진현의 표정이 똥 씹은 것처럼 변했다. 말단 중의 말단, 1년 차의 입장에서 시키는 일을 안 할 수도 없었다. 그렇게 그는 생각지도 않은 응급실 근무를 시작하게 되었다.

'젠장.'

응급실에 내려가자 응급의학과 의사들이 진현을 반겼다. 다들 인턴 때 응급실에서 좋은 인상을 줬던 진현을 기억하고 있었다.

"여, 오랜만이네. 잘 부탁해, 외과 선생님."

"외과 힘들지?"

"김진현 선생님이 내려오니 든든하네."

개중에는 진현이 외과를 한 것에 대한 아쉬움을 드러낸 사람도 있었다. 진현보고 응급의학과를 하라고 꼬시던 이들이다.

"응급의학과 하라니까."

"오면 잘해줬을 텐데."

진현은 어색하게 웃었다. 응급실에 평생 살라니. 농담으로라도 싫었다.

어쨌든 응급의학과 의사들이 자신에게 호의를 가지고 있는 것은 다행이었다. 응급실 시스템 자체가 최초 응급의학과에서 환자를 진료 후, 외과적인 문제가 있으면 진현에게 연락을 하는 프로토콜이기 때문이다. 따라서 유기적인 협력이 필요했다.

진현은 응급실을 둘러보았다.

"여기 도와주세요!"

"아악!"

"야, 이놈들아! 뭐하는 거야?!"

앉을 자리도 없는 혼잡함, 간헐적으로 터지는 비명, 언성을 높이는 사람들. 응급실은 여전히 아비규환이었다. 절로 한숨이 나왔다. 그렇게 진현의 응급실 근무가 시작됐다.

한편 이사장 이종근은 고영찬 교수의 보고를 받았다.

"그래, 김진현 선생을 응급실로 보냈다고?"

"네."

이종근은 턱을 쓰다듬었다.

'과중한 응급실 업무를 통해 사표나 실수를 유도하자고?'

나쁘지 않은 수이긴 한데, 과연 그 괴물 녀석에게 통할까? 그게 걸렸다.

"하여튼 잘해보게. 더 이상 내 귀에 김진현 선생의 이야기가 안 들어오도록 잘해."

이사장인 자신이 별것도 아닌 인턴, 아니, 레지던트 나부랭이를 언제까지 신경 써야 하는지 모르겠다. 기가 찰 지경이다.

"네, 이사장님."

고영찬 교수의 입장도 난감하긴 마찬가지였다. 김진현이 뭐라고. 고작 레지던트 때문에 이사장에게 미운 털을 박힐 순 없다.

고영찬은 생각했다.

'아무리 뛰어난 인재여도 의사의 실력은 임상 경험이 좌우한다. 경험이 부족한 상태에서는 실책을 할 수밖에 없어. 기다려라. 실수만 하면……'

그러나 그들에겐 불행히도 김진현은 임상 경험이 부족하지 않았다. 특히 장기간 대학병원에서 일했던 그는 이런 응급 중환자를 보는 데 특화돼 있었다. 진현이 응급실에서 일한 지 꽤 많은 시간이 지났으나 특별한 문제는 일어나지 않았다. 오히려…….

"김진현 선생이 외과 쪽 응급실을 담당하니 아주 좋네."

"그러게. 계속 김진현 선생님이 전담을 했으면 좋겠어."

"맞아. 아예 건의를 해볼까?"

응급의학과 의사들은 입을 모아 진현을 칭찬했다. 물론 진현이 들으면 기겁할 소리였다. 환자를 향한 친절함, 동료 의사에 대한 존중, 빠르고 정확한 일 처리. 그야말로 완벽했다. 칭찬이 없으면 이상할 정도다. 실제로 응급의학과 의사들 말고도 환자들의 칭찬도 많았다.

〈감사한 김진현 선생님께.〉

이런 제목의 감사 편지들이 고객의 소리에 꽂혔다. 보통 혼잡하고 바쁜 응급실에선 칭찬은커녕 불평과 컴플레인 편지만 많다는 것을 고려하면 굉장히 이례적인 일이었다. 물론 아예 문제가 없는 것은 아니었다. 아니, 굉장히 심각한 문제가 하나 있었다.

진현 본인이 너무 힘든 것이다.

'죽겠다…….'

진현은 속으로 중얼거렸다. 모두가 그의 응급실 근무에 만족했지만 진현 본인은 죽을 지경이었다. 마지막으로 침대에 누워 잠을 잔 게 언젠지 모르겠다. 수도 없이 환자가 오니 잠을 잘 수가 없었다.

'제발 3시간만 이어 잤으면, 아니, 도대체 근처에 기독병원도

있고 한국대병원도 있잖아. 왜 여기로만 오는 거냐고!'

더 끔찍한 것은 그를 알아보는 환자도 있다는 것이다. 이전 김창영 총리를 치료하며 매스컴을 탄 탓이다.

"아, 김창영 총리를 치료하신 의사분이죠? 선생님한테 진료받을래요."

이러며 달라붙는데, 거절할 수도 없고 죽고 싶을 지경이다. 퇴근은 일주일에 딱 한 번. 토요일 저녁 8시부터 다음 날 아침 7시까지뿐이다. 그때조차도 중환자가 겹쳐 오면 못 쉬었다.

'조금만 버티자. 나중에 성공하면 건물도 사고 한껏 게으름 피워줄 거다.'

진현은 자신의 꿈을 중얼거리며 좀비처럼 응급실을 배회했다.

그렇게 이사장이 진현의 실수만 기다리며 하루하루를 보내고 있을 때였다. 대일병원 근처 강남의 청담동에 위치한 한 화실에서 덥수룩한 수염의 중년 남자가 붓을 들고 있었다. 너무 해져 누더기 같은 개량 한복을 입고 있었는데 모르는 사람이 보면 노숙자로 착각할 외양이었다.

"이게 아니야."

고개를 젓는 남자의 이름은 김종현. 걸인을 연상시키는 볼품없는 외양과 다르게 그는 국내 최고의 동양화가 중 한 명이라 꼽히는 당대의 화백(畫伯)이었다. 하지만 뭇 사람들의 우러름을 받는 김종현의 얼굴은 어두웠다.

'이게 아니야. 빈껍데기야.'

그의 눈앞에는 본인이 직접 그린 산수화가 놓여 있었다. 누가 봐도 감탄할 멋들어진 그림이건만 김종현의 마음에는 차지 않았다.

'기운생동(氣韻生動). 그림에는 마음이 담겨야 하는데… 빈껍데기야.'

아무것도 모르는 남들이 환호하면 뭐하는가? 마음이 텅 비어 있는데.

못마땅한 눈으로 자신의 그림을 바라보던 그는 돌연 화선지를 북북 찢어버렸다.

"서, 선생님?"

옆에서 작업하던 제자 이수훈이 눈을 휘둥그레 떴다.

"잠시 나갔다 오겠다."

"어디 가시려고요?"

"산에 가서 막걸리나 마시고 오려고."

"산이요? 하지만 시간이 늦었는데……."

이수훈은 밖을 바라봤다. 그림이 안 풀릴 때마다 산에 올라 약주 한잔하는 것은 김종현의 습관이다. 하지만 오늘은 시간이 늦었다. 벌써 어둠이 내려앉고 있어 산에 도착하면 한밤중일 것이다. 그리고 검은 구름이 잔뜩 낀 게 날씨도 심상치 않아 보였다.

"위험할 수도 있을 것 같은데 내일 가는 게 낫지 않을까요? 비도 올지도 모르고."

하지만 기인의 면모를 가진 김종현 화백은 한번 마음먹은 것은 무슨 일이 있어도 해야 했다.

"뉴스에서 오늘 비 안 온다고 했어. 다녀오마."

김종현은 짧은 말만 남기고 산으로 향했다. 제자 이수훈은 혀를 찼다.

"별일 없으시겠지?"

왠지 불길한 느낌이 들었으나 말린다고 들을 김종현이 아니었다.

'그림이 많이 안 풀려서 그런가? 요즘따라 특히 힘들어하시네.'

뭐, 저래 봬도 국내 최고 중 한 명으로 꼽히는 대화백(大畵伯)이니 말단 제자인 그가 걱정할 일은 아니긴 했다. 그는 빈 화방을 주섬주섬 정리 후 퇴근했다.

김종현이 차를 몰고 도착한 곳은 서울 남단에 위치한 청계산이었다. 어둠이 짙었지만 그는 손전등 하나에 의지해 휘적휘적 정상에 올랐다. 정상에서 아래를 내려다보니 검은 장막 속 보석처럼 빛나는 서울 야경이 한눈에 들어왔다. 쌀쌀한 바람과 더불어 가슴이 탁 트일 만큼 시원한 풍경. 그러나 김종현의 마음은 여전히 답답했다.

'풀리지 않아.'

화실에 있나 산에 있나 그의 머릿속에는 항상 그림 생각뿐이었다.

'어째서 풀리지 않는 걸까?'

그는 준비해 온 막걸리를 쭈욱 들이켜며 자신의 그림에 대해 고민했다. 하지만 산에 올라도, 술을 마셔도 답답함은 점점 더 심해질 뿐이었다. 답답함에 비례해 술병을 비우는 속도로 빨라졌다.

'아, 취하는군.'

이제 그만 마셔야겠다는 생각을 하는 순간이었다.

뚝뚝.

하늘에서 비가 떨어졌다.

"이런. 내려가야겠군."

김종현은 비틀거리며 자리에서 일어났다. 답답함에 생각보다 많이 마셨는지 머리가 핑 돌았다. 하필 빗줄기도 점점 거세졌다. 김종현은 비틀비틀 발걸음을 옮겼다. 취기 때문인지 손전등 불빛이 흐릿했다.

"거기 아저씨! 조심하세요!"

비틀거리는 그를 보며 다른 야간 등산객이 소리쳤다.

'뭐? 조심?'

"거기 조심하라고요!"

김종현이 인상을 찌푸리는 순간이었다.

퍼석!

흙이 무너지는 소리가 울렸다. 가슴이 철렁 내려앉았다. 그리고 하늘이 크게 흔들렸다.

"……!"

김종현은 순간적으로 자신에게 일어난 일을 인지하지 못했다.

"어, 어?"

비명을 지르려는 순간, 벼랑과도 같이 깎아지른 언덕 아래로 그의 몸이 추락했다. 한참을 떨어진 후에야 그의 몸은 나무와 바위에 걸려 멈춰 설 수 있었다.

"아니! 이봐요! 이봐요! 여기 사람이 떨어졌어요!"

저 위에서 누군가 비명을 지르는 것을 느끼며 그의 의식이 스르르 꺼졌다. 그런 그의 복부에서 시뻘건 선혈이 흘러나왔다.

곧 구조용 헬기가 출동했다. 구조대원들은 혀를 찼다.

"아니, 어쩌다 여기서 떨어진 거야?"

"술 냄새 나는데? 술 마시고 미끄러진 것 같아."

"복부 쪽 부상이 심해. 어디로 이송하지?"

그들은 급히 응급처치를 했다. 하지만 응급처치로 해결될 부상이 아니었다. 대형 병원으로 이송해 정밀 검사 및 수술을 받아야 했다.

"강남고속터미널 근처에 있는 기독병원이 제일 가깝지 않아?"

"거기 오늘 안 돼. 터미널 앞쪽에서 다중 추돌 사고 환자들이 몰려가서 손이 없을 거야."

구조대원들은 난색을 표했다.

"그러면 그다음 가까운 곳이 어디지?"

"대일병원도 가까워. 대일병원으로 가자."

"그래, 네가 대일병원 응급실에 미리 연락 좀 해봐."

그렇게 대화백(大畵伯) 김종현을 태운 헬기가 대일병원으로 향했다.

"그런데 혼자 등산 온 건가? 보호자는 없나?"

"혼자 온 것 같아. 떨어지면서 잃어버린 것인지 지갑이랑 핸드폰도 없는데?"

"그래? 골치 아프네. 병원에서 싫어할 텐데……."

신원 미상의 환자라… 병원에서 싫어할 게 눈에 훤히 보였다. 더구나 한눈에 봐도 중환자였다.

"노숙자는 아니겠지? 생긴 게 좀……."

길게 기른 수염과 누더기 같은 옷. 평소에도 걸인 같은 인상인데다 엉망으로 다친 지금은 완벽히 노숙자처럼 보였다.

"노숙자 같기도 하고… 이런 야밤에 산에서 술 먹은 것도 이상하고…….."

"몰라. 노숙자든 말든 우리가 알 바는 아니지. 병원에서 알아서 처리할 거니 대일병원으로 가자."

진현은 당직실에서 꾸벅꾸벅 졸고 있었다. 벌써 며칠째 못 자고 있는지 모르겠다. 그 모습을 본 황문진이 딱한 표정을 지었다. 황문진도 고된 레지던트 생활을 하고 있지만 김진현에 비할 바는 아니었다.

"너 힘들어서 어떻게 하냐?"

"으… 응?"

진현이 게슴츠레한 눈으로 반문했다.

"내가 좀 바꿔줄까? 너무 고생하는 것 같은데…….."

황문진이 걱정하며 물었다. 진현은 힘없는 동작으로 고개를 저었다.

"아니, 괜찮다. 위에서 정한 거니 바꿀 수도 없고…….."

그렇게 답한 진현은 다시 꾸벅꾸벅 졸았다. 피곤에 푹 절은 그 모습에 황문진은 혀를 찼다. 정말 바꿔라도 주고 싶지만 주임 교수가 직접 정한 스케줄을 밑에서 임의로 바꿀 수도 없다.

"그렇게 졸지 말고 잠깐이라도 누워 자."

"곧 다시 응급실 내려가야 해."

"내가 10분 뒤에 깨워줄게. 조금만 자."

황문진의 권유에 진현은 시체처럼 침대로 들어갔다.

"그러면 10분만…….."

하지만 10분이라도 자려는 그의 소망은 이루어지지 못했다. 1분도 안 돼 전화벨이 울린 것이다. 핸드폰에 찍힌 번호를 본 진현은 한숨을 내쉬었다. 응급실이다.

"네, 외과 김진현입니다."

전화를 받자 다급한 목소리가 들렸다.

—김진현 선생님? 응급실에 환자 왔는데요.

"무슨 환자입니까?"

—등반 사고 환자인데 많이 안 좋아서 지금 바로 응급실로 와주실 수 있으세요?

"네, 알겠습니다."

진현은 비몽사몽 한 정신으로 자리에서 일어났다. 황문진이 안된 목소리로 말했다.

"또 환자야?"

"응."

"에휴, 어떻게 하냐. 힘내."

"그래……."

힘없이 답한 진현은 터벅터벅 응급실로 내려갔다. 기운이 하나도 없었다. 엘리베이터를 탄 그는 정신을 차리기 위해 고개를 털었다.

'정신 차리자. 아무리 피곤해도 환자 앞에서 졸 수는 없잖아.'

그는 애써 환자에 대해 생각했다.

'그런데 무슨 환자지? 많이 안 좋은가? 오늘 당직 교수님이 누구더라…….'

응급실의 진료 프로토콜은 먼저 응급의학과에서 진료 후 환자에게 외과 쪽 문제가 있으면 진현한테 연락이 온다. 그리고 진현이 진료 후 수술이나 입원이 필요하다 판단이 되면 당직 교수한테 연락을 하게 되어 있다.

오늘 당직은…….

'고영찬 교수님이군.'

그는 인상을 찌푸렸다. 그를 응급실에 처박은 것을 떠나 여러모로 안 좋은 면이 많은 교수였다.

"아, 김진현 선생. 여기예요."

응급실에 도착하니 응급의학과 의사가 그를 반겼다. 진현은 그를 따라 처치실에 들어갔다.

"……!"

짙은 피 냄새에 진현의 잠이 싹 달아났다.

"이건…….

"등산하다 낙상한 환자예요."

"무슨 이런 날씨에 등산을…….

어느덧 밖에는 천둥번개가 몰아치고 있었다. 등산을 해도 하필 이런 날씨에 하나?

"복부 검사를 해보니 장출혈이 심해서 수술을 해야 할 것 같아요. 머리에 뇌진탕이 있고 왼발에 미세한 골절이 있긴 한데… 다급한 것은 아니어서."

응급의학과 의사는 CT 촬영 결과를 보여주며 설명했다. 진현의 얼굴이 심각해졌다.

"흠…….

추락하며 뾰족한 돌에라도 찔린 것인지 소장 쪽이 찢어져 있었다. 한눈에 봐도 출혈이 심해 보였다.

"바이탈은 괜찮습니까?"

"혈압은 95 정도로 간당간당해요. 맥박이 130으로 빠르고요."

혈압 95, 맥박 130. 쇼크(Shock)로 진행하기 직전의 단계이다.

"혈액 수치는요?"

"빈혈 수치 9.3이에요. 정상이 13이니 굉장히 떨어졌어요. 빨리 수술하지 않으면 더 떨어질 거예요."

진현은 고개를 끄덕였다. 두말할 것 없이 응급수술이 필요한 상황이다.

"알겠습니다. 저희 외과에서 응급수술 하도록 하겠습니다. 설명을 해야 하니 보호자 불러주십시오."

모든 수술은 하기 전에 보호자의 동의가 필요하다. 동의 없이 수술을 진행했다 무슨 법적인 문제가 생길지 모른다. 그런데 응급의학과 의사가 곤란한 표정을 지었다.

"저… 그게……."

"왜 그러십니까?"

"추락 과정 중에 잃어버린 것인지 신분증이나 핸드폰이 없어서 신원 확인이 안 돼요. 보호자 없는 노숙자 같기도 하고……."

진현은 난감한 마음이 들었다. 그 말을 듣고 보니 정말 노숙자처럼 생기기도 했다. 삐쩍 마른 체구, 다듬지 않은 수염, 개량 한복인지 누더기 옷인지 정체불명의 복장.

"경찰에는 연락했습니까?"

"연락은 했는데, 아마 신원을 확인하는데 오래 걸릴 것 같아요."

보통 이런 경우 빨리 찾아도 하루 이틀은 걸린다. 하지만 환자의 배에서 계속 피가 나고 있는 중이라 그때까지 기다릴 수는 없다.

'이런 어쩌지?'

그러나 고민할 사안은 아니었다. 신원 미상이든 노숙자든 그게 중요한 게 아니었으니까. 지금 중요한 것은 일단 살려놓고 보는 거다.

"알겠습니다. 어쩔 수 없죠. 상황이 급하니 일단 수술 먼저 진행하겠습니다."

진현은 핸드폰을 꺼냈다. 당직 교수에게 전화해 수술을 진행하려는 거다.

'병원의 시스템상 내 마음대로 결정할 수는 없으니.'

대일병원의 시스템상 수술은 진현이 하는 게 아니라 당직 교수나 전문의가 나와서 집도를 해야 한다.

'오늘 밤 당직이… 고영찬 교수님…….'

진현은 고영찬 교수에게 전화를 걸었다. 하필 그때, 고영찬 교수는 늦은 밤임에도 여러 일을 논의하기 위해 이사장 이종근과 함께 있었다.

"요즘 고생이 많지?"

"아닙니다."

"그때 그 일은 어떻게 진행되고 있나?"

"다국적 제약회사에서 연구 제의가 들어와서…….."

둘은 여러 사안에 대해서 이야기를 나눴다. 차기 외과 과장으로 유력시되는 고영찬은 이사장의 신임하에 많은 일을 진행하고 있었다.

"자네가 수고가 많군."

"아닙니다. 전부 이사장님 덕분입니다."

대부분의 일은 순조로웠고 대화 분위기는 화기애애했다. 김진현의 이야기가 나오기 전까진 말이다.

"그런데 그 김진현 선생은 어떻게 하고 있나?"

"……."

고영찬은 꿀 먹은 벙어리가 되었다. 김진현은 응급실에 던져놨더니 사고는커녕 날아다녔다. 빠져 죽으라고 물고기를 물에 던진 듯한 격이었다.

"자네가 너무 잘해주는 것 아닌가? 응?"

웃으며 하는 말이지만 고영찬은 식은땀이 흘렀다. 웃음 뒤에 도사린 한기가 그의 가슴을 서늘하게 했다.

'이사장님은 왜 이렇게 김진현에게 신경을 쓰는 거지? 아무리 뛰어나도 레지던트일 뿐인데.'

김진현처럼 재능 넘치는 의사가 있는 것은 대일병원 입장에서도, 이사장 입장에서도 나쁜 일이 결코 아니다. 그런데 왜 이렇게 못 잡아먹어 안달인지 이해할 수가 없었다. 이유야 어쨌든 이종근의 비위를 거스르면 안 된다.

고영찬은 고개를 숙였다.

"죄송……."

그런데 그때, 그의 전화벨이 울렸다. 고영찬은 급히 전화를 끄려 했으나 이종근이 말했다.

"괜찮으니 받게."

"아닙니다."

"아니야. 받아."

고영찬은 곤란한 얼굴로 전화를 봤다. 응급실 담당 레지던트인 김진현이었다.

"왜? 빨리 말해."

—늦은 밤에 죄송합니다, 교수님. 김진현입니다. 응급실에 수술이 필요한 환자가 와서 전화드렸습니다.

"수술? 지금? 무슨 환자인데?"

전화기 너머로 진현은 환자의 상태를 설명했다. 고영찬은 인상을 찌푸렸다. 확실히 응급수술이 필요한 상황이긴 하다.

"보호자한테 수술 설명 다했어?"

—그게…….

진현이 머뭇거리다 말했다.

—보호자가 없습니다.

"뭐, 보호자가 없어?"

—등산 중 추락한 환자인데 신분증도 핸드폰도 다 없어서… 차림상 노숙자일 가능성도 있습니다.

그 말을 들은 고영찬은 짜증이 확 치밀어 올랐다. 이 밤에 신원 미상의 환자를 수술해야 한다고? 그것도 노숙자일지도 모르는 환자를?

"아니, 자네 지금 제정신이야? 지금 나한테 보호자 동의도 없이 수술을 하라고 전화한 건가? 노숙자일지도 모르는데?"

—…….

고영찬의 짜증에 진현은 침묵했다. 교수 입장에서 짜증이 나는 것은 이해하지만 신원 미상의 환자가 온 게 그의 잘못은 아니지 않은가?

—하지만 수술이 꼭 필요한 상황이어서…….

그런데 그때, 옆에서 둘의 통화를 듣고 있던 이종근이 말했다.

"고영찬 교수."

"잠깐 있다 전화할 테니 기다려."

이종근의 부름에 고영찬은 급히 전화기를 껐다.

"네, 이사장님?"

이종근은 온화하게 웃었다.

"그냥 수술하지 말게."

"네?"

고영찬은 의아한 얼굴로 반문했다. 짜증이 나긴 했으나 짜증은 짜증이고 수술을 안 할 수 있는 상황이 아니었다.

"신원 미상의 환자라며? 노숙자일지도 모르는데, 그러면 다 병원 손해야. 보호자를 찾고 수술을 하든지 아니면 다른 병원으로 보내라고 해."

"하지만… 그러다…….'"

고영찬은 주저주저 말했다. 김진현의 설명대로라면 지금 수술을 안 하면 이 환자는 죽을 수도 있다.

"뭐, 잘되든 잘못되든 우리의 훌륭한 김진현 선생이 알아서 하겠지."

고영찬은 이사장의 뜻을 눈치챘다. 혹시 환자가 잘못되면 이 일을 빌미로 김진현을 처리하려는 것이다. 물론 이럴 경우 김진현의 잘못이 아니라 수술을 미룬 고영찬의 잘못이지만 그 정도는 조작해 덮어씌울 수 있다.

이종근은 부드러운 목소리로 말했다.

"자넨 걱정 말게. 내가 알아서 할 테니."

김진현은 황망한 얼굴로 고영찬과의 전화를 끊었다.

'수술을 진행하려면 보호자를 찾으라고?'

그가 경찰도 아니고 이 밤에 보호자를 어떻게 찾는단 말인가?

'못 찾으면 다른 병원으로 보내든지 말든지 알아서 하라고?'

기가 찼다. 이게 무슨 꼴이란 말인가?

"김진현 선생님, 수술 준비하면 될까요?"

응급의학과 의사가 물었다. 진현은 고개를 저었다.

"죄송합니다. 외과 사정상 수술을 진행 못할 것 같습니다."

"네?! 그러면?"

응급의학과 의사는 화들짝 놀랐다. 수술을 안 하면 방법이 없는데? 진현도 똑같은 마음이었으나 어쩔 수 없었다. 병원 시스템상 수술을 진행하려면 반드시 교수의 허가를 받아야 한다.

'제길.'

진현은 욕설을 삼키며 늦은 밤에 다른 병원에 전화를 걸었다. 대일병원에서 수술을 못 하면 다른 병원에라도 보내서 수술을 받게 해야 했다.

"늦은 밤에 죄송합니다. 기독병원 응급실입니까?"

―네, 기독병원인데요.

"전원(Transfer)할 환자가 있는데 혹시 외과 선생님과 연락할 수 있습니까??"

―잠시 기다리세요.

김진현은 기독병원 외과 당직 의사에게 환자 상태를 설명했으나 상대는 난색을 표했다.

—죄송합니다. 오늘 다중 추돌 사고로 응급 환자가 너무 많이 와서 저희도 수술을 진행할 인력이 부족합니다.

사정이 그러면 어쩔 수 없다. 진현은 입술을 깨물고 인근 수술이 가능한 병원들에 전화했다. 광혜병원, 모교인 한국대병원, 강북기독병원……. 하지만 다들 사정이 비슷했다.

—지금 응급 간이식이 있어서…….

—대동맥류 파열 수술이 있어서…….

—저희는 다들 학회 중이에요.

날씨가 짓궂어서일까? 하필 그날따라 여유 있는 병원이 한 군데도 없었다.

'이런 어떻게 하지?'

그러는 사이 시간은 덧없이 흘러갔다. 분침이 이동할 때마다 진현의 가슴도 타들어가는 듯했다.

'빨리 수술을 해야 하는데.'

지금 이러는 순간에도 환자의 배 안에서는 피가 나고 있을 것이다.

그때 응급실 간호사가 진현에게 달려왔다.

"선생님, 환자분 혈압 떨어져요!"

"……!"

급히 노숙자로 추정되는 환자에게 가보니 정말 수축기 혈압이 60으로 떨어져 있었다. 피가 없어서인지 안색도 파리했다.

진현은 급히 지시했다.

"수혈 더 해주세요. 수액도 급속 주입해 주시고요."

더 시간을 끌 때가 아니었다. 다른 병원으로 보내는 것도 위험했다. 핸드폰을 들어 다시 당직인 고영찬 교수에게 전화를 했다.

―왜?

불쾌한 목소리가 들렸다.

"교수님, 환자 상태가 너무 안 좋습니다. 지금 당장 수술을 해야 할 것 같습니다."

―보호자는?

"보호자는 아직……."

―내가 뭐라고 했어? 보호자 찾으라고 했지?

진현은 주먹을 움켜쥐었다. 전화기너머로 고영찬이 역정을 냈다.

―자넨 수술이 장난인 줄 아나? 신원 불명의 노숙자를 수술할 수는 없으니 책임지고 보호자를 구해와!

그러고 뚜우뚜우 전화가 끊겼다.

"……."

진현은 할 말을 잃었다. 응급의학과 의사가 곤란한 얼굴로 다가왔다.

"어떻게 하죠, 김진현 선생님? 빨리 수술을 해야 할 텐데."

순간 진현은 짜증이 치솟아올랐다. 이게 도대체 뭐하는 꼴이란 말인가? 눈앞에 환자가 있는데 이런 웃기지도 않은 이유로. 너무하는 거 아니야?

진현은 낮은 목소리로 말했다.

"수술 진행하겠습니다."

"네? 하지만……? 당직 교수님이 보호자 없이 수술하기로 결정하신 것입니까?"

"그건 아닙니다."

"그러면 누가 수술을?"

진현은 짧게 답했다.

"제가 진행하겠습니다."

"네?"

응급의학과 의사는 자신이 잘못 들었나 반문했다. 누가 수술을 진행한다고? 하지만 잘못 들은 게 아니었다.

"제가 집도하겠습니다. 수술 준비해 주십시오."

"하, 하지만……."

응급의학과 의사는 말을 더듬거렸다. 물론 그도 김진현이 굉장히 뛰어난 능력을 가지고 있단 건 알고 있다. 그래도 이건…….

김진현은 짧게 말했다.

"어차피 지금 수술 안 하면 환자를 잃습니다. 제가 전부 책임질 테니 준비해 주십시오."

솔직히 더 이야기하기 짜증났다. 눈앞에 환자가 있는데 이 무슨 한심한 상황이란 말인가?

'됐어. 그냥 내가 수술하겠어.'

물론 가장 좋은 것은 당직 교수의 확인하에 수술을 진행하는 거겠지만 어쩌겠는가? 시간이 너무 늦어 당직 교수 외에는 부탁할 전문의도 없었다.

'그렇게 어려운 수술도 아니고.'

지난 삶에서 이런 외상 환자의 수술은 숱하게 해봤다. 더구나 이 환자의 경우 간이 찢어진 것도 아니고, 비장이 파열된 것도 아니고, 대동맥이 터진 것도 아니다. 상한 소장만 손보고 나오면 된다. 그렇다고 1년 차가 진행할 수 있는 수준도 아니었지만 그런 걸 따질 때가 아니었다.

'이게 뭐 대단한 수술이라고. 젠장.'

일단 결정이 되니 응급에 걸맞게 수술 준비가 착착 이뤄졌다.

"저, 김진현 선생님. 그런데 수술 후 입원은 누구 이름으로 합니까?"

그 말에 진현은 잠시 고민했다. 원래는 당직 교수인 고영찬 앞으로 입원장을 내야 하지만…….

"그냥 제 이름으로 입원시켜 주십시오."

"네, 선생님 이름으로요?"

교수도 전문의도 치프도 아닌 1년 차 앞으로 입원을 시키다니? 진현도 곤란한 마음이 들었으나 어쩔 수 없는 상황이다. 고영찬 교수가 받겠는가?

"어쩔 수 없으니 그냥 그렇게 해주십시오."

예상대로 수술은 어렵지 않았다. 진현은 메스로 배를 연 후 피가 흐르는 동맥을 지혈했다. 그리고 손상된 장을 절제 후 정상 장의 끝과 끝을 연결했다. 마지막으로 오염된 부분을 깨끗이 세척 후 배를 닫았다.

"바이탈 괜찮나요?"

수술을 마무리하며 물었다.

"네, 혈압도 회복됐고 좋습니다."

진현은 안도의 한숨을 내쉰 후 배를 닫았다. 가장 중요한 부분은 치료가 끝났으니 앞으론 순조롭게 회복할 것이다.

'그래도 다행이군. 신원 미상인 게 걸리긴 하지만……'

날이 밝으면 빨리 보호자를 찾아야겠다. 이후 회복실로 환자를 퇴실시킨 후 이런저런 조치들을 취했다. 가장 급한 게 장출혈이었을 뿐, 전신에 이런저런 상처가 수북해 필요한 조치를 끝내고 나니 새벽 3시가 지나 있었다. 그제야 진현은 쪽잠을 청할 수 있었다.

*   *   *

이른 아침, 이종근은 한남동 자택에서 출근하자마자 민 비서에게 김진현의 소식을 물었다.

"밤사이 응급실에 신원 미상의 환자가 왔는데 어떻게 됐는지 확인해 보세요."

민 비서는 오래 걸리지 않아 상황을 보고했다.

"출혈 환자였고 수술을 위해 다른 병원으로 전원(Transfer)하려 했는데, 여의치 않았던 것 같습니다."

"그래서요? 그래서 환자는 어떻게 됐나요?"

이종근은 기대감을 담아 물었다. 만약 문제가 생겼으면 무슨 수를 써서라도 김진현의 책임으로 덮어씌울 생각이었다. 하지만 민 비서는 머뭇거리다 말했다.

"…김진현 선생이 직접 수술을 집도해서 현재 순조롭게 회복 중입니다."

"뭐라고요?"

이종근은 잘못 들은 듯 되물었다. 누가 뭘 했다고?

"···김진현 선생이 직접 수술을 집도했다고 합니다."

"······."

이종근은 잠시 침묵했다. 장출혈 환자라고 하지 않았나? 그걸 직접 수술했다고? 이제 갓 1년 차 초반인 레지던트가? 물론 고난도의 수술은 아니었고, 오히려 간단한 쪽에 속하는 수술이었다. 그래도 그건 전문가의 입장에서 간단하단 거지, 1년 차가 할 수 있는 수술이란 뜻은 결단코 아니었다.

'도대체 이놈은······?'

아무리 규격 외의 괴물이라 불린다지만 이건 너무한 것 아닌가? 더구나 이런 일이 처음도 아니다. 비행기에서 총리를 구한 적도 있고, 정확한 정보는 아니지만 이전 강민철 교수가 쓰러진 간이식 수술 때 혈관을 문합한 게 김진현이란 이야기도 있다.

'어떻게 이럴 수 있는 거지?'

이종근은 지난 1년간 숱하게 물었던 질문을 떠올렸다. 의사의 실력엔 지식과 재능 외에도 중요한 요소가 있다. 바로 환자를 진료해 본 경험이다. 아무리 뛰어난 재능과 지식을 가지고 있어도 경험이 없으면 전부 죽은 재산이다.

그런데 김진현, 이놈은 경험이란 항목을 태어날 때부터 가지고 난 것 같다. 이 논리적으로 설명이 안 되는 의학 실력에 의문을 가지고 지난 1년간 숱하게 뒷조사를 했으나 이상한 점은 없었다. 평범하기 짝이 없는 집안에서 태어나 노력으로 의대에 왔다. 심지어 정신을 차리고 공부를 하기 전엔 꼴찌였다. 당연한 이야기지만 다른 곳에서 임상 경험을 한 흔적은 없었다.

'그런데 도대체 어떻게?'

그 불가해한 천재성에 기가 질렸으나 감탄하고 있을 때가 아니다. 이종근은 민 비서에게 다시 물었다.

"1년 차가 수술했는데 환자에게 문제는 없나요?"

"…순조롭게 회복 중입니다."

"조그마한 문제라도?"

"……."

민 비서는 눈치를 볼 뿐 대답하지 못했다. 이종근은 헛웃음이 나왔다. 일순 갈등도 생겼다. 자신과 혜미의 사이만 좋았다면 데릴사위로 삼는 것도 고려해 볼 만한 뛰어난 인재였다.

'그냥 나중에 교수 자리 하나 줄까?'

이상민과의 대립만 아니면 '그의 대일병원'에 큰 도움이 될 텐데. 하지만 그는 곧 고개를 저었다.

'너무 뛰어나서 안 돼. 이상민과 너무 비교돼.'

가문의 인물들로 이루어진 이사회는 적통이 아닌 이상민을 끌어내릴 핑계만 찾고 있었다. 자신들의 사람으로 그 자리를 채우기 위해. 이러다간 차후 이상민을 위해 준비해 놓은 교수 자리도 김진현에게 주라고 할 판이다. 물론 무리를 하면 교수 자리야 하나 더 만들 수 있지만, 또 그 과정에서 이사회가 무슨 잡소리를 할지 생각만 해도 머리가 아팠다.

'젠장. 처리할 거면 빨리 처리해야 하는데.'

지금도 이리 뛰어난데 앞으로 얼마나 더 성장할지 짐작도 안 갔다.

이종근은 굳게 마음을 먹으며 말했다.

"그러면 지금 그 신원 미상의 환자는 수술도 김진현 선생이 했고, 입원도 김진현 선생 앞으로 되어 있는 건가요?"

"네."

"그건 우리 대일병원 시스템에 어긋나는 것 아닌가요?"

민 비서는 답했다.

"네, 그렇긴 합니다. 지금까지 개원 이래 1년 차가 수술을 하거나 입원을 시킨 적은 한 번도 없으니까요."

물론 레지던트라고 수술을 하면 안 된다는 법은 없었다. 응급수술은 환자의 상황과 능력에 따라 재량껏 진행하는 것이 관례였다. 하지만 이런 수술을 1년 차가 홀로 진행하는 것은 처음이었다. 별문제는 없었지만 말이다.

"이번에야 '요행히' 별문제 없었지만 굉장히 위험할 수도 있는 상황이었군요."

이종근은 '요행히'에 힘을 주었다.

민 비서는 이종근의 뜻을 눈치챘다. 그녀는 크게 고개를 끄덕였다.

"네, 이런 독단적인 행동은 환자에게 큰 문제를 유발할 수 있다고 생각합니다."

"맞아요. 더구나 신원 미상의 환자를 마음대로 수술하다니. 이건 그냥 넘어갈 수 없는 사안이라고 봅니다."

"네, 이사장님. 상황을 검토 후 징계 여부를 결정하겠습니다."

"그래요. 민 비서가 알아서 '공정히' 조사해 주세요."

민 비서는 고개를 숙였다.

"네, 알겠습니다."

억지에 가까운 트집이었지만 그런 것은 상관없었다. 어쨌든 꼬투리를 잡았다는 것이 중요했다. 민 비서는 머릿속으로 징계위원회를 구성했다. 이번엔 철저히 이종근의 말에 따르는 인물들로만 위원회를 짤 생각이었다.

*　　　*　　　*

진현에게 원무과에서 연락이 왔다. 그는 답답한 마음이 들었다. 늘 그렇지만 원무과에서 의사에게 좋은 일로 전화하는 일은 거의 없다.

—여보세요? 김진현 선생님입니까?

"네, 김진현입니다."

—아, 네. 선생님. 원무과입니다.

"무슨 일입니까?"

—다름이 아니라 어제 입원한 신원 미상의 환자 때문에 연락드렸습니다. 그 노숙자로 추정되는…….

진현은 인상을 찌푸렸다. 역시였다.

'뭐, 입장이 이해 안 가는 것은 아니지만……. 조금만 더 기다려 보지.'

원무과에서 걱정스레 물었다.

—아직 보호자는 못 찾으신 거죠?

"경찰이 조사 중이니 연락을 기다리고 있습니다."

아직 이른 아침이라 특별한 연락은 없었다.

—비용 처리에 문제가 있지는 않겠지요?

"순조롭게 회복 중이라서 조만간 의식을 차릴 테니 너무 걱정하지 마세요. 의식을 차리면 보호자와 연락이 될 겁니다."

—노숙자란 이야기가 있던데…….

그건 진현도 조금 걱정이 되었다. 멀쩡한 행색은 아니긴 했다. 뭐, 그래도 돈이 없다고 치료를 안 할 수는 없지 않은가? 사람이 우선이니까.

"아직 확실한 것은 아닙니다. 일단 기다려 보십시오."

그런데 원무과에서 말했다.

—만약 비용 처리에 문제가 생기면 선생님도 문책을 받을 수 있습니다.

그 말에 진현은 어이가 없었다. 단지 환자를 치료했을 뿐인데 무슨 문책이란 말인가? 확 짜증이 나 쏘아붙였다.

"알겠습니다. 만약 정말로 문제가 생기면 제가 책임지겠습니다. 그러면 됐죠?"

그는 전화를 끊었다. 그런데 그들의 걱정이 무색해졌다. 신원 미상의 환자가 생각보다 빨리 의식을 회복한 것이다.

신원 미상의 환자는 천천히 눈을 떴다.

"여… 여긴?"

간호복을 입은 간호사가 시야에 들어왔다. 간호사는 그가 눈을 뜨자 놀란 표정을 지었다.

"아, 환자분? 괜찮으세요? 여기가 어딘지 아시겠어요?"

"아… 네. 병원입니까?"

전신이 몽둥이찜질을 당한 듯 아팠지만 그는 간신히 고개를 끄덕였다.

간호사는 급히 누군가에게 전화를 걸었다.

"김진현 선생님? 환자분 깨셨어요."

—아, 네. 지금 가보겠습니다.

곧 병실로 하얀 가운을 입은 남자 의사가 들어왔다. 젊다 못해 앳된 얼굴이었지만 눈빛이 깊은 느낌이었다.

"괜찮으십니까, 환자분?"

"아… 네. 여긴 병원인가요?"

"네, 대일병원입니다. 통증은 괜찮으십니까?"

그 질문에 그는 인상을 찌푸렸다. 농담 않고 온 전신이 찢어질 듯 아팠다.

"아프군요."

"진통제를 좀 더 드리겠습니다. 그래도 그만하길 다행입니다. 어제 일은 기억나십니까?"

그의 머리에 간밤의 일이 떠올랐다. 야밤에 산속에서 술을 마시고 걷다 미끄러져 살아 있는 게 다행일 정도로 아찔한 순간이었다.

"그래도 장출혈 외엔 큰 부상이 없었고 장출혈도 수술이 잘 끝났습니다. 좀 더 쉬시면 전부 나을 것입니다."

"수술은 어느 선생님께서 해주신 것입니까?"

그는 어느 감사한 의사가 자신의 생명을 구해준 것인지 물었다.

"제가 했습니다."

그는 놀랐다.

'굉장히 어려 보이는데? 수술을 집도했다고?'

의아했으나 진현의 깊은 눈을 보자 왠지 이해가 되었다. 묘하게 연륜이 느껴지는 의사였다. 나이와 동안의 외모를 떠나서 말이다.

"감사합니다. 그러면 선생님께서 저를 구해주셨군요."

"아닙니다. 신경 쓰지 마십시오. 이만하길 정말 다행입니다. 그런데……."

"네?"

진현은 조심스레 물었다.

"혹시 연락할 만한 보호자는 없습니까?"

"보호자라면?"

"부인이나 자식, 형제… 아니면 친척이라도. 혼자 오셔서……."

하지만 환자는 고개를 저었다.

"가족이나 친척은 없습니다."

"아… 그렇군요."

"대신 가까운 사람이 한 명 있으니 그 친구한테 연락하겠습니다."

진현은 고개를 끄덕였다.

"네, 그런데 환자분 성함은 어떻게 되십니까?"

그러고 보니 환자의 이름도 모르고 대화하고 있었다.

"김종현, 김종현입니다."

김종현. 국내 최고의 동양화가 중 한 명인 대화백(大畵伯) 김종현은 답했다.

신원 미상 환자의 신분은 곧 밝혀졌다. 민 비서가 실장으로 있는 창조기획실에 한 통의 전화가 왔던 것이다.

"저, 실장님. VIP 환자 때문에 전화가 왔는데요."

김진현을 어떻게 징계할 것인지 한창 고민하던 민 비서는 의아한 얼굴로 전화를 받았다.

"네, 창조기획실 실장 민소영입니다."

—한국대학교 동양학과 학장실입니다. 대일병원에 입원하신 김종현 화백 때문에 전화했습니다."

"네?"

창조기획실의 업무는 크게 두 가지다. 이사장 이종근의 개인적인 업무를 처리하는 것과 대일병원을 방문하는 VIP를 모시는 것.

'김종현이면 국내 최고로 꼽히는 대화백이잖아. 그런데 우리 병원에 입원했다고? 들은 적 없는데?'

김종현 대화백 정도의 명망 높은 인사가 입원하면 창조기획실에 연락이 온다. 그들이 불편하지 않게 챙기는 게 창조기획실의 중요한 업무니까. 뭔가 저쪽에서 착각을 하는 것 같다.

그녀는 공손히 물었다.

"죄송한데 김종현 화백께서 저희 병원에 입원하신 게 맞나요? 저희는 따로 연락받은 게 없는데……."

—그런가요? 이상하다. 분명 대일병원으로 입원했다고 하는데… 한번 확인해 줄 수 없으신가요?

민 비서는 고개를 갸웃했다. 이상하다? 그녀는 전화를 끊지 않고, 병원 인트라넷에 접속해 검색어를 입력했다.

김종현… 김종현… 마우스 커서가 모래시계로 바뀌며 전산을 뒤졌다. 그리고 어느 순간, 검색 결과가 나왔다. 수많은 대일병원의 입원 환자 중 김종현이란 이름을 가진 사람이 딱 한 명 있었다. 그런데…….

"……!"

마우스를 쥔 민 비서의 손에 힘이 들어갔다. 서, 설마⋯ 아니 겠지? 그때 전화기 건너편에서 소리가 울렸다.

—어제 등산하다 낙상해서 입원했다 하던데 아닌가요? 장출혈 로 수술도 하셨다던데⋯⋯.

전산에는 이렇게 쓰여 있었다.

[환자 : 김종현. 책임 담당 의사 : 김진현.]

신원 미상 환자의 정체가 대화백 김종현이었다고? 민 비서의 눈앞이 캄캄해졌다.

그 시각, 응급실에서 환자를 보던 진현은 갑작스레 들이닥친 기자들에게 끌려 나와 인터뷰를 하고 있었다.

"김종현 화백의 상태는 어떻습니까?"

진현은 인상을 찌푸렸다. 화백(畵伯)이면 화가를 높여 부르는 말이다.

'행색이 추레하더라니⋯ 화가였구나. 그래도 노숙자가 아니어 서 다행이네.'

그렇지 않아도 진현은 입원비를 어떻게 해야 하나 고민하고 있던 중이었다.

'그런데 유명한 사람인가? 웬 인터뷰야?'

교양과 시사에 까막눈인 진현은 김종현이란 이름을 전혀 모르 고 있었다.

'환자 보느라 바쁜데.'

진현은 응급실에서 기다리고 있는 환자 때문에 빠르게 답했다.

"낙상으로 장출혈이 심했는데, 현재 순조롭게 회복 중입니다."

"장출혈 외에 큰 부상은 없었나요?"

"뇌진탕과 발목의 골절이 있으나 다행히 큰 부상은 아닙니다."

그 밖의 여러 질문이 이어졌고 진현은 답해도 되는 선 안에서 대답했다. 환자 본인이 허락한 인터뷰여서 어느 정도의 정보 공개는 상관없었다.

"네, 인터뷰 감사합니다."

"그러면 저는 응급실의 다른 환자 때문에 먼저 실례하겠습니다."

진현은 급히 사라졌다. 인터뷰하던 두 명의 기자는 의아한 표정으로 서로를 바라봤다.

"그런데 뭔가 이상하네요, 선배."

"그렇지?"

"명찰 보니… 저 선생님 레지던트 아닌가요? 교수 아니죠?"

"교수 아니야. 확인해 보니 1년 차래."

"김종현이면 작품성과 대중성 모두 국내 최고로 꼽히는 대화백인데. 고작 레지던트 1년 차가 전담해 치료하다니."

기자들은 의문을 품었다. 대일병원은 광혜병원과 더불어 VIP를 착실히 챙기는 병원으로 유명했다. 창조기획실이라는 VIP를 챙기는 부서가 따로 있을 정도니. 물론 김종현이 힘있는 권력자나 기업가는 아니다. 그러나 사회에서 이름 높은 명사로 충분히 대우를 받을 자격이 있었다.

"이상하네요. 무슨 생각이지?"

"그러게."

그들은 이사장의 추악한 음모는 상상도 못했다. 하지만 이사장 이종근도 상상 못한 것은 마찬가지였다. 설마 신원 미상의 환자의 정체가 대화백 김종현이었을 줄이야.

"그런데 저 레지던트 선생님 왠지 낯이 있네. 어디서 봤지?"

고민하던 후배 기자가 어느 순간 손뼉을 쳤다.

"아!"

"왜?"

"김창영 총리요."

"뭐?"

"저 선생이 그 의사잖아요. 비행기 안에서 김창영 총리를 수술한 천재 외과의사 김진현!"

"아! 그렇네?"

선배 기자도 떠올렸다. 한때 떠들썩한 이야기였다.

"그러면 일부러 저 젊은 의사한테 김종현 화백을 맡긴 건가?"

"그럴 수도 있겠네요. 총리도 치료했던 유망한 의사니."

그들은 멋대로 추측했다. 선배 기자가 눈을 빛냈다.

"가만 봐라? 이거 제법 스토리가 나오는데?"

"뭐가요?"

"작품의 영감을 위해 산에 갔다 낙상한 대화백. 그리고 그 대화백을 치료한 젊은 천재 의사. 뭔가 드라마 같지 않냐?"

후배 기자가 크게 고개를 끄덕였다.

"그렇네요. 네티즌들도 좋아하겠네요."

"그래, 사실 단순히 김종현 화백이 다쳤단 이야기에 누가 관심 있겠어? 이 정도 스토리는 있어야 관심을 가지지."

그들은 머릿속에서 기사를 구상했다. 당연히 그 기사의 주인공은 두 명이었다. 대화백과 대화백을 치료한 천재 외과의사. 물론 진현이 바라던 바는 아니었다.

*   *   *

〈중태에 빠진 대화백(大畵伯)을 구한 천재 외과의사 김진현.〉

다음 날 이런 제목의 기사가 인터넷에 올라왔다. 기사에는 대화백이 작품의 영감을 위해 야밤에 산을 배회하다 추락 사고가 났고 극적으로 그를 구한 김진현의 이야기가 소설처럼 적혀 있었다. 기사의 흥행을 위해 김진현이 이전에 비행기에서 총리를 구한 하늘의 외과의사란 사실도 깨알같이 적어놓았다.

"……."

그 기사를 마주한 이사장실의 분위기는 뭐랄까, 전투에 진 패잔병 같다고 해야 할까?

"이게 도대체……."

이종근은 헛웃음을 터뜨렸다. 너무 어이가 없어 말도 나오지 않았다.

"왜 이놈은 항상……."

엎어질 때마다 코가 깨지는 것도 아니고, 이 정도면 황당할 지경이다. 김진현, 이놈은 하늘이 지켜준단 말인가?

한편 고영찬의 얼굴은 하얗게 질려 있었다. 이종근의 지시였지만 그는 당직 의사로서 김종현 화백을 방치했다. 의문을 가지고 파고들면 엄청난 후폭풍이 생길 문제였다. 그나마 김진현이 살려서 망정이지 잘못됐으면 의사 가운을 벗을 수도 있었다.

"괘, 괜찮을까요?"

"뭘?"

"고작 1년 차가 수술을 하게 놔뒀으니……."

이종근은 인상을 찌푸렸다. 명백한 그들의 잘못이었다. 그것도 추악한.

"이대로 놔두면 안 되겠지."

"그러면?"

"늦었지만 담당 의사를 김진현 그놈한테서 다른 교수로 바꿔야 하지 않겠나? 퇴원할 때까지 김진현 혼자만 보게 할 수는 없으니까. 이제 자네가 진료하게."

고영찬은 고개를 끄덕였다. 다 회복된 지금에 와서 담당 의사를 바꾸는 것도 참 추레한 일이지만 어쩔 수 없었다.

한편 김진현도 응급실에서 그 인터넷 기사를 봤다. 환자가 이야기해 준 거다.

"선생님이 그 김진현 선생님이세요?"

"네, 어떻게 아셨습니까?"

"여기 기사가……."

기사를 읽은 김진현은 아연한 마음이 들었다.

'이, 이게 뭐야……?!'

그의 머릿속에 든 생각은 또? 였다. 간만에 친 대형 사고였다.

'왜 맨날 이런 꼴이야.'

물론 남들에게 인정받는 것이 싫은 것은 아니다. 이제 그의 목표는 돈 잘 벌고, 잘나가는 외과의사였으니까. 하지만 이건 너무 심하잖아! 상식적인 선 안에서 인정받고 싶다고!

그러던 중, 고영찬 교수에게서 전화가 왔다.

—잠깐 볼 수 있나?

진현은 지난밤이 떠올라 불쾌한 마음이 들었으나 티를 낼 수는 없는 노릇.

진현은 고개를 끄덕였다.

"네, 지금 가겠습니다."

연구실에 도착하자 고영찬이 말했다. 평소답지 않게 머뭇거리는 목소리다.

"자네에게 하나 양해를 구할 게 있어서 그러네."

"무엇입니까?"

"김종현 화백의 진료는 앞으로 내가 담당해도 되겠나? 자네도 1년 차 입장에서 VIP 환자를 보는 게 부담스럽지?"

진현은 고영찬의 속마음이 훤히 보였다. 권력욕이 있는 의사 입장에선 VIP 환자를 한 명이라도 더 많이 진료하는 게 좋다. 그게 차후 다 힘이 되고 명예가 되기 때문이다. 뭔가 한심한 마음이 들었으나 고개를 끄덕였다. 그렇지 않아도 바쁜데 데려가 주면 진현의 입장에선 고맙긴 하다.

"네, 알겠습니다."

"그래, 김종현 화백에겐 내가 직접 말하겠네."

고영찬은 환히 웃으며 말했다. 그런데 변수가 생겼다. 김종현이 고영찬의 진료를 거부한 것이다.

"그냥 김진현 선생님의 진료를 받겠습니다."

"네? 하지만… 김진현 선생은… 이제 고작 1년 차로……."

그러나 김종현은 고개를 저었다.

"1년 차여도 실력이 부족해 보이진 않더군요. 무엇보다……."

그는 고영찬의 뱀 같은 눈을 빤히 바라봤다.

"짧은 시간이지만 김진현 선생님은 참 환자를 생각하는 의사더군요. 몇몇 다른 의사와 다르게요. 그렇지 않습니까?"

며칠간 김종현은 김진현이 진료하는 모습을 지켜봤다. 나이와 실력을 떠나서 이 어린 의사한테는 '마음'이 있었다. 환자를 생각하는 마음이.

고영찬의 얼굴이 붉어졌다. 물론 김종현이 그날 밤의 추악한 수작을 알고 하는 이야기는 아닐 거다. 그러나 지은 죄 때문인지 부끄러운 마음이 들었다.

"신경 써주셔서 감사하지만 저는 김진현 선생님한테 계속 진료를 받고 싶습니다."

"……."

"볼일이 없으면 그만 가보십시오. 마침 그림을 그리려던 중이어서……."

"…알겠습니다."

고영찬은 더 말 붙이지 못하고 병실에서 나갔다.

시간이 지나자 기사의 후폭풍이 불어닥치기 시작했다. 응급실에 방문한 환자들이 김진현의 진료를 요청한 것이다.

"여기 응급실에 김진현이란 용한 젊은 선생님이 계시다던데……."

"저도 김진현 선생님께 진료받게 해주세요."

진현 입장에선 미치고 팔짝 뛸 일이었다. 그렇지 않아도 바쁜
데! 특히 김종현 화백의 갤러리가 청담동 근처에 위치한 것이 직
격타였다. 인근에 사는 사람들이 천재 의사 김진현의 진료를 받
으려고 몰려든 것이다.

'다른 병원 가라고!'

원래도 바빴던 진현은 몸이 세 개라도 모자랄 지경이 되었다.
그렇게 지옥 같은 나날이 시작되고 일주일 정도 뒤, 김종현 화백
이 퇴원할 때가 되었다.

김종현은 여전히 노숙자를 연상시키는 행색으로 인사를 했다.
원래 기인 같은 성격의 그이지만 자신을 치료한 김진현에겐 항상
얌전했다.

"정말 감사했습니다. 선생님 덕분에 좋아져서 퇴원합니다."

"…네, 다행입니다."

그렇게 답하면서도 김진현은 속으로 한숨을 삼켰다. 지금 죽
을 것처럼 환자 복이 터진 것은 모두 이 김종현 화백 때문이었다.

난 왜 이렇게 재수가 없을까?

'청계산은 기독병원이 더 가까운데. 왜 하필 우리 병원으로
와서.'

그렇다고 김종현을 탓할 수도 없는 노릇이고 하늘이 원망스러
웠지만 이미 벌어진 일이었다.

진현과 인사를 한 후, 김종현은 제자 이수훈의 부축을 받고 퇴
원했다. 발목 골절로 한 팔에는 목발을 짚고 있었다.

"선생님, 정말 이제 괜찮으세요?"

"응, 많이 좋아졌다."

"그림도 그리시던데."

"그래, 약간의 깨달음이 있었어."

이수훈의 눈이 커졌다. 그렇지 않아도 국내 최고로 꼽히는 김종현이다. 그런데 깨달음이라니?

"역시 죽을 위기를 극복하니! 이게 무협소설에서 말하는 절벽기연이군요. 나도 그러면 절벽에서……!"

그 말에 김종현은 불편한 몸으로 이수훈의 머리에 꿀밤을 먹였다.

"아야, 왜 때려요?"

"그런 게 아니야. 그냥 병원에서 일하는 사람들을 보니 느껴지는 게 있어서… 그러고 보니 선물로 준다는 걸 까먹었군. 네가 병동에 좀 가져다 줘라."

그러면서 김종현은 한 폭의 화첩을 건네었다. 입원해 있는 동안 틈틈이 그린 그림이다.

"그냥 병원에 주시려고요?"

"왜?"

"아니, 그냥……."

이수훈은 말끝을 흐렸다. 김종현 입장에서야 그저 본인이 그린 그림에 불과할 테지만 그의 그림은 부르는 게 가격이라 그 금전적 가치는 상상을 초월한다.

'이것도 최소 1억은 넘을 텐데… 아깝다.'

하지만 빼돌릴 수도 없는 노릇이라 그는 병동에 고이 그림을 전달했다.

"이게 뭐예요?"

병동의 간호사가 그림을 받았다.

"입원 기간 동안 고마웠다고 저희 선생님이 병원에 전하는 선물입니다."

"어머, 감사해요."

김종현의 이름값을 알고 있는 간호사는 눈을 동그랗게 뜨며 감사를 표했다.

"특히 김진현 선생님께 감사했다고 말씀 전해달라고 하더군요."

"네, 그럴게요."

병동 간호사들은 함께 그림을 펼쳐보았다. 그리고…….

"……!"

그들은 놀라움에 입을 벌렸다. 인물화였다. 한 앳된 얼굴의 젊은 남자 의사가 마음을 담아 환자를 진료하고 있었다. 형의 표현에 그치지 않고 정신까지 담아야 한다는 인물화의 궁극적 목표, 전신사조(傳神寫照). 김종현의 인물화는 그 전신사조를 극명히 담아 얼핏 봐도 의사가 환자를 생각하는 마음이 절절이 느껴졌다. 그런데 문제는…….

한 간호사가 떠듬떠듬 물었다.

"이거 우리 김진현 선생님 맞지?"

"확실하지는 않지만… 그런 것 같은데요……."

초상화처럼 완전 똑같진 않지만 김진현을 아는 사람이 보면 충분히 그를 연상케 할 그림이었다.

"이 그림 어쩌죠?"

"김진현 선생님 줘야 하나?"

"그런데 이거 김진현 선생님인지도 확실하지 않은데… 그리고 김진현 선생님한테 개인적으로 준 선물은 아니잖아. 우리 병동에 준 것이니……."

"그렇다고 우리 병동에 걸어두기에는 너무 대가의 명작 아닌가요?"

원래 환자의 기분 전환을 위해 병동마다 아마추어들의 그림을 걸어놓는 경우가 많다. 하지만 이 그림은 그럴 수준이 아니다.

병동을 담당하는 수간호사가 말했다.

"이런 명작은 우리만 볼 게 아니라 많은 사람과 공유해야지. 우리 병동 말고 사람 많이 지나다니는 데 걸자."

"그러면?"

"병원 행정과에 이야기해 1층 로비에 거는 게 어때? 거기가 사람이 제일 많이 다니는 곳이니."

좋은 의견이었다. 이 정도 명작은 로비에 걸어 많은 사람과 공유해야 했다. 병원 전체적으로도 좋은 일이다.

"김진현 선생님도 좋아하겠지?"

"당연히 그렇지 않을까요? 나라면 엄청 자랑스러울 것 같아요."

간호사들은 신나서 이야기했다. 그렇게 진현을 모티브로 그린 듯한 김종현의 인물화는 수많은 사람이 지나가는 로비에 걸렸다. 환자 및 병원 직원들은 김종현의 그림을 보고 감탄을 토하며 서로 말했다.

"이야, 역시 대화백은 다르긴 다르구나. 인물이 살아 있는 것 같네. 저런 의사를 만났으면."

"그러게요. 그런데 김종현 화백이 자신을 진료했던 의사를 모티브로 저 그림을 그렸다는 이야기가 있던데……."

"그게 정말이야? 누구지?"

"외과의 김진현 선생님이라고 하던데?"

"김진현?"

"그… 있잖아. 인턴 때부터 괴물이라 불리던."

"아, 그 천재!"

병원의 모든 사람이 그림을 보며 김진현의 이야기를 하였다. 그뿐이 아니었다. 늘 할 일 없이 빈둥거리던 홍보팀이 오랜만에 찾은 일거리에 다시 한 번 움직였다. 병원 홈페이지 메인에 대문짝만 하게 진현의 인물화를 찍어 올렸고 덕분에 대일병원과 연관된 모든 사람이 그 인물화를 보게 되었다.

김진현. 레지던트에 불과한 그 이름이 대일병원 모두의 머리에 다시 한 번 깊숙이 각인되었다.

인스턴트 도시락

그렇게 대일병원의 외과 파트 응급실은 평온하고 행복했다. 단 한 명, 진료를 담당하는 김진현만 빼고.

'죽겠다……'

김종현인지 뭐시긴지, 그 화가를 치료한 이후로 환자가 부쩍 늘어났다. 이전에도 힘들었지만 이제는 몸이 부서질 것 같았다.

'나한테 무슨 원수를 져서… 조금만 쉬자… 제발…….'

물론 힘든 것은 김진현 혼자뿐으로 나머지 사람들은 모두 행복했다.

"김진현 선생 덕분에 외과 쪽 문제가 있는 사람은 걱정이 없어."

"그러게. 계속 응급실에 있었으면 좋겠어."

진현이 들으면 복창이 터질 이야기들이다.

그러던 어느 날, 간이식 파트의 주니어 교수 유영수가 응급실에 왔다가 진현을 보고 깜짝 놀랐다.

"…안녕하십니까."

"아니, 김진현 선생? 여기서 무슨?"

다들 김진현의 이야기로 떠들썩했지만 유영수는 소문을 전혀 못 듣고 있었다. 강민철 교수가 미국에 교환교수로 떠난 후, 그의 몫까지 처리하느라 수술장에서 살다시피 한 탓이다. 세상과 격리된 채 수술만 하던 유영수는 김진현이 응급실에서 고생하고 있는지도 모르고 있었다. 그런데 응급실에서 일하는 김진현의 몰골이 보통이 아니었다. 반의 반쪽이 된 김진현의 얼굴에 유영수가 물었다.

"자네 괜찮은가?"

"……."

진현은 침묵했다. 당연히 괜찮지 않다.

"그런데 왜 자네가 응급실에 있는 건가?"

원래 대일병원 외과는 1년 차 초반에 응급실을 담당하지 않는다.

"2년 차 선생님들 업무가 과중하다 해서……."

"아니, 그래도 그렇지. 얼마나 응급실에 있었던 건가?"

"이제 두 달째입니다."

"두 달? 그러면 다음 달은?"

"다음 달도 응급실입니다."

유영수는 인상을 찌푸렸다. 물론 두세 달 연속으로 응급실을 전담하는 게 없었던 사례는 아니지만 이제 막 외과에 걸음마를 시작한 애한테 너무한 것 아닌가?

'강민철 교수님이 잘 챙기라고 당부했었는데.'

유영수는 자신이 너무 무심했다고 생각했다. 바빠도 좀 신경을 썼으면 이런 사단은 일어나지 않았을 텐데.

"안 되겠네. 이러다 자네가 죽겠어."

"……."

"내가 주임 교수님께 이야기하겠네. 응급실에서 빼달라고."

"정말입니까?"

진현의 졸린 눈이 번쩍 뜨였다. 유영수는 고개를 끄덕였다.

"그래, 내가 잘 이야기해 주겠네. 싫나?"

진현은 그답지 않게 빠른 목소리로 답했다.

"감사합니다!"

드디어 레지던트 생활을 시작한 지도 100일이 지났다. 그 말은 지옥의 100일 연속 당직이 끝났단 뜻이다. 이제 근무처에 따라서 짧으면 2, 3일에 한 번, 길면 1, 2주에 한 번씩 '오프'를 나갈 수 있다.

물론 오프라고 하루 종일 쉬는 게 아니다. 보통 저녁 8, 9시 넘어서 퇴근해 새벽에 돌아오는 것을 오프라고 한다. 그래도 잠깐이라도 병원 밖에 나갈 수 있는 게 어딘가?

"아아, 진짜 힘들었다. 오늘은 꼭 나가서 술 마실 거야."

혜미와 같이 내과를 전공한 김수연은 내과 당직실에서 녹초가 된 얼굴로 중얼거렸다.

혜미가 의아한 목소리로 물었다.

"남자친구 안 만나?"

"100일 당직 서면서 깨졌어."

"아… 괜찮아?"

김수연은 대수롭지 않게 답했다.

"괜찮아. 어차피 이런 걸로 깨질 거면 지금 깨지는 게 나아. 그리고 나만 깨졌나? 새로 생긴 솔로 동지들이랑 술이나 먹어야겠다."

그녀 말고도 100일 당직을 서면서 솔로로 돌아온 이가 많았다.

"너는 어때? 김진현 그 나쁜 놈이랑 진전이 좀 있어?"

혜미는 고개를 저었다. 남 걱정할 때가 아니었다. 그녀도 솔로, 그것도 모태솔로였으니까. 이게 다 김진현 때문이다.

"우리 그런 사이 아니야."

"그래?"

"진현이는 나 말고 다른 사람 좋아해."

"그 이연희인가 하는 여우 간호사?"

"…응."

"에휴, 남자들이란. 그런 불여시가 뭐가 좋다고. 그런데 김진현, 걔는 이연희랑 사귀는 거야?"

"글쎄… 그건 잘 모르겠어."

마지막에 만났을 때까지는 아니었는데…….

'지금쯤 사귀고 있을까?'

그럴지도 모르겠다. 김진현은 외과 전공이었고, 이연희는 외과 병동의 간호사니까. 일하며 수도 없이 마주쳤겠지. 서로 마음이 있으니 지금쯤 사귀고 있을 확률이 높다고 그녀는 생각했다. 그런 생각을 하니 참 가슴이 아팠다.

그때 김수연이 의문을 표했다.

"근데 정말 김진현이 이연희를 좋아하는 게 맞긴 한 거야?"

"뭐?"

"아니, 이연희가 김진현을 좋아하는 것은 확실한데, 아무래도 김진현이 이연희를 좋아하는지는 잘 모르겠단 말이야."

"아마 맞을 거야."

"아니야. 이 언니가 여대 여우들 사이에서 지내 봐서 감이 좋잖니? 난 김진현이 널 좋아하는 것 같은데?"

"……!"

그 말에 이혜미의 얼굴이 시뻘겋게 달아오르며 심장이 두근거렸다. 진현이 날 좋아한다고? 문득 이전에 진현이 자신의 머리를 쓰다듬던 게 떠올랐다. 정말로 설마? 하지만 혜미는 애써 고개를 저었다. 아닐 거다. 괜한 자신의 기대일 뿐일 것이다.

"그런 이야기하지 마."

하지만 김수연은 입술을 삐죽 내밀며 물러서지 않았다.

"너무 그렇게 생각하지 마. 그리고 너, 이렇게 가슴만 졸이고 있을 거야? 나 같으면 고백이라도 해보겠다."

"나 그, 그런 것 못 해."

진현에게 고백이라니. 못 한다.

김수연은 답답한 표정을 지었다. 제일 큰 문제는 천하의 나쁜 놈 김진현이지만, 그녀가 보기에 혜미도 답답하긴 마찬가지였다.

"너, 그나마 친구 사이도 멀어질까 봐 그러는 것은 아는데, 어차피 걔가 다른 여자랑 사귀어도 멀어져. 차라리 그럴 바엔 고백이라도 하는 게 낫지 않아? 그리고 혹시 알아? 너랑 김진현이랑 둘이 사귀게 될지."

"……."

진현이랑 사귄다고? 혜미의 얼굴이 붉어지다 못해 귀 끝까지 붉어졌다.

"그리고 내가 생각하기엔 진현이 너한테 마음이 없지 않아. 이 언니의 감은 꽤 정확한 편이니까 믿어봐."

"……."

"답답하게 그러지 말고 고백해 보라니까."

혜미는 대답하지 못했다.

그때 간이식 파트의 주니어 교수 유영수는 연구실에서 주임 교수인 고영찬을 만나고 있었다.

"김진현 선생의 응급실 근무는 너무 과중합니다. 조정이 필요하다 생각합니다."

"그게, 유 교수… 다 알고 있네. 내가 알아서 하겠네."

고영찬은 고개를 저었으나 유영수는 물러서지 않았다.

"그리고 김진현 선생의 다음 달 스케줄을 보니 또 응급실 근무이던데, 세 달 연속 응급실 근무는 전례에 없는 일입니다. 조정을 해주십시오."

고영찬은 곤란한 마음이 들었다. 현재 김진현의 응급실 근무는 부당한 면이 많았다. 그도 다 알고 있는 사실이다.

"물론 김진현 선생의 능력이 뛰어나긴 하지만 이러다 과중한 업무로 사고가 날 확률이 높습니다."

"그건 알아. 내가 알아서 한다니까."

"대체 인력이 아예 없다면 모를까, 다른 2년 차의 투입이 가능한데 왜 김진현 선생을 응급실에 삼 개월이나 연속으로 근무시키려는 것입니까?"

유영수의 말은 모두 옳았다. 애초에 부당한 배치이니 고영찬은 논리적으로 할 말이 없었다.

'곤란하군.'

고영찬은 표정을 굳혔다.

"유 교수."

"네?"

"주임 교수인 내가 알아서 한다니까. 자네는 쓸데없는 일에 신경 쓰지 말게."

"그럴 수는 없습니다. 전 강민철 교수님께 김진현 선생을 잘돌보란 부탁을 받았습니다."

고영찬은 결국 한숨을 내쉬었다.

"하아, 난 뭐 이렇게 하고 싶어서 그러는 줄 아나? 다 내가 알아서 할 테니 돌아가게."

유영수는 속으로 인상을 찌푸렸다. 이게 무슨 말인가?

"그게 무슨 말입니까?"

"더 알려고 하지 말고 그냥 돌아가라니까. 괜히 이렇게 나서다가 자네가 다칠 수도 있어."

경고였다. 그러나 유영수도 강민철만큼은 아니어도 강직한 인물이었다.

'뭔가 있어.'

썩은 냄새가 강하게 느껴졌다.

유영수는 강한 눈빛으로 말했다.

"도대체 어째서입니까? 말씀해 주기 전까진 돌아가지 않겠습니다."

고영찬은 역정을 냈다.

"유 교수! 주임 교수인 내가 말하잖아. 알아서 한다고! 빨리 돌아가!"

"그럴 수는 없습니다."

"이러다 자네도 크게 다칠 수 있다니까!"

"……!"

유영수의 표정이 굳어졌다. 도대체 김진현을 놓고 누가 무슨 일을 벌이고 있는 건가?

"교수님, 레지던트, 즉 전공의(專攻醫)들은 저희의 제자 아닙니까? 그것도 그냥 제자가 아니라 저희를 대신해서 대학병원을 지탱하고 있는 감사한 제자들입니다."

"뭐?"

레지던트들을 하찮은 소모품으로만 생각하는 고영찬을 찔리게 하는 말이었다.

"말씀해 주십시오. 도대체 무슨 일이 일어나고 있는 것입니까?"

유영수의 눈에 서린 각오를 마주한 고영찬은 그가 절대로 그냥 물러가지 않음을 깨달았다.

'젠장, 강민철도 그렇고 이놈도……'

수장(首將) 강민철 때문인지 간 파트에는 강직한 교수가 많았다.

"자네, 정말 다칠지도 몰라. 그래도 괜찮나?"

"…말씀해 주십시오."

"알겠어. 대신 약속하게. 누구에게도 이야기하지 않겠다고. 만약 함부로 입을 놀리면 힘들게 오른 교수 자리를 내려놓아야 할 수도 있어."

"알겠습니다. 말씀해 주십시오.

고영찬은 고개를 돌려 주변에 혹시 듣는 사람이 없는지 확인후 내키지 않은 목소리로 말했다.

"사실은······."

*　　　　*　　　　*

그날 저녁, 혜미는 레지던트가 된 후 첫 퇴근을 했다. 100일만에 퇴근이다 보니 옷이 계절에 전혀 맞지 않았다.

'코트를 입고 출근했는데, 이젠 반팔을 입고 있는 사람도 보이네.'

이른 더위 때문인지 반팔을 입고 있는 사람도 종종 보였다.

'뭐 하지?'

삼 개월 만에 병원 밖에 나오긴 했는데, 딱히 할 일이 없었다. 그냥 김수연이랑 술이나 먹으러 갈 걸 그랬나?

'진현이는······?'

문득 진현이 떠올랐으나 고개를 저었다. 100일 당직이 끝났으나 응급실 근무인 그는 퇴근은커녕 잠잘 시간도 없었다.

'더 말랐던데, 밥은 잘 먹나······.'

바보같이 걱정이 되었다. 오늘도 제대로 밥 못 먹었겠지?

'도시락이나 싸다 줄까?'

그런 생각을 한 그녀는 화들짝 고개를 저었다.

'무슨 도시락이야, 이혜미. 진현이 이상하게 생각할 거야. 분

명히.'

그러나 진현의 마른 얼굴이 떠오르자 마음이 흔들렸다. 내가
해준 밥을 먹는 것을 보면 얼마나 행복할까?

'고, 고백하는 것도 아니고… 그냥 맨날 밥을 거르는 친한 친
구가 불쌍해서 해주는 거니까… 그 정도는 괜찮지 않을까? 진현
이와 나는 그래도 엄청 친한 친구니까.'

그녀는 얼굴을 붉히며 고민했다.

'어차피 집에 들어가도 할 일도 없는데… 그래, 이건 그냥 친한
친구끼리 밥을 해주는 거야. 특별히 사심이 있어서가 아니라.'

마침 그때 그녀의 눈에 마트가 보였다. 침을 꿀꺽 삼킨 그녀는
자신도 모르게 마트에 들어갔다. 그런데 문제가 있었다. 그녀는
요리를 못했다. 아니, 재능을 떠나서 요리란 것 자체를 해본 적이
거의 없었다.

지글지글.

열심히 지지고 볶고는 했으나…….

"읍."

혜미는 자신이 만든 고기볶음의 맛을 보고 신음을 흘렸다.

'이, 이게 뭐야. 분명 인터넷에서 본 대로 했는데 왜 이런 맛이
나는 거지?'

다른 요리들도 마찬가지였다. 그녀는 울상을 지었다. 원대한
꿈을 가지고 장을 잔뜩 봐왔지만 요리가 아닌, 괴상한 창조물만
잔뜩 만들어졌다. 가히 연금술사에 버금가는 창조였다.

'왜 이렇게 어려운 거야. 차라리 심폐소생술을 하지…….'

가사와는 백만 광년 정도 떨어져 살아온 그녀는 요리가 심폐

소생술보다 어렵게 느껴졌다. 그래도 무지막지하게 장을 봐온 덕에 건질 게 있긴 했다. 스팸, 프랑크 소시지, 고추 참치, 김, 햇반으로 돌린 밥.

'다 인스턴트잖아.'

그녀는 자신이 싼 도시락을 보고 좌절했다. 그나마 직접 만든 것은 타버린 계란 프라이 정도?

'이연희는 요리도 잘하겠지?'

왠지 그 여우는 요리도 잘할 것 같았다. 패배감이 들었으나 고개를 저었다.

"아, 몰라. 정성이 중요한 거야."

정성이라곤 한 톨도 느껴지지 않는 도시락을 만들었으면서 그렇게 말했다.

그녀는 인스턴트로 범벅된 도시락을 들고 다시 병원에 도착했다. 늘 살다시피 하는 병원이지만 예쁘게 원피스를 차려입고, 도시락을 들고 진현을 만난다 하니 가슴이 설레었다. 그녀는 핸드폰으로 전화를 걸었다.

—여보세요?

"진현아. 나 혜미인데 지금 뭐 해? 바빠?"

—아니, 당직실에서 잠깐 눈 붙이고 있었어.

"그러면 내가 그쪽으로 갈게. 13층 외과 병동 뒤쪽이지?"

—무슨 일인데?

"별건 아니고 만나서 이야기할게."

전화를 끊은 그녀는 갑자기 걱정이 되었다. 뭐라고 이야기하며 도시락을 주지? 이상하게 생각하진 않을까? 도시락이 맛없으면 어떻게 하지? 그런 생각을 하다 보니 금방 당직실에 도착했다. 노크를 하니 진현이 반쯤 감은 눈으로 나타났다. 정말… 정말 오랜만에 만나는 그의 얼굴에 혜미의 가슴이 또 바보같이 뛰었다.

"아, 안녕. 잘 지냈어?"

"어… 응. 그런데 무슨 일?"

혜미는 입술을 깨물었다. 뭐라고 하면서 주지? 짧은 순간 숱하게 고민했으나 애초에 그녀는 이런 일에 재능이 없었다. 그녀는 결투장을 전하듯 불쑥 도시락을 내밀었다.

"이, 이거! 이거 주려고 왔어!"

"응? 이게? 웬 도시락?"

진현의 눈이 커졌다. 혜미는 부끄러움으로 더듬더듬 말했다. 하얀 얼굴이 주책없게 빨개졌다.

"너, 너! 요즘 계속 밥도 잘 못 먹는 것 같아서. 그래서 이 누나가 선심 써서 싸온 거야! 고, 고, 고맙게 먹어!"

너무 민망해 그녀는 쥐구멍에 들어가고 싶은 마음이 들었다. 나도 이연희, 그 여우처럼 부드럽게 꼬리 치듯 이런 이야기를 할 수 있으면 좋을 텐데.

"마, 맛은 좀 없을지도 몰라. 하, 하여튼 잘 먹어. 난 가볼게."

그리고 그녀는 등을 돌렸다. 심장이 너무 뛰어 도저히 그대로 서 있을 수 없었다. 급히 엘리베이터로 걸어가려는데 팔목에 차가운 감촉이 닿았다. 진현이 그녀의 손을 잡은 것이다.

"……!"

팔을 통해 전해지는 그의 느낌에 그녀의 몸이 뻣뻣이 굳었다.

그녀는 더듬거렸다.

"…왜, 왜? 머, 먹기 싫어? 그러면 그냥 가져갈게."

"아니, 그게 아니라……."

진현의 목소리가 그녀의 귀에 닿았다.

"왜 이렇게 급하게 가려고 그래? 오랜만인데 잠깐만 앉았다가. 지금 당직실에 아무도 없어."

두근. 당직실에 그와 둘이? 그녀는 자신의 심장 소리가 천둥처럼 들렸다. 심장이 터질 것 같았다.

"황문진이랑 둘이 쓰는데, 지금 문진이는 오프 나갔어. 들어와."

그녀는 어색한 얼굴로 당직실을 살폈다. 익숙한 전경이다. 그녀가 사용하는 당직실과 똑같이 생겼다. 닭장만 한 크기에 이 층 침대 하나, 캐비닛, 샤워실 겸 화장실. 그게 끝이었다. 하지만 침실로 쓰는 좁은 공간에 그와 단둘이 있어서인지 맨날 보는 풍경인데도 안정이 안 됐다.

'정신 차려, 이혜미. 무슨 생각을 하는 거야?'

그녀는 고개를 털었다.

진현은 의아한 표정을 지었다.

"왜?"

"아, 아니야."

진현은 웃었다.

"너 오늘 이상하다."

"……."

너 때문에 이상한 거잖아! 그런 말이 목 끝까지 올라왔으나 참았다. 진현은 당직실을 둘러보다 침대를 가리켰다.

"그런데… 의자가 없네. 그냥 여기 옆에 앉을래?"

그렇게 둘은 좁은 이 층 침대 밑에 나란히 앉았다. 진현은 별 신경 안 쓰는 듯했으나 혜미는 무척 불편했다. 이 좁은 방에서 침대 위에 딱 붙어 앉아 있다니.

"그런데 웬 도시락이야?"

"아니, 그냥… 요즘 밥도 잘 못 먹는 것 같아서."

진현은 크게 고마운 얼굴을 했다.

"고마워. 사실 오늘도 한 끼도 못 먹었는데… 역시 나한텐 너밖에 없네."

너밖에 없네란 말에 혜미는 급히 고개를 반대편으로 돌렸다. 별 의미 없는 말인 걸 알면서도 또 주책없게 뛰는 바보 같은 가슴이었다. 진현은 도시락을 열었다. 예쁜 통 안에 인스턴트만 가득한 음식이 모습을 드러냈다. 진현은 잠시 침묵했다. 혜미는 진현이 볼품없는 도시락에 실망했다 생각하고 민망한 목소리로 말했다.

"나, 나 원래 요리 못해. 그, 그러니 그냥 먹어. 그래도 계란 프라이는 내가 한 거야."

진현이 가만히 입을 열었다.

"고마워."

"응?"

"정말 고마워. 정말로. 잘 먹을게."

깊은 감사의 마음이 담긴 목소리였다.

"마, 맛은 없을 거야. 그래도 그냥 먹어……."

"아니야. 정말 잘 먹을게."

진현은 수저로 한 움큼 밥을 퍼 입에 가져갔다.

"맛있어."

"거, 거짓말."

"정말 맛있어."

진현은 웃으며 말했다. 진심이었다. 아니, 사실 다 인스턴트인데 맛이 없을 수가 있나? 물론 그녀가 직접 한 계란 프라이는 간이 안 맞긴 했다. 그것 빼곤 다 맛있었다.

"정말 맛있어. 정말로. 고마워."

"처, 천천히 먹어."

진현은 순식간에 도시락을 비웠다.

"맛있게 잘 먹었다. 요리도 잘하네, 이혜미?"

"농담하지 마. 다 인스턴트인데."

진현은 웃었다.

"농담 아니야. 맨날 먹고 싶을 정도인걸?"

"맨날……."

맨날 해줄 수 있는데. 무심코 말하려던 혜미는 화들짝 놀라 입을 다물었다.

"나중에 결혼할 사람한테 맨날 해달라고 해."

그 말을 끝으로 둘은 잠시 입을 다물었다. 그녀는 그가 비운 도시락을 바라봤다. 이런 도시락쯤 맨날 해줄 수 있는데, 아니, 해주고 싶은데. 그가 맨날맨날 내가 해준 밥을 먹으면 얼마나 행복할까?

"……."

이후에도 둘은 서로 말이 없었다. 혜미는 단둘이 좁은 공간에 있는 게 부끄러웠고, 진현은 무슨 생각을 하고 있는지 말이 없었다. 불편하면서 가슴이 간질간질한 침묵이었다.

시간이 지난 후, 결국 혜미가 먼저 입을 열었다.

"응급실 많이 힘들지?"

"……."

"힘들어도 밥은 잘 챙겨 먹고."

"……."

답이 없다. 의아한 마음이 들 때였다.

툭.

그녀의 어깨에 딱딱한 감촉이 닿았다.

"……!"

그의 머리였다. 그가 자신의 머리를 그녀의 어깨에 기댄 것이다.

"지, 진현아?!"

그녀는 놀라 떨리는 목소리로 물었다. 가, 갑자기 왜 이러는 거지? 혹시? 그녀의 심장이 터질 듯이 요동쳤다. 그러나…….

"쿨……."

그녀는 맥이 빠졌다. 잠이 든 것이다.

"뭐야……."

한숨을 내쉬었다 뭘 기대한 거야.

'계속 못 자서 피곤하겠지.'

그녀는 그를 침대에 눕히려 했다. 그런데 순간 그녀는 움직임을 멈추었다. 욕심이 들었다.

'잠시만… 잠시만 더…….'

어깨에 닿는 그의 느낌이 좋았다. 은은한 냄새가 그녀의 코를 자극했다. 잠시만 이 느낌을 더 느끼고 싶었다.

'사랑해. 정말로.'

그녀는 속으로 중얼거렸다. 그런데 완전히 잠이 든 것인지, 그의 머리가 스륵 앞으로 미끄러지더니 그녀의 가슴을 스쳐 무릎으로 떨어졌다. 의도치 않게 그는 그녀의 허벅지 끝을 베고 누운 자세가 되었다.

"……."

허벅지 맨살에 느껴지는 그의 감촉에 그녀는 다시 얼굴이 빨개졌다. 도대체 오늘 몇 번이나 얼굴이 붉어지는지 모르겠다.

'좀 더 긴 치마를 입고 올걸.'

그녀의 마음도 모르고, 진현은 깊은 잠에 빠져 있었다.

'이 바보.'

그녀는 가만히 진현의 머리를 쓰다듬었다.

'정말 바보. 바보.'

그녀는 홀린 듯 그의 얼굴을 바라봤다. 난 왜 진현을 사랑하게 되었을까? 7년을 넘은 짝사랑이 너무 힘들었다. 차라리 만나지 않았더라면 이렇게 힘들지 않았을 텐데. 그렇게 생각할 때도 있었다. 하지만 그런 마음은 그의 얼굴을 보면 눈 녹듯 사라졌다. 같이 있고 싶다. 영원히 함께하고 싶다. 오빠의 원한 따위는 잊고 그냥 그와 함께하고 싶다.

그녀는 살짝 허리를 숙여 그의 귀볼 쪽으로 입술을 가져갔다.

"사랑해."

깊게 잠든 진현은 깨지 않았다. 그녀는 다시 말했다.

"정말 사랑해, 이 바보야. 넌 모르겠지만……."

그리고 그녀의 입술이 진현의 입술을 살짝 덮었다. 무의식적인 충동적인 입맞춤이었다.

"……!"

그녀는 본인이 한 행동에 스스로 놀라 화들짝 고개를 들었다.

'미, 미쳤어.'

천만다행으로 진현은 깨어나지 않았다. 정말 다행이었다. 그렇게 그녀는 진현과 첫 입맞춤을 했다. 아무도 모르는 입맞춤으로 둘 모두 처음이었다.

진현은 부스스 잠에서 일어났다. 시계를 보니 저녁 11시였다.

'뭐지? 언제 잠든 거지? 혜미는 간 건가?'

인스턴트 가득한 도시락을 먹은 것까지는 기억나는데, 깜빡 잠들었는지 그 뒤가 생각 안 난다.

'혜미가 뭐라고 이야기했던 것 같은데…….'

그는 고개를 갸웃했다.

'오랜만에 봐서 좋았는데… 제대로 이야기도 못 했네.'

방금 봤는데 아쉬움이 남았다. 또 보고 싶고 옆에서 이야기하고 함께 있고 싶었다. 그리고 그는 자신의 그런 감정들에 당황했다.

'뭐, 뭐야.'

고개를 저었으나 자꾸만 그녀가 떠올랐다. 꽃처럼, 아니, 꽃보다 예쁜 얼굴, 수줍게 도시락을 건네는 모습, 하얀 뺨이 붉어진 모습. 그 모습들이 자꾸만 떠올랐고 진현은 자신의 감정에 당황하며 한 가지 생각을 하였다.

'설마 내가……?'

그런데 그때였다.

띠리리.

전화벨이 그의 상념을 깨웠다.

'누구지? 모르는 번호인데?'

진현은 인상을 찌푸렸다. 또 응급실인가?

"네, 김진현입니다.

그런데 전화기 너머로 의외로 목소리가 들렸다.

—김진현 선생? 나 유영수인데 잘 지내나?

"아, 네. 교수님."

—지금 잠깐 시간 괜찮나?

"아, 네. 응급실에 당장 봐야 할 환자는 없습니다."

—그러면 우리 병원 근처에서 잠깐 볼까?

"아, 네. 알겠습니다."

—병원 정문에서 보세.

진현은 의아한 표정을 지었다. 무슨 일이지? 전화기 너머 유영
수 교수의 목소리가 평소와 다르게 어두웠다. 왠지 불길한 느낌
이 들었다.

유영수 교수가 진현을 데려간 곳은 역삼동에 위치한 한 순댓
국밥집이었다. 늦은 시간이어서 손님은 거의 없었다.

"김진현 선생은 식사했어?"

"아, 네. 그래도 먹을 수 있습니다."

최근엔 밥을 먹을 때보다 거를 때가 많아 몇 끼든 몰아먹을 수
있었다.

"그래, 여기 국밥 맛이 괜찮더라고. 야간 수술 끝나고 잠깐 와서 소주랑 같이 먹으면 참 좋아."

그러면서 유영수는 진현에게 졸졸 소주를 따라줬다. 진현은 당황해 말했다.

"저… 응급실 근무라 술은……."

"괜찮아. 오늘은 그냥 한잔하고 쉬어."

"하지만……."

새벽이라고 응급실에 환자가 안 오는 것은 아니다. 아니, 오히려 더 긴장해야 할 때다. 그 새벽에 잠을 깨 응급실에 올 정도면 꾀병은 아닐 확률이 높기 때문이다. 그러나 유영수는 웃으며 말했다.

"내가 간이식 파트 치프한테 미리 이야기해 놨어. 오늘 너랑 술 좀 마실 테니 너 대신 응급실 근무 설 사람 구해 놓으라고."

"아… 네."

그렇게까지 해줬으면 안 마실 도리가 없다. 진현은 속으로 의문을 표했다.

'도대체 무슨 일이지?'

평소처럼 부드러운 표정이지만 진현은 직감적으로 느꼈다. 뭔가 일이 있었다. 하지만 유영수는 진현에게 술을 주며 일상적인 이야기만 늘어놨다.

"술은 마실 줄 알아? 싫어하진 않고?"

"싫어하진 않습니다."

"모든 파트에서 김진현 선생 칭찬이 아주 자자해. 오늘 알아보니 동양화 쪽의 대가(大家), 김종현 화백도 네가 치료했다며? 수술은 도대체 어떻게 한 거야?"

"……."

그건 할 말이 없었다. 지우고 싶은 기억이었다. 유영수는 집요하게 묻지 않았다. 진현에겐 다행히도 외과엔 현재 이런 분위기가 퍼져 있었다.

—괴물 김진현이니까.

상식적으로 말도 안 되는 일들을 계속해서 벌이니 이젠 그러려니 하는 거다. 괴물 김진현이니까.

"모든 교수님이 너에게 거는 기대가 커. 지금도 벌써 이 정도인데 나중에는 얼마나 잘할지. 김진현 선생은 나중에 어떤 서브 스페셜을 전공하고 싶어?"

서브 스페셜(Sub special). 외과 내에서도 세부 전공을 뜻한다. 전문의를 따기 전엔 두루두루 배우다가 교수에 뜻이 있으면 세부 전공을 정해 그 한길을 깊게 파게 된다.

"아직은… 잘 모르겠습니다."

"그래, 아직 1년 차니까. 지금 정하기엔 빠르지. 간은 어때? 강민철 교수님은 김진현 선생을 무조건 간이식 파트를 시킬 생각인 것 같던데."

진현은 어색히 웃었다.

나쁘진 않았다. 이전 삶에서 그의 서브 스페셜도 간, 담도(Hepatobiliary)였으니까.

'대일병원에 오기 전엔 혈관 쪽이 서브 스페셜이었지만.'

이전 삶에선 두 개의 길을 팠다. 처음엔 혈관, 대일병원에 오고 나서는 간, 담도 파트. 이번 삶에서도 머지않아 결정해야 하리라.

"김진현 선생은 뭘 해도 잘하겠지. 강민철 교수님의 뜻처럼 나도 자네가 우리 파트를 하면 좋긴 하겠는데."

"감사합니다."

그렇게 좋은 분위기로 이런저런 이야기를 하며 소주를 비웠다.

'유 교수님도 성격이 좋단 말이야.'

이전 삶에서도 느낀 거지만 유영수는 참 온화했다. 흐르는 물처럼 부드러워 거친 외과와 안 맞을 것 같은데 수술 실력과 환자를 보는 마음이 뛰어났다. 존경할 만한 윗사람이었다. 그런데 어느 순간 유영수가 말을 멈췄다. 진현이 조심히 물었다.

"그런데 오늘 어째서 보자고 하신 겁니까?"

"그냥… 고생하니 술이나 사주려고 불렀지."

하지만 대답과 다르게 그런 눈치가 아니었다. 진현이 의아한 표정을 지을 때, 유영수가 물었다.

"김 선생."

"네?"

"혹시 이전에 이사장님과 무슨 일이 있었어?"

"이사장님이요?"

진현은 눈을 동그랗게 떴다. 이사장이면 대일병원의 소유주를 말하는 건가? 혜미와 이상민의 아버지인? 말단 레지던트인 자신이 그런 높은 사람과 연관이 있을 리가 없지 않은가?

"전혀 없습니다. 그건 갑자기 어째서……?"

"그렇지?"

유영수는 쭈욱 소주를 들이켰다. 그리고 말없이 빈 소주잔만 쳐다봤다. 말을 해야 하나 말아야 하나 고민하는 눈치였다.

"그건 어째서 물어보는 것입니까?"

"하아."

유영수는 주저하다 입을 열었다.

"사실 이 이야기를 할지 말지를 고민했는데, 당사자는 알고 있는 게 맞을 것 같아서 이야기하는 거야."

"……?"

"왜 네가 응급실로 배치된 줄 알아?"

"그거야 인력이 모자라서……."

"아니야. 이사장님 때문이야."

"……?!"

진현의 눈이 커졌다. 이사장님 때문이라니? 이게 무슨 황당한 말인가? 유영수는 한숨을 내쉬었다. 이 이야기를 하는 것은 유영수의 입장에서도 부담이 되는 일이었다. 그러나 이런 말도 안 되는 불의를 외면할 수는 없었다.

"정확히 이야기하면 너를 외과에서 쫓아내기 위해서야. 다른 사람도 아닌, 이사장님이 그걸 바란다고 하더군."

"……!"

진현은 입을 벌렸다. 너무 놀라 아무런 생각도 들지 않았다.

'대일병원의 이사장이 날 쫓아내고 싶어 한다고?'

황당하다 못해 현실성이 느껴지지 않는 이야기였다. 자신과 이사장은 계약직 사원과 회장 같은 격차가 있었다. 그 높은 사람이 아무런 면식도 없는 자신을 왜 쫓아내려 한단 말인가?

"그게 정말입니까?"

"주임 교수님께 직접 들은 이야기야."

유영수 교수가 이런 일로 농담을 하진 않을 거니 거짓은 아닐
거다. 하지만 진현은 믿어지지가 않았다. 왜 이사장이 나를? 그
럴 이유가 있나? 이혜미와 이상민 말고는 이사장 이종근과 그는
아무런 접점이 없었다. 삼류 드라마처럼 딸과 친하단 이유로? 그
러나 이범수의 죽음 이후 혜미는 아버지와 형식적인 연 외엔 교
류가 없다. 그러면 혹시 이상민 때문에?

"어째서입니까? 어째서 저를?"

"그건 모르겠어. 다만……."

"……?"

"정확한 것은 아니고 단지 추측이지만 최근 이사회의 분위기
를 보면 이사장님의 아들 때문일 수도 있어. 김 선생도 이상민 선
생이 이사장님 아들인 것은 알고 있지?"

"네, 알고 있습니다."

당연히 알고 있다. 나름 친한 친구였으니까.

"이종근 이사장님은 한국대 의대를 졸업 후 대일병원 외과 교
수, 과장, 병원장의 과정을 빠르게 거친 후 이사장이 되었어. 이
상민 선생이 외과에 들어온 것도 아버지와 똑같은 코스를 밟기
위해서야."

그것도 알고 있는 이야기다.

"그게 저와 무슨……?"

"김 선생이 너무 뛰어나니까 방해가 되는 거지. 이상민 선생이
김 선생 때문에 전혀 빛을 못 보니까."

"……!"

"대일그룹 가문 내의 문제라 나도 정확히는 모르는데 병원 이

사회에서도 이런저런 말이 많은가 봐. 김 선생과 이상민 선생을 비교하면서."

"……."

김진현은 할 말을 잃었다. 자신도 모르는 사이 뒤에서 이런 일들이 벌어지고 있었다고? 물론 뭔가 이상하단 생각을 하긴 했다. 하지만 이런 일이 있을 거라곤 상상도 못했다.

유영수 교수는 쓴웃음을 지었다. 도대체 이 착하고 성실한 김진현이 무슨 죄가 있다고. 막강한 실력자, 강민철이라도 있으면 방패막이되었을 텐데 미국에서 뭘 하는지 연락도 안 된다.

"지금 강민철 교수님과 연락이 안 되는데 어쨌든 나도 이래저래 최선을 다해볼 테니 김 선생도 몸을 사려."

"……."

하지만 진현은 답하지 못했다. 이사장이 나를 쫓아내려 한다고? 너무 황당해 헛웃음이 나올 지경이었다.

뚝. 뚝.

밖에서 한 방울, 두 방울 빗방울이 내리기 시작했다. 빗방울과 함께 진현의 마음은 무겁게 가라앉았다.

친구

그 뒤로는 어떻게 시간이 지나갔는지 모르겠다. 너무나도 청천벽력 같은 이야기다. 진현의 어두운 표정에 당직실을 같이 쓰는 황문진이 물었다.

"진현아, 괜찮아?"

진현은 멍하니 답했다.

"아… 아, 괜찮다."

"너무 무리하는 것 아니야? 몸 안 좋은 것 같은데, 지금 시간 있으면 좀 자."

사정을 모르는 황문진이 걱정했다.

"아니, 괜찮다."

"좀 쉬는 게 나을 것 같은데… 참, 진현아. 다음 주에 곧 하례식인데 너는 못 가지?

하례식. 대일병원 외과의 최대 규모 행사로 응급실 근무자를 제외한 모든 외과 소속 의사가 모이는 회식이다.

"나는 못 갈 것 같다."

"아쉽네. 네가 제일 고생하고 있는데 못 가다니. 비싼 소고기 집에서 한다던데."

진현은 쓴웃음 지었다. 소고기야 먹고 싶지만 그럴 정신이 아니다.

'하례식이면 이사장도 오겠군.'

이상민의 아버지, 이사장 이종근은 전(前) 외과 과장으로 외과의 중요 행사에 가끔씩 얼굴을 비쳤다.

"나, 응급실 환자 보러 나가야겠다. 수고해라."

"어, 응. 몸 안 좋은 것 같은데 무리하지 말고."

진현은 터덜터덜 내려가 환자를 진료했다. 다행히 특별한 것은 없는 환자라 간단한 처치 후 퇴실시켰다. 잠시 시간이 난 진현은 병원 뒤편의 벤치로 가 털썩 주저앉았다.

'어떻게 하지?'

허탈했다.

'외과를 그만둬야 하나?'

이전의 삶에서 겪은 풍부한 임상 경험과 한국대 의대에서 쌓은 의학 지식의 소유자인 그는 대단히 뛰어난 실력을 가지고 있었다. 하지만 그러면 뭐하나? 이사장이 그를 찍었는데. 기업으로 치면 회장이 계약직 사원을 찍은 것이다. 그가 아무리 실력이 뛰어나도 버텨낼 재간이 없다.

'젠장. 난 왜 맨날 이런 식이지?'

회귀 후 정말 필사적으로 노력했다. 수능 공부, 돈을 벌기 위한 과외, 의대 공부, 인턴 생활, 외과 레지던트 생활. 뭐 하나 노력하지 않은 것이 없다. 편하게 쉰 날이 거의 없을 정도다. 그런데 원하던 피부과에선 두 번이나 밀려났고, 기껏 마음을 붙인 외과에서도 이런 꼴이다. 그냥 높은 교수도 아니고 이사장이라니. 자연재해급이다. 이 정도면 극복이고 자시고 할 수도 없다.

'하, 빌어먹을.'

항상 이런 시련을 마주하게 하는 하늘이 원망스러웠다. 화도 났다. 그저 열심히 살고 남부럽지 않게 성공하고 싶어 노력했을 뿐인데, 왜 세상은 항상 불합리하고 부당한가? 도대체 이사장이 뭐라고?

'정말 이상민 때문인 거야? 확인해 볼까?'

확인하는 방법은 간단했다. 이상민에게 물어보면 되니까. 하지만 뭔가 마음속에서 꺼려졌다. 의뭉스러운 이상민은 진실을 말하지 않을 것 같았다.

'젠장, 더럽고 치사해서. 그냥 때려치우고 다른 병원으로 가버릴까?'

대한민국에 병원이 대일병원만 있는 것도 아니고 갈 수 있는 곳이야 많다. 모교인 한국대병원만 해도 그가 간다고 하면 쌍수를 들고 환영하리라. 그런데 그렇게 생각을 하다 보니 갑자기 분노가 치밀어 올랐다.

'내가 왜 도망가야 해? 잘못한 것도 없는데? 내가 왜?'

진현은 입술을 깨물었다. 대일병원을 포기하는 것이 아쉽다기보단 화가 나고 오기가 생겼다. 이전의 삶 때도 자신의 노력과 실력에 상관없이 쫓겨나야 했는데 이번 삶에도 그래야 한다고? 아무런 잘못도 없이 단지 이사장의 눈 밖에 났다는 이유만으로 억울하게? 인정할 수 없었다. 그런데 그때였다. 등 뒤에서 생각지도 못한 의외의 목소리가 들렸다.

"여, 이거 범생이 아니야?"

진현은 자신을 부르는 소리라 생각 못하고 대답하지 않았다.

"야, 야. 범생이. 김진현!"

"……?!"

진현이 고개를 돌리니 한 젊은 남자가 서 있었다. 깔끔한 검은 정장을 입은 남자는 왠지 조폭을 연상시키는 험한 얼굴이었다. 누구지?

"…누구십니까?"

남자는 인상을 찌푸렸다.

"아, 뭐야. 나 못 알아보는 거야? 작년에 봤잖아! 나 김철우야, 김철우!"

"……!"

진현은 화들짝 놀랐다. 김철우라고?

"아니, 김철우? 수염은 어디로 가고?"

심볼 같은 수염을 깔끔히 밀어 못 알아봤다. 김철우는 시원하게 웃었다.

"야, 나도 이제 경찰이잖냐. 그래도 깔끔히 다녀야지. 하여튼 반갑다. 잘 지냈냐?"

수염이 있을 땐 딱 산 도적 같았는데, 깔끔히 미니 지금은… 음, 조폭 같았다. 호탕한 조폭. 김철우가 반갑게 손을 내밀어 악수를 건넸다. 진현도 갑작스러운 만남이라 놀라긴 했지만 간만에 친구를 보니 반가운 마음이 들었다.

"그래, 반갑다. 그런데 대일병원엔 웬일이냐? 뭐 수사할 거라도 있어?"

경찰 시험에 합격한 김철우는 인근 강남 쪽에 위치한 경찰서에서 죽어라 일하고 있었다.

"아니, 그런 것은 아니고 아버지가 여기 다니셔서 모시고 왔어."

"아버지? 너희 아버지 어디 안 좋으시냐?"

"나도 몰라. 아버지랑 난 별것 아닌 것 같은데 의사가 수술해야 한다고 난리를 피워서. 방금 상담하고 온 거야. 아버지는 지금 CT 검사하러 가셨고. 잠시 담배 피우러 나왔는데 어떻게 딱 너를 만났네. 반갑다."

"어디가 안 좋으신데?"

"나도 잘 몰라. 무슨 대동맥 쪽이라던데… 이름도 어려워서 잘 모르겠다."

진현은 인상을 찌푸렸다. 대동맥이면 혹시 트리플A?

"복부 대동맥류(Abominal aorta aneurysm, AAA)?"

"어, 맞아! 그런 이름이었어. 짜식, 범생이답게 척하니까 딱 나오네."

김철우는 진현을 만난 게 반가운지 연신 웃으며 말했다. 하지만 진현은 무거운 마음이 들었다.

'동맥류면 굉장히 위험할 수도 있는데.'

김철우가 물었다.

"그런데 그 뭐시기… 동맥류가 무슨 질환이냐? 교수가 뭐라이야기해 줬는데, 영어 섞어서 이야기해서 잘 모르겠더라고. 꼭 수술해야 한다고만 하고. 안 그러면 위험할 수도 있다고. 거참, 뭐가 위험하단 건지."

"동맥류는 대동맥의 혈관벽이 점점 늘어나는 질환이다."

"그래? 늘어나면 뭐가 안 좋은데?"

"터질 수도 있어."

"뭐?"

김철우는 깜짝 놀라 반문했다. 대동맥이 터져?

진현은 진중한 얼굴로 말했다. 웃으며 이야기할 사안이 아니다. 대동맥이 늘어나 터지면 사망률이 90%에 달한다. 제대로 치료받아도 그렇다. 거의 다 죽는다고 봐야 했다. 대동맥류 파열의 치료는 정말 뛰어난 혈관 외과 전문의(Vas cular surgeon)가 아니면 손도 댈 수 없다.

"뭐, 대동맥이 늘어난 정도가 심하지 않으면 그럴 일이 거의 없지만 만약 많이 늘어났으면 위험이 올라가. 그래서 예방적으로 수술을 해야 해."

"그래?"

김철우의 얼굴이 심각해졌다. 껄렁껄렁해도 가족을 생각하는 마음은 똑같다. 아버지가 안 좋을 수도 있다니 걱정이 됐다.

"너 지금 시간 괜찮냐? 우리 아버지 검사 결과 좀 봐줘라."

"그래."

진현은 근처에 위치한 응급실로 가 전산에 접속해 김철우 아버지의 검사 결과를 확인했다.

"……!"

방금 찍은 CT를 확인한 진현의 얼굴이 어두워졌다.

"왜? 뭐 안 좋아?"

"교수님께서 수술 언제 하자셔?"

"빨리 하자고 하시던데. 아버지 회사 일 때문에 미뤄졌어."

"최대한 빨리 받는 게 좋을 것 같다."

진현은 CT를 보며 말했다.

'크기가 너무 커. 5.5㎝만 넘어도 위험하다 하는데⋯ 대동맥 직경이 8㎝가 넘어. 8㎝가 넘으면 50%가 넘게 터지는데.'

1㎝ 남짓한 크기의 대동맥이 8㎝나 늘어나 있었다. 풍선만 한 것이다. 그것 말고도 안 좋은 점이 있었다. 크기가 최근 급속도로 커졌다. 1년에 0.5㎝ 이상 커지면 안 좋은 징후로 보는데, 거의 2㎝ 가까이 커진 것 같다.

"그렇게 안 좋아? 아버지 회사 일 때문에 수술 빨리 못 받으신다는데⋯ 작은 수술도 아니고⋯⋯."

"그래도 최대한 빨리 수술받도록 해라. 최대한."

이전 삶에서 대일병원에 오기 전 그의 세부 전공이 바로 이 대동맥을 보는 혈관 파트였다. 이렇게 위험한 대동맥이 터졌을 때, 살린 적이 거의 없다. 대부분 죽었다.

"그래, 알겠다. 다른 사람이면 몰라도 범생이 네 말이니 믿어야지. 혹시 다른 주의할 것은 없냐?"

딱히 주의할 것은 없다. 다만⋯⋯.

"만약 갑자기 아파하시거나 이상한 점이 보이면 곧바로 응급실로 달려와. 늦으면 절대 안 돼."

"바로?"

"응, 바로. 절대로 늦으면 안 돼."

그때 김철우의 핸드폰이 울렸다.

"아, 아버지. 검사 다 끝나셨나 보다. 다음에 또 보자."

"그래."

김철우는 급히 검사실 쪽으로 사라졌다. 그 뒷모습을 보며 진현은 걱정했다.

'괜찮으셔야 할 텐데…….'

친한 친구의 아버지여서 그럴까? 괜히 불길한 느낌이 들었다.

'괜찮겠지?'

진현은 자신의 걱정이 기우이길 바랐다.

*   *   *

"다음 주가 벌써 하례식인가요?"

"네, 이사장님."

민 비서가 공손히 답했다. 하례식은 대일병원 외과 최대의 행사로 이사장 이종근도 빠짐없이 참석했다.

"장소는 다 섭외했나요?"

"네, 예년과 동일하게 이태원 쪽으로 준비했습니다."

매년 외과의 하례식은 이태원에 위치한 고급 고깃집에서 진행했다.

"그래요. 잘했어요. 이태원… 그렇게 멀진 않은데……."

이종근은 문득 물었다.

"김진현 선생은 요즘 잘 지내나요?"

"……."

민 비서는 눈치만 볼 뿐 답하지 못했다. 워낙 잘 지냈기 때문이다. 김진현은 응급실이 체질인지 날아다니다 못해 비상(飛上)하고 있었다.

실수는 무슨? 환자들의 만족도도 극히 높았고 심지어 천재 외과의사로 소문난 그에게 진료받으러 멀리서 찾아오는 사람이 있을 정도였다. 그야말로 천재 외과의사. 어떤 응급의학과 의사들은 김진현을 보고 '응급실 전담 외과 교수'라고 부르기도 했다. 아직 제대로 수련도 받지 않은 1년 차에 불과한 그한테. 너무 뛰어난 탓이다. 그를 궁지로 몰기 위해 응급실로 보낸 고영찬 교수의 계략은 확실히 어긋났다. 오히려 날개를 달아준 격이었다. 이제 대일병원에서 김진현이란 이름을 모르는 사람은 아무도 없었다.

"하례식엔 김진현 선생도 오나요?"

"응급실 근무자여서 못 옵니다."

"저런. 가장 고생이 많은데 빠지게 되는군요."

이종근은 마음에도 없는 이야길 했다.

"김진현 선생을 제외하고는 모두 오는 거죠?"

"네, 응급수술팀도 일단 다 참석은 합니다."

원래 회식 때는 응급수술을 대비한 수술팀을 남겨놓는 경우가 많으나 하례식은 예외였다. 대일병원 외과 최고의 행사여서 응급수술팀도 모두 회식에 참석한다. 단 술은 마시지 않고 응급 상황이 생기면 곧바로 병원에 복귀할 수 있도록 대비하는 것이다.

'아무도 없을 때 중환자라도 왔으면 좋겠군.'

이종근은 불쾌히 생각했다. 물론 아무리 혼자 있다 해도 김진현이 웬만한 중환자로 흔들릴 가능성은 거의 없었다. 그만큼 지금까지 김진현이 보여준 능력은 너무나도 뛰어났다. 그 괴물 같은 놈은 어떤 상황 속에서도 믿을 수 없는 능력으로 돌파구를 마련했으니까. 오죽하면 레지던트 1년 차 주제에 '응급실 전담 외과 교수'란 별명으로 불리겠는가?

'어디서 이런 괴물이 튀어나와 가지고. 조금의 틈도 찾을 수 없으니.'

이종근은 혀를 찼다.

＊　　　＊　　　＊

어느덧 시간이 흘러 하례식 날짜가 다가왔다. 레지던트 고년 차들을 비롯한 외과 사람들은 진현의 불참함에 아쉬움을 표했다.

"제일 고생 많이 하는데 못 가서 어떻게 하냐?"

"그러게. 술 한잔 줘야 하는데."

진현은 고개를 저었다.

"괜찮습니다. 다음에 한잔 사주십시오."

소고기를 못 먹는 게 아쉽긴 하지만 그게 중요한 게 아니었다. 진현은 걱정하며 말했다.

"그런데 정말 병원에 저 혼자 남는 것인가요?"

"응. 그래도 술도 안 먹고 문제 생기면 곧바로 뛰어올 테니 걱정하지 마."

워낙 큰 회식이니 수술팀도 참석하는 게 특별한 일은 아니다. 문제가 생기면 곧바로 복귀하면 되니까. 다른 대형병원에서도 정말 중요한 회식 때는 응급수술팀도 빠짐없이 참석한다. 하지만 진현은 불안한 마음이 들었다.

'설마 이사장이 수작을 부리진 않겠지?'

이사장 이종근 때문이다. 정말 급한 환자가 왔을 때, 이사장이 조금이라도 수작을 부리면 큰일이다. 어려운 일도 아니다. 조금만 더 있다 가라고 이런저런 핑계로 수술팀이 출발하는 것을 지연시키기만 하면 되니까.

'설마 그러진 않겠지. 그리고 그렇게까지 급한 환자가 올 확률도 거의 없을 거고.'

부산과 서울도 아니고 이태원과 청담이니, 이사장이 수술팀이 출발하는 것에 훼방을 놓아도 최소 1시간 안에는 도착할 것이다. 아무리 응급환자라도 그 잠깐을 못 버틸 정도로 급박한 상태의 환자는 거의 없었다. 일부의 경우만 제외하면 말이다.

진현의 걱정스런 안색에 수술팀의 치프 레지던트가 웃었다.

"너무 걱정 말라고. 정말 금방 달려올 테니. 그리고 별일 있겠어? 밤사이 그렇게 안 좋은 환자가 오진 않겠지."

"네, 감사합니다."

치프의 말처럼 별일 없을 확률이 더 높았다. 매 밤마다 중환자가 오는 것은 아니니까. 그리고 최악의 경우 웬만한 환자들은 김진현 스스로 전부 해결이 가능했다. 문제는 인력의 문제상 혼자서 해결할 수 없는 중환자가 올 때였다.

'괜찮겠지.'

진현은 그러기를 바랐다.

저녁 7시 50분.

후두둑.

비가 폭포처럼 쏟아지기 시작했다. 장마철도 아닌데 비가 자주 오는 느낌이다.

'유비무환인데……'

병원에 유비무환이란 말이 있다. 있을 유, 비, 없을 무, 환자 환. 비가 오면 환자가 안 온다(有雨無患), 뜻으로 실제로 폭우가 오는 날은 환자가 적었다.

'쭈욱 환자가 없었으면. 이런 날 오는 환자는 중환자인데……'

대신 폭우를 뚫고 올 정도의 환자는 중환자가 많았다.

"아, 빨리 가야 하는데, 큰일이네."

옆에서 황문진이 초조한 얼굴로 처방을 냈다. 그는 아직 일이 남아 하례식에 못 간 상태로 먼저 도착한 선배들한테서 빗발같이 전화가 오고 있었다. 이미 다들 회식 장소에 도착해 부어라 마셔라 하는 중이었다.

—야, 황문진! 빨리 처리하고 와!

"아, 네. 네!"

진현은 옆에서 슬쩍 웃었다.

"대충하고 가."

"아직 오더(처방)을 못 내서."

"대신 내줄까?"

"아니야. 이건 주치의인 내가 해야지."

성격이 가벼워 보이지만 황문진도 책임감이 깊었다.

"하아, 그냥 일도 많이 남았는데, 가지 말고 너랑 병원에 있을까?"

"그래도 제일 큰 행사인데 가야지."

그런데 그때 띠리리 핸드폰이 울렸다. 응급실이었다.

진현은 인상을 찌푸렸다. 응급실이 그에게 전화를 할 용건은 단 하나다. 새로 환자가 온 것이다.

'무슨 환자가 온 건지?'

괜찮은 환자여야 할 텐데. 진현은 그렇게 바라며 전화를 받았다.

"네, 김진현입니다."

하지만 그의 바람은 항상 어긋난다. 전화기 너머로 죽을 듯이 급한 목소리가 터진 것이다.

—김진현 선생님! 빨리 응급실로 오세요! 대동맥류 파열(AAA rupture) 환자 왔어요!

"……!"

진현은 놀라 자리에서 벌떡 일어났다. 대동맥류 파열은 사망률 80%에서 90%에 육박하는 초응급 질환이다. 그 순간 머리에 김철우의 아버지가 떠올랐다. 그의 아버지가 대동맥류를 앓고 있었는데…….

'설마?'

진현은 가운을 들고 뛰어내려갔다.

"지, 진현아……."

진현은 아찔한 마음이 들었다. 어째서 불안한 예감은 늘 틀리질 않는 걸까? 김철우가 하얗게 질린 얼굴로 진현을 불렀다.

"아, 아, 아버지가… 아버지가 갑자기… 크흑."

그는 말을 제대로 잇지도 못했다.

그때 응급의학과 의사가 급히 진현을 불렀다.

"김진현 선생! 여기예요, 여기! 빨리 와요!"

소생실 안에 응급의학과 의사들이 우글우글 몰려 있었고 그 가운데 얼굴에 핏기 하나 없이 의식을 잃은 채 헐떡거리고 있는 중년 남자가 누워 있었다. 김철우와 똑 닮은 얼굴. 그의 아버지였다.

"동맥류 파열이에요."

진현은 이를 악물었다. 한눈에 봐도 상황이 좋지 않았다.

"바이탈은 어떻습니까?"

"수축기 혈압 50이에요. 맥박은 140이고."

"응급 피검사는요?"

"pH 7.15예요. 빈혈 수치는 7이고."

그 설명에 진현은 눈앞이 캄캄해졌다. 사망 직전의 단계였다.

"수혈, 빨리 수혈해 주세요. 응급으로 최대한 많이. 수액도 최대한 빨리 주시고요!"

"중심정맥관 잡고 있습니다."

"중심정맥관으로 안 돼요. 레벨 1 써주세요. 무조건, 무조건 빨리 해주세요!"

진현은 평소답지 않게 목소리를 높였다. 그만큼 급했다.

"바로 수술 들어갈 테니 수술 준비 좀 해주시고 빨리 수혈하고 있어주세요!"

지금 당장 수술하지 않으면 무조건 죽는다. 김철우가 비틀거리며 그에게 다가왔다. 위중함을 느낀 김철우의 눈에서 눈물이 계속해서 흘러나왔다.

"어, 어때? 괘, 괜찮으신 거지?"

"……"

"네, 네 말 듣고 바로 수술을 했어야 하는데… 고집부리시더라도 억지로라도 수술을 시켰어야 하는데… 크흑."

진현은 입술을 깨물었다.

"살 수 있어."

"저, 정말?"

"응, 잠깐만 밖에서 기다려 봐."

김철우를 내보낸 진현은 핸드폰을 들어 응급수술팀에 전화를 했다.

'이태원이니 최대한 빨리 오면 20분 안에 도착할 수 있어.'

동맥류 파열은 외과 응급수술 중에서도 가장 어려운 수술 중 하나다. 지난 삶에서 한때 혈관 세부 전공을 했던 진현은 동맥류 파열을 집도한 경험이 있었지만, 혼자의 몸으로는 진행할 수 없다. 전문적인 팀의 도움을 받아야 했다.

'지금 수술장에 들어가서 내가 절개를 넣고 기본적인 처치를 하고 있으면 때에 맞춰 도착할 거야. 그러면 살릴 수 있어.'

물론 그렇게 해도 살릴 수 있는 확률은 극히 적었다. 동맥류 파열은 제대로 된 치료를 해도 사망률이 80%를 넘으니까. 특히 저렇게 혈압이 떨어지고 의식이 없을 정도로 심한 상태면 예후가 더 안 좋았다. 그러나 진현은 고개를 저었다.

'아니야. 반드시 살릴 거야. 살릴 수 있어.'

다른 사람도 아닌 친구 김철우의 아버지다. 반드시 살려야 한다.

전화벨이 울리고 응급수술팀의 담당 치프가 전화를 받았다.

—어, 김진현 선생? 무슨 일 있어?

"응급 환자입니다."

—무슨?

"대동맥류 파열 환자입니다. 쇼크가 심해 사망 직전으로 매우 안 좋습니다. 지금 바로 와주셔야 할 것 같습니다."

—⋯⋯!

전화기 너머로 신음이 들렸다. 하필 이럴 때 최악의 환자가 온 것이다.

—잠깐 기다려 봐. 교수님께 이야기하고 바로 갈게.

대동맥 파열은 외과 영역 중에서도 최고 난이도의 수술이다. 치프나 일반 외과 전문의들은 손도 댈 수 없고, 반드시 해당 혈관 분야에 고도의 수술 테크닉을 가진 교수급의 외과의가 필요하다. 그나마 한 가지 다행인 점은 오늘 당직인 김수현 교수가 마침 혈관 파트의 전문가란 것이다.

진현은 응급의학과 의사들에게 외쳤다.

"지금 바로 수술 들어갈 것입니다. 수술장 어레인지할 테니 바이탈 좀 잡아주세요."

얼마 지나지 않아 전화가 걸려왔다.

—저, 김진현 선생?

"네?"

그런데 목소리가 이상하다. 굉장히 곤란한⋯⋯.

—우리⋯ 지금 당장은 못 갈 것 같아.

"네?!"

진현은 자신도 모르게 소리쳤다. 그게 무슨 말도 안 되는?!

남들의 눈치를 보듯 모기처럼 작은 목소리가 전화기 너머로 들려왔다.

—지금 도저히 갈 수 있는 상황이…….

"어째서입니까?"

—그게…….

전화기 너머로 치프가 침을 꿀꺽 삼켰다. 뭐라고 말해야 할지 모르겠단 목소리였다.

—교수님께서 좀 취하셔서…….

"네? 그, 그게 무슨?"

진현은 입을 벌렸다. 응급수술팀 당직 교수가 취하다니? 이게 말이 되는 이야기인가?

—교수님도 안 마시려 했는데… 이번에 교수님이 담당하던 국책 프로젝트 성공 건으로 이사장님이 계속 술을 권하셔서. 한 잔 두 잔 계속 마시다 보니 지금은… 하아. 그래서 정말 급한 환자면 옆에 기독병원으로 전원 보내라고 하셔.

진현은 다급히 말했다.

"환자 상태가 너무 안 좋습니다. 전원을 보낼 상황이 아닙니다."

—그러니까 제길. 이사장님도 원래 술을 권하시는 성격이 아니신데 오늘따라 왜 그러시지? 대동맥 파열 수술은 고난도 수술이라 우리들이 가도 아무런 소용이 없는데.

"그러면 당직이 아니시더라도 오실 수 있는 혈관 파트의 다른 교수님은 안 계십니까?"

—지금 원체 큰 회식이라 당직 아니신 교수님들은 다들 취하셔서… 일단 내가 더 알아보고 전화 줄게.

그리고 전화가 끊겼고, 진현은 주먹을 움켜쥐었다. 이사장이 왜 당직 교수에게 술을 강권했단 말인가? 도대체 왜?

'설마 나를 곤경에 빠뜨리기 위해 일부러?'

너무나 어처구니없는 일이어서 아닐 것이라 생각은 하지만 얼마 전 이사장의 시커먼 속내를 이야기한 유영수 교수와의 대화가 떠올랐다.

'만약… 정말로 나를 곤경에 빠뜨리기 위해 이런 일을 벌이는 것이라면… 절대로 용서하지 않겠어.'

분노가 치밀어 올랐으나 지금은 화를 낼 때가 아니었다. 일단 김철우 아버지의 생명을 구해야 했다. 조금이라도 지체하면 돌이킬 수 없다.

'어떻게 하지? 무조건 교수님이 와야 하는데.'

그냥 교수도 안 된다. 무조건 혈관 파트의 교수가 와야 한다. 그래야 사망률 90%의 대동맥 파열을 손이라도 써볼 수 있다.

'당직 교수님 외에 혈관 파트 교수님은 총 두 분. 하지만 그 교수님들도 지금쯤 다들 취해 있으실 텐데……'

진현은 타들어가는 마음으로 치프의 전화를 기다렸다.

—띠리링!

곧 다시 벨 소리가 울렸고, 진현은 다급히 전화를 받았다.

"네, 김진현입니다."

하지만 전화 통화 결과는 역시나였다. 다른 두 명의 혈관 외과 교수도 취해서 갈 수 있는 상태가 아니었다.

—이렇게 된 이상 어떻게든 옆의 기독병원 쪽으로 전원을 해야 할 것 같아. 일단 한시가 급하니 내가 기독병원 외과에 연락을 해놓을게.

"하지만… 도저히 그럴 상태가……."

진현은 입술을 깨물었다. 일반적인 경우면 전원을 보내는 것이 맞다. 실제로 진료 현장에서 여러 사정으로 수술을 못 하게 되는 경우는 생각보다 흔하고 그럴 땐 근처 병원으로 이송하게 된다. 아무리 응급 환자라도 대부분의 경우 이송하는 시간 정도는 버틸 수 있으니까. 하지만 철우 아버지는 경우가 달랐다. 지금 당장 수술을 하지 않으면, 아니, 지금 당장 수술을 진행해도 생사를 보장할 수 없는 상황이었다.

그런데 그때 소생실에서 한 의사가 그를 불렀다.

"김진현 선생님! 빨리 이쪽으로 와보세요! 혈압 더 떨어져요!"

"……!"

급히 가보니 응급의학과 의사들이 달려들어 안간힘을 쓰며 바이탈을 잡고 있었다.

"저, 김진현 선생. 곧 어레스트 날 것 같은데……."

그러면서 한 의사가 피검사 결과를 보여줬다. 레벨 1로 대량 수혈 중이지만 수치는 더 나빠졌다. 통화 내용을 엿들었는지 응급의학과 의사가 불안한 얼굴로 물었다.

"혹시 수술 진행에 무슨 문제라도 있나요? 지금 당장 수술을 진행해야 할 것 같은데……."

진현은 다시 주먹을 움켜쥐었다.

'빌어먹을. 이게 정말로… 정말로 이사장, 당신의 수작이라면 절대로 가만두지 않겠어. 절대로!'

분노로 주먹이 하얗게 물들었다. 하지만 진현은 터질 듯한 감정을 간신히 억눌렀다. 지금 김철우 아버지의 생명보다 급한 것은 아무것도 없었다. 분노하더라도 친구 아버지의 목숨을 살리고 해야 했다.

'무조건 살릴 거야. 살리고 나서 확인하겠어. 이게 정말로 이상민 너로 인해 일어난 일인지!'

집도할 교수가 못 온다면 남은 방법은 단 하나였다.

"수술은 지금 곧바로 진행할 것입니다."

"그렇죠? 회식으로 다들 나갔다던데… 수술팀 들어오는 거죠?"

"수술팀은 오지 않습니다."

"네?! 그러면?"

지금 병원에 외과의사라고는 김진현 단 한 명이다. 그런데 어떻게?

"제가 하겠습니다."

"네?"

응급의학과 의사는 화들짝 놀란 표정을 지었다. 아무리 진현이 천재라고 해도 말도 안 된다는 얼굴이다. 그러나 일일이 설명할 시간이 없었다.

"지금 보호자한테 설명 후 곧바로 진행할 테니 마취과 연락해서 환자분을 수술장으로 올려주십시오."

그리고 황문진에게 전화를 걸었다.

"문진아, 회식 갔냐?"

―이제 나가려고. 왜?

그 말에 진현은 안도의 한숨을 내쉬었다.

"회식 가지 말고 지금 바로 수술복 입고 수술장으로 와라."

―엥? 그게 무슨 말이야?

"철우 아버지가 응급실로 왔어. 지금 바로 수술을 해야 하는데 손이 없어. 도와줘라."

——…아, 알았어! 지금 바로 갈게!

진현은 김철우에게 다가갔다. 김철우는 말없이 눈물을 흘리고 있었다.

"철우야."

"진현아? 우리 아버지 살 수 있는 거야? 응?"

김철우는 간절히 진현을 바라봤다. 친구의 눈물에 진현도 가슴이 흔들렸다. 하지만 최대한 침착을 유지하려 노력했다. 의사가 흔들리면 환자를 잃는다.

"이미 설명을 들었겠지만 너희 아버지는 동맥류 파열이야."

"……."

"지금 곧바로 수술을 해야 해."

"…수술하면 살 수 있는 거야?"

진현은 질끈 눈을 감았다. 김철우의 아버지는 일반 동맥류 파열보다 상태가 안 좋았다. 그는 천천히 입을 열었다. 잔인한 설명이었다.

"수술 안 하면 100% 돌아가시고… 수술하면 10% 정도 살 수 있어."

"……!"

거의 죽는단 뜻이었다. 김철우의 눈에서 끝없이 눈물이 흘러내렸다. 진현도 이전 삶에서 아버지를 잃은 적이 있기에 그의 마음을 짐작했다. 가슴이 아팠다.

"철우야."

"…응?"

"통계적으론 그래. 그런데… 그런데… 살릴게. 꼭. 반드시."

"……!"

김철우의 눈이 흔들렸다.

진현은 이를 악물었다. 그래, 숫자 놀음 같은 통계는 의미가 없다. 중요한 건 철우의 아버지가 죽느냐 사느냐였다. 반드시 살리겠다. 반드시.

"너희 아버지 반드시 살릴게. 내가."

김철우는 왈칵 울음을 터뜨렸다.

"부, 부탁한다……."

그 말 외에는 할 수 있는 말이 없었다.

그때 이사장 이종근은 이태원의 최고급 고깃집에서 민 비서가 챙겨 온 로얄 살루트를 마시고 있었다.

"기분이 좋아 보이십니다, 이사장님."

그에게 잘 보이기 위해 여러 교수가 와서 듣기 좋은 말을 건넸다.

"기분 좋지요. 앓던 이가 빠질 것 같은데."

"저런. 앓던 이가 있으셨나요? 우리 병원 치과 과장을 혼내야겠군요. 이사장님 이도 신경 안 쓰고."

이종근은 피식 웃었다. 그가 앓던 이는 김진현이었다.

'대동맥 파열 환자가 응급실에 오는 일은 일 년에 몇 번 없을 정도로 정말 드문데, 오늘 응급실에 오다니.'

그는 술자리 한구석에서 빨갛게 취해 있는 당직 교수를 바라봤다. 사실 이종근도 오늘 대동맥 파열처럼 중한 환자가 올 줄 알고 당직 교수에게 술을 권한 것은 아니다. 적당한 환자가 오면 혼자 끙끙대게 하다 실수를 유도해 보려고 한 일인데… 대동맥 파열 환자가 와버렸다.

'생각보다 너무 중한 환자가 와버렸어. 뒤처리가 번거롭기야 하겠지만… 그래도 이번에야말로 확실히 정리는 되겠군.'

물론 당직 교수의 회식 때문에 수술에 차질이 빚어져 환자가 잘못되면 그건 김진현의 책임이 아니라 수술팀의 연대 책임이었다. 사실 김진현이 책임질 것은 아무것도 없다. 응급실 당직 레지던트로서 1차적으로 진료를 완벽히 했는데, 교수가 안 와 수술을 못 한 것이니까.

'하지만 김진현이 환자에게 섣불리 손을 댄다면 이야기가 달라지지.'

이종근은 술을 들이켰다.

'김진현이 가만히 있지는 않을 거야. 환자를 살리려 용을 쓰겠지. 무모하게.'

이종근은 김진현이 무언가 무모한 수를 쓸 것이라 생각했다. 비행기 안에서도 수술을 시도했던 놈이니까. 얼마 전에는 혼자서 김종현 화백의 장출혈을 수술했던 적도 있고. 원체 상상을 초월하는 놈이니 절대 가만히 손 놓고 있지는 않을 거다. 그리고 그게 바로 이종근이 노리는 바였다.

'대동맥 파열은 단순한 장출혈과는 다르지. 혈관 외과의 전문의가 수술해도 사망률이 90%에 육박하는 중한 질환이다. 김진현 그놈이 아무리 괴물이라도 치료할 수 있을 리가 없어.'

그리고 만약 김진현이 혼자 수술을 시도하는 만행을 저지르다 환자가 사망하면? 그때는 100% 책임을 덮어씌울 수 있다.

'아무리 김진현이라도 수술을 성공할 리가 없어.'

이사장은 진현이 수술을 성공시킬 가능성은 염두에도 두지 않았다. 혈관 외과 전문 교수가 아닌 한, 아무리 날고 기는 천재라도 대동맥 파열 환자를 살릴 수 없다.

'좋군.'

로열 살루트가 꿀처럼 목 안으로 넘어갔다.

"자, 1년 동안 고생하셨는데 다들 같이 한 잔 하시죠."

이사장의 말에 수많은 외과의사가 같이 잔을 들었다. 그런데 술에 취한 이종근은 한 가지 사실을 모르고 있었다. 누군가가 술자리에 없단 사실을.

＊　　　＊　　　＊

수술장에 올라간 진현은 급히 수술 준비를 했다.

'사망률을 낮추는 EVAR(Endovascular aneurysm repair:혈관내 동맥류 복구)를 할 수 있으면 좋을 텐데. 상황도 안 되고 해부학적으로도 어려우니. 개복 수술밖에 답이 없어.'

"지, 진현아? 이게?"

곧 뒤따라 도착한 황문진이 떨리는 목소리로 물었다.

"대동맥류 파열이야."

"그걸 우리 둘이서 수술한다고?"

"하례식 때문에 수술팀은 지금 당장 아무도 못 와. 우리 둘밖에 없어."

"하, 하지만……"

황문진은 침을 꿀꺽 삼켰다. 대동맥류 파열은 혈관을 전공으로 하는 외과 전문의가 수술해도 죽을 확률이 훨씬 높다. 그걸 1년 차 2명이서 진행하자고?

진현이 깊은 눈으로 문진을 돌아봤다.

"문진아."

"응?"

"안 하면 무조건 죽어. 철우 아버지야. 반드시 살려야 해. 나를 믿어줘. 우리 둘이서 살릴 수 있어. 아니, 반드시 살릴 테니 따라줘."

그 결연한 목소리에 황문진의 눈이 흔들렸다. 불가능하다고, 아무리 네가 천재라도 이전의 간단한 수술들과 대동맥류 파열은 다르다고. 그런 목소리가 성대 끝까지 올라왔으나 문진은 고개를 저었다. 친구의 아버지가 죽어 가는데 아무것도 안 하고 있을 순 없다.

"그, 그래. 지, 진현이 너만 믿을 테니… 우, 우리 꼭 해내자."

"고맙다."

하지만 걱정하는 것은 황문진뿐이 아니었다. 마취를 끝낸 마취과 의사가 걱정스레 말했다.

"마취 끝났습니다. 외과 선생님, 그런데 정말 수술 진행할 건가요? 너무 안 좋은데… 아무리 선생님이 괴물이라 불리는 김진현 선생이라지만……."

마취과 의사는 지긋한 나이의 남자 교수였다. 이 시간대의 응급수술은 대부분 레지던트급이 담당하는 것을 고려하면 굉장히 이례적인 일이었다.

'그만큼 안 좋으니까.'

진현은 쓴웃음 지었다. 수술 중 마취과의 임무는 마취뿐 아니라 환자의 바이탈을 잡아 목숨을 살리는 것도 있다. 그런데 환자의 상태가 너무나 안 좋다 보니 마취과 교수가 직접 수술장에 들어온 것이다.

"네, 바로 수술 진행할 것입니다."

"테이블 데스 할 것 같은데……."

테이블 데스(Table death). 수술 중 사망하는 것을 뜻한다.

"벌써 적혈구만 30팩 넘게 들어갔어요. 병원 안에 피도 거의 안 남았고… 정말 괜찮겠어요?"

그 말에 진현은 신음을 삼켰다. 적혈구만 30팩이면 몸의 피가 거의 3번은 교환된 것이다. 하지만 선택 사항이 없다. 안 하면 무조건 죽는다.

"네, 진행하겠습니다."

"하아."

마취과 교수가 한숨을 내쉬었다. 하지만 어쩔 수 없음을 알기에 더 만류하진 않았다.

"알겠어요. 어떻게든 우리 마취과가 버텨 볼게요."

"감사합니다."

"단 오래는 못 버텨요. 최대한 빨리 잘해주세요. 꼭!"

최대한 빨리. 그 말이 진현의 마음을 무겁게 짓눌렀다.

'얼마나 버틸 수 있을까? 10분? 20분?'

모른다. 단 1분도 못 버틸지도 모른다. 그저 기도하며 최선을 다할 수밖에.

"시작합니다."

진현은 메스로 배를 갈랐다.

찌익.

피부가 벌어지고 근막과 근육이 모습을 드러냈다. 이제 조금만 더 가르면 배 안이다.

"배를 열겠습니다. 혈압 확인 잘 부탁드립니다."

"네."

배를 열면 피가 터져 나오며 순간적으로 혈압이 확 떨어질 수도 있다. 마취과는 굳은 표정으로 모니터를 지켜봤다.

"엽니다!"

찌익.

메스가 복막을 완전히 열었고 피가 뱃속에서 분수처럼 튀어올랐다.

파앗!

피 바가지를 뒤집어쓴 듯 진현의 얼굴과 목, 몸이 환자의 피로 점철됐고, 모니터의 혈압이 쭈욱쭈욱 떨어졌다.

띠잉! 띠잉!

쇼크를 나타내는 경고음. 진현이 다급하게 물었다.

"혈압 괜찮습니까?"

"떨어져요! 혈압은 우리 마취과가 잡을 테니 선생님은 수술에 집중해 주세요!"

진현은 이를 악물고 복강을 헤쳤다. 그리고 깊은 곳, 풍선처럼 늘어난 대동맥의 터진 부분이 보였다.

"문진아!"

"으, 응?"

황문진은 얼떨떨하게 답했다. 이제 외과의 길에 접어든 지 몇 달 되지 않은 그는 이런 급박한 수술은 난생처음이었다. 가슴이 멎을 것처럼 긴장됐다.

"이걸로 이 피 나는 부분을 손으로 막아줘."

"어, 어?"

"이걸로 막아달라고."

진현은 다급히 부탁했다. 황문진이 부랴부랴 따랐다.

'잘 따라줘야 하는데…….'

상황이 급하다 보니 그런 모습이 답답하게 느껴졌지만 난생처음 대동맥류 수술을 접하는 황문진에게 뭐라고 할 수는 없었다. 황문진이 손으로 압박하자 벌컥벌컥 쏟아지는 피가 잠시 잦아들었다. 하지만 잠시일 뿐이다.

'이제부터가 시작이야. 대동맥을 위에서 집게로 집어야 해. 최대한 빨리.'

물이 흐르는 고무관이 터졌을 때 막는 방법은 간단하다. 터진 곳 위를 집게로 틀어막는 것이다. 파열된 대동맥도 똑같은 방법으로 지혈하면 된다. 문제는 시간과 난이도다.

'대동맥은 우리 몸에서 가장 깊숙이 있는 혈관. 주변의 모든 장기를 박리해야 집게로 집을 수 있어.'

진현은 초조한 눈으로 혈압을 살폈다.

수축기 혈압 60!

심각한 쇼크 상태였다. 오래 지나지 않아 심장마비가 일어날 게 뻔했다.

'침착하자, 김진현. 할 수 있어. 이전에 많이 해봤잖아. 할 수 있어.'

"문진아."

"으, 응?"

"내가 하라는 대로 잘 따라줘. 부탁할게."

"으, 응!"

대동맥을 다른 장기와 박리하려면 혼자 힘으론 불가능했다. 능숙한 어시스트의 도움이 필수다.

"여길 이렇게 당겨주고……."

그런데 문제가 생겼다. 황문진이 생각보다도 진현의 지시에 잘 따르지 못하는 것이다.

"아, 아니. 그렇게가 아니라… 이렇게."

황문진이 실수를 할 때마다 진현은 피가 마르는 것 같았다.

"외과 선생님?! 아직 안 됐습니까?! 얼마 못 버텨요!"

얼핏 혈압을 다시 보니 이젠 40~50대다. 정말로 심장마비가 임박한 것이다.

"미, 미안."

황문진은 눈물까지 글썽이며 노력했다. 하지만 능력이 안 되는 것은 어쩔 수가 없다. 진현은 모르고 있었지만 그는 평소에도 수술장에서 손이 둔하다 교수님들께 구박을 심하게 받았었다.

그때, 마취과 교수가 외쳤다.

"심장 리듬 늘어져요! 거기 간호사! 다른 마취과 의사들 빨리 불러와! 빨리!"

"……!"

진현의 얼굴이 하얗게 질렸다. 곧 수술장 입구가 열리며 5명 정도 되는 마취과 의사들이 우르르 들어왔다. 그들 중 교수급이

1명, 치프급이 2명이나 됐다.

"심장 부정맥이야. 전기 충격 준비해 줘! 빨리!"

"준비됐습니다! 차징(Charging)! 쇼크!"

찌직!

전기 충격과 함께 멈춰 가던 심장이 다시 뛰기 시작했다. 그러나 일시적인 회복일 뿐이다.

"수혈 더 해! 거기 손으로 피 직접 쥐어짜!"

"이제 병원 안에 피 다 떨어졌어요!"

"기독병원에서 오기로 한 피 아직도 안 왔어?!"

곧 심장마비가 일어날 상황에 난리가 났다. 마취과 의사들이 진현을 향해 외쳤다.

"외과 선생님, 아직 멀었습니까? 이제 정말 더 못 버텨요!"

진현은 입술을 깨물었다. 상황은 절망적이었다.

'조금만… 조금만 더 하면 되는데……!'

그러나 빠른 시간 안에 지혈을 하려면 능숙한 어시스트가 필수였다. 진현 혼자 할 수 있는 것이 아니다.

"지, 진현아. 미안… 철우 아버지인데… 크흑. 내가 잘못해서."

황문진은 눈물까지 흘리며 사과했다. 하지만 이게 어떻게 황문진의 잘못이겠는가?

진현은 분노하며 속으로 외쳤다.

'이게 정말로… 정말로……! 이상민, 네놈 때문에 이사장이 꾸민 일이라면 절대로 용서하지 않겠어. 절대로!'

그런데 그때였다. 기적이 일어났다.

드르륵.

수술장 문이 열리며 한 남자가 들어온 것이다.

"······?!"

진현은 눈을 깜빡였다. 내가 지금 급한 나머지 헛것을 보고 있는 건가?

"이제부턴 내가 도와주겠네. 늦어서 미안."

부드러운 목소리. 유영수 교수였다! 생각지도 못한 그의 등장에 진현은 왈칵 눈물을 쏟을 뻔했다. 이젠 할 수 있다.

"그런데 어떻게 여길?"

유영수 교수는 혈관 파트 교수도 아니고 응급수술팀도 아니다. 즉, 이번 수술과 전혀 연관이 없는 사람이다. 유영수는 수술 장갑을 끼며 목소리를 낮춰 답했다.

"아니, 응급수술팀 치프가 곤란해하는 걸 봐서. 당직인 김수현 교수님이 이사장님 때문에 완전 취해 있더라고. 그래서 어떻게든 나라도 도와주려고 뛰어왔지."

"···가, 감사합니다."

"김 선생이 감사할 게 뭐 있나? 다 환자를 위한 일인데. 그나저나 이런 사담을 나눌 때가 아닌데······."

유영수는 간당간당한 혈압을 보고 인상을 찌푸렸다.

"빨리 해야겠군. 곧 어레스트 나겠어."

그리고 수술 필드에 다가온 유영수는 눈을 동그랗게 떴다. 수술이 생각보다 많이 진척되어 있었다.

"아니, 이거 누가 한 거지? 김 선생이 여기까지 진행한 건가?"

"네."

"하··· 아무리 천재라지만··· 대단해. 정말 대단해."

유영수는 고개를 저었다. 마치 혈관 파트 교수가 직접 집도한 듯한 흔적이다. 시간만 넉넉히 있으면 홀로 마무리까지 지었을 듯했다. 하지만 대동맥류 파열의 수술은 시간과의 싸움이다.

마취과 교수가 다급히 외쳤다.

"외과 선생님들, 유 교수님! 서둘러 주십시오! 혈압 더 떨어집니다!"

"알겠습니다!"

시원하게 답한 유영수 교수는 진현을 바라봤다.

"김 선생, 어떻게 할래?"

"어떤……?"

"자네가 계속 집도할래, 아니면 내가 집도할까?"

"……!"

진현의 눈이 커졌다. 그는 고작 1년 차고, 유영수는 정식 교수이다. 그런데 집도를 물어보다니?

유영수는 빠른 목소리로 물었다.

"시간 없으니 한 번만 더 물어볼게. 사실 난 간이식 전문이라 혈관 수술을 잘 몰라. 그저 어떻게든 도와주려고 온 거지. 할 수 있으면 네가 집도해. 만약 못 하겠으면 나한테 넘기고. 어떻게든 내가 해볼 테니!"

사실 유영수는 당연히 자신이 집도를 하려 했다. 아무리 천재라도 대동맥류 수술은 무리기 때문이다. 그러나 진현이 벌여놓은 수술 흔적은 그의 생각을 흔들었다. 이 정도면 유영수 그보다 더 뛰어났다.

"……!"

진현은 이를 악물었다. 겸양을 떨 때가 아니다. 친구 아버지의 목숨이 달려 있다.

"…지혈을 할 때까지만 제가 하겠습니다."

곧바로 수술이 진행됐다. 1년 차인 김진현이 집도의, 정식 교수인 유영수가 퍼스트 어시스트, 황문진이 세컨드 어시스트인 해괴한 조합이었다.

"외과 선생님, 빨리요!"

마취과 의사들이 외쳤다. 진현의 손이 빠르게 움직였다. 황문진이 어시스트할 때와는 차원이 달랐다. 간이식 파트가 전문이라 해도 유영수는 강민철의 뒤를 잇는 수술의 달인이다. 김진현, 유영수. 두 서전(Surgeon:외과의)은 척척 손을 맞췄다. 대화도 눈빛의 교환도 필요 없었다. 진현의 손이 가면 그 자리에 유영수가 이미 있었다. 간을 젖히고 인대들을 제거하고 손가락으로 대동맥 뒤를 박리하고… 이윽고!

"클램프 주십시오!"

클램프(Clamp). 대동맥을 집는 도구이다.

두르륵. 철컥!

철제 클램프가 대동맥을 집었다.

"클램프 했습니다! 바이탈은 어떻습니까?"

"아직 낮아요. 아! 아니다. 혈압 좀 올라가요! 우리가 어떻게든 해볼 테니 수술 진행해 주세요!"

마취과 쪽에서 외쳤다

"하아……."

진현은 큰 한숨을 내쉬었다. 드디어 지혈이 이루어진 것이다!

가장 급한 부분은 어떻게든 해결했다. 한편 유영수 교수는 그런 진현을 보며 경악했다.

'어떻게 이렇게?'

믿고 집도를 맡기긴 했지만 정말 말도 안 되는 솜씨였다. 이 정도로 훌륭하게 해낼 줄은 상상도 못했다.

'그러고 보니 인턴 때는 간이식 환자의 혈관을 문합했지.'

강민철 교수가 쓰러졌을 때 환자를 살린 것도 진현이었다.

"김 선생, 이전에 대동맥 수술 집도해 본 적 있어?"

"…없습니다."

진현은 찔끔하며 답했다. 유영수는 혀를 찼다. 당연히 없겠지. 1년 차가 무슨 대동맥 수술 집도인가?

'정말……'

하늘이 내린 천재, 아니, 그런 말로도 부족했다. 몸의 모든 유전자가 오로지 수술을 위해 만들어진 듯했다.

'꼭 우리 대일병원에 남겨야 해.'

그는 강민철의 마음을 이해했다. 이런 인재는 반드시 외과 교수로 남겨 빛을 보게 해야 한다.

"교수님, 이제 뒷부분을 부탁합니다."

아직 수술이 끝난 것이 아니었다. 밑부분을 결찰(結紮)하고, 풍선처럼 늘어난 대동맥을 자르고 인공 혈관을 연결해야 했다. 이 과정 중 만만한 것은 하나도 없었다. 고도의 기술이 필요했다. 더구나 이것도 시간과의 싸움이었다.

'최대한 빨리 해야 해. 대동맥을 집어놨으니 이 밑의 부분은 한 방울도 피가 안 흐르고 있어. 늦으면 다리, 척추, 내장… 전부

다 썩을 거야.'

그런데 유영수 교수가 의외의 말을 했다.

"김 선생이 해."

"네?"

"잘하던데. 그냥 잘하는 김 선생이 해."

"하, 하지만……."

진현은 말을 더듬었다. 아까야 너무 급해서 자신이 했다지만 어떻게 정식 교수를 어시스트 삼아 뒤의 수술까지 진행하겠는가? 한숨 돌리자 방금 전 유영수를 어시스트 삼아 수술을 진행했던 것도 엄청 부담스러워졌다. 그러나 유영수가 사람 좋게 웃었다.

"아니, 사실은 궁금하기도 하고."

"……?"

"네가 얼마나 잘할지. 기대도 되고."

마치 수술을 위해 태어난 듯한 말도 안 되는 천재. 그 김진현이 이 뒤의 고난도 수술은 어떻게 해나갈지 유영수는 궁금했다.

"그것 말고도 난 10년 동안 간이식 수술만 죽어라 했고 대동맥 수술은 평생 동안 한 번도 집도해 본 적 없어. 그러니 김 선생이 하는 게 나을 거야."

그의 말처럼 혈관 파트를 세부 전공하지 않는 한 대동맥 수술을 집도할 수 있는 기회는 없다.

어쩔 수 없이 김진현은 전기칼을 들었다. 이 뒤의 과정도 굉장한 고난도의 수술이다. 그는 집중해 손을 움직였고, 유영수가 어시스트했다. 다행히 큰 문제 없이 수술이 끝났다. 제한 시간을 넘기지도 않아 장이 썩지도 다리가 마비되지도 척추가 상하지도 않았다. 그야말로 완벽한 수술이었다.

수술이 끝났다 해서 싸움이 끝난 것은 아니다. 대동맥류 파열 환자는 수술 중에도 많이 죽지만 수술이 끝난 다음에도 많이 사망한다. 통계에 따라 다르지만 삼분의 일 이상이 죽는다. 그만큼 상태가 위중하기 때문이다.

진현은 수술이 끝나고 한잠도 못 자고, 한숨도 못 쉬고, 철우 아버지 곁에 매달렸다. 그리고 그런 그의 정성 때문일까……. 김 철우의 아버지는 조금씩 아주 조금씩 호전을 보이기 시작했다.

"김 선생 덕분이야. 김 선생이 기적을 만들었어."

유영수가 감탄하며 말했다. 이 환자는 김진현이 아니었으면 무조건 죽었을 거다.

"아닙니다. 교수님이 도와준 덕분입니다."

"내가 뭐 한 게 있나? 다 김 선생이 했지."

유영수는 연신 김진현을 칭찬했다. 그만큼 이번에 진현이 해 낸 일은 대단했다.

'대동맥류 파열 환자를 살렸어. 그것도 1년 차가.'

아무도 안 믿을 이야기다. 물론 진현은 수도 없이 믿을 수 없는 일들을 해내왔다. 그러나 대동맥류 파열은 격이 달랐다. 대동 맥류 파열 수술은 외과 전문의, 그중에서도 혈관을 세부 전공하 지 않으면 감히 손댈 수 없는 초고난이도의 수술이다.

'오죽하면 세계적 가이드라인에 전문적인 혈관 외과의사가 없 으면 다른 병원으로 보내라고 되어 있겠나.'

그런데 그런 수술을 해내다니. 대일병원을 넘어 세계 기네스북에 등재될 이야기다. 유영수도 직접 보지 않았다면 믿지 않았을 거다.

'강민철 교수님이 틀렸어. 이 아이는 다듬지 않은 최고의 원석이 아니야. 이미 태어날 때부터 완성된 존재야. 이런 하늘이 내린 천재를 내치려 하다니.'

그때 진현은 고개를 저었다.

"아직 바이탈이 안정되지 않아 걱정입니다."

유영수는 부드럽게 웃었다. 단순히 수술 실력뿐 아니라 수술 후의 치료도 세심했다. 볼수록 감탄이 나온다.

"워낙 안 좋았으니 어쩔 수 없어. 그래도 너무 걱정 마. 좋아질 거야."

"네, 감사합니다."

"그런데 한잠도 못 자지 않았나? 아니, 어제는 잤나? 지금 몇 시간 깨어 있는 거야?"

"⋯⋯."

글쎄? 진현은 얼추 계산해 봤다. 오늘 못 자고, 어제도 못 잤으니 40시간? 그래도 겨우 이틀 못 잔 거니 최악은 아니었다. 더 못 잘 때도 많았다.

유영수는 혀를 찼다.

"가서 좀 자. 내가 대신 볼 테니."

"아닙니다."

"왜? 내가 보면 안심이 안 돼?"

그 말에 진현은 당황했다.

"아, 아니⋯ 그게 아니라⋯⋯."

"그러면 가서 쉬어."

"…네, 금방 돌아오겠습니다."

"늦게 돌아와도 돼. 나도 일 있으면 우리 간 파트 치프한테 보고 있으라 할 테니."

유영수는 웃으며 말했다. 하지만 진현은 쉬지 못했다. 보호자, 김철우를 만나야 했다.

"고, 고맙다. 진현아……."

김철우가 눈물을 글썽이며 말했다. 응급수술을 하는 동안 밤새 울었는지 눈이 퉁퉁 부어 있었다.

"이, 이제 우리 아버지 괜찮으신 거지?"

"큰 고비는 넘겼어. 그래도 아직 며칠은 집중적으로 봐야 하지만……."

"범생이 네가 치료하니 괜찮아지시겠지. 고맙다, 정말 고마워. 넌 우리 아버지의 생명의 은인이야. 이 은혜 절대 잊지 않을게."

항상 껄렁하던 녀석이 극진히 감사를 표하니 진현은 겸연쩍은 마음이 들었다. 그래도 고비를 넘기셔서 정말 다행이었다. 모르는 사람도 아닌 친구의 아버지 아닌가?

"뭘 그렇게 고마워하냐? 그래도 우리 친구잖아. 나중에 나 힘들면 그때 너도 도와줘라."

"그래! 네가 살인죄를 저질러도 내가 너 도와줄게."

그 말에 진현은 기겁을 했다. 누가 김철우 아니랄까 봐 그다운 말만 한다.

"그런 말은 농담으로라도 하지 말고."

"너무 고마워서 그렇지. 제일 친하다 생각한 이상민 이놈은 코빼기도 안 보이고……."

서운함 가득한 말에 진현은 인상을 찌푸렸다.

"어제 연락해 봤었어?"

"당연하지. 그런데 제대로 듣지도 않고 끊어버리더라. 빌어먹을 놈."

김철우는 욕설을 내뱉었다.

"몇 년 동안 연락도 안 되고. 그런 놈이랑 친하게 지낸 내 고등학교 시절이 아깝다. 범생이, 너 같은 진국이랑 친하게 지냈어야 했는데."

진현의 얼굴이 굳어졌다.

'이상민……'

그래, 지금 다른 것보다 중요한 일이 있었다. 이상민을 만나야 했다. 그래서 확인해야 했다.

'내 짐작이 정말로 맞는 거라면……'

진현의 얼굴이 굳어졌다.

김철우를 돌려보낸 김진현은 이상민에게 전화를 걸었다. 지금 시각은 새벽 5시 30분. 환자 상태 파악과 수술 부위 소독 등 아침 일과를 시작할 시간이니 병원에 있을 거다.

"이상민?"

—왜, 진현아?

태연한 목소리를 들으니 갑자기 분노가 치밀어 올랐다. 간신히 참으며 이야기했다.

"잠깐 이야기 좀 하자."

—나 환자 소독해야 하는데?

"중요한 이야기야."

—흐음, 바쁜데 꼭 지금 봐야 해?

진현은 한숨을 내쉬었다. 그리고 낮은 목소리로 말했다.

"중요한 이야기다. 병원 뒤편으로 내려와."

—……!

"기다리고 있을 테니 내려와. 지금 당장."

진현은 핸드폰을 끊고 병원 뒤편의 정원으로 내려갔다. 원래 인적이 드문 곳이고 시간도 일러 아무도 없었다. 진현은 벤치에 앉았다.

'담배가 땡기는군.'

싸늘한 공기가 수풀 사이에 내려앉았다. 이상민을 기다리고 있으니 이전 삶에서 즐겨 피우던 담배가 간절히 생각났다.

'이제 곧 암 검진도 받아야 하는데, 자제해야지.'

아직 한참 남긴 했지만 40대에 그는 암에 걸린다. 하지만 이젠 담배를 안 피우니 이번 삶에선 안 걸릴지도?

진현은 피식 웃었다.

'그게 지금 뭐가 중요하냐? 암 검진이야 나중에 받으면 되지. 조기에 발견하면 거의 100% 치료 가능하고.'

새벽 공기를 맞고 있으니 이런저런 잡생각이 머리에 떠올랐다. 아무래도 긴장되는 것 같았다. 당연하지. 그럴 수밖에. 이상민, 그와 파국을 맞을 순간이었으니까.

"오랜만이네, 진현이. 잘 지냈어?"

곧 생글거리는 그의 목소리가 들렸다. 그의 입가엔 11년 전, 처음 만났을 때처럼 미소가 걸려 있었다. 가면 같은 미소였다.

'저놈은 나한테 한 번이라도 제대로 된 속마음을 보여줬던 적이 있을까?

문득 그런 생각이 들었다. 그래도 고등학교 땐 귀여운 면이 있었다. 항상 나를 이기기 위해 발버둥을 쳤었지. 하지만 그런 모습은 거짓말처럼 사라졌고 어느 순간 친구 같지 않은 친구만 남아 있었다.

진현은 고개를 저었다.

'됐어. 이제 와서 이런 거 하나도 안 중요해.'

지금 중요한 문제는 따로 있었다.

"갑자기 무슨 이야기?"

"어제 일."

"어제?"

"몰라서 물어? 철우 아버지. 철우가 너한테도 연락했다고 하던데."

이상민은 태연히 말했다.

"아, 어제 김철우 아버지가 응급실에 왔었지? 그건 왜?"

그 목소리를 들으니 진현은 속이 미칠 듯이 끓어올랐다.

"김철우는… 네 제일 친한 친구 아니었어? 그런데 왜 전화를 받고 아무런 도움도 주지 않았지? 이사장의 아들인 너라면 어떻게든 도움을 줄 수 있었을 텐데."

이상민은 어깨를 으쓱했다.

"수술팀 사정이 안 되는데, 내가 어떻게 하겠어? 그리고 어차피 너 잘하잖아. 친구인 네가 알아서 다 잘해낼 거라고 믿었지."

"친구?"

"응, 우리 친구잖아."

진현은 손으로 얼굴을 감쌌다. 저 태연한 목소리를 들으니 모든 의심이 확신으로 바뀌어갔다. 너무 화가 나 헛웃음이 흘러나오고 손이 떨렸다.

"그래, 우리 친구지. 친구… 날 정말로 친구로 생각하면 하나만 더 묻자."

"뭘?"

"어제 일. 아니, 지금까지 나한테 일어났던 불합리한 일들. 넌 알고 있었지?"

"무슨 말 하는지 모르겠군."

"모른다고? 어제 일을 포함해 지금까지 나에게 일어난 일들. 너와 네 아버지가 날 병원에서 쫓아내려고 벌인 게 정말 아니라고?"

이상민은 웃음 띤 낯으로 말했다.

"너는 어떻게 생각하는데?"

"대답해."

"아닌데?"

그는 손을 들어올렸다.

"너무 과민반응 하는 것 아니야?"

"아니라고?"

"응."

진현은 낮게 물었다.

"마지막으로 한 번만 더 물으마. 정말 아니야?"

"응."

"그래, 그래. 오해해서 미안했다……."

그런데 그 순간이었다.

"라고 할 줄 알았냐, 이 개자식아!"

퍽!

진현의 주먹이 이상민의 웃는 낯을 그대로 강타했다.

"크윽?!"

콧잔등을 정통으로 얻어맞은 그의 얼굴이 흔들렸다. 하지만 진현은 한 번으로 끝내지 않았다. 그는 흔들리는 이상민의 멱살을 잡고 주먹을 휘둘렀다.

퍽! 퍽!

"이 자식아! 철우의 아버지가 죽을 뻔했어! 그런데 뭐?! 과민 반응? 그리고도 네가 사람이냐?!"

반반한 이상민의 얼굴이 퍼렇게 변했다. 진현은 그의 멱살을 잡은 채 물었다.

"다시 한 번 묻자. 왜 그랬어, 이 자식아?!"

"놔."

"뭐?"

"놓으라고, 김진현."

이상민의 얼굴에서 웃음이 사라졌다. 그는 피 섞인 가래를 뱉더니 힘으로 멱살을 풀었다.

"······!"

그는 담배를 꺼내 물었다.

"왜 그랬냐고? 궁금해?"

"······."

이상민은 피식 웃었다.

"아버지가 바라는 건 조금 다르지만 난 널 대일병원에서 쫓아내려고 한 게 아니야."

"그러면?"

"널 망가뜨리려 한 거지."

"……!"

이상민은 담배 연기를 뿜었다.

"이유가 궁금해? 간단해. 난 언제나 네 뒤였어. 그래서 항상 내 앞에서 걸리적거리는 널 망가뜨려 보고 싶었어. 철저히. 비참하게!"

진현은 주먹을 움켜쥐었다.

"난 널 반드시 망가뜨릴 거야. 조만간. 머지않은 미래에 반드시."

"……."

진현은 아무 말도 하지 않았다. 이상민은 비웃음을 지었다.

"왜? 무서워? 무서우면 내가 이전에 이야기했던 대로 100억 받고 의사를 그만둬. 그러면 이전처럼 친한 친구로 널 대해 줄게."

진현은 너무 어이가 없어 웃었다.

"하하하… 이상민. 고작 그런 이유로……? 지금까지 이런 일을 저질렀다는 거냐?"

이상민이 뭐라 답하기 전, 진현이 소리쳤다.

"고작 이따위 이유로 이런 추악한 일을 저질렀냐고?! 이 개자식아!"

퍼억!

진현의 주먹이 다시 한 번 이상민의 얼굴을 강타했다. 이상민의 반반한 얼굴에서 주륵 피가 흘러내렸다. 진현은 이상민의 멱살을 움켜쥔 채 말했다.

"그래, 날 망가뜨리든지 말든지 네 마음대로 해. 단! 하나만 명심해."

"······!"

"절대 네 뜻대로 되진 않을 거야. 알겠어, 이 개자식아?!"

진현은 바닥에 이상민을 팽개쳤다. 그리고 뒤도 돌아보지 않고 그곳을 떠났다.

'빌어먹을, 개자식.'

진현은 입술을 깨물었다. 원래 이사장이 자신을 쫓아내려 한다는 이야기를 들었을 때는 외과를 그만둘까 하는 고민도 했었다. 그러나 이제 생각이 바뀌었다. 저렇게 추악한 놈들에게 꼬리를 말고 떠날 수 없다.

'후회하게 해주겠어.'

진현은 주먹을 움켜쥐었다. 절대 물러나지 않겠다. 한편 이상민은 바닥에서 일어나 앉아 주먹으로 피를 닦았다.

"그래, 김진현."

그는 다시 담배를 꺼내 물고 라이터를 켰다.

치익. 담배가 타들어 갔고, 그가 나직이 숨을 내뱉자 연기가 허공으로 흩어졌다.

대가(大家)를 향한
첫걸음

　진현이 대동맥류 파열 수술에 성공한 일은 곧바로 대일병원 외과 전체를 뒤흔들었다. 그 소식을 들은 교수들은 한결같이 고개를 흔들었다.

　"허, 그럴 수가 있나? 말도 안 돼."

　"아무리 천재라도 이건 불가능한 일인데… 대동맥류 파열이라니……."

　물론 김진현이란 천재가 말도 안 되는 솜씨들을 보여 온 것은 알고 있다. 하지만 대동맥류 파열은 격이 달랐다. 지금까지 김진현이 해냈던 일들은 사실 교수들 입장에서 보면 대단한 일은 아니었다. 착실히 외과 수련 과정을 거쳐 전문의를 따면 누구나 할 수 있는 일이 많았으니까. 다만 제대로 교육도 받지 않은 1년 차가 해냈기에 놀라워 천재라 불렀을 뿐이다.

그러나 대동맥류 파열은 혈관 파트의 전문가가 아니면 손댈 수 없는 초고난도 수술이다. 더구나 그냥 손만 댄 것이 아니라 살렸다. 사망률이 90%에 육박하는데 기적을 일으킨 것이다.

"유 교수, 자네가 한 거 아니야? 김진현은 어시스트하고?"

혈관 파트의 교수들이 믿을 수 없다는 표정으로 유영수 교수에게 물었다.

"저는 한 것 없습니다. 모든 집도는 김진현 선생이 했습니다."

"하, 그게 말이 되나?"

도저히 있을 수 없는 일에 교수들은 수술 과정을 꼼꼼히 살폈다. 도대체 이게 가능한 건가? 그러나 수술 과정 중 문제는 없었다. 교과서에 기록된 대로 정석적인 술기가 사용됐고 모든 과정이 완벽했다.

"아니, 김진현 선생 정말 1년 차가 맞는 거야? 어디 다른 데서 수술을 하고 왔던 것 아니야?"

그런 생각이 들 정도였다. 그러나 여기가 의사 면허 없이 돌팔이 진료를 할 수 있는 제3세계도 아니고 불가능한 일이다. 결국 결론은 또 이렇게 났다.

하늘이 내린 천재. 가끔 인류사(人類史)를 보면 아무것도 배우지 않고도 타의 추종을 불허하는 능력을 보이는 타고난 천재들이 있다. 그런 유의 천재 말고는 진현의 실력을 설명할 방법이 없었다.

"하지만 그건 주로 예술 쪽의 천재이고. 의술은 경험이 없으면 완성될 수 없어. 타고난 천재라니. 있을 수 없는 일이야."

물론 이렇게 반박하는 교수도 있었다. 백번 지당한 말이다. 의술은 깊은 경험이 없으면 완성될 수 없다. 문제는 그 있을 수 없는 일이 일어났단 것이다.

"그러면 김진현 선생의 실력은 어떻게 설명할 건가?"

"……."

아무도 대답하지 못했다. 현실에서 일어난 일을 아니라 우길 수도 없고…….

유영수 교수는 비밀로 숨겼던 일을 끄집어냈다.

"김진현 선생이 해낸 일은 대동맥류 파열만이 아닙니다."

"그러면? 또 무슨 일을 했는데?"

"인턴 때 간이식 수술의 혈관 문합을 해냈습니다."

"뭐? 레지던트도 아니라 인턴 때?!"

그 말에 또 외과가 뒤집어졌다. 인턴은 사신이란 이야기가 있다. 내내 졸아서 잠신, 먹을 것만 보면 환장을 해서 걸신, 환자 보는 덴 병신, 눈치 보는 덴 등신. 이렇게 사신인데… 처음 환자 진료를 시작하는 인턴의 무능함을 상징하는 단어이다. 그런데 그런 인턴 때 간이식 혈관 문합을 해냈다고?

"역시 하늘이 내린 천재……."

어쨌든 대일병원 외과의 대부분 교수는 이런 생각을 하기 시작했다.

'지금도 저렇게 훌륭한데 나중에는 얼마나 뛰어나질까?'

'저런 천재는 꼭 대일병원에 교수로 남겨야 해.'

이제 김진현을 노리는 게 간이식 파트의 강민철만이 아니게 됐다. 췌담도 파트, 위 파트, 대장 파트, 육종 파트, 갑상선 파트, 유방 파트 등 모든 과가 진현에게 눈독을 들였다.

"혈관 수술을 그렇게 잘하는데 우리 혈관 파트 할 거지?"

"무슨 말이야. 그게? 자네 같은 인재는 우리 갑상선 파트를 해야지."

"에헤, 남자가 좀스럽게 무슨 갑상선? 대장 파트를 하게. 고통받는 암 환자를 치료해야지."

대일병원은 국내 최고의 병원이다. 각 파트마다 학회에 내로라하는 대가(大家)가 무수히 많다. 간이식의 강민철 교수 못지않은 대가들이 진현에게 손을 내밀었다.

"그게……."

진현은 까마득히 높은 교수들의 권유에 진땀을 흘렸다. 이제 1년 차 겨우 초여름인데 전문의 끝나고 시작하는 세부 파트를 정하라 하는 것은 너무 빠른 것 아닌가?

강민철의 직속 수하인 유영수가 그를 감쌌다.

"김 선생은 우리 이식 파트를 할 것입니다."

"뭐? 무슨 이식 파트야? 강민철 그 성격 더러운 놈 말고 내 밑으로 와."

"그래, 우리 쪽으로 오라고 잘해줄게. 교수 자리도 보장해 주고."

하지만 진현은 곤란한 웃음을 지을 뿐이었다. 어쨌든 이후로는 응급실 진료에도 변화가 생겼다. 어느 날 응급실에서 환자를 진료 후, 진현이 당직 교수에게 전화를 했다.

"교수님, 김진현입니다.

—아, 김진현 선생. 잘 지내나?

호의가 담긴 목소리였다.

"급성 담낭염으로 수술이 필요한 환자가 있어 전화드렸습니다."

—아, 담낭염? 담관에 돌은 없고?

"네, 담낭 안에만 있습니다."

─그래, 수술해야겠군.

"네, 수술 준비하겠습니다."

균이 몸에 퍼지는 것을 막기 위해 수술이 꼭 필요한 상황이다. 그런데 교수는 의외의 답을 했다.

─자네가 해.

"네?"

김진현은 반문했다. 뭐라고? 그러나 잘못 들은 것이 아니었다.

─자네가 해.

"저… 제가 말입니까?"

─자네 잘하잖아. 뭐, 어려운 수술도 아닌데 그냥 자네가 해.

"……."

진현은 입을 다물었다. 아니, 물론 담낭염 수술이야 어려울 것 없지만 1년 차인 자신한테 하라니? 그러나 당직 교수는 신뢰 가득한 목소리로 말했다.

─대동맥류 파열에 비하면 담낭염 수술은 애들 손장난이지. 그렇지 않나? 하여튼 잘 부탁하네. 어차피 나 병원 근처에 있으니 수술 중 어려운 일 있으면 연락하고. 10분 안에 달려갈 테니.

"……."

그게 시작이었다. 다른 당직 교수들도 웃으며 말했다.

─맹장염? 뭘 그런 걸 연락하나? 김 선생이 해.

─장출혈? 위치가 어려운가? 에이, 어려운 부위도 아니네. 지난번에 해봤잖아. 그 정도는 그냥 김 선생이 해. 우리 집 병원 바로 옆이니 잘 안 풀리면 연락하고.

김진현을 믿고 당직 때 술을 마시는 교수도 있었다.

―어, 나 술 먹었는데? 자네가 해. 아, 그리고 수술 끝나면 이리로 안 올래? 한잔하지.

"……."

머지않아 응급실에 도착하는 대부분의 환자의 수술을 진현이 도맡게 되었다. 응급의학과―김진현―당직 교수로 이어지는 프로토콜이 응급의학과―김진현―김진현으로 바뀐 것이다. 농담 삼아 이야기했던 '응급실 전담 외과 교수'나 다름없는 역할이었다.

응급의학과 의사가 김진현에게 농담 삼아 말했다.

"김 선생 덕분에 요즘 참 편하네. 아, 김 교수님이라 불러야 하나? '응급실 전담 교수님', 평생 응급실에 있을 거지?"

"…농담으로라도 그런 저주는 하지 마십시오."

그렇지만 덕분에 모두가 행복해했다. 환자는 양질의 치료를 받아 행복했고, 응급의학과는 깔끔, 신속, 정확한 일 처리에 행복했고, 당직 교수는 몸이 편해 행복했다. 단 한 명, 김진현만 불행했다.

'제발 살려줘. 너무 힘들어.'

이상민에게 큰소리쳤는데… 이거 이상민을 응징하기 전에 몸이 부서질 지경이었다.

'설마 이것도 이사장의 계략은 아니겠지?'

너무 힘들어 그런 생각도 들었다. 하지만 그것은 아니었다. 주임 교수 고영찬과 이사장 이종근도 진현만큼 불행해하고 있기 때문이다.

＊　　　＊　　　＊

"빌어먹을."

이종근은 불편한 얼굴로 나직이 욕설을 내뱉었다. 고영찬과 민 비서가 그의 눈치를 살폈다.

이종근은 날카로운 목소리로 물었다.

"고 교수."

"네, 네! 이사장님."

주임 교수 고영찬은 허겁지겁 답했다.

"어떻게 할 건가, 그 김진현이란 놈은."

"……."

고영찬은 대답하지 못했다.

"자네, 일 처리 이렇게 할 거야?"

"죄, 죄송합니다."

고영찬은 고개를 숙이며 속으로 욕설을 내뱉었다.

'제길, 나보고 어쩌란 거야?'

그는 충실히 이사장의 명에 따랐다. 하지만 상대가 괴물 같은 걸 어떻게 하란 말인가?

'그냥 처음부터 무리수를 둬서 확 자르든지.'

인턴과 레지던트는 병원 내에서 위치가 굉장히 묘했다. 직급은 계약직에 불과한데 담당하는 업무는 병원의 핵심이기 때문이다. 그리고 다른 일반 직원과 다르게 충원과 파면이 불가능에 가까웠다.

레지던트를 뽑는 것은 단 한 번, 선발 시험밖에 기회가 없고 만약 뽑은 레지던트가 사표를 쓰고 나가면 '가을 턴'이란 일정

기간 외에는 충원이 불가했다. 또 노동 착취를 훌쩍 뛰어넘는 업무량 때문에 각계에서 부당한 처우에 굉장히 예민했다. 합당한 이유 없이 파면 자체가 불가능한 것이다.

'하지만 이렇게 될 바엔 그냥 무리해서 자르는 게 나을 뻔했어.'

이젠 손을 쓰고 싶어도 쓰지 못한다. 김진현이 너무 컸기 때문이다. 이전엔 외골수 강민철 혼자만 김진현을 주목했지만 지금은 외과 교수 중 그의 이름을 모르는 자가 한 명도 없었다. 오히려 지금까지 부린 술수들이 탄로 나지 않을까 걱정해야 할 판이다.

이종근은 답답한지 말했다.

"민 비서, 위스키 가져와."

대낮이지만 신경 쓰지 않았다. 민 비서가 유리장에 놓인 발렌타인을 가져와 이종근에게 따랐다. 발렌타인을 한 번에 들이켠 이종근은 고영찬과 민 비서를 돌아봤다.

"자네들은 이만 나가봐. 이상민 너만 남아."

"네, 네!"

고영찬과 민 비서는 도망치듯 이사장실을 빠져나갔다. 그들이 나가자 이종근은 자신의 아들 이상민을 노려봤다.

"넌 뭐하고 다니기에 그렇게 다친 거냐?"

이상민의 반반한 얼굴은 형편없이 붓고 멍들어 있었다. 진현에게 맞은 자국이다.

"넘어졌어요."

"한심한 놈."

이종근은 혀를 찼다.

"네가 그러니 김진현 그놈을 못 이기는 거야! 이 바보 같은 놈아!"

"……."

그 욕설에 이상민의 눈이 깊게 가라앉았다. 이종근은 발렌타인을 다시 잔에 가득 따라 한 번에 마셨다.

'이제 김진현은 더 이상 건드릴 수 없어.'

대동맥 파열 수술을 성공시킨 하늘이 내린 천재! 모든 외과 교수가 그를 주목하고 있는데 어떻게 무리한 수작을 부려 생트집을 잡겠는가? 아무리 이사장이라도 그건 무리다.

'빌어먹을. 어디서 이런 말도 안 되는 놈이 나타나서…….'

사실 이종근이 이런저런 수작을 부리지 않았으면 김진현은 이렇게까지 유명해지지 않았을 것이다. 그냥 유능한 레지던트 정도였겠지. 하지만 그의 수작들은 모두 김진현의 날개가 되어버렸고, 김진현은 레지던트 주제에 하늘로 날아오르고 있었다.

그야말로 어리석기 그지없는 자승자박(自繩自縛). 자승자박의 진수를 보여준 이종근은 자신의 아들에게 짜증을 내었다.

"너는 핏줄이 천하면 능력이라도 뛰어나야지. 만년 2등이라니. 바보 같은 놈. 내가 이사회에 가서 할 말이 없어. 너같이 한심한 놈을 병원 후계로 삼을 수 없다는데 내가 뭐라고 해?! 네놈 때문에 만든 교수 자리도 김진현한테 주라더라. 응?!"

어떻게 보면 이상민에게 무척 억울한 이야기다. 김진현이 불가해한 괴물일 뿐 그의 능력도 출중했기 때문이다. 아니, 사실 진정한 천재는 김진현이 아니라 이상민이었다. 진현처럼 과거의 경험이 없음에도 대단한 실력을 보이고 있으니까. 그러나 천재면 뭐하는가? 만년 2등에 불과한데.

"한심한 놈."

이종근은 다시 위스키를 들이켰다. 그런데 그때 이상민이 낮게 말했다.

"이기면 되는 거죠?"

"뭐?"

"제가 이기면 되는 거죠?"

이종근은 이상민이 갑자기 무슨 이야기를 하나 인상을 찌푸렸다. 이기긴 뭘 이겨? 이상민이 김진현을 이기는 것은 해가 두 쪽 나는 것보다 어려운 일이었다.

이상민은 찢어진 입술로 미소를 지었다. 평소처럼 부드러운 미소였다. 그는 다시 물었다.

"제가 김진현을 이기기만 하며 되는 거죠?"

"…그래. 네가 할 수만 있다면."

이상민의 미소가 짙어졌다.

"네, 알겠어요."

*　　　*　　　*

이후 진현은 평소와 다름없이 하루하루를 보냈다. 꽤 시간이 지났으나 예상과 다르게 이상민과 이사장 측에선 별다른 대응이 없었다.

"네가 너무 주목받아 이사장 측도 별 수작을 못 벌일 거야."

유영수는 진현이 좋아하는 한우를 사주며 말했다.

"그러면 소문을 퍼뜨리신 게?"

"응, 일부러 그런 거야."

유영수가 빨간 소고기를 뒤집으며 말했다. 고급 한우집은 아니지만 정육 식당으로 가격 대비 맛이 훌륭했다.

"감사합니다."

"아니야. 강민철 교수님이 올 때까지만 버티자고. 강민철 교수님이 오시면 아무도 너 못 건드려."

일반 기업과 대학병원은 달랐다. 영리 집단이 아닌 환자의 생명을 다루는 집단이고, 교육부 소속이기 때문이다. 일반 기업 회장의 권력이 절대적인 것과는 달랐다. 특히 강민철 정도 되는 최고의 대가는 이사장도 못 건드렸다.

"그런데 뭘 하시기에 이렇게 연락이 안 되지? 메일이라도 열어보시지."

유영수는 혀를 찼다. 진현도 고개를 갸웃했다.

'몸이 안 좋으신가?'

그러고 보니 이전 삶에서 교환교수로 요양할 때 잠깐 세인트 죠셉병원에 입원했던 적이 있다고 들었던 것 같다. 큰 문제는 아니고 금방 회복했지만.

"어쨌든 더러운 일은 신경 쓰지 말고 김 선생은 열심히 하기만 해. 우리가 알아서 막아줄 테니."

진현은 가슴 벅차게 고마운 마음이 들었다. 아무리 정식 교수라도 이사장에게 반하는 것은 굉장히 부담되는 일일 거다.

"감사합니다. 하지만 너무 부담을 드리는 것은 아닌지······."

"어차피 나 이사장 측과는 사이 안 좋아. 나쁜 아니라 강민철 교수님 밑에 교수들은 다 안 좋을걸? 불순분자로 찍힌 지 오래니까 너무 신경 쓰지 마."

대가(大家)를 향한 첫걸음 393

"…감사합니다. 하지만 저는 정말 괜찮으니 너무 무리는 하지 마십시오."

빈말이 아니라 정말 괜찮았다.

'정 일이 안 풀리면 때려치우면 되니까.'

진현은 속으로 피식 웃었다. 처음엔 이사장 측과 맞선다는 것이 무척 부담됐지만 지금은 생각이 바뀌었다.

'아쉬울 게 있어야 무섭지.'

세상에 병원이 대일병원만 있는 것은 아니다. 정 일이 안 풀리면 때려치우고 나가서 다른 병원으로 가면 된다. 그의 능력이면 오라는 데는 차고도 넘칠 거다.

'어차피 나 같은 인재를 놓치면 아쉬운 것은 내가 아니라 대일병원 아니야?'

농담같이 한 생각이지만 틀린 생각도 아니었다. 진현은 아쉬울 것 없었다. 그가 간다고만 하면 모교인 한국대병원에서도 쌍수를 들고 환영할 거다. 그러니 부담스러워할 것 없다. 해볼 만큼 해보고, 정 안 되면 침 딱 뱉고 떠나면 된다. 다만 대일병원에 남기로 한 것은 추악하고 더러운 이상민과 이사장의 행태에 열 받고 오기가 생겨서였다.

'그래, 한번 해보자고. 이 병원을 나가는 것은 내가 아니라 너야, 이상민.'

그때 유영수 교수가 말했다.

"고기 익었다. 먹자."

"아, 네. 잘 먹겠습니다."

젓가락을 가져가니 소고기가 입에서 살살 녹았다. 그리고 보니 대일병원에 남기로 한 이유가 또 있긴 했다. 그에게 소고기를 사주는 좋은 사람들이 있지 않은가?

"다음엔 나 말고 다른 교수랑도 먹자고. 젊은 교수들이 응급실 당직 때 도움 많이 받는다고 김 선생한테 한턱내고 싶어 해. 소고기 좋아하지?"

"네."

그렇게 지내던 중이었다. 진현은 평소처럼 응급실에서 진료를 하고 있었다. 그때 친해진 응급의학과 의사가 건들거리며 그에게 다가왔다.

"여, 응급실 교수님이네. 김 교수님, 그 환자는 어때?"

진현은 손을 내저었다. 김 교수님이라니. 곤란하기 짝이 없는 농담이다.

"농담하지 마십시오. 그 환자분은 좋아져서 퇴실하면 될 것 같습니다."

"입원 안 해도 되고?"

"집에서 항생제만 먹어도 좋아질 것입니다."

"김 교수님 말이면 맞겠지. 그래, 그러면 퇴실시킬게."

그런데 그때 덥수룩한 머리의 인턴이 진현에게 다가왔다.

"저… 김진현 선생님. 노티할 환자가 있는데요."

노티(Notify). 김진현에게 외과 문제가 있는 환자가 왔다고 알리는 거다.

"무슨 환자인데요?"

"그게……."

인턴은 굉장히 곤란한 얼굴로 머리를 긁적일 뿐 말을 못 했다.

진현은 의아한 표정을 지었다. 왜 저러지? 내가 무섭나? 노티를 받는 중 아래 인턴들에게 성질을 내는 의사가 많다. 바쁘고 짜증나기 때문이다. 하지만 난 한 번도 그런 적이 없는데?

"편히 말해봐요. 뭐라고 안 할 테니."

"그냥 단순 찰과상 환자인데……."

"단순 찰과상이면 외과 문제가 아닌데?"

"그렇긴 한데… 꼭 김진현 선생님의 진료를 받고 싶다고 해서……."

진현은 상황을 이해했다. 또 '명의(名醫)' 김진현 선생한테 진료를 받으러 온 환자인 듯했다. 김창영 총리와 김종현 대화백으로 매스컴을 탄 후 그를 찾는 사람들이 종종 있었다. 그런데 아무리 그래도 소독만 하면 되는 찰과상으로 날 찾나?

진현은 한숨을 내쉬었다.

"어쩔 수 없죠. 환자는 어디에 있어요?"

소독만 대충하고 집에 보내야지.

"저쪽 외상실에 있는데… 외국인이에요."

"외국인?"

"네, VIP 외국인이에요."

VIP 외국인이 날 찾는다고? 진현은 고개를 갸웃하고 외상실에 들어갔다. 그리고 그곳에서 의외의 인물을 만났다.

"아니?"

"반가워요, 미스터 김."

도도한 인상의 백인 미녀. 다국적 제약회사 헤인스의 한국지부 사장, 에이미 엔더슨이었다!

"아니, 여기는 어떻게?"

그녀는 스커트 밑의 자신의 늘씬한 다리를 가리켰다.

"다쳐서요."

"아……."

크게 넘어진 것인지 살이 형편없이 벗겨져 있었다. 생각보다
상처가 심했다.

진현은 인상을 찌푸렸다.

"어쩌다 다치셨습니까?"

에이미는 어눌한 한국어로 답했다.

"술 먹고 클럽에서 춤추다 넘어졌어요."

"……."

클럽에서 어떻게 넘어지면 이렇게 다칠 수 있는 거야? 무슨 광
란의 춤이라도 춘 건가? 더구나 클럽이라곤 눈길도 안 줄 것 같
은 도도한 얼굴로 그런 이야기를 하니 부조화의 극치였다. 심지
어 말은 어눌한 한국어다. 뭐, 술기운에 살짝 빨개진 뺨과 더불어
귀여워 보이긴 하지만…….

"어쨌든 조심하십시오."

그러면서 그는 소독약을 꺼내 들었다.

"소독해 드리겠습니다."

투명한 소독약이 닿자 에이미는 신음을 흘렸다.

"아, 아야……."

"좀 아픕니다."

"아… 미, 미스터 김… 살살……."

"잠깐 참으십시오."

진현은 타박했다. 어린애도 아니고 다 큰 어른이 이게 뭔가? 그는 흙이 묻고 더러워진 상처를 박박 문질렀다.

"다 끝났습니다."

"아아… 하아… 끝난 건가요?"

"네, 소독약 챙겨줄게요."

"집에 가서 소독하면 되나요?"

"네, 집에 가서 매일 소독하세요."

소독하는 법을 설명해 준 후 진현은 자리에서 일어났다. 그런데 에이미는 상처를 바라볼 뿐 따라 일어나지 않았다.

"왜요? 계속 아프세요?"

"아니……."

"……?"

에이미는 주저하다 말했다.

"미스터 김."

"네?"

"저 입원하면 안 돼요?"

"입원할 상처는 아닙니다만? 그냥 소독약 가지고 집에서 치료하면 됩니다."

그런데 그때 에이미가 그의 손을 붙잡았다.

"저 정말 입원하면 안 돼요? 부탁할게요."

"……!"

진현은 놀랐다. 에이미가 푸른 눈에 눈물을 글썽거리고 있던 것이다.

"미, 미스 앤더슨?"

"잠시만 입원하고 싶어요. 안 될까요?"

무슨 일이 있었던 것인지는 모르지만 진현은 에이미에게 입원장을 발부했다. 원래 국내 최고 대일병원은 전국에서 환자가 몰려오기 때문에 항상 병실이 모자라 개인적인 이유로 입원을 하는 것은 불가능하다.

그러나 에이미의 경우는 달랐다. 대일병원과도 연이 깊은 다국적 제약회사 헤인스의 한국지부 사장이었고, 하룻밤 숙박료만 100만 원이 넘는 VIP 병실을 사용할 것이기 때문이다.

"전망이 좋네요."

VIP 병실은 이사장실이 위치한 꼭대기 층 바로 밑에 있어 한강과 강북의 야경이 한눈에 들어왔다. 보석처럼 반짝반짝 빛나는 야경을 보니 에이미의 표정이 밝아졌다.

"무슨 안 좋은 일이 있습니까?"

그녀는 살짝 웃었다.

"그냥… 그냥요. 조금만 쉬다가 퇴원할게요."

"혹시 제가 도와드릴 일은 없습니까?"

"……."

그녀는 입을 다물었다. 자신의 일을 말해도 될지 고민하는 듯했다.

"사실은……."

"……?"

띠리리!

그런데 그때 하필 진현의 전화가 울렸다. 응급실이었다.

"네, 김진현입니다."

―김진현 선생! 급한 환자 왔어요. 지금 올 수 있어요?

목소리가 다급했다. 진현은 고개를 끄덕였다.

"네, 바로 내려가겠습니다."

그리고 에이미에게 말했다.

"응급실에 환자가 와 내려가 보겠습니다. 나중에 뵙겠습니다."

"아, 네."

그가 바람처럼 사라지자 홀로 남은 에이미는 한숨을 내쉬었다.

"하아."

한바탕 푸닥거리를 하고 나니 날이 밝아 있었다. 응급수술이
연달아 터져 결국 진현은 한숨도 못 잤다. 당직 교수들의 말은 하
나같이 똑같았다.

"김 선생이 대신 수고 좀 해줘. 수술 잘하잖아? 문제 생기면
부르고. 어차피 우리 집 근처니 10분 안에 갈게."

진현은 한숨을 내쉬었다.

'본인 일은 본인이 직접 하라고!'

아무래도 다들 맛들인 게 분명했다. 물론 이해는 했다. 퇴근했
다 응급수술을 위해 밤에 다시 나오는 게 오죽 귀찮은 일이겠는
가. 실제로 교수들은 진현을 보배처럼 여겼다.

'김진현 선생이 응급실에 있으니 엄청 좋은데? 진짜 소문처럼
응급실 전담 교수로 발령을 내버릴까?'

이런 농담을 서로 할 정도였다. 하지만 진현은 죽을 맛이었다.

"하아, 도대체 이 응급실 스케줄은 언제 끝나는 거야? 설마 평생 응급실에 박아놓을 생각은 아니겠지?"

그래도 아침에 잠깐 시간이 나자 그는 회진을 돌았다. 자신의 이름으로 입원한 환자들을 살피는 것이다. 원래 규정상 레지던트는 자신의 이름으로 환자를 입원시키지 못한다. 그건 대일병원뿐만 아니라 대부분의 병원도 마찬가지다. 일부 예외가 없는 것은 아니지만 최소 치프급은 돼야 자신의 이름으로 환자를 입원시킬 수 있다.

하지만 진현은 하도 수술을 해대고, 명의(名醫) 김진현 선생을 찾아온 사람이 많아 입원을 마구 시키고 있었다. 체계가 무너진 요지경이 아닐 수 없는 상황이다.

'나 이래도 되는 거야?'

심지어 그가 입원시킨 환자 수가 일부 교수의 환자 수를 넘을 때도 있다. 어쨌든 지금까지는 별일 없었다. 환자와 다른 의사, 심지어 외과 교수들도 다 만족해하고 있고.

"아이고, 김 선생님은 참 얼굴도 미남이네. 내가 이 은혜는 잊지 않을 거여."

"아닙니다. 좋아지셔서 다행입니다."

화기애애한 회진을 마친 그는 VIP실로 향했다. 마지막 환자가 있었다. 검은 머리에 푸른 눈, 차갑고 도도한 백인 미녀. 에이미였다.

"아, 미스터 김. 좋은 아침이에요."

"네, 좋은 아침입니다."

"어제 일은 잘 해결됐나요?"

"네."

몸이 죽을 것처럼 피곤해서 그렇지 잘 해결되긴 했다.

"다리는 괜찮으십니까?"

그녀는 살짝 웃었다. 차가운 인상의 그녀가 미소를 지으니 확 밝아지는 느낌이다.

"미스터 김이 소독해 줘서 그런지 나아지는 느낌이에요. 아, 물론 소독은 좀 거칠었지만."

"그렇군요."

"그나저나 여기 참 좋네요. 전망도 예쁘고 간호사도 친절하고 아침밥도 주고……."

진현은 웃었다. 하루에 100만 원짜리 방이니 당연히 좋지. 시설도 인근에 위치한 오 성급 호텔, 인터컨티넨탈이나 하야트에 못지 않다.

"며칠만 더 있다 가도 돼요?"

"원하는 대로 하십시오. 불편한 것이 있으면 말씀해 주시고요."

그러고 진현은 방을 나가려 했다. 어차피 에이미는 상처가 심해서가 아니라 지친 심신을 달래러 휴가차 입원한 것이니 의학적으로 신경 써줄 것은 없다.

그런데 그때, 진현은 흠칫 놀랐다.

"……?!"

에이미가 자신의 손을 잡은 것이다.

"미스터 김, 잠시만요. 잠시만 앉았다 갈 수 없어요? 할 말이 있어요."

에이미의 푸른 눈이 흔들렸다. 진현은 뭔가 일이 있음을 직감했다. 그는 의자를 침대 쪽으로 가져와 앉았다.

"네, 말씀하십시오."

에이미는 주저하다 말했다.

"미스터 김."

"……?"

진현은 의아한 표정을 지었다. 도대체 무슨 일이지?

"저 잘릴 것 같아요."

"……?!"

진현은 입을 벌렸다.

'잘려? 한국어가 익숙지 않아 잘못 말한 것은 아니겠지?'

하지만 그런 것은 아닌 것 같다.

"지난번에 친척 중에 헤인스의 대표이사가 있다 하지 않았습니까? 그런데……?"

"저희 집안은 그런 거에 전혀 신경 안 써요. 공은 공이고 사는 사니까."

그녀는 푹 한숨을 내쉬었다.

"어쨌든 다 제 잘못이에요. 미스터 김이 도와준 TC80 프로젝트의 성공에 다른 프로젝트들을 너무 무리하게 진행했어요. 그러다 그 프로젝트들이 전부 좌초되서… 본사에서 책임을 묻기 시작했어요."

"프로젝트라면 어떤 것을 말하는 것입니까?"

"제일 큰 문제는 SD54 프로젝트예요."

그 말에 진현은 속으로 혀를 찼다.

'이전 삶이랑 다르잖아?'

SD54 프로젝트면 그도 알고 있었다. 면역 쪽에 작용하는 약으로 몇 년 뒤 대단한 돌풍을 일으키는 프로젝트다. 그런데 이전 삶에선 별문제 없이 성공한 프로젝트로 아는데?

"무슨 문제입니까?"

"1상 실험에서 문제가 생겨서… 저, 미스터 김."

"네?"

그녀가 간절한 눈빛으로 그를 바라봤다.

"혹시 이 프로젝트를 검토해 줄 수는 없나요? 만약 해결책을 찾아주시면 억만금이라도 사례할게요."

"……!"

"어려울까요?"

진현은 고개를 저었다.

"그런 것은 아니지만… 도움이 될지는 모르겠습니다."

이전 그가 도와준 TC80 프로젝트와는 달랐다. 그때는 답을 알고 갔지만 이번엔 왜 문제가 생겼는지 모른다.

"그래도 한번 봐주기라도 해주세요."

"알겠습니다. 하지만 너무 기대는 하지 마십시오."

어느새 가져온 건지 침대 한편에 두툼한 서류 가방이 있었다. 그녀는 두꺼운 서류 더미를 진현에게 건네었다.

"기획서와 중간 보고서들이에요."

"흠……."

진현은 신중히 서류를 살폈다.

"천천히 봐주세요."

에이미는 조마조마한 마음으로 진현의 답을 기다렸다. 물론 그녀도 진현이 아무리 천재라고 해도 한 번 본 것만으로 해결책을 제시할 수 있을 거라고는 생각지 않았다. 그래도 이전 TC80 프로젝트를 해결할 때의 천재성을 생각한다면 어쩌면 희망을 잡을 수 있을지도 모른다.

탁.

그렇게 이십여 분이 지났을 때 진현이 서류를 내려놓았다.

"왜 그런가요, 미스터 김? 역시 어려운가요?"

그녀는 실망감이 들었다. 진현이 서류의 내용을 보고 포기했다고 생각했다.

'내가 너무 큰 기대를 했구나. 그래, 아무리 천재라도 이 프로젝트도 해결할 수 있을 리는 없지.'

안타까운 마음이 들었으나 어쩔 수 없었다. 자신이 너무 큰 기대를 한 것이다. 그런데 진현이 말했다.

"뭐가 문제인지 알 것 같습니다."

"…네?!"

에이미는 깜짝 놀랐다. 고작 몇 분 보고 문제점을 파악했다고? 말도 안 된다. 그러나 진현은 농담을 하는 남자가 아니었다.

"네, 큰 오류가 있더군요. 왜 1상에서 문제가 생겼는지 알 것 같습니다."

"무엇인가요?!"

그러나 진현은 답을 하기 전 물었다.

"그런데……."

"……?"

"아까 전 말씀하신 억만금이라도 사례하겠다는 말. 진심입니까?"

"……!"

에이미의 눈이 요동을 쳤다. 저렇게 말한다는 것은 정말 해결책을 발견했다는 거다.

진현의 눈은 진중했다. SD54 프로젝트의 시장가치는 상상을 초월해 TC80을 가볍게 능가한다. 이런 내용을 공짜로 알려줄 수는 없다. 지난번엔 학생 신분이라 2, 3억이란 헐값에 계약을 했지만 이번엔 그렇게 헐값에 해줄 수는 없었다.

'현 단계에서는 입증되지 않은 아이디어에 불과할 뿐이니 지분까지 요구할 순 없지만.'

지분은 너무 어마어마한 대가라 에이미가 승낙해도 헤인스 본사에서 거절할 것이다. 그리고 공정, 제조, 연구 등에 전혀 기여하지 않은 채 현 단계에서 입증되지 않은 아이디어 하나로 지분까지 요구할 수는 없다.

'그래도 최소 5억은 받아야지.'

그렇게 생각한 진현은 입을 열었다.

"최소 5억입니다. 여기에 5천만 원을 추가로 주시면 스터디 디자인까지 모두 해드리겠습니다."

에이미는 단번에 대답했다.

"드리겠어요."

"······."

그 고민 없는 대답에 진현은 자신이 너무 약하게 불렀나 하는 생각이 들었다.

"대신 확실한 해결책이어야 해요. 그래야 저도 자금을 끌어 올 수 있어요."

진현은 고개를 끄덕였다. 당연한 말이다.

"용량이랑 용법의 문제입니다. 용량도 너무 높게 디자인됐고,

용법도 분자 구조상 잘못됐습니다."

"네? 그럴 리가요? 분명 연구팀에서······."

"1상에서 예상치 못한 부작용이 나오고 있지 않습니까? 특히 심장 부정맥 쪽으로, 대신 효과는 없고요. 용량을 30mcg 정도로 낮추고 식후가 아닌 식전에 복용해 위의 산과 반응을 시키면 원했던 효과가 나올 것으로 봅니다."

"······!"

같은 약이라도 용법, 용량에 따라 완전히 다른 효과를 나타낸다. 지금 프로젝트는 완전히 잘못된 용량으로 진행되었고, 진현은 그걸 지적한 것이다.

"이 약은 분자구조수식상 최소 30mcg 정도까지는 용량을 낮춰야 원하는 G protein(G단백질) 수용체에 작용할 것입니다."

"······."

의외의 지적에 에이미의 머리가 빠르게 회전했다. 분자구조수식상 분명 가능성이 있는 이야기였다. 그러나 에이미는 이해가 되지 않는단 표정을 지었다.

"미스터 김은 어떻게 그런 내용을 짐작한 것이죠? 보고서만 보고 알 수 있는 내용이 아닌데······."

약의 용량을 결정하는 것은 쉬운 일이 아니다. 지금의 용량만 해도 고도의 면밀한 연구 과정을 통해 결정된 것이다. 물론 이상 반응이 나왔을 때, 용량을 조정해 봤지만 30mcg까지 파격적으로 용량을 낮출 생각은 못 했다.

진현은 속으로 답했다.

'그야 지난 삶에서 다 봤던 내용이니까.'

그는 이전 삶에서 이 약을 사용해 본 것은 물론, 연구 과정을 기술한 논문도 여러 차례 봤었다. 이유야 모르지만 지난 삶에 비교할 때 지금 프로젝트는 용법, 용량 면에서 완전히 잘못된 방향으로 진행되었다. 어차피 인류의 인체 구조가 변하진 않았을 테니 지난 삶처럼 프로젝트의 내용을 바꾸면 기대했던 약 효과를 얻을 수 있지 않겠는가?

'뭐, 내 능력이라기보단 지난 삶을 경험했다는, 게임의 치트키나 다름없는 커닝이지만 서로 좋으면 그만이니까.'

진현은 그렇게 생각했다.

"……."

한편 에이미는 입술을 깨물었다. 분명 진현의 조언대로 하면 가능성이 있어 보였다. 그러나 그건 가능성이지 확실한 것은 아니었다. 인체는 직접 적용해 보기 전엔 알 수가 없으니까. 그 고민에 진현은 말했다.

"한번 따로 확인을 해보십시오. 제 말이 맞다면 계약금은 그때 지불해도 좋습니다."

에이미는 고개를 끄덕였다.

"네, 감사해요. 가서 곧바로 검토를 해볼게요."

확실하진 않아도 충분히 검토해 볼 가치가 있는 아이디어였다. 소규모로 확인만 해보면 되니 틀려도 손해 볼 것 없었고, 맞는다면 대박이었다.

"혹시 다른 프로젝트들도 검토해 줄 수 있나요?"

에이미의 요청에 진현은 핸드폰 시계를 봤다. 당장 급한 환자가 없으니 어려울 것은 없다.

'급한 환자가 있어도 해야지.'

진현은 속으로 미소를 지었다. 하나하나가 수억 단위의 알바이다. 몇 개를 못 하겠는가? 더구나 그는 이미 답을 전부 알고 있다. 상용화된 이전 삶과 비교해 다른 부분만 찾아내면 되니까. 초등학교 수학 문제를 푸는 것보다 쉬운 일이다.

'그리고 돈보다 더 중요한 문제도 있고.'

이런 프로젝트들은 참여하는 것만으로도 굉장한 실적이 쌓인다. 그런데 단순히 발을 담그는 것이 아닌 해결책을 제시하는 것이니, 어마어마하단 단어도 부족한 엄청난 실적이 될 것이다.

'이상민.'

일순 진현의 표정이 차가워졌다. 이사장이 수작을 부린 이유는 모두 이상민 때문이다. 그렇다면 좋다. 실력으로 눌러주겠다. 무슨 수를 써도 건드릴 수 없게.

"이 프로젝트는 이런 부분을 고치면 될 것 같고……."

진현의 입에서 술술 답이 나왔다. 시간이 지날수록 에이미의 눈이 경악으로 물들었다.

"어, 어떻게 이런 내용들을 다 떠올릴 수 있는 거죠? 미스터 김, 당신은……."

진현은 겸연쩍은 마음이 들었다. 커닝하고 칭찬받는 느낌이지만 어쩔 수 없었다.

"그러면 총 3개의 프로젝트를 계약하는 걸로 하죠."

에이미가 보여준 프로젝트는 총 4개였다. 하지만 그중 하나는 진현도 모르는 프로젝트여서 3개를 계약하기로 했다.

"지금 바로 계약서를 쓰죠."

"네."

아이디어 제공뿐 아니라 스터디 디자인까지 모조리 해주는 걸로 해서 총 계약 금액은 12억 5천만 원. 나머지 두 개 프로젝트는 첫 번째 언급한 프로젝트나 TC80만큼 획기적인 도움을 주는 것은 아니어서 계약 금액이 비교적 적었다. 그래도 입증되지도 않은 아이디어 3개를 슬쩍 말해준 대가로 12억이라니. 어마어마한 액수였다.

에이미가 진현의 말도 안 되는 능력을 신뢰하지 않으면 체결될 수 없는 액수였지만, 아이디어가 가치가 없는 걸로 판단되면 한 푼도 지급하지 않아도 되는 돈이어서 헤인스 측에도 부담은 없었다. 그리고 그의 아이디어로 프로젝트를 살릴 수 있으면 고작 몇 억이 문제겠는가? 하나라도 성공하면 몇천 배를 뽑고도 넘쳐흘렀다.

'제발 하나라도 성공했으면……'

에이미는 간절히 바랐다. 진현을 못 믿어서가 아니라 그만큼 신약 프로젝트는 성공하기 어려웠다. 대신 어려운 만큼 열매는 달아 어마어마한 돈을 쓸어 담을 수 있다. 하나만 성공해도 모든 실패를 만회하고 본사로 승진까지 할 수 있으리라.

'가능성이 없지는 않아. 될 수도 있을 거야.'

그녀는 그렇게 생각했다. 미스터 김이 그녀에게 제시한 아이디어는 그만큼 뛰어났다. 가능성이 있었다.

'설마 3개 다 성공하진 않겠지?'

에이미는 잠깐 그렇게 생각했다 피식 웃었다. 그건 불가능한 일이었다. 그런데 만약, 그럴 가능성은 없지만 정말로 3개를 다 성공한다면? 에이미는 그럴 때의 파장을 생각해 봤다. 돈이 문제가 아니었다.

'전 세계의 의학계가 미스터 김의 이름을 알게 되겠지.'

파급력 있는 신약은 성공적으로 개발될 때마다 세계에서 가장 영향력 있는 논문에 기재된다.

NEJM(The New England Journal of Medicine)!

JAMA(Journal of American Medical Association)!

Lancet!

세계 3대 의학 저널들. 인용 지수가 무려 NEJM은 53, JAMA 는 31, Lancet 28이다. 인용 지수 3점만 넘어도 세계 상위 25%에 해당하고, 이공계 최고의 저널인 네이처, 사이언스가 대략 30점인 것을 생각하면 위 학술지들의 위용을 알 수 있다.

대일병원이 아무리 한국 최고이고 대가(大家)가 많다 해도 이 저널들에 논문을 기재한 사람은 거의 없었다. 탈탈 털어도 3명? 전통의 명문이라는 한국대병원도 마찬가지다.

'우리 헤인스는 프로젝트들이 성공하면 무슨 수를 써서라도 이 저널들에 기재할 생각이니……'

스터디 디자인을 하면 못해도 1저자가 되니 프로젝트가 전부 성공하면 고작 이십 대 중후반의 앳된 청년이 NEJM, JAMA, Lancet에 논문 3개를 기재한 인물이 되는 것이다. 그것도 1저자로! 아니, 이전 그가 디자인한 TC80 프로젝트도 곧 JAMA에 기재될 것이니 4개다.

'1년 만에 4개. 인용 지수로 치면 최소 120점 이상. 의학 교과서를 리뷰하는 세계 최고의 대가도 이렇게는 못해.'

인용 지수 10점짜리 논문만 한 편 기재해도 각 대학에서 모셔 가려고 한다. 그런데 30점짜리 4편이라. 그렇게만 되면 교수가 문제가 아니었다. 전 세계가 진현의 이름을 알게 되리라. 나이와 직급을 넘어 세계적 대가(大家)의 반열에 오르는 것이다.

'물론 그런 일은 일어나지 않겠지만.'

모두 이 프로젝트들이 성공할 때의 이야기였다. 그녀는 딱 하나 만 성공해도 좋겠다고 간절히 바랐다. 물론 그때까지만 해도 에이 미는, 아니, 진현도 모르고 있었다. 이건 고작 첫걸음이란 것을.

진현은 그렇게 아무도 모르게 세계적인 프로젝트를 진행하게 되었다. 그의 입장에서야 이미 다 알고 있는 내용이니 귀찮은 리 포트를 하는 정도의 난이도였다.

'워낙 바빠서 시간이 잘 안 나는구나. 그래도 해야지.'

리포트(?)들을 끝내면 무려 12억 5천만 원이 들어온다. 그리고 이제 곧 대일그룹과 마인바이오의 주식이 피크를 치면 최소 30억 이 훌쩍 넘는 돈을 모으게 된다.

'이거 이런 식으로 몇 번만 더하면 강남의 건물도 사겠는데?'

진현은 피식 웃었다.

'뭐, 그건 나중에 생각하자.'

그런데 그때 핸드폰 벨이 울렸다. 오늘 저녁 늦게 이전 삶의 아내, 연희를 만나기로 했다.

—할 말이 있어요. 오늘 저녁에 잠깐 시간 되세요?

진현은 고개를 갸웃했다.

'무슨 할 말이지?'

시간이 흘러 늦은 저녁이 되고 진현은 병원 뒤의 정원으로 걸어갔다. 그는 벤치에 앉아 이연희를 기다렸다. 원래는 잠깐 밖의 카페에서 만나기로 했는데 응급 환자가 생겨 장소를 바꿨다.

"오래 기다리셨어요, 진현 씨?"

"아니."

곧 조각처럼 단아한 미녀, 이연희가 나타났다. 근무 외 시간인지 짧은 미니스커트를 입고 있었다.

"그런데 무슨 할 말?"

연희는 입술을 내밀었다.

"진현 씨는 오랜만에 봤는데 용건부터 묻는 거예요? 오랜만인데 저 보고 싶지도 않았어요?"

진현은 어색한 표정을 지었다.

"하여튼 무뚝뚝하다니까. 오늘도 또 밥 못 먹었죠? 여기 먹을 거 챙겨 왔어요."

그리고 그녀는 무언가를 내밀었다. 정성이 가득한 샌드위치였다. 진현은 급히 고개를 저었다.

"괘, 괜찮아."

"그러지 말고 빨리 드세요. 아."

직접 손으로 먹여주려는 것을 진현은 곤란한 얼굴로 피해 손으로 건네받았다. 연희는 입술을 내밀었다.

"치. 빨리 먹어봐요."

"응. 천천히 먹을게."

진현은 물었다.

"그런데 왜 보자고 했어?"

"보고 싶어서 보자고 했죠."

당돌한 말이었다. 진현은 어색한 표정을 지었다.

"왜요? 싫어요?"

"아니……."

"치."

연희는 다시 토라진 표정을 지었다.

"그런데 할 말 있다고 하지 않았어?"

"네, 맞아요. 사실 할 말이 있어서 보자 했어요."

"어떤?"

연희는 크게 한숨을 내쉬더니 진현 옆에 붙어 앉았다. 매혹적인 향수 냄새가 진현을 감쌌다. 그리고 연희는 살며시 그의 손을 잡았다.

"……?!"

진현이 놀란 표정을 지었다. 연희는 가만히 진현을 바라봤다. 그녀의 눈이 촉촉이 빛났다.

"연희야?"

"그거 알아요, 진현 씨?"

"…어떤?"

이윽고 연희의 붉은 입술이 천천히 열렸다.

"좋아해요."

"……!"

"아니, 사랑해요. 진현 씨를. 진현 씨와 영원히 함께 있고 싶어요. 그 말을 하고 싶어서 보자고 했어요. 진현 씨는 제가 어떤가요?"

고백이었다. 생각지도 못한 상황에, 생각지도 못한 기습 고백에 진현의 눈이 커졌다.

"나, 나는……."

이연희가 서운하다는 듯 말했다.

"계속 기다렸는데 진현 씨가 아무 말 없어서 먼저 고백하는 거예요. 이런 건 원래 남자가 하는 건데."

진현은 침묵했다. 과거의 아내인 연희와 사귄다라. 나쁘진 않았다. 이번 삶에선 과거와 같은 과오를 반복하지 않으리라. 하지만 그럴 수는 없었다.

"미안."

"……!"

연희의 눈이 흔들렸다. 생각지도 못한 거절이었다.

"어, 어째서죠?"

"나는……."

그래, 연희와 사귀어서 결혼하는 것도 나쁜 선택은 아니다. 이전에 한 번 경험했으니 맞추기도 쉽고 나쁘지 않은 결혼 생활이 되겠지. 하지만 그럴 순 없었다. 왜냐하면…….

"나… 따로 좋아하는 사람 있어. 미안해."

이미 좋아하는 사람이 있으니까. 오랫동안 바보처럼 계속 모르고 있었지만 이제는 알았다.

그는 혜미를 좋아했다.

혈우병

몇 개월의 시간이 흘렀다. 불쾌한 긴장과 다르게 아무런 일도 일어나지 않고 있었다. 그렇게 여름이 깊어지는 어느 날, 진현은 곤란한 환자를 만났다.

'아, 더워. 에어컨 좀 세게 틀어주지.'

더위에 녹초가 되어 있을 때, 응급의학과 의사가 다가왔다.

"저, 김진현 선생님. 시연이라고 알아요?"

"시연이요?"

"박시연. 아, 모르겠구나. 최근엔 응급실 온 적 없으니 워낙 잘 해서 선생님이 1년 차인 걸 자꾸 까먹는다니까요."

진현은 고개를 저었다.

"박시연 환자가 누구입니까?"

"소아 환자인데 방금 막 와서."

그 말에 진현은 전산을 확인했다. 박시연. 7살 여아였다. 그런데 진현은 눈을 크게 떴다.

"혈우병?"

혈우병(Hemophilia). 피를 멎게 하는 응고인자의 문제로 지혈이 되지 않는 희귀병이다.

응급의학과 의사는 고개를 끄덕였다.

"네, 맞아요."

진현은 인상을 찌푸렸다. 혈우병은 치료가 굉장히 까다롭다. 수술을 해도 지혈이 잘 되지 않기 때문이다. 그러나 응급의학과 의사는 그런 것을 걱정하는 게 아닌 듯했다.

"시연이는 착한데, 문제는 보호자예요."

"네?"

"애가 계속 병원에 왔다 갔다 하니까… 성격이 좀 이상해요. 처음엔 안 그랬는데…….

응급의학과 의사는 목소리를 낮췄다.

"굉장히 유별나요. 망상증 비슷한 증상도 있어 꼭 조심해야 해요. 교수님 중 고소당한 분도 여러 명이에요."

"……."

진현은 침음을 삼켰다.

'치료가 어려운 소아 혈우병에 망상증이 의심되는 보호자라… 쉽지 않겠군.'

쉽지 않은 정도가 아니라 억 소리 날 정도로 어려웠다. 물론 정말 망상증인지 아니면 그저 유별난 것인지는 직접 만나봐야 알겠지만.

"그런데 응급실엔 왜 온 것입니까? 이번에도 출혈입니까?"

"아니, 출혈은 아니고 급성 담낭염이 왔어요."

"……!"

진현은 인상을 찌푸렸다. 담낭염은 수술이 필요한 질환이다. 수술 없이 항생제만 쓰면 패혈증으로 환자를 잃을 수도 있다. 별로 어려운 수술은 아니지만 문제는 혈우병이었다. 수술 후 지혈이 쉽지 않았다.

"담낭염이 맞습니까? 항생제만으론 안 될까요?"

진현은 가급적 수술을 피하고 싶었다. 응급의학과 의사는 미안한 얼굴로 고개를 저었다.

"확실히 담낭염이 맞아요. 물론 담낭염도 경우에 따라 항생제나 배액관으로 치료할 수도 있지만 원래 약한 애여서 그런지 열도 심하고… 가만히 놔두면 패혈증으로 갈 것 같아요."

진현은 한숨을 내쉬었다. 어쩔 수 없었다.

"수술하면 피가 많이 나니 모자란 혈액응고 인자 좀 충분히 보충해 놔주십시오."

그는 환아가 누워 있는 침대로 걸어갔다. 귀엽게 생긴 여자아이가 침대에 누워 진현을 빼꼼히 바라봤다.

"의, 의사 선생님이세요?"

"응, 안녕."

"시, 시연이 괜찮아요. 주, 주사 안 맞아도 돼요."

진현은 쓴웃음을 지었다. 혈우병 환아는 수도 없이 수혈을 받아야 한다.

"많이 아프진 않니?"

"괜찮아요."

아이는 귀엽게 고개를 도리도리 저었다. 그러나 대답과 다르게 상태는 좋지 않아 보였다. 하얗게 질린 얼굴, 팔팔 끓는 고열, 자발 출혈로 파랗게 멍든 팔다리.

　'아직 어린데⋯⋯.'

　진현은 딱한 마음이 들었다. 하필이면 이런 불쌍한 애가 또 담낭염에 걸려서. 그동안 얼마나 힘들었을까?

　그런데 그때, 그의 등 뒤에서 날 선 목소리가 들렸다.

　"누구세요?"

　"아, 응급실 외과의사입니다."

　소문의 그 보호자로 신경질적인 눈매가 인상적인 삼십 대 중반의 어머니였다. 그녀는 진현을 위아래로 훑어보았다.

　"레지던트? 몇 년 차?"

　"1년 차입니다."

　그 말에 그녀는 불신의 눈으로 진현을 바라봤다.

　"이 아이, 무슨 아이인지 아세요?"

　"네, 알고 있습니다."

　"고작 1년 차인데 혈우병이 무슨 질환인지는 아시나요?"

　"여러 번 진료한 적 있습니다."

　물론 자주 보진 않았다. 하지만 그건 원체 희귀병이라 그렇지 다른 전문의들에 비해 경험이 적은 것은 아니었다. 그러나 그녀는 계속 경계 어린 표정이었다.

　"담낭염으로 수술해야 한다고 하던데 맞나요?"

　"네, 가급적 안 하면 좋겠지만 해야 할 것 같습니다."

　"그건 1년 차인 당신 생각인가요? 아니면 위의 치프나 교수님께 여쭤본 건가요?"

수도 없이 병원을 들락날락한 보호자답게 병원의 체계를 잘 알고 있다. 진현은 살짝 피곤한 마음이 들었다.

"교수님께는 지금 연락드릴 것입니다."

"교수님? 오승태 그 인간한테요?"

오승태는 소아 담당 교수이다. 보호자는 오승태 교수를 잘 알고 있는 눈치였다. 좋아하는 말투는 절대 아니지만.

'이전에 문제가 있었나? 곤란한데……'

소아 환자 수술을 다른 사람한테 연락하기도 곤란했다. 진현은 침상에서 빠져나와 오승태 교수에게 전화를 걸었다.

"교수님, 김진현입니다."

—어, 김진현 선생. 반갑네. 무슨 일인가?

오승태는 호의가 섞인 목소리로 외과의 보배, 김진현의 전화를 받았다.

"응급실에 박시연이라는 환아가 와서 전화드렸습니다. 급성 담낭염으로 수술이 필요할 듯합니다."

—…….

그런데 전화기 너머로 목소리가 끊겼다.

"교수님?"

—…저, 김진현 선생.

"네?"

—정말 미안한데 잠시만 따로 볼 수 있을까?

"……?"

진현은 의아한 얼굴로 오승태 교수를 찾아갔다. 교수실에 들어가자 오승태가 면목이 없는 얼굴로 진현을 맞았다.

"무슨 일이십니까?"

"정말 미안한데, 김진현 선생."

"……?"

오승태 교수는 한참을 주저하다 말했다.

"그 아이, 자네가 대신 봐줄 수 없을까?"

"……!"

오승태는 한숨을 내쉬었다.

"사실… 나 박시연이 여러 번 봤었네. 그런데 보호자, 자네도 만나봤지?"

"…네."

"박시연이 치료 자체는 항상 문제없이 끝났는데 별 이상한 것을 트집 잡아 나한테 고소를 두 번이나 걸었어. 지난 3년 동안 내가 얼마나 힘들었는지 모를 거네."

진현은 입을 벌렸다. 오승태는 인품도 훌륭하고, 실력도 뛰어난 '좋은 의사'였다. 그런데 두 번이나 고소를 당했다고?

"보호자도 나한테 진료받는 것을 원치 않을 거네."

진현은 곤란한 마음으로 말했다.

"그런데… 1년 차인 저한테 진료를 받으려 하지는 않을 것 같던데……."

보호자의 성격상 대단한 의사가 아니면 진료를 안 받으려 할 게 뻔했다.

"자네가 꼭 볼 필욘 없으니 다른 교수한테 넘겨줄 수 없을까?"

하지만 이 분야의 제일 뛰어난 의사는 오승태였다. 그런 오승태도 두 번이나 고소당했는데 누가 대신 진료하려 하겠는가?

"…알겠습니다."

어쨌든 상황이 그런데 오승태한테 권할 수도 없는 노릇이라 진현은 고민하며 응급실로 내려왔다.

'어떻게 하지?'

그런데 응급실에 내려오니 박시연의 보호자가 진현을 찾았다.

"무슨 일입니까?"

"선생님이 김진현 선생님이세요?"

"아, 네."

"김창영 총리와 김종현 화백을 치료했다는?"

그가 잠시 교수실에 갔다 온 사이 그의 뒷조사를 한 듯했다. 보호자가 날카로운 목소리로 요청했다.

"그러면 선생님이 우리 시연이 치료해 주세요."

"……!"

"오승태 그 인간은 못 믿겠어요. 잘해주실 수 있죠?"

진현도 인간인지라 순간 싫은 마음이 들었다. 누가 좋겠는가? 치료도 어렵고 간신히 잘 치료해 놔도 고소당할 확률이 높은데. 그러나 진현은 고열에 신음 흘리는 박시연 환아를 바라봤다. 전혀 모르는 자신이 봐도 저렇게 딱한데, 어머니인 그녀 마음은 어떻겠는가? 생각해 보면 다 안된 사람들이다.

"알겠습니다. 최선을 다해보겠습니다."

진현은 고개를 끄덕였다.

다행히 수술은 무사히 끝났다. 지혈이 비교적 어렵긴 했으나 미리 응고인자를 충분히 보충해 놓아 큰 출혈은 생기지 않았다. 문제는 지금부터다. 언제든 자발 출혈이 터질 수 있기 때문에 지속적인 수혈과 약물로 출혈을 예방해야 했다.

"수술은 잘 끝난 건가요?"

환아의 어머니가 물었다.

"네, 다행히 잘 끝났습니다."

"그러면 이제 아무런 문제 없는 거죠?"

그건 아니다. 염증 자체도 심했고 수술 뒤에도 잘 살펴야 한다.

"일단 수술 자체는 잘 끝났지만 시연이 같은 경우엔 혈우병 때문에 수술 뒤에도 출혈이 있을 수 있어 앞으로도 잘 봐야 합니다."

"잘 봐주세요. 꼭."

"네, 걱정하지 마십시오."

어머니의 부탁이 아니라도 잘 볼 생각이었다. 시연이는 금이 간 유리와 같아서 조금이라도 잘못되면 금세 나빠질 수 있으니까. 아이의 조그만 팔목은 잦은 수혈로 퉁퉁 부어 있었다.

그 후로 이틀이 지났다. 진현은 수시로 박시연 환아를 살폈고 그런 정성 때문인지 아이는 별문제 없이 차도를 보였다.

"의사 선생님이다."

"이제 배 안 아프니?"

계속 얼굴을 마주하니 시연이와도 많이 친해졌다.

"아파요. 저 이제 피 그만 맞으면 안 돼요?"

"아직은 더 맞아야 해. 시연이 착하지? 선생님 말 잘 들을 거지?"

"히히, 네. 대신 저 다 나으면 같이 놀아주시면 안 돼요?"

"그래, 선생님이 놀아줄게."

시연이는 밝게 웃었다. 참 착하고 귀여운 아이였다. 병원에 원체 자주 들락날락해서인지 보채는 일도 없었다.

'아이라……'

이전 삶에서 진현은 아이가 없었다. 그와 연희의 몸에 문제가 있다기보단 금실이 나빠서였다. 아니, 금실을 떠나 집 자체를 거의 못 들어갔는데 무슨 아이가 생기겠는가? 임을 봐야 별을 따든지 말든지 하지.

'이번 삶에선 반드시 좋은 가정을 꾸려야지.'

순간 혜미가 떠올라 실소했다. 아직 사귀지도 않았는데 무슨 가정인가?

'어떻게 해야 할까……'

혜미를 향한 자신의 마음을 깨달았으나 진척된 것은 아직 아무것도 없었다. 그런데 그때, 보호자가 침상에 들어왔다.

"선생님, 오셨어요?"

"아, 네."

"검사 수치는 괜찮나요?"

"네, 현재까지 별문제 없습니다."

"감사해요. 김진현 선생님 덕분이에요."

호전을 보이고 있어서인지 어머니도 한결 부드러워졌다. 진현이 봤을 때 그녀는 망상증은 아니었다. 그저 딸 때문에 유별날 뿐. 이해할 수 있는 일이었다.

"여기 음료수인데 한 잔 드시고 가세요."

어머니는 진현에게 과일 음료 한 병을 내밀었다. 진현은 손을 저었다.

"아, 괜찮습니다."

"별것 아니니 받으세요. 제가 감사해서 그래요."

어쩔 수 없이 진현은 음료를 건네받았다.

"또 오시나요?"

"네, 조금 있다 뵙겠습니다."

그러고 병실에서 나왔는데 진현은 인상을 찌푸렸다. 마주치고 싶지 않은 사람을 만난 것이다.

"진현아, 안녕?"

이상민이었다. 그는 셀프 회진을 돌고 있던 듯했다. 김철우 아버지의 일 후로 특별히 수작을 부리는 것은 없었지만 항상 불쾌했다. 특히 저 가식적인 미소를 볼 때마다 속이 뒤집혔다.

"여기가 그 유명한 환자 병실이구나?"

"유명한?"

"그 혈우병 아이 있잖아. 네가 잘 치료하고 있다고 칭찬이 자자하던데. 역시 김진현이야. 대단해."

"아직 잘 봐야 한다."

"그러겠지. 어떻게 될지 모르니까. 이러다 확 안 좋아서 죽기라도 하면 안 되잖아."

진현은 얼굴을 구겼다. 마치 그렇게 되라고 저주하는 말투였다.

"닥쳐. 입조심해."

"뭐, 천하의 김진현 선생이 보시니 별문제야 없겠지. 수고해."

이상민은 손을 휘저으며 사라졌다. 진현은 그의 등을 노려보며 중얼거렸다.

"재수 없는 녀석."

한편 이상민은 병동을 빠져나가며 중얼거렸다.

"별문제 없어야 할 텐데. 그렇지, 진현?"

그날 밤, 응급실에서 진현은 또 의외의 사람을 만났다. 아니, 의외는 아니다. 같은 병원에서 근무 중이라 자주 보는 게 당연하니. 혜미였다.

"어, 안녕?"

"어… 어, 응."

둘은 서로 어색하게 인사했다. 혜미는 검은 정장에 흰 가운을 입고 있었는데 평소와 다르게 이지적인 매력이 느껴졌다. 한 갈래로 묶은 머리도 지적인 느낌을 주었다. 맨날 보던 사이건만 진현은 괜히 설레었다.

"응급실에는 무슨 일?"

"아… 환자 보러."

대일병원 내과는 응급실 당직을 1년 차 중반부터 시작한다.

"그렇구나."

"…응."

서먹한 단답형의 대답 이후 두 사람 사이의 대화가 끊겼다. 진현은 자신의 마음 때문에 어색했다. 둘 모두 옆에 뻣뻣이 서서 컴퓨터로 전산 차트를 열심히 살폈다. 그러나 그런 척할 뿐 서로가 신경 쓰여 차트가 눈에 들어오지 않았다. 혜미는 진현을 힐끗거렸다.

'좋아하는 사람이 있다고?'

얼마 전 그녀는 연희가 한 고백의 결과를 알게 되었다. 친구 김수연이 외과 병동의 친한 간호사를 통해 정보를 물어온 것이

다. 이연희와 굉장히 가까운 사이인 그 간호사는 연희의 고백 결과를 다 알고 있었고 이렇게 말했다. 진현이 이연희의 고백을 거절했고 좋아하는 사람이 있다더라.

'누구일까? 진현이 좋아하는 사람이.'

혜미는 가슴이 두근거렸다. 생각해 보면 진현도 건장한 성인 남자이니 좋아하는 사람이 있는 게 당연했다. 김수연은 진현이 혜미를 좋아하는 거라 난리를 쳤지만 그녀는 자신이 없었다. 사람의 마음이 얼마나 복잡한데, 누구를 좋아하는지 어떻게 알겠는가? 그냥 스쳐 지나가는 사람한테 반할 수도 있는 거고 힘든 레지던트 생활 중에 만난 간호사나 동료 의사한테 반할 수도 있다. 하지만 혹시? 만에 하나, 정말 나를 좋아하는 거면……? 그런 생각을 하니 심장이 터질 듯 뛰고 얼굴이 붉어졌다.

그때 진현이 말했다.

"혜미야."

"으, 응?"

"지금 바빠?"

"아, 아니."

"그러면 잠시 커피 한 잔 마실래? 사줄게. 아, 바쁘면 괜찮고."

"아니. 안 바빠. 하나도!"

"어… 응."

진현과 혜미 둘 모두 얼굴이 살짝 붉어졌다.

'정말 혹시……?'

그저 커피 한 잔 마시자는 것이지만 혜미의 심장이 주책없이 뛰었다. 이러다 심장마비가 오는 것 아닌지 걱정될 정도였다.

그런데 그때 삐리리 진현의 핸드폰이 울렸다. 갑작스런 소리에 둘 모두 깜짝 놀랐고, 진현은 전화를 받았다. 박시연 환아가 입원한 병동이었다. 진현은 일순 불안한 느낌을 받으며 전화를 받았다.

"네, 김진현입니다. 무슨 일입니까?"

—선생님, 병동으로 와주세요. 시연이가 이상해요.

"네? 증상이?"

—열나고 숨차 하는데 빨리 좀 와주세요.

"......!

진현의 얼굴이 굳어졌다. 혜미도 대충 상황을 짐작했다. 병원에선 비일비재한 일이다.

"환자가 안 좋아?"

"응, 빨리 가봐야겠다. 미안."

"아니야. 나중에 마시면 되지. 빨리 가봐."

진현은 고개를 끄덕이고 응급실을 빠져나갔다. 그런데 그가 문을 나서는데 혜미가 그를 불렀다.

"지, 진현아!"

"응?"

"…나중에 커피 사줘. 꼭. 기다릴게."

진현의 얼굴이 다시 붉어졌다.

"그, 그래. 사줄게. 꼭."

별것 아닌 이야기임에도 가슴이 뛰었다. 그런데 그 마음은 병동에 도착하는 순간 싸늘하게 식었다. 생각보다도 시연이의 상태가 더 안 좋았던 것이다.

"서, 선생님… 시연이 숨차요. 하아……."

"가래는 안 나오니?"

"가, 가래도 노랗게 많이 나와요."

시연이는 작은 몸으로 숨을 몰아쉬고 있었다. 진현은 청진기로 폐 소리를 듣고 간호사에게 물었다.

"산소 포화도는 어떻습니까?"

"낮아요. 88%요."

"폐렴인 것 같습니다. 코 줄(Nasal cannula)로 산소 공급해 주고 이동식 X—ray 불러주세요."

간호사들이 신속히 움직여 산소 코 줄을 끼운 후 산소 공급이 시작됐다.

"이, 이게 어떻게 된 거죠, 선생님?"

보호자가 다시 불안정한 모습을 보였다. 그녀는 의심의 눈초리로 진현을 바라봤다.

"수술이 잘못돼서 그런 것 아니에요?"

네가 잘못해서 그런 것 아니냐는 날카로운 목소리.

진현은 차분히 설명했다.

"병원성 폐렴입니다. 병원 치료를 받으면 확률적으로 걸리는 감염증으로, 복부의 담낭염 수술이 잘못된 것은 아닙니다."

병원성 폐렴은 병원 입원 중인 환자들 사이에서 흔하게 오는 감염증이다.

"적절한 항생제 치료를 하며 좋아지는 경우가 대부분이니 너무 걱정하지 마십시오."

하지만 어머니는 진현을 향해 의심의 눈초리를 거두지 않았다. 진현도 걱정되긴 마찬가지였다. 폐렴 자체보다도 혈우병을 앓는 아이의 몸이 원체 약하기 때문이다. 곧바로 적절한 항생제가 투입되기 시작됐다. 빠른 조치 때문인지 폐렴은 더 악화를 보이진 않았다. 그러나 다른 문제가 생겼다. 감염증 때문인지 아이 몸의 지혈 체계가 재기능을 못 하기 시작한 것이다.

"선생님, 시연이 피나요!"

"빈혈 수치는 어떻습니까?"

"9예요. 오전보다 2나 떨어졌어요."

정상이 13인데 9. 그리고 오전에 검사했을 때만 해도 11을 유지 중이었다. 어딘가에서 피가 나고 있는 것이다. 과연 팔다리를 살피니 근육 쪽이 퍼렇게 부풀어 오르고 있었다.

'이런, 자발 출혈!'

"빨리 수혈해 주세요. 적혈구, 응고인자 전부 다 수혈해 주세요."

진현은 다급히 오더(Order)한 후 피가 나는 부분을 손으로 압박했다.

"서, 선생님. 시연이 아파요."

"응. 미안해, 시연아. 조금만 이렇게 누를게."

조금이라도 피가 덜 나게 하기 위해선 어쩔 수 없었다.

그때, 보호자가 난리를 부렸다.

"아니, 왜 계속 애가 나빠지는 거예요? 선생님이 잘못하고 있는 것 아니에요?!"

보호자는 신경질적으로 손톱을 물어뜯었다.

"아, 역시. 1년 차한테 환자를 맡기는 게 아니었어! 아, 어떻게 하지? 당신! 시연이가 잘못되기만 해봐! 절대 가만두지 않겠어!"

당장에라도 진현에게 달려들 기세였다. 진현은 곤란한 마음이 들었다. 지혈을 하느라 보호자를 안정시킬 시간이 없었다. 그런데 아이가 숨을 몰아쉬며 말했다.

"어, 엄마. 그, 그러지 마. 나 선생님 좋단 말이야."

"……!"

"서, 선생님이 시연이 치료해 줄 거죠? 그렇죠?"

아이가 힘들게 미소 지으며 진현에게 말했다. 진현은 굳은 얼굴로 고개를 끄덕였다.

"그래, 걱정 마렴. 선생님이 반드시 좋아지게 해줄게."

진현은 보호자에게 말했다.

"보호자분, 불안한 마음이 드는 것 이해합니다. 하지만 하나만 믿어주십시오. 저도 시연이를 좋아합니다. 지금 제 가장 큰 바람은 시연이를 치료하는 것이니 잠시만 지켜봐 주십시오."

"……!

진현의 진실된 눈빛에 어머니의 눈이 흔들렸다. 그녀는 뭐라 말을 하려다 결국 입을 다물었다. 진현은 안타까운 마음이 들었다.

'얼마나 힘들까?'

그도 사람인지라 보호자의 저런 태도가 좋을 수는 없었다. 피곤하고 곤란했다. 그러나 시연이와 그녀의 어머니는 얼마나 힘들까? 이 순간 가장 힘들고 슬픈 사람들이다. 다행히 보호자가 안정되자 진현은 간호사들에게 처방을 내렸다.

"빨리 약 주세요. 피검사 다 해주시고요. 혈액원에 연락해 수혈도 빨리 진행해 주시고요."

"네!"

그 뒤 전쟁 같은 밤이 이어졌다. 손으로 지혈을 하고 그러고도 빈혈 수치가 떨어져 CT를 찍고, 같이 동반된 복강 내 출혈에 대해 무지막지한 수혈을 하고 추가적으로 생긴 관절강 출혈에 대해 피를 뽑고…… 출혈이 너무 심해 혈압도 몇 번이나 떨어졌고 시연이는 죽을 고비를 몇 번이나 넘겨야 했다.

진현은 아침 해가 뜰 때까지 시연이에게서 한 발자국도 떨어지지 못했다. 응급실도 다른 레지던트한테 부탁해 맡겼고, 잠은 당연하지만 한숨도 못 잤다. 그리고 정말 다행히도 시연이는 점차 차도를 보이기 시작했다.

"이제 안정이 되는 듯합니다."

진현은 한숨을 내쉬며 보호자에게 설명했다. 보호자는 알 수 없는 눈빛으로 진현을 바라보았다.

"저, 선생님. 잠시만 따로 이야기할 수 없을까요?"

"……?"

진현은 보호자를 따라 나왔다. 인적 드문 복도에서 보호자가 말했다.

"고마워요, 정말로. 그리고 미안해요."

진현의 눈이 커졌다. 그녀가 사죄의 의미로 고개를 숙인 것이다.

"저도 알아요. 선생님이 누구보다도 시연이를 생각해 주고 있다는 것을. 하지만 시연이가 안 좋을 때마다 마음이 너무 안정이 안 돼서… 모든 게 의심스럽고……."

진현은 고개를 저었다.

"아닙니다. 괜찮으니 신경 쓰지 마십시오."

"아니에요. 그러면 안 되는 것을 알면서도… 애가 안 좋으면 안정이 안 돼요. 정말 미안해요."

보호자는 쓸쓸한 표정을 지었다.

"저, 시연이 아프면서 남편과도 이혼했어요. 직장에서도 해고 당하고. 치료비 때문에 집도 팔고… 아무것도 없어요. 이제 저한 테 남은 것은 시연이밖에 없어요."

"……"

"선생님, 그거 아세요?"

"네?"

"우리 시연이가 이렇게 좋아하는 의사 선생님은 선생님은 처음이에요."

보호자는 웃었다.

"어린아이도 선생님이 좋은 의사란 것을 느끼나 봐요. 그러니 잘 부탁드릴게요."

진현은 고개를 끄덕였다. 가슴이 살짝 먹먹해졌다.

"네, 최선을 다하겠습니다.

이후에도 몇 번 고비가 있었지만 시연이는 잘 버텼다. 시연이 와 보호자, 진현의 관계도 깊어졌다.

라뽀(Rapport). 프랑스어로 환자와 의사 간의 유대 관계를 뜻 한다. 진료 현장에서 의사와 환자, 보호자만이 느낄 수 있는 특별 한 감정으로, 시연이와 진현이 사이에는 깊은 라뽀가 흘렀다.

"시연이, 오늘 피검사 수치가 안 좋네. 수혈 한 번 더 해야겠 다. 잘할 수 있지?"

"응… 싫은데."

폐렴도 나아져서 이제 시연이는 산소 공급도 중단한 상태였다. 보호자가 시연이를 달랬다.

"우리 시연이. 선생님 말 따라야지. 응?"

"응… 알았어. 대신 선생님."

"응, 왜?"

"나중에 시연이 좋아지면 밖에서도 같이 놀아주면 안 돼요?"

눈코 뜰 새 없이 바쁜 진현에게 무리한 부탁이었지만 그는 고개를 끄덕였다.

"응, 알았어. 그러니 수혈하자."

"네!"

화기애애한 분위기였다. 이렇게만 좋아지면 곧 퇴원도 고려해볼 수 있을 정도였다. 그래서 그때만 해도 아무도 모르고 있었다. 이후 무슨 일이 일어날지.

진현은 시연이와 잠시 시간을 보낸 후, 환자가 와 응급실로 향했다. 그런데 응급실에 가니 또 기분 나쁜 녀석, 이상민이 있었다.

"안녕. 잘 지내?"

"…그래."

진현은 그를 신경 쓰지 않고 자신의 일을 봤다. 더 이상 그와는 말도 섞기 싫었다. 그런데 이상민이 웃으며 물었다.

"그 혈우병 환아는 어때?"

"그건 왜 물어보지?"

"아니, 그냥. 좋아지고 있다 그러던데. 역시 대단해."

이상민은 지나가듯 말했다.

"진현아, 하나 물어볼 게 있는데."

"뭐?"

"혈우병 환자한테 항응고제를 쓰면 어떻게 돼?"

진현은 인상을 찌푸렸다. 그걸 질문이라 하는 건가?

"몰라서 물어보는 거냐?"

"응."

"지혈을 방해하는 항응고제를 혈우병 환자에게 쓰면 당연히 피가 나겠지."

항응고제는 응고인자를 방해해 피를 묽게 하는 약이다. 원래 응고인자의 문제가 있는 혈우병 환자에서 항응고제를 쓰면 결과는 불 보듯 뻔하다. 한국대 차석인 놈이 이런 기본적인 상식을 모르진 않을 거고 왜 물어보는 것인지 의도를 알 수가 없었다. 설마 놀리는 건가?

"그래, 고마워."

이상민은 손을 휘저으며 사라졌고 진현은 불쾌감에 인상을 찌푸렸다.

'기분 나쁜 녀석. 환자나 보자.'

그는 불쾌한 기분을 털며 환자에 집중했다. 그런데 감염 상처를 소독하는데 계속 찝찝한 느낌이 들었다.

'도대체 왜 물어본 거지?'

혈우병 환자한테 항응고제? 두말할 것 없이 뻔했다. 독약이었다.

'정말 몰라서 물어본 것은 아닐 텐데.'

순간 소름 끼치는 생각이 들었다. 하지만 곧 고개를 저었다. 아무리 이상민이 인간 말종이라도 그럴 리는 없다.

'지나친 생각이야. 혈우병 환자에게 항응고제를 투입하면 그건 살인이야.'

그때 진현에게 병동 간호사에게서 전화가 왔다.

"무슨 일입니까?"

—선생님, 시연이 다리에서 피나는데 어떻게 할까요?

"심합니까?"

—심하지는 않아요. 조금 압박하면 될 것 같은데…….

"수혈은 하고 있습니까?"

—네, 3분의 1 정도 들어갔어요.

진현은 고개를 갸웃했다. 이상하다? 오늘 아침에 수치가 그렇게까지 나빴던 것도 아니고, 수혈까지 추가로 하고 있는데 왜 피가 나지?

—그냥 수혈 계속하면서 지켜볼까요? 수혈 더 하면 멎을 것 같긴 한데.

옳은 의견이었다. 그러나 이상한 느낌이 진현의 가슴을 자꾸 자극했다. 불안함. 의사로서의 감이었다. 그대로 지켜만 보면 안 될 것 같았다.

"제가 가보겠습니다. 잠시만 기다리세요."

진현은 곧바로 병동으로 올라갔다. 시연이와 보호자는 놀라 진현을 맞았다.

"와, 의사 선생님이다."

"선생님 오셨어요?"

시연이가 책을 읽다 환하게 웃었다. 처음 만났을 때 비해 한결 부드러워진 보호자도 인사했다. 진현이 다른 의사와 다름을 느끼고 완전히 그를 신뢰하고 있는 것이다. 망상증을 앓았던 이전과는 전혀 다른 모습으로 병동의 간호사들은 '김진현의 기적'이 보호자를 변화시켰다 감탄했다.

"아, 선생님, 무슨 일이세요?"

"다리에 피가 난다 해서 보러 왔습니다."

"여기에요. 크게 나는 것은 아닌데……."

"응, 선생님. 시연이 괜찮아요."

시연이의 발목에 새롭게 멍이 들어 있었다. 확실히 별것은 아니었다.

'그냥 내가 과민한 건가? 그 자식은 왜 쓸데없는 말을 해가지고.'

진현은 시연이에게 들어가는 약을 일일이 체크했다. 시연이의 작은 몸에 주렁주렁 여러 수액이 매달려 있다. 당연히 항응고제 따위는 없다. 어느 정신 나간 의사가 항응고제를 처방해도 간호부에서 당연히 오더를 수행하지 않으리라. '당신, 제정신이에요?'라고 하면서. 단 하나 새롭게 들어가는 제제가 있었다. 바로 응고인자가 들어간 혈액이었다. 만약 여기에 항응고제를 섞어놨다면? 그러면 독약이 들어가고 있는 거다.

'설마… 아닐 거야.'

아무리 이상민이라 해도 그런 일을 저지를 리는 없다. 그리고 하고 싶다 해도 가능한 일이 아니다. 혈액원에 들어가 항응고제를 섞어야 하니까.

"왜 그러세요, 선생님?"

보호자가 의아한 표정을 지었다. 진현은 짧은 시간 수도 없이 고민했다. 자신의 과민반응일 수도 있다. 아니, 그럴 확률이 높았다. 하지만 만에 하나 사실이라면? 진현은 입술을 깨물었다.

'이런 경우 그냥 과민반응을 하는 게 나아.'

다른 문제는 몰라도 환자의 안위와 관련된 것은 과민반응을 하고 나중에 안심하는 게 나았다. 과민반응을 하면 번거로울지 몰라도 최소 나중에 후회할 일은 없으니까.

"잠깐만 수혈을 멈추는 게 좋겠습니다."

"네?"

"수혈을 하는데 추가적으로 출혈이 있는 것이 이상합니다."

보호자는 인상을 찌푸렸다.

"추가적으로 출혈이 있으니 더더욱 수혈을 해야 하는 것 아닌가요?"

역시 투병 기간이 길어 보호자도 보통이 아니었다. 일반적이라면 그녀의 말이 옳았다. 출혈이 있을수록 수혈을 더욱 해야 했다.

'독약이 섞여 있을지도 모르니 잠시만 멈추자고 할 수도 없고.'

진현은 답답한 마음이 들었다. 이런 이야기를 했다가는 미친 놈 취급을 당할지도 몰랐다. 어쩔 수 없이 진현은 근거 빈약한 말을 할 수밖에 없었다.

"그냥 제가 느낌이 이상해서 그렇습니다. 일단 수혈을 멈추고 피검사를 확인해 보는 게 어떻습니까?"

거절하면 진현으로서도 어쩔 수 없었다. 아니, 의심이 많은 성격의 보호자니 따르지 않을 확률이 훨씬 높았다. 그런데 의외의 답이 들렸다.

"선생님이 그렇게 생각하면 확인해 봐야죠. 그럼 그렇게 하세요."

"……!"

진현은 놀라 그녀를 돌아봤다. 선선히 답한 그녀는 신뢰의 빛으로 그를 바라보고 있었다. 항상 날 서 있던 그녀가 살짝 웃었다.

"전 다른 사람은 몰라도 선생님은 믿어요. 잘해주세요."

"…네, 감사합니다."

시연이가 칭얼거렸다.

"그럼 나 또 피검사해야 해?"

진현은 그녀의 머리를 쓰다듬었다.

"조금만 뽑을게. 안 아프게."

"안 아프게 뽑아줘야 해요?"

"응, 알았어."

만약 정말로 항응고제가 수혈 팩에 섞여 있다면 피검사에서 이상 소견이 나올 것이다. 진현은 자신의 걱정이 기우이기를 바라며 몸 안의 지혈 상태를 확인하는 검사 처방을 하였다. 그 처방을 확인한 간호사가 의문을 표했다.

"갑자기 이 검사는 뭐예요, 선생님?"

"확인해 보려 하는 것이니 꼭 응급으로 진행해 주세요."

"응급이요?"

"네."

간호사는 의문이 들었으나 더 토를 달진 않았다. 현재 외과 병동 내에서 진현의 말은 치프보다도 더 큰 권위를 가지고 있었다.

진현은 초조히 결과를 기다렸다.

'아닐 거야. 설마. 절대 아닐 거야.'

그런데 30분 정도 지났을 때 모르는 번호로 전화가 왔다.

"누구십니까?"

―김진현 선생님? 혈액 검사실입니다.

그 말에 진현은 가슴이 내려앉았다. 혈액 검사실에서 그에게 전화를 할 일은 단 하나였다.

―박시연 환아 혈액응고 수치가 너무 높게 나와서 전화드렸습니다. 상한치를 한참 초과해 결과 보고가 되지 않는데… 아무래도 오류 같습니다. 다시 검사해 드릴까요?

진현의 손이 떨렸다. 멀쩡한 기계가 갑자기 오류가 날 리가 있는가? 정말로 항응고제가 섞여 있었던 거다. 진현의 목소리가 분노로 흔들렸다.

"괘, 괜찮습니다. 그냥 상한치로 띄워주십시오."

전화를 끊은 진현은 벽을 후려쳤다.

'이상민, 이 개자식! 이런 일을?'

진현은 이를 바득 갈았다.

'절대 가만 안 둔다. 살인죄로 반드시 처넣을 거야.'

그러기 전에 먼저 해야 할 일이 있었다. 독약이 들어간 시연이를 구하는 것이다. 마침 검사 결과에 놀란 간호사가 뛰어왔다.

"기, 김진현 선생님! 검사 결과가!"

이 정도 수치면 자발 뇌출혈로 갑자기 사망할 수도 있다.

진현은 이를 악물고 말했다.

"항응고제의 해독제(Antidote) 주세요. 빨리!"

"네!"

급히 해독제를 투여한 탓에 별문제 없이 넘어갔다. 하지만 조금만 늦었다면? 이 조그만 아이가 뇌출혈로 사망했을지도 모른다. 갑작스러운 사고에 걱정으로 다시 몸서리를 치는 보호자를 간신히 안정시킨 후 진현은 어딘가로 향했다.

'절대 가만두지 않아.'

그는 이를 바득 갈았다.

곧 그가 도착한 곳은 14층의 당직실. 벌컥 문을 여니 2층 침대 위에 이상민, 그놈이 누워 있었다.

"어, 진현? 무슨 일이야?"

이상민이 생글 웃으며 물었다.

"내려와."

"응?"

"내려오라고."

이상민은 어깨를 으쓱하더니 뛰듯이 내려왔다. 원체 호리호리해서 곡예를 넘는 것 같기도 했다.

"무슨 일인데?"

"하나만 묻자."

"뭘?"

"네 짓이냐?"

"그러니까 뭘?"

"박시연. 항응고제."

"그러니까. 그게 무슨 일이야?"

이상민은 천연덕스럽게 물었다.

"그러니까 이상민, 넌 모른다고? 그러면 아까 응급실에서 물어본 것은?"

분명 오늘 이상민은 혈우병 환자와 항응고제에 대해 물었었다. 그저 우연의 일치였을까?

'그럴 리가.'

생각하면 할수록 분노에 손이 떨렸으나 아직 아무런 증거가 없다.

"정말로 네 짓이 아니란 말이지?"

"무슨 이야기 하는 줄 모르겠다니까 그러네."

"그래, 정말로?"

"응. 피곤한 것 같은데 가서 쉬어. 괜히 망상증으로 사람 의심하지 말고."

"그래, 가마. 대신."

진현은 크게 숨을 몰아쉬었다.

"그냥은 못 가지."

"응?"

이상민이 눈을 크게 뜨는 순간.

퍼억!

강력한 스트레이트가 이상민의 안면에 꽂혔다.

"크윽?! 너?"

이상민이 침대 위로 쓰러졌다. 그의 코에서 주룩 피가 흘러내렸다. 진현은 벌레를 보듯 그를 내려 봤다.

"그래, 가마. 지금은 증거가 없으니. 하지만 명심해."

차갑게 일갈했다.

"넌 내가 무슨 수를 써서라도 의사 가운 벗길 거야. 아니, 살인죄로 집어넣을 거야. 기다려. 이 버러지만도 못한 자식."

"……!"

진현은 당직실을 빠져나갔다. 홀로 남은 이상민은 피식 웃었다. 그는 코에서 흐르는 피를 쓱쓱 닦았다. 그러나 제대로 맞았는지 피가 계속해서 흘러나왔다.

"아아, 아프네. 역시 주먹이 매워."

진현은 그 길로 병원을 나와 택시를 탔다. 그가 향한 곳은 강북에 위치한 한국대병원 부설의 약학연구원이었다.

"아니, 자네가 웬일인가? 잘 지냈나?"

약리학 교수가 진현을 반겼다. 교수는 학창 시절 당시 빼어난 성적을 독차지하던 진현을 기억하고 있었다.

"그런데 무슨 일인가? 대일병원에서 일하고 있다 들었는데?"

간단한 안부를 나눈 후, 진현이 무겁게 말했다.

"사실은 한 가지 부탁할 것이 있어 왔습니다."

"무슨?"

진현은 응고인자가 담긴 혈액팩을 내밀었다.

"이 안에 어떤 성분이 섞여 있는지 확인할 수 있습니까?"

"응? FFP(Fresh frozen plasma:신선동결혈장)잖아. 당연히……."

그러나 진현은 고개를 저었다.

"혹시 이 안에 항응고 약물이 섞여 있는지 알 수 있습니까?"

약리학 교수는 이해할 수 없다는 표정을 지었다.

"그게 무슨 말인가? 항응고약이 이 혈액 안에 들어 있을 리가 없잖아."

"사고가 있어서 확인이 필요합니다."

"……!"

약리학 교수는 인상을 찌푸렸다. 뭔가 심상치 않은 사연이 있음을 직감한 것이다.

"왜 대일병원 랩(Laboratory:실험실)으로 가지 않고 여기로 온 것인가?"

"모교인 한국대 약학연구원이 전국 최고여서입니다."

진현은 굳은 목소리로 답했다. 그러나 사실 한 가지 이유가 더 있었다. 대일병원의 랩으로 갔다간 모종의 방해를 받을지도 모른다는 걱정 때문이었다.

"우리 랩에서 확인할 수는 있네. 다름 사람도 아닌 자네의 부탁이니 해주겠네. 그런데 단 한 가지. 이거 잘못된 일에 사용하려는 것은 아니지?"

"그 반대입니다."

진현은 짧게 답했다. 약리학 교수는 고개를 끄덕였다. 그 대답이면 충분했다. 교수는 학창 시절에 봤던 진현을 믿었다.

"결과 나오면 바로 연락 주겠네."

참담하다 해야 할까, 아니면 예상대로라 해야 할까? 혈액엔 항응고제가 잔뜩 섞여 있었다. 농도도 상상을 초월할 정도로 높았다. 별일 없이 버텨준 시연이에게 고마운 마음이 들 정도였다.

'이 빌어먹을 자식.'

만약 그가 혈액 안에 독약이 들어 있다는 것을 놓쳤다면 어떻게 됐을까? 시연이는 갑작스럽게 사망하고 그는 모든 책임을 뒤집어썼겠지. 어떻게 된 일인지 알지도 못하고. 진현은 굳은 표정으로 곧바로 대일병원의 모든 혈액을 관리하는 부서인 혈액원에 찾아갔다.

"김진현 선생님이라고요? 무슨 일입니까?"

혈액원의 부서장이 진현을 맞았다. 부서장 정도면 의사직은 아니어도 교수급의 직위로 병원 내 상당한 권력자였다.

"제가 회의가 있어서 빨리 말씀해 주십시오."

부서장은 진현이 귀찮은 눈치였다. 그러나 진현의 말에 정신이 번뜩 들었다.

"혈액원에서 반출된 혈액 때문에 제 환자가 사망할 뻔하여 왔습니다."

"네? 그게 무슨?!"

진현은 혈액을 내밀었다. 혈액에는 '박시연 B+형'이란 바코드가 붙어 있었다.

"이게 뭡니까?"

"제 환자인 박시연 환아에게 들어간 혈액입니다."

"그런데요?"

"이 혈액을 맞고 갑자기 응고 수치에 문제가 생겨 환아가 죽을 고비를 넘겼습니다. 그래서 개인적으로 한국대 약학연구원에 확인 결과 혈액에 굉장한 고농도의 항응고제가 섞여 있음을 확인했습니다."

"그, 그, 그럴 리가요? 말도 안 되는……!"

부서장은 몸을 떨었다. 진현의 말이 사실이면 보통 일이 아니었다. 여럿이 옷을 벗어야 하는 대형 사고였다.

"그, 그 말 사실입니까? 농담하는 거면 책임을 져야 할 겁니다."

부서장은 불신의 눈으로 진현을 바라봤다. 진현은 쓴웃음을 지었다. 당연한 반응이다. 있을 수 없는 일이니까.

"여기 한국대병원 부속 약학연구원 담당자 전화번호입니다.

확인해 보십시오."

잠시의 통화 후, 부서장의 얼굴이 시체처럼 파랗게 질렸다.

"아, 알겠습니다. 정말로 우리 혈액에… 아아! 어떻게 이런 일이?!"

그는 진현에게 매달렸다.

"선생님, 저희 혈액원이 잘못한 일은 아닙니다. 그럴 리가 없지요! 저희가 왜 혈액에 고농도 항응고제를 섞습니까?"

패닉에 빠진 목소리였다. 그의 입장에선 그야말로 아닌 밤중의 날벼락이었다.

"저도 그렇게 생각합니다. 대일병원 혈액원이 이런 잘못을 할리는 없지요."

"그렇죠?! 이건 분명……."

누군가의 탓으로 돌리려던 부서장은 입을 다물었다. 그러면이건 누구 잘못이란 말인가? 혈액을 공급한 적십자에서도 이런일을 할 이유가 없었다.

'저, 정말 우리 직원이 실수로……? 하, 하지만 누가 왜…….'

그때 진현이 말했다.

"혈액원에서 잘못한 것은 아니라 생각합니다. 그렇다고 적십자에서 잘못하지도 않았겠지요."

"그, 그러면……?"

"중간에 무슨 일이 벌어졌는지 면밀히 확인해 봐야 한다 생각합니다. 제 환자에게 벌어진 일이니 제가 먼저 확인해 봐도 괜찮겠습니까?"

"네, 네! 얼마든지요."

혈액은 엄밀히 관리하기 때문에 거의 전 방위에 걸쳐 CCTV가

놓여 있었다.

'기다려라, 이상민.'

그의 소행이 맞는다면 분명 CCTV의 한 자락에 흔적을 남겼을 거다. 진현은 응급실을 황문진 및 다른 동료에게 부탁하고 CCTV에 매달렸다. 지금 이것보다 중요한 것은 아무것도 없다. 해당 혈액이 반입한 시기부터, 반출될 때의 시기까지 모든 CCTV를 확인했다. 티끌 하나 안 놓칠 집중력으로.

'혈액이 반출된 후에는 손을 쓸 수가 없었을 거야.'

혈액은 중요도상 기계로 운반하지 않고, 손으로 직접 운반하여 의료진에게 전달된다. 혈액을 운반한 이송원, 혈액을 건네받은 간호사는 이미 확인했다. 여러모로 확인 결과 그들은 확실히 아니었다.

그런데 CCTV를 처음부터 끝까지 확인했는데 곤란한 점이 생겼다.

"…아무런 문제가 없잖아?"

진현은 인상을 찌푸렸다. 혹시 자신이 놓쳤나 다시 한 번 재생해 보았지만 역시였다. 귀신에 홀리기라도 한 듯 아무 곳에서도 이상한 점이 없었다.

"이게 어떻게 된 거지?"

혈액에 독약이 타져 있는데, 독약을 탄 흔적이 아무 데도 없었다. 정말이지 귀신이 곡할 노릇이었다. 그렇게 사건은 미궁에 빠져들었다.

그 뒤 진현은 여러모로 이상민의 죄를 밝히려 노력했으나 성과가 없었다. 혈액에 혹시 지문이 남았나 확인도 해보고 은밀히 수사도 부탁하고, 여러 방법을 썼으나 모두 무용했다. 그러는 사이, 시연이는 천만다행으로 상태가 좋아져 퇴원을 하게 되었다.

"김진현 선생님, 정말 고마웠어요."

"아닙니다. 좋아져서 정말 다행입니다."

"다음에… 또 병원 오면 안 되겠지만 혹시라도 또 오게 되면 그때도 선생님이 시연이 봐줄 거죠?"

혈액 문제는 일단 사고로 일단락 지어졌다. 적절한 조치를 취한 진현에게는 뭐라 하지는 않았지만 보호자는 병원 측에 크게 항의했고 덕분에 죄 없는 혈액원 직원이 부서장을 포함해 세 명이나 사표를 썼다.

"하여튼 조심히 가십시오."

"네, 선생님도 안녕하세요. 시연아, 선생님한테 인사해야지."

시연이는 입술을 삐죽 내밀고 있었다.

"싫어! 선생님도 시연이랑 같이 가!"

떼를 쓰는 시연이에게 진현은 미소 지었다.

"시연이, 계속 건강하면 놀러 갈게. 그러니 꼭 건강해야 해. 응?"

"몰라! 안 가!"

울음을 터뜨린 시연이를 간신히 보호자가 달래 데려갔다.

진현은 한숨을 내쉬었다. 좋아져서 퇴원해 다행이다. 하지만 진현은 곧 인상을 찌푸렸다. 풀리지 않은 추악한 죄가 떠오른 것이다.

'이상민… 이 개자식.'

죄를 증명하진 못했지만 절대 용서할 수 없다. 반드시 죗값을 치르게 할 거다.

징벌

한남동 저택에서 이종근과 이상민은 만남을 가졌다. 부자지간이건만 그들이 집에서 만나는 것은 굉장히 오랜만이었다. 이종근이 핏빛 와인을 바라보며 물었다.

"네가 한 짓이냐?"

"뭘요?"

이상민은 반문했다.

"혈액원의 일 말이다."

이종근은 인상을 찌푸렸다.

"이런 무리한 강수를 둘 거면 확실히 뒤처리를 했어야지. 처리는 못 하고 꼬리는 왜 잡힌 거냐? 어쨌든 별일 없이 넘어가서 다행이지만 다음부턴 꼭 조심해."

"네."

"잘해야 해. 이사회가 갈수록 시끄러워."

이종근은 보르도산 와인을 신경질적으로 들이켰다. 씁쓸한 맛이 신경을 거슬렸다.

"내가 병원 이사장이라도 할 수 있는 일에 한계가 있어. 이런 추세대로라면 넌 레지던트가 끝나면 이 병원을 나가야 해. 방법은 단 한 가지. 네가 탁월한 실력을 보여 인정을 받아야 해."

"네."

이종근은 마음에 안 든다는 듯 혀를 찼다. 영 미덥지 못했다.

"김창영 총리가 누군지는 알지?"

이상민은 의아한 표정을 지었다. 전(前) 대법관이자 현(現) 총리를 모를 리가 없다. 이전 비행기에서 진현에게 치료받은 적도 있다.

"최근 담낭 쪽으로 건강이 안 좋으시다더라. 조만간 대일병원에서 수술을 받겠다고 하시는데, 그 수술 너한테 주마."

"……!"

"물론 집도는 우리 쪽 사람인 민성수 교수가 할 거고, 너는 퍼스트 어시스트로 들어가도록 해."

이종근이 아들에게 주는 특별한 기회였다. 퍼스트 어시스트에 불과하더라도 현(現) 총리의 수술에 참가하는 것은 대단한 명예로 항상 험담만 퍼붓는 이사회에도 한 방 먹일 수 있는 기회였다.

총리 김창영은 단순한 VIP가 아니었다. 청렴한 이미지로 현 정국에서 국민들의 가장 많은 존경을 받고 있고, 이는 대부분의 정치인이 국민들에게 욕만 먹는 것을 생각하면 대단한 일이었다. 그뿐 아니라 당 내 입지도 탄탄했다. 이대로 별문제만 안 생긴다면 차기 대권을 노려볼 수도 있는 대한민국 최정상의 정치인 중한 명이었다. 따라서 수술에 앞서 이사장인 이종근이 민 비서와 함께 직접 총리실에 방문했다.

"총리께서 회의 중이시니 잠시만 기다려 주십시오."

총리실의 비서가 이종근을 안내했다. 이전 진현에게 수술용 현미경, 루뻬를 선물로 건네준 이윤서 비서였다.

"네, 감사합니다."

이종근은 접객실에서 총리를 기다렸다. 아무리 대일병원의 이사장이라도 현 정국의 실세인 총리에 비할 수는 없었다. 그렇게 얼마나 시간이 지났을까? 따분함이 괴로워질 무렵, 문이 열리며 김창영 총리가 들어왔다.

"아이고, 오래 기다리게 해서 죄송합니다. 김창영입니다."

김창영은 이전 진현과 만났을 때 비해서 훨씬 건강해진 모습으로 소탈하고 겸손한 이미지는 그대로였다.

이종근은 깍듯이 인사했다.

"만나 뵙게 되어 영광입니다."

"저야말로 대일병원의 이름 높은 명의(名醫)인 이 박사님을 뵙게 되어 영광이지요. 편히 앉으십시오."

이 박사는 이종근이 한창 진료 일선에 있을 때의 호칭으로 당시 그는 여러 언론을 통해 자신을 명의로 포장했었다.

"제가 만성 담낭염이 있습니다. 가급적 나이도 있고 해서 수술 없이 치료해 보려 했는데, 계속 재발해서 꼭 수술을 받아야 한다더군요. 그래서 이왕 수술을 받을 거면 대일병원에서 받고 싶은데… 가능하겠습니까?"

이종근은 크게 고개를 끄덕였다.

"이를 말씀이십니까? 최고의 의료진으로 모시도록 하겠습니다."

마침 그의 충실한 아랫사람 중 한 명인 민성수는 담낭 수술의 이름난 전문가였다.

'담낭 수술이야 어려울 것도 없고 위험할 것도 없으니. 이상민을 끼워 넣으면 일석이조지.'

현 정권의 실세인 김창영의 수술. 비리비리한 이상민의 경력에 큰 도움이 될 게 분명했다.

"그러면 저를 수술하는 의사 선생님은 누가 되는 것입니까?"

"해당 분야 최고의 전문가인 민성수 교수가 집도할 것입니다."

김창영이 고개를 저었다.

"사실 제가 수술을 받고 싶은 의사 선생님이 있는데, 그렇게 해도 될까요?"

"……?"

이종근은 의아한 표정을 지었다. 대일병원에서 이쪽 분야의 최고 전문가는 민성수인데? 그런데 김창영은 생각지도 못한 말을 하였다.

"이전 저를 치료해 줬던 젊은 의사, 김진현 선생께 수술을 받고 싶습니다."

"……!"

김창영 총리의 말에 이종근은 입을 벌렸다. 이게 무슨 말도 안 되는? 김창영은 이종근의 속도 모르고 사람 좋게 웃었다.

"제가 그러고 싶으니 가급적 그렇게 해주십시오."

"하, 하지만 김진현 선생은 교수는커녕 아직 전문의도 아니고 수련 중인 전공의일 뿐입니다. 다시 한 번 생각해 보심이······."

김창연은 담담히 답했다.

"담낭염 수술이 어려운 수술은 아니지 않습니까? 제가 알아보니 그간 김진현 선생님은 천재적인 실력을 통해 많은 수술을 훌륭히 해냈다고 하더군요. 저는 가급적 김진현 선생께 수술을 받고 싶습니다."

사실 김창영이 젊은 천재 의사인 김진현에게 치료를 받고 싶단 뜻을 내었을 때 많은 반대가 있었다. 아무리 담낭절제술이 레지던트도 많이 집도하는 간단하고 기본적인 수술이라지만, 명색이 총리인데 유명한 교수에게 받아야 하지 않겠냐는 의견이었다.

김창영도 다른 교수에게 수술을 받을까 고민했지만 왠지 이전 자신의 생명을 구해준 김진현이 끌렸다. 물론 이 수술이 암 수술처럼 생명에 영향을 주는 큰 수술이었으면 김창영도 다른 교수를 선택했을 거다. 그러나 그런 것도 아니고 김진현 선생도 대일병원 내에서 수술 잘하기로 유명한 천재 의사이니 별 무리는 없을 거라 생각했다.

'어쩐지 한국대병원을 놔두고 대일병원을 선택하더라니.'

이종근은 속으로 이를 갈았다. 애초에 김창영 총리는 이전 자신의 생명을 구했던 김진현을 염두에 두고 대일병원을 선택한 것이 분명했다. 그렇게 이상민의 캐리어를 쌓으려던 이종근의 계획은 단박에 어그러졌다.

김진현! 김진현! 김진현! 지긋지긋한 이름이었다.

며칠 뒤, 대일병원의 자금을 지원하는 대일홀딩스의 본사에서 이사회가 소집돼 이종근의 속을 한 번 더 뒤집었다. 넓은 회의실에서 적대적인 목소리들이 날아들었다.

"이사장님, 병원의 상반기 실적이 너무 안 좋은 것 같은데요."

"적자 폭이 너무 큽니다. 좀 더 신경을 써야 할 것 같습니다."

사실 말이 이사회지 모두 대일 가문의 형제, 친척들로 구성된 멤버들이다. 그들은 이종근의 속을 박박 긁어댔다.

"하하, 병원이 어디 돈만 볼 수 있습니까? 환자의 생명을 위하는 곳이니 가끔 손해 볼 때도 있는 것이죠. 그리고 우리 대일병원이 어디 돈만 바라보고 운영하는 곳입니까?"

이종근은 속내를 숨기며 답했지만 사람들은 넘어가 주지 않았다.

"그렇다 해도 손해가 심한 것 같은데요. 경영 차원의 문제가 아닐지 검토가 필요할 것 같습니다만?"

"그러게 말입니다. 아무리 대일병원이 그룹 차원에서 사회 환원을 목적으로 운영한다지만, 그래도 이런 경영은 곤란하지요."

이사회 멤버, 즉 가문의 친인척들의 공격에 온화한 미소를 띤 이종근의 얼굴이 씰룩씰룩 흔들렸다.

'이 망할 것들이!'

그리고 늘 그렇듯 회의의 마지막에 이르러 병원의 후계자인 이상민의 이야기가 나왔다.

"이거, 이래서 이상민 선생이 차후 병원의 경영권을 넘겨받아도 괜찮을까요?"

"글쎄요. 전 단순히 혈연관계라고 경영권을 승계받는 것은 옳지 못하다고 봅니다. 무조건적인 혈족 경영, 그거 주의해야 할 악습이에요. 아무리 혈연관계라도 최소한의 능력이 있는 사람이 물려받아야지요."

이종근은 회의실 탁자 밑으로 주먹을 움켜쥐었다. 자기들도 그룹 회장의 핏줄이란 이유만으로 굵직굵직한 회사들을 물려받았으면서 말은 잘한다.

"이혜미 이사도 그렇게 생각하지 않나요?"

한 이사회의 멤버가 왼쪽으로 고개를 돌리며 물었다. 가문의 중역들이 앉아 있는 그곳 젊은 여성이 한 명 앉아 있었다.

"네, 그렇게 생각합니다. 국내 최고인 대일병원은 자격이 있는 사람이 물려받아야겠지요."

꽃처럼 화사한 아름다움을 담고 있는 그녀는 놀랍게도 이혜미였다. 그녀가 이사회의 멤버로 회의에 참석하고 있는 것이다.

'빌어먹을 년.'

이종근은 자신의 딸을 보며 주먹을 떨었다. 이상민 비난의 물밑 작업은 모두 그녀의 소행이었다. 더구나 이사회 내에서 그녀의 발언권은 결코 약하지 않았다. 오히려 이사장인 이종근을 제외하면 수위에 꼽혔다. 후계자였던 이범수가 이사회 내 자신의 몫을 전부 동생에게 남겨서이다.

'이범수 이 자식은 왜 모든 몫을 저년에게 물려줘서.'

그런데 그때 이사회의 멤버이자 이종근의 동생인 이종범이 차갑게 말했다.

"어쨌든 저희는 능력 없는 이상민 선생이 병원의 후계는 물론, 병원 내 어떤 특혜를 받는 것도 반대합니다. 이상민 선생이 병원 내에서 자리를 잡고 싶다면 공정한 경쟁을 통해 자격을 증명해야 할 것입니다. 만약 그렇게 하지 못한다면……."

뒷말을 잇진 않았지만 뻔했다. 자격을 증명하지 못한다면 대일병원에서 나가란 것이다. 이종범의 말을 끝으로 분통이 터지는 이사회가 마무리되었다. 모두 분분히 일어나 자리를 벗어났다. 피를 나눈 가족들이지만 회의 끝 안부를 나눌 정 따위는 없었다. 혜미도 차분히 몸을 일으키는데 이종근이 그녀를 불렀다.

"잠깐만, 혜미야. 이야기 좀 하자."

"…무슨 일이죠?"

그녀는 뒤도 돌아보지 않으며 물었다. 이사회의 멤버들이 모두 빠져나가자 이종근이 이를 갈았다.

"도대체 왜 이렇게 피곤하게 구는 거냐? 이상민은 네 오빠야! 오빠를 도와주지 못할망정!"

"오빠요?"

혜미는 기가 찼다. 오빠? 그 존속살인범이?

"제가 이러는 이유는 이전에 여러 번 이야기했어요. 욕심에 눈이 먼 아버지와는 더 할 이야기 없어요."

"너, 너!"

이종근이 눈을 부라리며 그녀의 손목을 거칠게 잡았다. 저릿한 통증에 혜미는 비명을 질렀다.

"악! 놔요!"

"당장 이사회를 움직이는 거 그만둬!"

혜미는 인상을 찌푸렸다.

"싫다면요?"

"뭐?"

"말을 안 따르면 어릴 때처럼 때릴 건가요?"

이종근은 부들부들 손을 떨었다. 혜미는 손을 비틀어 그의 손아귀에서 빠져나왔다.

"누누이 말하지만 전 반드시 범수 오빠의 원한을 갚을 거예요."

"너, 너! 아직도 그런 미친 소리를 하는 게냐! 누가 누구를 죽였단 거냐!"

그녀는 몇 번이고 진실을 호소했으나 이종근은 그녀를 미친년 취급할 뿐이었다. 혜미도 이제 이종근에게 아무런 기대도 없었다. 이상민을 파멸시킴으로 오빠의 원한은 자신이 갚을 것이다.

"그만 가볼게요. 잘 지내세요."

"너, 너! 거기서! 이혜미!"

곧 혜미의 뒷모습이 사라졌고, 홀로 남은 이종근은 노성을 터뜨렸다.

"젠장! 빌어먹을!"

이종근은 책상을 후려쳤다. 이대로는 안 됐다. 이대로 진행되다간 이상민은 병원에 자리도 잡지 못하고 쫓겨날지도 몰랐다.

곧 김창영 총리의 수술 소식이 진현에게 전해졌다.

"지금 뭐라고 하셨습니까? 제가… 총리님의 집도를요?"

진현은 자신이 잘못 들었나 얼떨떨하게 물었다. 아니, 교수도 전문의도 아닌 내가 총리의 수술을 왜 집도한단 말인가? 하지만 잘못 들은 것이 아니었다. 총리실의 이윤서 비서가 빙긋 웃으며 말했다.

"총리께서 선생님께 수술받으시길 원하십니다. 어려우실까요?"

"아니, 담낭염 수술 자체야 어려울 것은 없지만… 그래도 레지던트인 제가 어떻게……."

만성 담낭염 수술이야 기본적인 수술이니 어려울 것은 없다. 환자가 너무 VIP여서 그렇지.

"비행기 안에서도 하시지 않았습니까?"

"……."

그때야 총리인지 모르고 한 거고.

이윤서 비서는 다시 한 번 부탁했다.

"총리께서는 가급적 김진현 선생님의 수술을 받고 싶어 하십니다."

진현은 곤란한 얼굴로 답했다.

"알겠습니다. 원하신다면 어쩔 수 없죠. 대신 정말로 다른 전문 교수님이 아니라 저에게 받길 원하시는지 다시 한 번만 확인해 주십시오."

"총리께서 분명히 원하신 일입니다."

진현은 한숨을 내쉬었다.

그렇게 총리의 수술이 확정되었고 수술 스케줄도 급히 잡혀 다음 주 화요일로 결정됐다. 진현이 총리의 수술을 한다는 소문에 대일병원 외과가 다시 한 번 난리가 났다. 외과 사람들은 모일 때마다 진현이 집도할 수술 이야기를 하였다.

"아니, 그 괴물 김진현이 김창영 총리의 수술을 집도한다고?"

"아무리 천재라도 이제 겨우 1년 차인데?"

"그 김진현이면 못할 것은 없지. 그 괴물이면 말이야."

"그건 그래. 하여튼 거참 대단하네."

또 대형 사고를 치는 김진현에게 모든 이가 혀를 내둘렀다. 그렇게 진현의 위상은 의도치 않게 하늘 높은 줄 모르고 다시 한 번

치솟았다. 그런데 누군가 말했다.

"그런데 김진현 혼자 수술할 수는 없잖아? 누가 어시스트를 하지?"

"같은 1년 차를 어시스트로 세울 수도 없고… 곤란하네."

외과의사들은 고민했다. 아무리 1년 차가 집도를 해도 명색이 총리의 수술인데 허투루 수술팀을 꾸릴 수는 없다. 많은 논의 끝에 집도는 김진현, 퍼스트 어시스트는 교수인 유영수, 세컨드 어시스트는 교수 발령을 기다리는 전문의 중 한 명이 맡기로 했다. 민망할 정도로 기형적인 팀 구성이었지만 혹시라도 김진현이 실수를 할 시 곧바로 손을 바꾸기 위한 조치였다.

그런 분주한 소식들에 이종근은 다시 한 번 불쾌한 마음이 들 수밖에 없었다. 김진현이 하늘 끝간데 모르게 치솟는 느낌이다.

"너는 도대체 어떻게 하려고 그러냐?"

이종근은 이상민을 타박했다.

"이대로 가다간 병원 후계가 물 건너가는 것은 물론 이사회에서 눈엣가시인 널 레지던트만 마치고 자매병원으로 쫓아내려고 할지도 몰라. 그나마 총리의 수술로 네 경력에 도움을 주려 했는데, 그것도 김진현이 하게 생겼으니. 쯧."

총리의 수술을 마치면 김진현 그놈이 또 얼마나 스포트라이트를 받을지 머리가 지끈거렸다.

총리의 수술을 집도한 천재 외과의사!

또 이런 제목의 기사가 나갈 게 뻔했다. 그리고 총리의 수술은 단순한 위상과 유명세의 문제가 아니었다.

'이번 수술을 성공하면 김진현, 그놈은 향후 김창영 총리의 전

속 주치의가 될 수도 있어.'

원래 건강이 안 좋은 지체 높은 인사들은 유사시 연락하는 전속 의사들이 있었다. 의사로서도 굉장히 명예로운 일로 원래 한국대병원, 광혜병원이나 대일병원의 명망 높은 교수들이 그런 일들을 담당한다. 과거 비행기 안에서 김창영의 목숨을 구해준 진현이 이번 수술까지 성공적으로 마치면 향후 총리의 전속 주치의가 되지 말라는 법은 없었다. 현 정권의 실세이자, 국민들에게 가장 많은 존경을 받는 김창영 총리. 다음 대권의 강력한 후보자인 그의 전속 주치의라니. 의사로서 하늘의 별처럼 영광스러운 자리가 아닐 수 없다.

'원래 이 정도로 높은 인물의 전속 주치의는 한국대 의대의 명망 높은 교수나 넘볼 수 있는 건데, 젠장!'

김진현, 그놈이 그렇게까지 올라가면 이종근으로서도 손을 쓸 방법이 없었다. 아니, 손을 쓰기는커녕 울며 겨자 먹기로 최고의 대접을 해줘야 할 판이다.

'이러다 레지던트를 조기 졸업시키고 조기에 교수로 임명해야 하는 것은 아니겠지?'

이종근은 현재 상황이 하도 어이가 없어 그런 생각도 했다. 대한민국 역사상 전무후무한 일이지만 김진현이 하는 꼴을 보면 불가능한 일도 아니다. 한국 의료계가 모범으로 삼는 미국 의료계에선 없었던 일도 아니고.

이종근은 한숨을 푹 내쉬었다. 정말 이런 괴물이 어디서 나타났는지 모르겠다. 그런데 이상민이 말했다.

"아직 수술을 한 것은 아니잖아요?"

"뭐? 그게 무슨 말이냐? 김진현, 그놈이 수술을 하면 무조건 성공하겠지."

이종근은 인상을 찌푸렸다. 그러나 이상민은 그런 의도로 말하는 것이 아니었다.

"아니, 혹시 일이 생겨서 수술 시간에 맞춰서 못 올 수도 있고… 아예 참석을 못 할 수도 있으니까요."

"그게 무슨 말도 안 되는 이야기야? 수술에 왜 늦어. 그것도 총리의 수술에. 제정신으로 하는……!"

짜증을 내려던 이종근은 일순 입을 다물었다.

"너… 설마?"

이상민은 특별한 설명은 하지 않았다. 다만 부탁했다.

"이사장님."

"……?"

"혹시나, 정말 혹시나 김진현이 수술을 불참하게 되면 그 수술 제가 진행할 수 있도록 손을 써주시겠어요?"

이상민은 말했다. 그답지 않게 무거운 표정이었다.

*　　　*　　　*

수술을 앞두고 진현은 비교적 편한 나날을 보냈다. 마치 운동선수들이 시합을 앞두고 몸 관리를 하듯 선배들이 스케줄을 배려해 줬던 것이다.

"담낭염 수술할 줄 알지? 총리니 배를 칼로 열지 말고, 꼭 복강경으로 해야 해."

"유영수 교수님이 같이 들어가니 혹시라도 문제가 있으면 곧바로 도움을 구하고."

뿐만 아니라 여러 교수도 진현에게 조언을 해줬다.

"네, 감사합니다. 최선을 다하겠습니다."

겸손히 답하긴 했으나 사실 쓸데없는 걱정들이다. 복강경 담낭염 수술은 셀 수도 없이 많이 해봐 모든 수술 중 가장 익숙했으니까. 환자가 VIP인 것만 빼면 특별할 것도 없는 수술이다. 그렇게 비교적 편한 날들을 보내고 김창영 총리의 수술 전날, 응급실에서 의외의 연락을 받았다.

"네, 김진현입니다."

—아, 진현아.

"혜미?"

—응, 환자 때문에 연락했어.

혜미가 환자 문제로 접촉한 것이다. 뭐, 내과의사인 그녀가 환자 문제로 외과 응급실 의사인 진현에게 컨택(Contact)하는 것은 특별한 일이 아니긴 했다.

"지금 바로 가볼게."

진현은 곧바로 환자를 보러 응급실로 향했고 혜미와 만났다.

"아, 안녕. 진현아. 잘 지냈어?"

"응. 무슨 환자야?"

오랜만에 보는 그녀의 모습에 진현의 가슴이 살짝 뛰었다. 혜미의 얼굴은 여전히 예뻤다. 하얀 꽃처럼 화사한 아름다움에 의사 가운이 지적인 매력을 더했다. 대일병원 최고의 미녀라는 소문은 결코 과장된 이야기가 아니었다.

"항암치료 받는 환자인데. 이전 수술받은 부위에 장이 막혀서.

외과에서 봐줄 수 있어?"

외과 문제로 인한 전과(轉科) 문의였다.

"그래, 우리 과 문제니 외과에서 봐야지. 환자 소속 외과 앞으로 바꿔. 내가 가서 볼게."

"응. 고마워."

용무를 마친 혜미는 응급실 문 쪽으로 향했다. 그렇게 그녀의 뒷모습을 보니 아쉬운 마음이 들어 진현은 자신도 모르게 입을 열었다.

"혜, 혜미야!"

"응? 왜?"

혜미가 의아한 얼굴로 고개를 돌렸다. 진현은 불러놓고도 주저했다. 부르긴 했는데 무슨 말을 하지? 아니, 내가 왜 부른 거지?

"그냥 가게?"

"그, 그냥 안 가면?"

"아… 아니, 그냥 오랜만인 것 같아서. 반가워서."

진현은 본인이 한 말이 바보처럼 느껴졌다. 이게 갑자기 무슨 말이람?

'왜 그래, 김진현? 정신 차려. 평소답지 않게.'

하지만 그녀를 향한 자신의 마음을 깨달은 탓일까? 이상하게 가슴이 뛰며 안정이 안 됐다.

"자, 잠깐 커피라도 마실래? 네가 좋아하는 검은 물."

"검은 물?"

"아… 아이스 아메리카노. 사줄게."

두근.

진현의 가슴이 뛰었다. 그는 생전 경험해 본 적 없는 자신의 마음이 너무 당황스러워 정신을 차릴 수 없었다. 그래서일까? 그는 혜미의 붉어진 뺨을 눈치채지 못했다.

"나, 나… 지금은 안 되는데."

"그래?"

"으, 응."

"그러면 오늘 저녁은? 커피 한 잔 안 마실래?"

"퇴근이긴 한데… 8시 30분쯤 끝날 거야. 괜찮아? 너 내일 수술도 있잖아."

"응, 근처에서 잠깐 보는 거니 괜찮아. 논현동 룽고 어때?"

그 말에 혜미의 뺨이 사과처럼 붉어졌다.

논현동의 룽고(Lungo). 그윽한 분위기의 카페로 그녀가 이전 진현에게 좋아하는 사람과 오고 싶다고 말한 곳이다.

'설마?'

혹시나 하는 기대감에 그녀의 심장이 다시 주책없게 뛰었다.

"싫어?"

"아, 아니야! 그때 보자."

그렇게 둘은 오늘 저녁 약속을 잡았다. 평소와 조금은 다른, 특별할지도 모를 약속이었다.

"대박! 김진현이 너한테 고백하려 하는 거야!"

혜미의 말을 들은 김수연이 방방 뛰었다.

"아, 아니야. 고, 고백은 무슨. 그냥 오랜만에 보자고 한 것 아닐까?"

"에이. 지금까지 너 김진현이 그런 데서 보자고 한 것 봤어?"

"그건… 없었지만."

진현은 항상 혜미와 만날 때 본인이 좋아하는 고깃집이나 술집에서 약속을 잡았다. 이런 분위기 좋은 카페에서 만나자고 하는 것은 처음이다.

'정말로?'

그때 김수연이 혜미의 손을 이끌었다.

"안 되겠다. 이리로 와."

"어?"

"이 언니가 코디 좀 해줄게. 빨리 와."

"아, 안 돼. 나 환자 골수천자(Bonemarrow exam:특수한 바늘로 골수를 뽑아내는 일) 해야 한단 말이야."

"지금 골수천자가 문제야? 그딴 골수천자 이 언니가 대신 해줄 테니 빨리 와!"

"어? 어? 잠깐만."

새끼손가락 반만 한 굵기의 쇠침을 뼈 안에 박아 넣어야 하는 골수천자를 대수롭지 않게 말하며 김수연은 혜미를 당직실로 끌고 들어갔다. 김진현의 당직실과 다르게 여자들이 쓰는 숙소답게 은은한 향기가 흘렀고 캐비닛을 여니 여러 옷이 좌악 자태를 드러냈다.

"뭐 입고 갈 거야?"

"그냥 이거……."

혜미는 단정한 원피스를 가리켰다. 그러나 김수연은 고개를 저었다.

"오늘이 무슨 날인데. 그런 옷은 안 돼."

"그러면?"

"이런 것을 입어야지!"

그러면서 그녀는 옷 두 벌을 골라주었다. 김수연이 고른 옷을 본 혜미의 얼굴이 붉어졌다.

"이, 이걸 입으라고? 이건 좀……."

허벅지의 반도 안 오는 미니스커트와 은은한 느낌의 흰색 블라우스였다. 스트레스 해소 차원에서 산 옷들이지 입을 생각은 없었다.

"괜찮아. 입어봐."

"하지만……."

"어허! 그런 정신으로 남자 잡겠어? 빨리 입어봐."

어쩔 수 없이 혜미는 입고 있던 옷을 벗고 그녀가 준 옷으로 갈아입었다. 혜미는 어색하게 물었다.

"괜찮아?"

괜찮냐고? 김수연은 입을 벌렸다. 이슬을 머금은 듯 청순하게 아름다운 얼굴 아래, 블라우스 속에서 몸의 실루엣이 은은히 드러났다. 뭐랄까? 청초하면서 이지적이었고, 동시에 색정적(色情的)이었다.

"가시나, 여자인 내가 다 덮치고 싶네."

김수연은 중얼거렸다. 이런 여자를 앞에 두고도 반응이 없다면 그놈은 남자도 아니었다. 남자도!

"응?"

"어쨌든 언니만 믿고 오늘은 이렇게 입어! 꼭!"

"어, 어."

김수연은 오늘 역사가 이뤄질지 모른다고 기대했다.

"문진아, 너 정장 있나?"

"엥? 웬 정장? 있지만 너한테 안 맞을 텐데."

황문진의 키는 180을 훌쩍 넘어 진현보다 꽤 컸다.

"그렇지?"

그러면서 진현은 연신 캐비닛을 뒤적거렸다. 그래 봤자 걸려 있는 옷은 몇 벌 되지도 않았지만. 황문진은 의아한 표정을 지었다. 사시사철 똑같은 옷만 입고 다니던 놈이 웬 바람이지?

"무슨 약속 있어?"

"어."

건성으로 답한 진현은 그나마 깔끔한 와이셔츠와 정장 바지를 골랐다.

"내일 총리 수술 날 아니었어? 나갔다 와도 괜찮겠어?"

"술 마실 것도 아니고 어차피 잠깐 나가서 커피만 마실 건데, 뭐. 금방 들어올 거야. 그런데 문진아."

"왜?"

"좋아하는 사람이 있으면 고백하는 게 맞겠지?"

황문진의 눈이 묘해졌다.

"누구?"

진현은 어색이 웃었다.

"너도 아는 사람이야. 정확히는 나중에 이야기해 줄게."

황문진은 속으로 투덜거렸다. 내가 바본가? 딱 보니 견적 나오는구만. 일순 심술궂은 마음이 들었으나 진현은 그의 가장 소중

한 친구다.

문진은 쓰린 마음을 숨기며 말했다.

"고백해. 그게 맞지."

"그렇지?"

"그래."

진현은 고개를 끄덕였다. 혜미도 자신을 좋아하는지는 모른다. 마음을 깨달은 후 지금까지의 과거를 돌이켜 보면 그녀도 자신에게 마음이 없는 것 같지는 않지만 어쨌든 중요한 건 내가 그녀를 좋아하는 거니까.

그런데 그때 응급실에서 전화가 왔다.

"아, 하필 지금."

진현은 인상을 찌푸렸다. 이제 곧 혜미 만나러 나가야 하는데.

'어쩔 수 없지. 최대한 빨리 해결하고 나가자.'

그는 다급하게 밖으로 나갔다. 당직실에 혼자 남은 황문진은 벌러덩 침대에 누웠다. 그는 쓸쓸히 중얼거렸다.

"망할 놈. 이제 혜미 울리기만 해봐라."

그는 아직 혜미를 짝사랑하고 있었다.

응급실의 일을 처리하고 나니 벌써 9시 30분이었다. 약속 시간에 1시간이나 늦은 것이다. 카페 룽고는 논현동에서도 으슥한 곳에 있어 도착하면 10시는 될 텐데.

'카페 룽고에서 미리 기다리고 있다고?'

진현은 서둘러 병원을 나서며 택시를 잡았다. 하필 핸드폰 배터리가 다 되어 늦는다고 혜미에게 연락할 수가 없다.

"논현역으로 가주세요."

하지만 너무 급하게 움직이느라 진현이 미처 눈치채지 못한 사실이 있었다. 어둠 속에서 자신을 바라보는 눈빛이 있었단 것을.

"김진현."

그 무저갱처럼 무거운 눈빛이 입을 열었다.

"네가 조금만 덜 뛰어났으면… 그랬다면 어땠을까? 이제 와서 이런 말 하면 우습지만… 난 널 좋아했어."

흐트러지는 목소리. 비틀린 애증이었다.

"하지만 난 영원히 널 넘지 못하겠지. 영원히."

부르릉!

검은색 스포츠카가 진현이 탄 택시를 따라 움직였다.

한편 카페 룽고에서 혜미는 두근거리는 마음으로 진현을 기다렸다.

'이제 곧 도착하겠지?'

김수연의 코디 덕분인지 카페 안의 모든 사람이 혜미를 바라봤다. 심지어 밖에서 지나가는 사람도 그녀를 쳐다봤다. 하지만 혜미는 그런 시선들을 의식할 정신이 없었다. 지금 그녀의 머릿속엔 오로지 오랜 짝사랑, 김진현만 들어 있었다.

'진현이가 좋아하는 사람이 정말 나일까?'

가슴이 두근거렸다. 아니라고 생각하지만 자꾸 기대가 되었다. 그걸 떠나서 빨리 그가 왔으면 좋겠다. 보고 싶었다.

"논현역입니다."

"네, 감사합니다!"

카드를 찍고 택시에서 내린 진현은 서둘러 발걸음을 옮겼다. 워낙 인적 없는 복잡하고 깊은 골목 안에 위치한 카페라 택시를 타고 갈 수가 없어 걸어가야 했다.

'10분은 더 걸릴 텐데.'

진현은 초조히 시계를 봤다. 고백할 작정이면서 지각이라니 최악이다.

'빨리빨리.'

진현은 앞만 보고 걸었다. 카페 룽고는 숨은 명소답게 복잡한 골목을 지나야 도착할 수 있었다. 골목 안으로 들어갈수록 인적이 점점 없어졌다. 그리고 사람이라곤 한 명도 없는 일직선의 골목. 이제 저 끝에 가서 두 번만 더 꺾으면 도착이다.

부앙! 부앙!

멀리서 들리는 스포츠카 특유의 높은 배기음에 진현은 인상을 찌푸렸다. 강남 거리답게 꼭 이런 골목에서 스포츠카를 타고 과속하는 미친놈들이 있었다.

'알아서 피하겠지.'

그렇게 생각한 진현은 살짝 벽 쪽으로 붙으며 걸음을 옮겼다.

부르릉! 부아앙!

그런데 진현의 눈이 커졌다. 차 소리가 너무 가까워졌던 것이다.

"어?"

고개를 들리자 시야 가득 들어온 정체불명의 검은색 스포츠카. 그리고 그것이 그의 마지막 기억이었다.

퍼억!

스포츠카에 정통으로 충돌한 진현의 몸이 공처럼 날아가 벽에 부닥쳤다.

쿠웅!

그는 스르르 밑에 쓰레기 더미에 처박혔고 곧 시뻘건 선혈이 그의 몸에서 흘러나왔다. 치명상을 피할 수 없는 부상이었다. 사고를 낸 검은색 스포츠카는 곧 골목을 빠져나갔다.

혜미의 얼굴이 점점 실망감에 젖어 들었다. 아무리 기다려도 진현은 오지 않았다.

'또 응급실에 안 좋은 환자가 생겼나?'

하필 진현은 병원에서 나올 때 그녀에게 연락을 하지 않았다. 그래서 혜미는 진현이 응급실 환자로 바빠 늦어진다 생각했다.

'그런데 왜 연락이 안 되는 거지? 수술하러 들어간 건가? 수술 중이면 전화 연락이 안 될 테니……'

혜미는 한숨을 내쉬었다. 이해는 하지만 아쉬운 마음이 드는 것은 어쩔 수가 없었다.

'연락이라도 한 통 주지.'

시계를 보니 벌써 11시 15분으로 곧 카페가 문닫을 시간이라 슬슬 일어날 준비를 했다. 그런데 그때 등 뒤에서 누군가 그녀의 어깨에 손을 올렸다.

'진현?!'

그러나 고개를 돌아본 순간, 그녀의 마음이 싸늘하게 식었다. 이상민이었다.

"이상민?"

"응, 잘 지냈어?"

그런데 그의 얼굴을 본 혜미는 깜짝 놀랐다. 그의 표정이 지극히 어두웠던 것이다.

'뭐지?'

항상 가면 같은 미소를 짓는 이상민이 저렇게 어두운 얼굴이라니? 좋든 싫든 오랜 시간을 같이 지낸 그녀로서도 처음 보는 모습이었다. 의아한 마음이 들었으나 그녀는 표정을 굳혔다. 이상민에게 무슨 일이 있든 말든 자신이 알 바 아니다.

"여긴 무슨 일이지?"

"아니, 그냥 우연히 지나가는데 네가 있어서 들어와 봤지."

"우연히?"

"응, 우연히."

혜미는 인상을 찌푸렸다.

"난 우연이라도 너랑 이야기하고 싶지 않으니 내 눈앞에서 사라져줘."

이상민은 고개를 저었다.

"저런, 너무한 거 아니야? 가문 사람들에게 그렇게 내 욕을 하면서. 너 때문에 병원에서 쫓겨나게 생겼어."

"……!"

혜미의 얼굴이 굳어졌다. 그녀는 차갑게 식은 커피를 입에 가져갔다.

"그래, 넌 병원에서 쫓겨날 거야. 내 손으로 쫓아내 줄 테니 기다리고 있어."

이상민은 피식 웃었다.

"그래."

"그 이야기하려고 온 거야?"

"아니, 그냥 우연이라니까. 우연히."

이상민은 일어섰다.

"별로 반가워하지 않으니 그냥 일어날게. 좋은 밤 되길. 그런데."

"······?"

"누구 기다리고 있던 거 아니었어?"

"뭐?"

"계속 안 오면 찾아보는 게 낫지 않겠어? 혹시라도 늦지 않게."

그렇게 이상민은 홀연히 사라졌다. 카페에 홀로 남게 된 혜미는 불쾌한 표정을 지었다. 우연이라도 이상민을 만나다니. 너무 싫었다.

'무슨 말이야? 혹시라도 늦지 않게 라니?'

자리에서 일어나려다 혜미는 이상한 느낌을 받았다.

'여길 왜 온 거지? 정말 우연?'

그럴 수도 있겠지만, 특별한 약속이 없다면 굳이 이 시간에 여길 왜? 그런데 그 순간 번개를 맞은 듯한 공포가 등줄기에 작렬했다.

'설마?!'

그녀의 손이 덜덜 떨렸다.

'설마. 아닐 거야.'

이 자리에 오기로 한 사람은 그녀 말고도 한 명이 더 있었다. 진현이었다.

'아닐 거야. 절대로.'

그녀는 이를 악물며 진현과 같은 방을 쓰는 황문진에게 전화

를 걸었다. 전화벨이 울리는 시간이 천 년처럼 느껴졌다. 너무 무
서워 눈물이 흘렀다.

　—어, 혜미야? 무슨 일이야? 진현이랑 잘 만났어?

　"진현인?!"

　—응? 그게 무슨 말이야?

　"진현이 어디 있냐고?! 지금 병원에 있어?!"

　—응? 너랑 있는 거 아니었어? 진현이 9시 30분쯤 당직실에서
옷 갈아입고 나갔는데?

　그 말에 그녀는 힘이 풀려 털썩 주저앉았다.

　'안 돼! 진현아!'

　그에게 무슨 일이 생긴 게 분명했다.

　어떻게 밤이 지났는지 모르겠다. 혜미는 미친 듯이 울며 진현을
찾았지만 그는 어디에도 보이지 않았다. 황문진과 경찰의 도움까지
받았으나 종적이 묘연했다. 완전한 실종이었다. 혜미는 울부짖었다.

　"아, 안 돼! 진현아… 안 돼!"

　이범수에 이어 진현마저 잃을 수는 없었다. 정확한 사정을 모
르는 황문진이 그녀를 달랬다.

　"혜, 혜미야. 너무 걱정 마. 진현이 금방 돌아올 거야."

　하지만 혜미는 미칠 것만 같았다. 그녀는 이상민에게 전화를
걸었다.

　뚜우— 뚜우—

　하지만 덧없이 신호만 갈 뿐 그는 전화를 받지 않았다.

　"이상민! 안 돼!"

그녀는 비명을 질렀다.

띠리링.

이상민은 계속해서 울리는 전화벨을 외면하고 담배를 꺼내 물었다. 라이터 불을 붙이는 손이 희미하게 떨렸다.

"하아."

그는 깊은 숨을 내쉬었다.

그런데 이상민과 혜미가 모르는 사실이 있었다. 혜미가 몇 번이고 뒤졌지만 진현이 교통사고를 당하고 내팽개쳐졌던 자리에는 아무도 쓰러져 있지 않았다. 쓰러진 사람은커녕 그곳은 마치 아무런 일도 없었던 것처럼 깨끗했고 핏방울 하나 묻어 있지 않았다. 이해할 수 없는 일이었다.

다음 날 오전 6시 10분. 대일병원 외과는 난리가 났다. 총리의 수술을 진행해야 하는데 김진현이 나타나지 않은 것이다.

"빨리 전화해 봐. 7시에 수술 시작하는데 도대체 어디에 간 거야?"

"전화를 해봤는데 핸드폰이 꺼져 있어서……."

같이 수술을 들어가기로 한 치프가 곤란한 표정을 지었다.

"하아, 도대체 어디에 간 거야? 이제 수술 들어가야 하는데. 부담감에 도망간 것은 아니겠지?"

혹시나 하는 마음이 들었으나 외과의사들은 고개를 저었다. 김진현은 그럴 인물이 아니다. 어수선한 분위기에 VIP 병실에서 김창영이 의문을 표했다.

"혹시 무슨 문제가 생겼나요?"

이윤서 비서가 상황을 알아봤다.

"김진현 선생이 연락이 안 된다고 합니다."

"그래요?"

그러나 김창영은 대인배답게 대수롭지 않게 생각했다.

"곧 오겠지요. 아직 1시간 가까이 남았으니."

그러나 10분이 더 지나 6시 20분이 되어도 김진현은 얼굴을 비추기는커녕 연락도 되지 않았다.

"아, 이제 곧 수술장으로 내려가야 하는데. 어떻게 하지?"

외과의사들은 발을 동동 굴렀다. 7시 수술 시작인데, 집도의가 행방불명이라니! 한편 VIP 병동 바로 위에 이사장실에서 이종근은 놀란 눈으로 이상민을 바라보고 있었다.

"네 짓이냐?"

"뭘요?"

"김진현, 행방불명된 것."

이상민은 어두운 얼굴로 고개를 저었다.

"글쎄요. 잘 모르겠는데요."

이종근은 괜히 소름이 돋았다.

'내가 독사를 낳았어.'

목적을 위해서 수단과 방법을 가리지 않는 것은 이종근 본인도 마찬가지이니 타박할 입장은 아니긴 하다. 다만 술집 여자인 이상민의 어머니는 정신병을 앓았을 뿐, 심성 자체가 나쁘진 않았는데 어디서 이런 성격이 나왔는지 모르겠다. 하지만 그건 웃기지도 않는 의문이다. 이상민은 이종근의 세 자식 중 그를 가장 많이 닮았으니까. 이상민은 이종근의 판박이였다.

'설마 범수도 이놈이?'

순간 혜미의 말이 떠올랐으나 고개를 저었다. 이상민이 형인 이범수를 살해했다는 증거는 어디에도 없었다. 그저 이상민의 어머니 때문에 자신의 어머니가 자살한 혜미의 모함이라 애써 생각했다.

"김진현 때문에 총리의 수술을 취소할 수는 없으니 슬슬 준비를 해야 하지 않을까요?"

"그래, 그래야지."

혹시나 해서 자신의 사람인 민성수 교수를 대기시켜 놨다. 민성수 교수를 집도의로, 그리고 이상민을 퍼스트 어시스트로 수술을 진행하면 해피엔딩이다.

"내려가자. 총리에게 먼저 인사하고 수술을 진행해야지. 차기 대권 주자로 유력한 분이니 너도 이 기회에 얼굴 도장이나 찍어놔라."

"네."

그런데 그때 민 비서가 곤란한 얼굴로 다가왔다.

"저… 이사장님."

"왜요?"

"이혜미 선생님이 면담을 요청하고 있습니다. 정확히는 이상민 선생님을 뵙고 싶다고."

귀를 기울이니 과연 이사장실 입구가 시끄러웠다. 그러나 이종근은 고개를 저었다. 귀찮은 딸을 만날 때가 아니다.

"중요한 수술이 앞이니 돌려보내세요."

"하지만."

"민 비서, 다시 한 번 말하니 알아서 돌려보내세요."

"……!"

민 비서는 굳은 얼굴로 고개를 끄덕였다.

"네, 알겠습니다."

이종근은 이사장실 뒤편의 계단으로 향했다.

"우린 이쪽으로 가자."

"네."

김창영 총리가 대기 중인 병실과 이사장실은 엎어지면 코 닿을 거리였다. 1분도 안 돼 그들은 총리의 병실 앞에 도착했고, 연락을 받아 미리 대기 중이었던 민성수 교수가 고개를 숙였다.

"오셨습니까, 이사장님."

"그래, 오늘 잘 수고해 달라고. 같이 들어가서 인사하지."

시계를 보니 6시 35분. 아직 늦지 않은 시간으로 간단히 인사후 수술장으로 이송하면 된다. 이사장을 필두로 민성수 교수와 이상민이 뒤를 따랐다.

"어서 와요."

김창영 총리가 부드러운 미소로 그를 맞았다.

"밤사이 불편하진 않으셨습니까?"

"불편은요. 잘 대접받았지요. 여러모로 신경 써주셔서 감사합니다. 그런데 뒤의 분들은?"

"수술을 집도할 민성수 교수와 퍼스트 어시스트인 이상민 선생님입니다."

"집도요? 수술은 김진현 선생이 하기로 되어 있지 않았나요?"

이종근은 미소 지었다. 여기서부터가 중요했다. 그는 교묘한 말로 김진현을 최대한 깎아내릴 작정이었다. 그런데 그때였다. 절대 그 자리에서 들려선 안 될 목소리가 등 뒤에서 울렸다.

"네, 수술은 제가 집도할 것입니다."

모두가 놀라 고개를 돌렸다. 그리고 그곳엔 '그', 김진현이 서 있었다.

"……!"

이종근은 화들짝 이상민을 돌아보았다. 이게 어떻게 된 거냐는 눈빛. 그러나 이상민의 얼굴도 가관이었다. 평소 짓고 있는 미소는 온데간데없고, 흡사 귀신이라도 본 듯한 얼굴이다. 어떻게? 그런 사고를 당했는데? 이상민은 불신의 표정을 지었으나 눈앞에 이는 김진현이 분명했다.

'도대체 어떻게?'

더구나 몸 어디에도 부상의 흔적은 보이지 않았다. 얼굴이 살짝 파리하긴 했지만 다른 부위는 멀쩡했다.

그때 김진현과 이상민의 눈이 마주쳤다.

"……!"

감정이 담기지 않은 무채색 눈동자가 자신의 죄악을 질책하는 듯해 이상민은 흠칫 뒤로 물러섰다. 한편 이종근은 서둘러 정신을 차리고 진현에게 말했다.

"자네는 총리님의 중요한 수술을 앞두고 이렇게 늦으면 어떻게 하나?"

진현은 가만히 이종근을 바라봤다.

"지금 시간 6시 40분이니 늦은 시간은 아닙니다만?"

"뭐?"

진현의 말이 옳았다. 연락이 안 돼 다른 의사들이 지레 걱정한 것일 뿐, 늦은 시간은 아니다. 오히려 수술 시간 20분 전이니 늦지도, 이르지도 않은 정확한 시간이었다. 이종근은 본전도 못 찾고 벙어리가 돼 입을 다물었다. 김창영이 웃으며 진현에게 말했다.

"이번에도 김 선생님께 신세 지겠군요. 잘 부탁합니다."

"한숨 자고 일어나면 끝나 있을 것입니다. 그저 한숨 주무신다 생각하시고 걱정하지 마십시오."

진현도 부드럽게 말했다. 수술을 앞둔 환자를 안심시키는 능숙한 말투였다.

"네, 고맙습니다. 그런데 안색이 안 좋은데 괜찮은가요?"

총리의 말처럼 진현의 안색은 살짝 희었다. 그러나 진현은 웃으며 고개를 끄덕였다.

"네, 괜찮습니다. 걱정하지 마십시오."

그리고 그 순간, 진현의 눈이 이상민의 눈을 직시했다.

"……!"

그 눈동자를 마주하자 이상민은 자신도 모르게 침을 꿀꺽 삼켰다. 그는 수술장으로 향하는 진현의 뒷모습을 시체같이 창백해진 얼굴로 바라봤다.

『메디컬 환생』 3권에 계속…